5 第五卷

徐中玉 著

王嘉军 编

徐中玉

文集

华东师范大学出版社

徐中玉文集

第五卷　目　录

1

文艺理论研究与现当代文学批评的文章

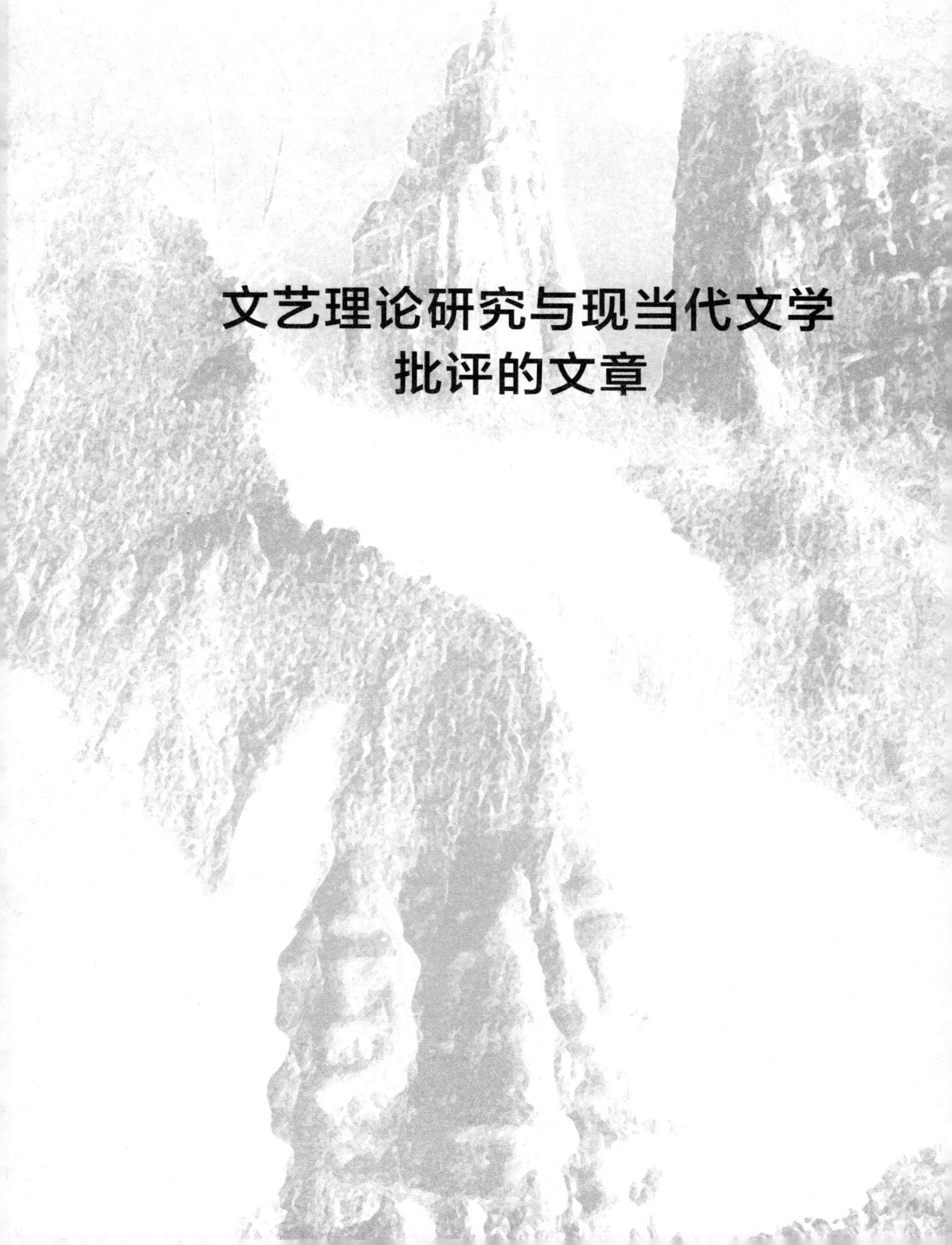

我怎么会搞起文艺理论研究来的

　　我爱好研究文艺理论，特别是我国历代的文艺理论。究竟怎么会走上这条路的，最早也许还得从读初中时候对国文课的感想说起。

　　初中三年我全读的文言文。学校是在清代梁丰书院的基础上建立起来的，国文教师开头是一位很喜欢桐城派文章的老先生。两年之中，他给我们讲了不少姚鼐、梅曾亮等的作品，当然，唐宋八大家的他也讲。今天记得还很清楚的，是他好像特别愿讲充满感情的祭文，欧阳修的《泷冈阡表》和袁枚的《祭妹文》至今印象犹深。他总是要求学生把讲过的文章背出来，平时叮嘱用笔默写，考试时就一定要把学生叫到他桌旁站着，当面背出他随口指定的某一篇或某些段落，再加几首唐诗。对所讲的文章，他总竭力称赞，一面称赞一面就在课堂里朗读起来，读得抑扬顿挫，兴致非凡。他要我们也学着他的样子朗读，说朗读可以读出意味来，别人也可以从你的朗读里知道你领会的程度。这道理我们当时都不懂，只因为规定要背诵，不能不在每晚自修时间琅琅读起来。我是寄宿生，每晚都要在教室里自修两小时，实际是上两节自修课。第一节只许大家看书，做数学题，不能出声，以免互相干扰。第二节就可出声了，国文也好，英文也好，都可以各自大声读出来。本来第二节时不免都有点睡意，经互相这样放声一读，就把睡意全赶跑了。因为每晚都有时间把前面讲过的复背几遍，刚讲过的读它十遍八遍，所以考试时要我们去当面抽背全学期讲过的诗文，便并不怎样担心、惊慌。这位老先生对旧学无疑有根底，可在教法上，他主要就只着重了让我们朗读和背诵。我那时只有十二三岁，生活经验极少，老先生虽然竭力称赞所讲的文章，但具体指点不多，要我们自己单从朗读和背诵中真正领会出文章的好处，是困难的。当时我心里就有个疑问：这些文章究竟好在哪里？如果真是好文章,那些名家是怎样才写得出来的? 我自然没有敢提问,后来即使敢问也已来不及,因为教过两年,这位老先生就因病回家去了。初中最后一年的国文教师仍是老先生,也仍教我们文言文,口才不如原来那位,对我们的要求也松得多,我们逐渐不那样认真朗读了。现在回想起来,倒还是原来那位对我们帮助大,虽然他并没有更多地培养我们识别作品好坏高下的能力。

高中三年,我因家庭经济困难进了免费还有饭吃的师范科。这次因为国文教师是位用白话写小说并已出版过两个集子的作家,所以一下子进入了个鼓励我们多读白话小说的新环境。三年中国文课换了三位教师,先新后旧,最后又来了个亦新亦旧的。课外杂乱地读了不少白话的创作小说和翻译小说,可从没有接触过文艺理论书。看小说主要为故事情节所吸引,仍没有什么辨别力。当时倒是订阅了韬奋主编的《生活周刊》,觉得他写的"小言论"真好,但它是政论文,并非文学作品。鲁迅的小说也读到一些,有些看不大懂,当然不能知其伟大。初中时代心里存在过的疑问依然没有得到较明白的解答,不过多读了些新作品,眼界开阔了一些而已。

1934 年,我在当完两年小学教师之后(算是服务期满)考入青岛国立山东大学中文系。因为是专读中文,课程又开得不少,才知道还有"文艺理论"这门学问,正好可以解答我向来的疑问。老舍先生教我们"小说作法",洪深先生要我做他排演《寄生草》的助手,谈话中常说到可以读些这方面的书。可是当时并无"文学概论"这门课。直到三年级,才听到叶麐(石荪)先生开的"文学批评原理"和"文艺心理学"两门课。由于这两门课引起了极大的兴趣,加上叶先生的亲切指导帮助,我就开始走上学习文艺理论的道路了。

叶先生是留法留美学心理学的,原在清华执教。自己极爱文学,能填词,读过很多古代论文谈艺之书。给我们讲课时,往往结合他自己创作和阅读的经验,从具体作品出发,来谈批评鉴赏的原理。如上所说,这正是我在初中时代就开始想知道一点的知识。他能够随手拈来,把欧阳修、苏轼、严羽、叶燮、王国维等评论诗文的观点介绍给我们,说不必迷信外国,我们自己历代有极多这方面的宝贵材料值得阅读,中文系学生还应负起搜集、整理、加以深入研究的责任。他在课外有时参加我们的文学集会,有时同我们一道到郊外去爬山,常常邀我们到他家谈天。他给我们看他多年积累下来的大批卡片,告诉我们为什么要做和怎样做卡片的道理和方法。他的议论、风度、热情、工作方法都给我深刻的印象。我告诉他很愿研究文艺理论,但三年读师范、两年当小学教师时把英文几乎丢光了,现在赶不上,怕不行。他说:那就集中精力研究本国的材料罢,这也尽够你钻研的了。在他的指引下,于是我也摸索着用卡片积累起研究材料来。正在积极动手,七七事变发生,叶先生回川大任教去了,我也辗转迁徙,又无书籍,仅仅开了一个头的研究,只得停顿下来。

1939年,我在重庆中央大学毕业之后,正是因为想再搞停顿下来的研究,宁愿放弃已经到职的不坏的位置,又考进了当时迁在云南澄江的中山大学研究院文科研究所。两年时间内专门读了宋代的大量诗歌理论著作。李笠(雁晴)、冯沅君、陆侃如、穆木天等先生都担任我的指导教师。当时听说郭绍虞先生有《宋诗话辑佚》出版,特去信北平求教,意外地很快就得到他来自远方的复信,并还寄赠了当时极为难得的这两大册著作。第一年在澄江城外荒山上斗母阁的油灯下,第二年学校迁回粤北在坪石祠堂式院舍一间阴暗潮湿的小屋里,我孜孜兀兀,心想手抄,积下了上万张卡片,完成了30万字的一篇论文。这些卡片现在看来有些无甚作用,论文也多疏漏,但到底锻炼出了一种较能刻苦的习惯,可以在困难条件下坚持干下去,进行不倦的探索。这以后,我留在中山大学教了五年书,胜利后从广州北返,解放前后一直在上海各大学工作。直到今天,教的课,新新旧旧都没有离开过文艺理论。无论在"反右"扩大化的挫折后,还是在十年动乱时期的牛棚生活之余,我都坚持读书、积累、见缝插针,尽量不让光阴浪掷。我深信这门学问总是有用的,即使自己只能作出极其微小的贡献,也是有益的。

我是很重视搜集之功,也不辞抄撮之劳的。"巧妇难为无米之炊",治古代文论,如不能积累尽可能丰富的材料,怎么谈得到研究?材料非常多,而且很分散,怎么办?只有一点一点地披沙拣金,积少成多地干起来,持之以恒地干下去。古代文论有专著,更多的是在作家全集中的散篇碎著,还有随笔、杂记、小说、戏剧等书中的零星记录、序跋甚至对话。只要脑筋里随时装着许多问题,处处都能遇到有用的材料。例如研究严羽的《沧浪诗话》,如不结合他的《沧浪吟卷》来研究,往往就误解了他的主张。研究其人的议论,又不能不知其人,知其世,知其针对着什么而言,等等。治学必须从实际出发,把握的实际愈完全,基础就愈牢固,研究也愈可能深入。四十多年来,断断续续我手抄笔写的材料总有两三千万字,若无运动干扰,当还可以加倍罢。尽管也抄了不少无甚用处的东西,而且现在也决不能即以抄下的东西作很可靠根据,费去了这多时力我是不悔的。我走过弯路,曾想从先秦古籍一路读下来,这样来写一部文论发展史。

费了很多精力，后来感觉这样走不通，至少我自己并无如此大的才力。战线拉得太长，社会到处是漏洞，反不如选定一些侧面，某个时代、流派，甚至一家一书进行研究，比较可以周密、深入一些，或能有点贡献。通史、总论一类大书，只有在大量专题研究成绩的基础上，利用集体创造的丰硕成果，才写得好。我只能做我能做的事情，为未来的高楼大厦准备一砖一瓦。所以我就把研究目标逐渐缩小，直到现在的定为古代文艺家的创作经验。目标明确，且或力所能及，时间精力可能集中使用在焦点上，较易突破旧观。

有了材料，要做出学问，还要"求"。辨别、比较、分析、综合，都是"求"。当然还有个指导思想的大问题。古人也有他们的"求"法，有些"求"法也不坏，马克思主义的基本观点也能帮我们大忙。这是指已经有了"实事"的"求"，高一层的工作了。"求"的是"是"，非指初期的主要目的在"求"尽可能丰富翔实的材料——"实事"了。积极、勤奋、甚至拼命一般的"求"的精神，将能保证一个学者长期工作之后总会作出一定的成绩。

什么是"是"呢？我以为就是符合客观实际、规律性、真理性的知识。最好的文章，便是真善美三者兼备的文章。艺术地抒写出了人们真实健康的思想感情，能够提高人的精神境界，丰富美化人的生活。名家为什么能写出好文章来呢？如果他不是一个高尚的人，没有丰富的生活经验，缺乏进步的思想，不懂得如何艺术地描写事物，当然不行。初中读书时代心里存在的疑问，老来想想，大概可以这样回答。"是"的知识一旦被大家共同"求"了出来，普及开去，对每一民族，全人类的进步发展，都有极大意义。常说的"古为今用"，"洋为中用"，我以为主要就是从古和洋的文化遗产中，找出一切"是"的东西，来为今天的建设服务。

我已六十八岁了，学业无成，精力却已日衰。但在专业研究的道路上，有生之年，还要继续"求是"下去。生命的意义，不正是可以不断地为一个有价值的目标而追求么？

（原载《书林》1982 年第 3 期）

试论当前文论中
七个问题

一、对历史负责

我很赞赏也很关心文学研究界近来出现的对中国现当代文学史进行重新审视和反思的举动。其实,文学史从来都是在不断地被重写的,时代在前进,社会生活在变化,人们的思想观念和文学观念包括文学史观也必须要发生变化,因此,文学史不断被人们重写本身就是十分正常和自然的了。

说到中国现当代文学史的研究,由于我们长期以来处于一种封闭状态,特别是建国后的相当一段时间,我们越来越远离了民主与科学的"五四"传统,只是单一地从文学与生活的关系这一角度来考察文学现象,这就使得我们对这一段文学史的研究显得很狭窄,而且,虚假的、不符合生活和历史实际的东西很多。因此,对这一段文学史重新进行审视和反思就尤为必要。

对中国现当代文学史进行重新审视和反思不是标新立异、哗众取宠,从根本上说,这种研究是为了对历史负责,恢复历史的本来面目,在这里,实事求是的精神和态度是至关重要的。

造成以往文学史研究中失误的原因很多,因此,当我们今天重新审视和反思这一段历史时,尤应进行深入细致的分析,掌握分寸感。在这里,我觉得有两点是应该分开的:

首先,应该将作品与作家区分开来,不要简单地把作家的个人品格和作品联系起来。在今天看来,现当代文学中有许多作品中虚假的成分很多,但这和当时的理论倡导极有关系,如"革命文学"、"党性原则"等。有人说,许多作家在解放后是"思想进步，艺术退步"，其实，作品的成功与否并不仅仅取决于作家的思想情况如何。因此我认为，在对中国现当代文学进行重新审视和反思时，对作品的评判应严格，对作家则应该宽容而不是苛求。

其次，应该将不同的作家区别开来。应该承认：在作家队伍中，确有一部分趋炎附势、赶风向、逐浪头的人，但更多的作家则是真诚的，他们诚心诚意拥护共产党、讴歌新社会，如果说柳青的创作是一种悲剧，那也是诚心诚意的悲剧，尽管他的创作有不成功的地方，但柳青本人的真诚还是值得尊重的。因此，不应将所有的作家一概而论。

总之，反思历史是为了今天文学的发展，在对中国现当代文学史进行反思的时候，也不要离开当前广大人民最关心的问题，这也是我们在进行这种研究时所应具备的使命感和责任感！

（原载《文艺报》1989 年 5 月 27 日）

二、"历史"应该重写

"历史"是否应该重写？似乎早该不成为问题了。但当真有人要重写时，惴惴然，愤愤然，如临深渊、如履薄冰者依然不少，其实大可不必。

真实的历史无法重新编造，纸上的"历史"一直在重写。正史、野史从来就不少。都可以翻翻，完全相信它们所说都会受骗上当。不是每一个时代都有人在做重写的工作吗？"成则为王，败则为寇"，历史经验之谈，不是毫无道理。觉得材料多些了，真实性提高些了，实践中获得了更有力的证明，而旧说一甚至是奉为神圣不可侵犯之说实在太足以贻害后人，误尽苍生，自然就有些刚烈之士毅然提起了他的直笔。以为重写出来的一定很完美无缺，也难。人孰无过，谁少局限？总不能因此就抹煞重写的作用和价值。事实上人们也不会就被唬住的。千百年前的帝王将相且不说，只要民主自由稍为露出了一点缝隙，即使十年前的风云人物不是也多已逐渐在显示其绝非什么"天纵之圣"、"特殊材料"一类的真容吗？而在当时的一大堆"正史"中，他们原是了不起的大人物哩。不让假象继续欺骗、愚弄人民，对我们的彻底改革只有好处。因为碍脚石可少些了。看来，改革的彻底程度，顺利程度，正是与重写历史与重创历史者的胆识、智慧、理论勇气、一往无前的真正历史观，成正比例的。

上面是就纸上的历史而言。因为它们总被感到存在着越来越多不可靠、不真实、信口雌黄,甚至为了圈子利益而胡说八道的东西,所以必须重写。必须重写的理由很多,认为无需重写当然也会有其种种说法,可惜腹诽者多,摆事实讲道理的少。归根到底,恐怕总觉这样一来于己于本圈子多所未便罢。不同的是重写者们恰恰并不顾虑到这一点,此即其所以为高处。腹诽者们中有的当初也曾重写过或主张重写过历史,只因现在地位不同了,既得利益也沾到了些边,主张态度才变了。变得只好躺着、直不起来了。

至于生活中的汹涌澎湃的历史,那就更应创新,谁也阻挡不住,螳臂不缩回去就得折断。这新的历史也有重写的任务,即它是怎样形成,冲决而来的。未必已经对此有了完整、深入、真有说服力的理论。今天的历史将向何处去?究竟哪些真还有无穷的生命力,哪些真已日薄西山,奄奄一息?结合当代科学的发展,人类未知的领域简直难以想象仍有多大。我们的可怜之处正在过去非常容易就轻信了某种似乎已经到达顶峰的结论,接着就给按倒膜拜在地。我们自己的地位、骨头在哪里?我们的知识以及我们自己究竟起了和该起什么作用?难道我们只能或甘心情愿当应声虫、叩头虫的角色?

刘勰《文心雕龙·序志》中曾大声喊出他一度"宗经"、"征圣"后的心音:

> 有同乎旧谈者,非雷同也,势自不可异也;有异乎前论者,非苟异也,理自不可同也。同之与异,不屑古今,擘肌分理,唯务折衷。

重写历史(包括重写文学史)的同志们,非常需要重视刘勰这种"不屑古今"的独立思考精神。认真切实掌握到了时代的"势"与"理",对人对事的分与寸,侃侃而谈,真金不怕火炼,论事不必全要诛心,各人都可以说各人的老实话嘛。无所顾虑的,新的道路就将从你们的脚下展去远方!

1988 年 12 月 9 日

(原载《文艺理论研究》1989 年第 1 期)

三、关于主体性问题的讨论

文学的主体性问题目前正在引起大家的关注和讨论。我认为,这是一个很值得受到重视，应该拨乱反正的大问题，而且是一个具有重大现实意义的问题。

这个问题当然不妨从哲学、逻辑学、美学等理论高度来进行讨论、争辩，反正各种理论著作甚至"经典"著作中有的是各种字句，可以引来咬嚼很长的时间，这也并不是毫无意义。但人们恐怕更多地盼望从生活实际和创作实际中来明白认识这个问题。我们许多文艺评论研究文章似乎总爱谈得很抽象、玄虚，或者认为只有这样谈法才显示得出高深的理论思辨力量，结果是这类文章的影响总难越出自己一部分同行的极小圈子去，连从事创作的同志都很少愿意来读这些文章，实在可惜。理论不是应该尽量交给广大的群众吗？

我所以深感提出这一问题的重要，很简单，就因我们现在要实现改革的大业，改造世界比认识世界更重要。但即便是认识世界，也需要依靠人的创造性实践，勇于积极探索的主动努力。我们被"驯服工具论"薰陶得太久了，似乎绝大多数人应该不必动脑筋、想问题，只要老老实实听从随便什么号令，紧跟着走，自然就能达到幸福的彼岸，一切大吉。许多人因此安于做"物"的随从，心安理得地变成了制造封建法西斯专制的、愚昧落后的工具，失掉了"万物之灵"这句古话也体现出来了的人的本质含义。谁要强调一下人的意志、尊严、权利、主动性和创造性，很容易就会触犯禁区，苦头吃不了还要兜着走。实际上的一潭死水、万马齐喑，往往被称作上下一心，完全一致的好事情。活泼泼的主体都消失了，生命力旺盛的群体何尝真正形成？反映到文学创作上和文学评论上，便造成了假、大、空，公式化和概念化，机械式的千篇一律，说不服人也极少有人要看的一个调子。这难道不正是我们文艺界需要大力改革、突破、医治的老框框、痼疾吗？在不可逆转的改革洪流中，我们应该欢迎一切立足于振兴中华、发展社会主义文艺事业的大胆探索。首先认清并肯定这样的探索对我们的事业是如何必要，而不应脱离了实践和改革的效益，还是专门从过去的一些字句中去作烦琐的较论，好像一切过去的议论已早完美无缺，任何新的探索都是不必要的，甚至都是离经叛道的了。这岂不还是在"唯书"，而缺乏了最重要的"唯实"精神！如果要谈方法，我认为不在这一前提上先加以端正，恐怕很难有什么好作用。离开了实践，离开了广大人民的改革要求，任何烦琐的议论和迹近吹毛求疵的批评都不可能获得大多数读者的同情。

摆脱传统理论研究的思维定势，充满着创造活力的探索并不一定都那样严密，那样无瑕可指，这是很自然的。主体性不可能不受客观世界的制约，这没有疑义。问题在我们今天必须承认并发挥主体的积极能动作用。人在这种情况

1354

下如何发挥这种作用,承认它能发挥到什么程度,超过了什么限度便会走上唯心主义或非理性的歧途,这是应该讨论,力求搞清楚的。相信马克思主义的某些基本原理能够通过平等的争鸣帮助解决这些认识问题。马克思主义的命运完全不必忧虑,可虑的倒在执滞在它的一些字句上而忘掉了实际情况的变化;不能在新事物、新情况面前显示出它应有的分析问题、解决问题的能力。

(原载《批评家》文中的一节,1986 年第 11 期)

四、现在能不能再有轰动效应?

十年来文艺界出了不少作品,崛起了不少新作家,外国几十年来的各种学说、观念、方法、主义,也都被争先恐后、由表及里地大致介绍过来了,这是自由、民主由缝及窗逐渐掀开后取得的结果。十年前谁能想象很快就到达这样的一天? 确是个得来不易的局面,值得大书的贡献。但若论起十年来已产生了如何如何"光辉",堪称"转折点"、"里程碑"、"史诗"式的巨著,则除在某些"拉拉队"式的文章中确曾提到一大堆之外,在广大读者心目中实在非常之稀少。有的能领风骚几十天,热闹一两年的就算不错,再上去便是凤毛麟角了。

这情况奇怪? 可悲? 我看并不。十年在历史长河中只是极短的一瞬,全世界几千年来才产生了多少部公认的巨著! 何况巨著的产生原需要多少复杂条件的配合,谁都知道这极不容易,不能靠碰运气去捡来。

然而总也应该有个可以盼望的苗头,为产生巨著认真打下点牢固的基础,条件不是凭空从天而降的。我们需要这样的巨著,全人类都需要这种共同的财富。如果自然科学方面已经成果累累,而且出现巨大成果的来势很猛,为什么人文科学方面就非落后一大截呢?

巨著自然有"轰动效应",否则就称不上是巨著了。但却不能笼统反过来,说凡有过某种"轰动效应"的便定是巨著。同样是轰动,范围有大小,时间有长短,内容有深浅,性质不同,价值迥异。街头巷尾泼皮淋漓尽致地互相骂架,大庭广众中装疯卖傻,发点奇谈怪论,或者幸灾乐祸地揭些别人的隐私,还有那种挑逗卖弄性的动作,都可能引起一大圈人的围观或拍手跳脚地叫喊。未必不可说他们这种表演也有某种"轰动效应",哗众原就可能取宠一时嘛。这种"轰动效应"过去有,现在仍常可遇到。不足谈的姑不谈,那些唾沫四溅,洋洋洒洒,古今中外，上下数千年，纵横十万里，似乎什么科学都懂，什么知识全备的高谈阔论与夫巨制鸿文，不是颇易听到见到吗？这些东西其实并无那么大的力量会亡国灭种，可离人们急需的巨著却是极远极远的。金代学者周昂有这几句名言："凡文章巧于外而拙于内者，可以惊四筵而不可适独坐，可以取口称而不可得首肯。"惊四筵与适独坐，取口称与得首肯，不一定总矛盾，但这几句话自有其卓见在。即有"轰动效应"的不必便是好货色。独坐时可以好好想一想，比一比，用不着虚应故事去附和几句、拍几下掌、点一下头了。在比较自由，和明显感觉自我之存在的时候，价值标准就会高起来。

虽然如此，"轰动效应"我看还是值得重视。否则，就不必讲究社会效益了。但既要讲社会效益，就不能一味追求经济效益，两种效益同样能产生"轰动效应"的作品会有的，虽未必多。现在各种"古本"、"真本"、"全本"的《金瓶梅》正明明或半明半暗在纷纷出笼，据说这部书中确有"黄金屋""颜如玉"可挖，是个不尽的富矿。我从未主张禁止这部书，但对老是紧盯着其中曾被删除的东西视为全书宝藏所在这种鉴赏心态，竟连国家出版社也看得眼红起来，还定出了什么凭级别才售与的种种怪诞办法，实在感到可悲得很。这真是在考虑提高全民族已经不能低得再低的文化素质之良法吗？可以盼望出现真正巨著的苗头就在这里？为产生巨著认真打下点牢固的基础就在这里？条件可从这些地方创造起来吗？

也还有些难于苟同的议论，如说现在既已多元化多样化了，各人趣味、爱好不同，要求轰动众人的效应就不可能有。如过去那种千篇一律、人工制出的"轰动效应"既已不值一谈，今后便当安于逸豫，各人想说什么就说去，想怎么玩就玩去，"我"就是一切，何必还要去追求什么"轰动效应"。真是这样吗？我们已没有或无需共同的理想和目标？我们已只消满足主体的无论什么欲望和要求？我们能凭这种想法和行动来证明主体的价值吗？

我不认为这样是对头的。这样想这样做的作者不可能写出人类需要的真正文学巨著来。他们是在人类"大我"的艰难环境里只想先实现他"小我"的愉快。没有群体目标的人也实现不了他个体的目标。真正的"轰动效应"离不开人民群体的鼓励与赞赏。范仲淹《岳阳楼记》里如果缺少了他那种"先天下之忧而忧，后天下之乐而乐"的群体目标，能设想成为千古传颂的名文？而他这一思想早在孟子的文章里已有所表现了。未必是儒家学说的信奉者方会有这种思想，有这种思想的往往并不信奉儒家学说。这是一个有高尚品格、远大理想的大写的"人"都应有、都会有的想法和做法。居安尚须思危,居危而尚不知思危并苦心焦虑如何解危的人肯定写不出真正的文学巨著来。不要说这又是什么"题材决定论","从属于政治论"。一个伟大的人物无论在什么题材中,无论在如何写法中,都能显示出他的伟大。离开了或远离了广大人民的哀乐,就只能渺小、沉落。

多点理想,多点激情,多点毅力,多点苦功;少点蝇头实惠想法,少点玩世不恭,少点轻飘浮躁,少点急于求成总想一鸣惊人罢。青春应似火,老年当更成。现在仍能有仍应有真正的"轰动效应",关键既在争取我们应有更加自由、民主的时代、环境,同时也不能忘掉或忽视了我们自己应有的责任。试去任何一个街头巷尾,任何一个客店车厢,人民有那么多辛酸、焦灼、苦情与热望,面对这么丰富的矿藏,而却仅以得领几天风骚便沾沾自喜,甚至还要四处托人去硬把自己捧成什么精英,有空独坐想想,或者也会不自首肯,那就真的是"好得很"而非"糟得很"了。

1988 年 12 月 9 日

（原载《文艺理论研究》1989 年第 1 期）

五、两个"最彻底的决裂"

马克思恩格斯在《共产党宣言》中说:"共产主义革命就是同传统的所有制关系实行最彻底的决裂;毫不奇怪,它在自己的发展进程中要同传统的观念实行最彻底的决裂。"这里本已讲得很清楚,也不知已被过去那种"马克思主义者"和"最最革命"者重复过多少遍了,但事实证明这些人并未了解,实行的更少。"四人帮"逞凶时革命口号叫得震天响,可对马克思革命遗教的破坏和违反,也达到了登峰造极的地步。这中间亦包括这两个"最彻底的决裂"。

记忆犹新,那时候所谓"最彻底的决裂",就是"打砸抢",就是破坏、烧毁,就是以广大革命同志为专政对象,就是把中外文化遗产"彻底扫荡"。真要这样乱下去的话,显然已不是什么"决裂"的问题,而是要亡国亡党的问题了。

第一个"最彻底的决裂",非常清楚,原是针对"传统的所有制关系",即包括奴隶主阶级所有、封建主义所有、资本主义所有在内的私有制关系的,是要同这种私有制关系彻底决裂。决裂了,如还不够彻底,就该进一步,做到"最彻底"。

解放后，我们已取得了消灭私有制的重大胜利，正在逐步向"最彻底"的方向发展，全国绝大多数人民是坚持拥护的。如果把农民在合法的自留地里种点蔬菜瓜果出卖，在村边屋后养几只生蛋鸡鸭之类也算复辟资本主义的危险，那不但同马克思毫不相干，而且是完全违背他的遗教的。

第二个"最彻底的决裂"同样清楚，原是针对"传统的观念"，即从各种私有制基础上产生的各个剥削阶级的观念。诸如官僚主义、不尊重广大人民的意见与愿望、不讲究科学、不讲人道主义、唯亲不唯贤，以及剥削阶级其他种种腐朽、丑恶的思想意识，等等。革命者是应该同这些传统的观念实行彻底决裂的。什么时候在这方面做得好，人民必然拥护，革命一定顺利。解放初期就做得很好，全国人民不是都欢欣鼓舞，称赞党开创了史无前例的清明盛世吗？后来却渐渐减色了，是因为人民大众身上都不同程度地存在的传统观念来不及清除而在泛滥？是应起表率作用的某些人自己身上的传统观念因为顺利反而不断有了膨胀？看来都有关系，自然主次还是可分的。没有多少人说这些"传统观念好得很，用不着决裂"。反之，倒是群众越来越多要求真正实行这种"决裂"，即使逐步来"决裂"也好。可是"四人帮"却把包括很多革命前辈在内的亿万人民都当成了"决裂"的对象，好像亿万人民是"传统观念"的化身，而他们自己倒是超脱于传统观念之外的特殊材料。没有比这种颠倒更不符事实，更违反革命真理的了。

私有制消灭了，在此基础上产生的传统观念还会在相当长时期里存在。不仅在所谓"出身、成分不好"的人们身上存在，在劳动人民身上也是存在的，甚至在久经锻炼的革命者身上也还会有些残余。"统治阶级的思想在每一时代都是占统治地位的思想。"①即使完全出自民间艺人之手的过去的民间文艺作品中，多的是这种例证，不过其中也有很相反的思想同时存在罢了。这是历史造成的一个包袱，必须快点摆脱，方法是要"在自己的发展进程中"用事实、用科学、用革命思想来进行说服教育。既要抓紧，又不能要求一下子便把几千年形成的传统观念消灭。所谓"在自己的发展进程中"同它"实行最彻底的决裂"，我认为其中就包含有这样的思想，即实行这种决裂要有个过程，要讲究适当的方法。事实证明，用粗暴的方法是决然实行不了这种"最彻底的决裂"的。

在文化遗产方面，究竟如何实行"最彻底的决裂"？破坏、烧毁当然完全不

_____

① 《德意志意识形态》，见《马克思恩格斯全集》，第 3 卷第 52 页。

对,痛骂、禁止也决非长期有效的、可取的办法。如能通过研究、分析、批判,把其中的不合理、不科学、反人民、反历史之处真正彻底搞明白了,使大家立足当前革命的利益,再也不想去走私有制的老路,同因此产生的一切传统观念体系划清了界线,我看这就可以做到这一点。如果不能指引、帮助人们在思想观念以至感情、习惯上真正划清界线,即使把所有文化遗产全都烧成了灰,传统观念还是会存在的。何况在私有制社会里产生的文化遗产中,并不是毫无合理的可以吸收、改造利用的东西,其中既有劳动人民自己创造的成果,也有虽属剥削阶级而在当时历史条件下为进步的东西。剥削阶级的内部亦很复杂,有的人亦颇关心生民疾苦,要求改革,有的人亦在各门学问上有所发现,有所创获。需要彻底决裂的是对我们革命人民有害的东西,对那些可以古为今用的具体的合理内核不但不应该彻底决裂,还要发扬光大,充分利用,作为建设社会主义新文化的宝贵材料。难道我们不是必要这样做,而且应该承认过去在这方面实在做得还很不够吗? 恩格斯说得好:

> 像对民族的精神发展有过如此巨大影响的黑格尔哲学这样的伟大创作,是不能用干脆置之不理的办法加以消除的。必须从它的本来意义上"扬弃"它,就是说,要批判地消灭它的形式,但是要救出通过这个形式获得的新内容。[①]

我看这才是真正有效的与私有制传统观念实行"最彻底的决裂"的好方法。恩格斯连"干脆置之不理的办法"都不赞成,还主张在"批判地消灭它的形式"之余,得"救出通过这个形式获得的新内容"哩! 办法正该是这样:把在这个观念体系中的具体的合理东西都批判地抽出、继承下来了,剩下的实际上已成为一种完全无用的不值一顾的糟粕,那就没有人会再对它留恋,自然决意抛弃——彻底决裂了。"最彻底的决裂",同对文化遗产的批判继承,在马克思学说中我觉得从来不是矛盾、不相容的。

在私有制基础上产生的传统观念,封建阶级思想与资产阶级思想,其中最丑恶的一些东西,即如具体表现为今天生活中抛弃了革命原则的各种不正之风和"关系学",这是严重的腐蚀剂,对我们的社会主义建设事业正起着巨大的败

---

① 《路德维希·费尔巴哈和德国古典哲学的终结》,见《马克思恩格斯全集》,第21卷第314页。

坏作用。社会主义文艺是精神文明建设中一支极为重要的力量，不管你选的是什么题材，用的是何种写法，只要能用我们的人格、意志和笔，与这些危害人民破坏革命的东西作坚决的斗争，即使还需要一个过程才能做到"最彻底的决裂"罢，总是可以尽到一点责任的。

六、"请出亡灵"是要"实现当代的任务"

马克思说：人们自己创造自己的历史，总是在直接碰到的、既定的、从过去继承下来的条件下创造。他的一段著名的话便是："一切已死的先辈们的传统，像梦魇一般纠缠着活人的头脑。当人们好像只是在忙于改造自己和周围的事物并创造前所未闻的事物时，恰好在这种革命危机时代，他们战战兢兢地请出亡灵来给他们以帮助，借用它们的名字、战斗口号和衣服，以便穿着这种久受崇敬的服装，用这种借来的语言，演出世界历史的新场面。"①

请出先辈的亡灵，借来他们的语言，这是古今中外历史演变中常有的现象，大家都很熟悉。为什么要这样做？对资产阶级来说，就是要实现其当代的任务，即"解除桎梏和建立现代资产阶级社会"。在同一阶级中，其实也有这种情况，倒不是为了建立另一阶级统治的社会，而是为了实现不同时期不同统治集团自己的反动或进步的主张。例如在我国长期封建社会里，不同时期不同统治集团有谁完全没有请出孔子的亡灵，借来孔孟的语言呢？即便是重视农、战，主张严刑峻法的法家罢，《韩非子》中很多地方也用了孔子的语言、孔子的名义。大家都请出孔子，各自借来自己需要的语言，并作出自己的解释，其中有的实际上已绝少或没有孔子原来的意思了。即使还留有那么一些，它的作用已跟孔子当时想起的不同，而且这些东西，如果是合理的、符合科学的，那也是孔子总结了过去的经验才说出来，并非他的独得，他没有说的话，别人也会总结出来的。只是因为他名气大，"久受崇敬"，借来可以增加号召力，多起宣传作用罢了。其真正目的，决不是为了表示对他崇敬，而乃为了要实现当时借用者想要实现的任务。借用者当然会说要演出历史的某种"新"场面，但这所谓"新"，有时真是发展进步意义上的"新"，有时却不过是反动、开倒车，即我们常称说的花样翻新的"复辟"。

在文学史上，唐宋古文运动，就是以复古为革新的。韩、柳、欧、苏诸人，都

① 《路易·波拿巴的雾月十八日》，见《马克思恩格斯全集》，第8卷第121页。

说要复古,何尝真正步趋古人? 他们写出的,还不都是反映了唐宋当时进步需要的和具有他们自己情感的作品? 再早一点,口口声声"原道"、"征圣"、"宗经"的刘勰,其《文心雕龙》中提出的种种文学主张,难道真正都是孔子、儒家的原样? 他说的圣人、经典是这样那样写作的,还归纳出了这样那样的条条原则,难道不是他自己认为文章应该这样来写的主张? 当然,他会从中得到启发,有所借鉴,但《文心雕龙》毕竟主要是他的创造,他自己的著作。更早一点,荀子、扬雄我以为也一样。我看,甚至连过去只会死记硬背《论语》《孟子》的三家村学究,当他碰到具体问题再用这些经典中的语言来发点什么议论时,也已是他自己的思想,要来实现他自己当时的任务了。孔子死后不久儒家早就被认为有不少派别,难道数百、千年之后还存在着一个儒家? 后代竟然还有人要,并还有可能死死地抱住先秦的儒家? 我不敏,实在难于苟同、相信某些文章中论述后代某人思想时一定要扣到古代某家头上去的做法。为此而进行辛苦的考证、不休的争辩都有必要? 必要的乃是必须弄清这个人究竟想的是什么,他想在当时起什么作用,以及实际上真的起了什么作用。事实既一直已是这样,马克思在这里不也已告诉我们,后人"请出亡灵"不过是要"实现当代的任务",当现代资产阶级社会形态一形成,"远古的巨人连同一切复活的罗马古董","就都消失不见了"吗? "使死人复生是为了赞美新的斗争,而不是为了勉强模仿旧的斗争;是为了提高想象中的某一任务的意义,而不是为了回避在现实中解决这个任务。"马克思这些话我觉得同样可以说明文学家、文学作品中"请出亡灵"这一常见现象的实际作用。

　　一个作家的思想,其取资的材料来源总是很多方面,其中包括原来很对立的诸方面的。他总会或多或少读各种前人的书,接受各方面的影响,东一点西一点从中择取他赞赏和需要的东西。例如苏轼,在他的全部作品里,儒、释、道等各种语言都可以找到。能算他属哪一家? 他只是他自家。由博返约,融会贯通,终于自成一家,这是文学史上所有大作家取得成功、作出贡献的共同途径。博取而来的东西已成为他自己的血肉,再也不是原来吃进的猪、牛、羊之类了。硬要把已被消化了的食物仍给指明这是猪、那是牛或羊,或从中再分此多彼少,有什么意义? 难道真有分清的可能? 而且,作家的某些思想语言,尽管可以找出他的先声,而他在讲的时候,往往就只是在说他自己想到的话,并不是有心根据了前人的语言才这样说的。"人同此心,心同此理",若是合理的东西,不约而同的例子太多了。

姑以杜甫为例。他的确是我国文学史上一个集大成的伟大诗人，而且是非常自觉地这样做的。元稹称赞他"上薄风骚，下该沈、宋，言夺苏、李，气吞曹、刘，掩颜、谢之孤高，杂徐、庾之流丽，尽得古今之体势，而兼人人之所独专"[1]，就总的精神来说，元稹的话是抓到了根本的。而杜甫的诗论，可以证明他的用力正在于此，仅在《戏为六绝句》中，他就表明了对"风雅"、"风骚"、"屈宋"、"汉魏"、"庾信"、"清词丽句"、"王杨卢骆"等古今各家各类优秀之作的尊重与保护的真情，对轻薄之徒的妄加哂笑作了严厉的斥责。他不是没有看到齐梁作品的弱点，但也绝未笼统排斥齐梁而是从中取资了不少东西。"熟精《文选》理"[2]，"熟知二谢将能事，颇学阴何苦用心"[3]，可见他对南朝作品是有所择取的。"不薄今人爱古人"，"转益多师是汝师"，他的这种十分通达的诗论既总结了前代创作发展的宝贵经验，也开辟了后来创作发展的宽广道路。而七百多年前金代文学家元好问（1190—1257）就指出了杜甫这种博采众长、推陈出新的本领，无异于释氏所谓"学至于无学"，"谓杜诗为无一字无来处亦可也，谓不从古人中来亦可也"，见地绝妙：

　　窃尝谓子美之妙，释氏所谓学至于无学者耳。今观其诗：如元气淋漓，随物赋形；如三江五湖，合而为海，浩浩瀚瀚，无有涯涘；如祥光庆云，千变万化，不可名状；固学者之所以动心而骇目。及读之熟，求之深，含咀之久，则九经百氏，古人之精华，所以膏润其笔端者，犹可仿佛其余韵也。夫金屑丹砂，芝术参桂，识者例能指名之；至于合而为剂，其君臣佐使之互用，甘苦酸咸之相入，有不可复以金屑丹砂、芝术参桂而名之者矣。故谓杜诗为无一字无来处亦可也，谓不从古人中来亦可也。前人论子美用故事，有著盐水中之喻，固善矣，但未知九方皋之相马，得天机于灭没存亡之间，物色牝牡，人所共知者，为可略耳。[4]

杜甫这样做了、说了，元好问这样揭示了，四百多年后，清代叶燮（1627—1703）

---

①　《唐故工部员外郎杜君墓系铭并序》。
②　《宗武生日》。
③　《解闷十二首》。
④　《杜诗学引》。

又这样说过：

> 汉魏诗之字句，未必一一尽出于《三百篇》，六朝诗之字句，未必尽出于汉魏，而唐及宋元，等而下之，又可知矣。今人偶用一字，必曰本之昔人，昔人又推而上之，必有作始之人。彼作始之人，复何所本乎？不过揆之理、事、情，切而可，通而无碍，斯用之矣。昔人可创之于前，我独不可创于后乎？①

比叶燮晚了一百多年的德国歌德，在 1828 年 12 月 16 日，当爱克曼谈起有人"怀疑这个或那个名人是否有独创性，要追查他的教养来源"这一问题时，他说：

> 那太可笑了，那就无异于追问一个身体强健的人吃的是什么牛、什么羊、什么猪，才有他那样的体力。我们固然生下来就有些能力，但是我们的发展要归功于广大世界千丝万缕的影响，从这些影响中，我们吸收我们能吸收的和对我们有用的那一部分。我有许多东西要归功于古希腊人和法国人，莎士比亚、斯泰恩和哥尔斯密给我的好处更是说不尽的。但是我这番话并没有说完我的教养来源，这是说不完的，也没有必要。②

这又禁不住使我要联系起再后一百多年的鲁迅的这一段话来：

> 自然，旧形式的采取，……这些采取，并非断片的古董的杂陈，必须溶化于新作品中，那是不必赘说的事，恰如吃用牛羊，弃去蹄毛，留其精粹，以滋养及发达新的生体，决不因此就会"类乎"牛羊的。③

这些话真是何等的相似！歌德不见得会知道元好问和叶燮，鲁迅当然读过歌德的若干作品却仍完全可能是在独立抒写他自己的看法。因为规律就是这样。规律往往就是这样经过中外古今许许多多的不谋而合，清楚地被人们发现了。

---

① 《原诗》卷四。
② 《歌德谈话录》。
③ 《且介亭杂文·论"旧形式的采用"》。

这里我想说的是："请出亡灵"当然是要实现各自当代的任务,达到各自想达到的目的,另一方面,是否也有某些创造,例如学术上的新见解,是出于自己的实践,而并未去"请出亡灵",尽管有着可请的"亡灵",他却并不知道,或认为用不着去请也行。当然,即使有这种情况,从过去继承下来的丰富经验、丰富知识,客观上必然还是起了作用的。

　　无产阶级革命在创造新的历史时,是否也需要"请出亡灵"来帮忙? 马克思说:"19世纪的社会革命(按即指无产阶级革命)不能从过去,而只能从未来汲取自己的诗情。它在破除对过去的事物的迷信以前,是不能开始实现自身的任务的。"这也许是很对的。私有制社会里的亡灵,开始时帮不了无产阶级革命的忙,他们没有对无产阶级革命有用的语言。那时确不能相干。"从前的革命需要回忆过去的世界历史事件,为的是向自己隐瞒自己的内容",而无产阶级的革命必须划清同过去的世界历史事件的界限,"为的是自己能弄清自己的内容",为的是它绝不需要隐瞒自己的内容。我想,无产阶级革命先辈的亡灵,以及他们还远未过时的语言,当然今天还是要请出来,要运用的。在马克思、恩格斯等去世之后,已不能笼统地说,我们连一切亡灵都不请,一切前人的语言都不要了。不同只在于,请出来是为了可以在立场、观点、思想方法和工作方法上向他们学习,请来指引、启发我们,而不是把他们当作全知全能、绝对正确的"圣灵"。对他们的某些话语,即使在当时是很正确的,在社会实践不断发展的客观情况下,也还需要有所发展,有所前进。并且即使对现时仍很有用,在结合实际时,亦不应当作固定的教条照抄照转,而要创造性地加以运用,务求实效。这里有所请者之不同,有请的目的、方法、作用之不同。我认为,对待无产阶级革命先辈的亡灵以及他们留下的语言,需要采取这样的态度。

　　那么对待那些并非无产阶级革命家,而在历史上却的确产生过巨大影响,甚至"久受崇敬"的"亡灵"以及他们的语言我们是否就可完全不请、不听了呢? 事实上,例如孔子、孟子、秦皇、汉武、屈原、司马迁、李白、杜甫、陆游、文天祥、岳飞、戚继光以至包拯、海瑞,等等,我们不是一直还在"请"他们听他们吗? 看来,对这一类"亡灵"以及他们的语言,完全不"请"不"听"也不合理,人民会不睬你的。问题在于"请"和"听"的态度,既要和旧社会中的不同,也要和对待无产阶级革命先辈的有原则区别。区别在哪里? 就在必须看到他们的本质面目,更加不能照单全收,作简单的类比。我们是要从他们的行动和遗言中吸收那些有利于社会主义"四化"建设的有益的东西,是为了来创造今天的新的历史。他们当然不会有无产阶级革命的理论和认识,但他们的某些精神、知识、经验,对无产阶级的建设事业还是可以古为今用的。正如主张最彻底的决裂并不排斥批判继承文化遗产一样,主张仍要请出无产阶级革命先辈的"亡灵",也并不排斥仍要向历史上一切有过重要贡献的、先进的、英雄人物们的"亡灵"以及他们的某些语言进行借鉴的任务。资产阶级把这些"亡灵"以及他们的语言利用过一阵就听由它们"都消失不见"了,这是一种实用主义的态度。无产阶级是革命的功利主义者,在弄清他们的本质面目之后,倒真能做到使他们在今后的世世代代仍"久受崇敬"。

七、"永久的魅力"

马克思是非常欣赏古希腊的艺术和史诗的。虽然他曾这样说,"困难的是,它们何以仍然能够给我们以艺术享受,而且就某方面说还是一种规范和高不可及的范本",但他还是作出了自己的问答:

> 一个成人不能再变成儿童,否则就变得稚气了。但是,儿童的天真不使他感到愉快吗?他自己不该努力在一个更高的阶梯上把自己的真实再现出来吗?在每一个时代,它的固有的性格不是在儿童的天性中纯真地复活着吗?为什么历史上的人类童年时代,在它发展得最完美的地方,不该作为永不复返的阶段而显示出永久的魅力呢?[①]

这里似乎只是在谈古希腊的艺术和史诗,我觉得中间包含有普遍的意义。而其中涉及的有些问题,过去较多同志的理解还颇不一致,可能各自都有着一些尚未真正弄清之处,我自己也一样,实在需要认真学习,进一步开展平等、深入的探讨。

普遍的意义,例如:"天真"、"真实"、"纯真"得像正常儿童那样的性格的表现,总是会使人感到愉快、欢迎的;能把历史上一个永不复返的阶段真实地再现出来,由于后人再没有别的方法可以更具体地认识这个阶段,就会有珍贵文献的价值;"任何神话都是用想象和借助想象以征服自然力,支配自然力,把自然

---

① 《〈政治经济学批判〉导言》。

力加以形象化;因而,随着这些自然力之实际上被支配,神话也就消失了。"而当人类还远没有能完全征服、支配自然力的时候,人们对敢于向大自然的真相进行探索,和自然力作坚强斗争的精神、气魄和智慧,自然总是非常赞赏的,因为这确实反映了人类千百年来追求自由幸福的一种巨大愿望;古代人民的飞驰的想象以及把事物加以形象化的优秀表现,对后代的文艺始终是一个富于滋养的宝库。

涉及的有些问题,例如:文学是社会经济基础的上层建筑之一,"随着经济基础的变更,全部庞大的上层建筑也或慢或快地发生变革"①,这是大家都同意的。过去曾有人认为,随着旧的经济基础的崩溃和消灭,在这个经济基础上产生出来的文学便会随着消亡。结果不但没有也不可能立即消亡,而且有些作品还被公认为应当很好地加以保存,批判地继承下来。即便是那些在政治上是真正反动(不是曾被某些人称为反动)的文学,除非它实在太腐朽,太低劣,当然会遭到时间的淘汰甚至连其形迹也会消亡;如果其中的确还有一些可供认识、借鉴、甚至作为典型的反面教材,不是现在多主张不妨利用吗?至于在这个基础上产生,而在当时还不失为进步,艺术上也有其可取成就的作品,就更不是什么"消亡",而是要给予正确的历史评价,古为今用的问题了。文学现象是异常复杂的,经济因素当然最后会起支配的作用,但在它整个的发展过程中,在某些特定的历史阶段内,还有不少别的因素需要考虑在内。马克思就已表示过:像希腊神话这种艺术形式的巨大成就,只可能出现在那个不发达的社会阶段,后来社会发展进步了,这种艺术形式却会停滞、衰退。还有,艺术的繁荣并不同社会物质基础的一般发展成比例,物质生产同艺术生产存在着不平衡的现象,物质生产比较发达的地方,不一定能产生出物质生产水平较低地方那样高的文学作品。除此之外,还有物质生产与精神生产的相互作用,现实政治的影响,意识形态本身的历史继承性,等等。因此,作为上层建筑之一的文学,在经济基础正在变更和已经变更之后,其"或慢或快地发生变革"的情况,需要从更多方面来具体地分析、说明,机械的、简单化的断语是不能解答所有的疑问的。这方面还需要根据各个历史时代的特点和文学发展的事实,作仔细的研究。

又如:古希腊的艺术和史诗之所以有"永久的魅力",既然正常儿童的天真能使"成人"都感到愉快,"成人"都该努力在一个更高的阶梯上把儿童的真实再现出来,而这里所说的"成人",显然是包括已经分成了阶级的社会中的"成人"

---

① 《〈政治经济学批判〉序言》。

在内的,那么,是否就意味着不同阶级的"成人"有某些共同感到愉快的事情,亦有某种共同需要努力达到的目标呢?这"永久的魅力",难道不是指所有成人都感觉到的魅力?过去没有谁会比马克思有更坚决彻底的阶级观点,可是如果这些话不是马克思说了的话,我们这里过去那种"最最最革命的马克思主义"者是一定会正面加以痛斥的。事实上他们还是痛斥了,这就是多少年来对于人道主义、人性的不加分析的一概的排斥。三中全会拨乱反正以来开始有了点自由讨论的风气,仅在我读到的很少一些文章中,也已有说马克思并未完全否定某种人性的存在的,自然仍有完全相反的意见,以及论证马克思早年著作中曾有这种想法晚年却已没有了,或晚年著作中也未一概排斥的,等等。虽然还众说纷纭,毕竟是一种好现象,真理愈辩愈明,马克思在这个问题上究竟怎么想的,各人把自己见到的、掌握的材料都摆出来,共同讨论,也是愈辩愈明嘛。马克思究竟是怎么说的,我们应该认真搞清楚,从来的社会生活中实际上究竟有没有某些共同的人性,更应该科学地搞清楚。全世界的报纸每天都在抨击"种族灭绝"、"狂轰滥炸"、"残杀妇孺"、"使用化学武器"等等暴行为"灭绝人性","违反人道主义",我们也是这样指责的,其间究竟有无不同,不同又在哪里?"社会的人"与"生物的人"如何得以截然分开来讨论?"生物的人"而无社会关系,或"社会的人"而无生物关系,世界上难道真有这种怪物?我觉得某些似乎高深的议论,对人们日常遇到和现实中真需解决的问题,实际并未正视,一味烦琐玄谈,当然难以作出令人信服的解答。看来提倡一下从古今中外脍炙人口的文学作品来具体分析那些最能感动人,经常感动人的东西的性质,会更有益的。

我赞同周扬同志最近发表的下面这段话:

> 由于长期"左"的影响,我们对人才是不够重视的。不要说"四人帮"时期,就是在开国后十七年,我们对爱惜人才这一点也注意得很不够。搞的运动太多,时常混淆两类不同性质的矛盾,贻误了不少人才。我们要爱惜人,关心人,过去我们也批评过人道主义、人性论,有的带有很大片面性,有的是批评错了的。我们要提倡用科学的历史唯物主义观点阐明人性论和人道主义,不应不加分析一概反对或轻视。唯物主义的人性论、无产阶级的人道主义总不应该不讲。而且要尊重人,尊重人的尊严。[①]

---

① 《发扬十二大精神》,见 1983 年 1 月 5 日《人民日报》。

周扬在这里把过去对人道主义、人性论的不加分析的错误批评同长期不爱惜人才，贻误了不少人才这一"左"的后果联系起来，有重要的现实意义。《中华人民共和国宪法》第三十八条明白规定："中华人民共和国公民的人格尊严不受侵犯。禁止用任何方法对公民进行侮辱、诽谤和诬告陷害。"对只要是"公民"的一员，都承认其有"人格尊严"，而且一律都用国家根本大法的规定来加以保护。这是使广大人民都感欣慰的快事。我觉得，这就是把坚持马克思主义的要求落到了实处的一个显著例子。

1983 年 3 月 25 日

（以上三节原载《文艺理论研究》1983 年第 2 期）

当前文艺理论批评工作
中的几个问题

在三中全会路线的指引下，几年来，文艺工作的主流是好的，创作相当繁荣；在理论批评方面，批判"左"的观点和两个"凡是"观点，坚持文艺应为人民服务、为社会主义服务，拨正过去若干不正确的看法，也取得了不少成绩。可是总的看来，理论批评工作还是薄弱，值得称赞的成果确实太少。"理论落后于创作"，"批评未能有力地促进创作繁荣"，几乎是大家一致的感觉。一般人不大喜欢阅读文艺理论批评文章，很少人愿意搞理论批评工作。从事创作的同志往往觉得理论批评对自己没有什么帮助，甚至觉得多读这些东西反而会使自己头脑僵化或混乱，成为一种障碍。为什么理论批评会这样薄弱？难道"生活之树常青"，任何理论总是灰色的？文艺理论批评工作究竟怎样才能树立起它在广大读者和作者中应有的良好名声呢？

一、理论有灰色的也有青色的

常言道："冰冻三尺，非一日之寒。"虽然这几年的理论批评已有若干起色，但多年"左"病缠绵，人们记忆犹新，已被损坏了的名声不可能很快就得恢复。而且痼疾还未痊愈，有时尚在发作，实际如此，急想恢复也做不到。只有把这病治好了，实事求是地积极做出了促进创作繁荣的成绩，理论批评的良好名声才能真正树立起来。

多年来，在我们这里，"左"的思潮产生了"左"的文艺理论，"左"的文艺理论导致了"左"的文艺批评。"左"上加"左"，越来越脱离实际，以致完全违背了实事求是原则，不是靠科学、真理办事，而只能靠宣扬现代迷信、发布行政命令、施行专政高压吃饭。"左"的理论批评实际上只讲斗争不讲联合,只是整人不是助人,"棍子""刀子"之名,就是这样来的。许多好的、较好的作品,正直、爱国的作家,不在前面一个运动中被批倒批臭,仍逃不了在后面一个又一个的运动中灭顶。不少作家真的连生命都没有保住。当时自命"最最革命"的这种理论批评,在文艺园地里恣意践踏的结果,是使"瞒与骗"、"假大空"的东西盛行一时,而生活的真实的反映与真理的声音则得不到保护和倾听。人们对这种理论批评直接间接已吃足苦头,在拨乱反正的另一种理论批评还刚艰难生长,而旧病有时仍要发作的情况下,怎能期望他们马上就对理论批评建立信任?人们对理论批评的轻视和不信任,在很大程度上,包含着他们对过去"左"的思潮表示反抗的因素。

什么是真正的理论?这应该是用科学的方法,从历史和现实的客观实际中进行抽象概括,又在客观实际中得到证明,经得起千百万群众的实践检验的理论。它是实践经验的总结,是能够揭示事物本质,阐明事物发展的客观规律的东西。它之所以是真正的理论,就因它能够指导革命实践。例如,这种文艺理论若是真正的理论,它就应能引导文艺反映出生活的真实,促进创作繁荣,而决不是相反。

因此,科学的理论工作,应该根据斗争和建设的需要,对客观实际进行深入的调查研究,尽可能占有丰富的材料,然后运用马克思主义的立场、观点、方法,进行总结,得出规律性的认识,并不断根据在实践中检验的结果,加以修正、补充和发展。

如果真正的理论和理论工作确实应该是这样的,那么我们就不难发现,在"左"的思潮畅行时产生的"左"的文艺理论,其实并不是真正的文艺理论,也不是真正的理论工作。那不过是一大堆唯心主义的、形而上学的瞎说。这一大堆理论,实践证明是成事不足,败事有余。所谓败事,即它导致产生了不少"瞒和骗"、"假大空"的东西,它挫伤了不少富有爱国热情和社会责任感的作家们的创作积极性。不妨比较一下,那一时期的理论文章有几篇现在看来还算得上鲜花而值得重放?不是说搞理论的人特别低能,而是在理论领域遭到的压抑的确更重。尽管"理论联系实际"的原则并未少提,但理论一直只能在"经典作家"的某些语录中,文件、社论、讲话既定的范围里兜圈子,所谓实际只能是书本、文件、权威人士口中所说的实际,往往并非客观生活的实际。本来需要艰苦探索的理论工作,竟变得非常容易,可以不读作品,不懂生活,不知甘苦,只要记住一些现成结论,加以引证和注释就可以了。这样的理论曾经形成压倒一切的风气,正好为"理论总是灰色的"这句话提供未必符合原意、却非常有力的佐证。难道能说人们轻视和不信任理论以至由此而来的批评是没有任何根据的么?

理论工作者的眼睛是应该朝下看的,看到人民群众的生活,看到社会活动中实际存在的问题,看到千家万户的所爱和所憎。当然也应该朝上看看,了解上面的意图,尊重上面的正确决定,以便帮助正确决定的贯彻执行。但决不应该是为了希风承旨,奉迎投合,借此达到卑鄙的个人目的。认为只要是上面说的总不会错,甚至"句句是真理,一句顶一万句",不过随随便便的几句话就可以"够用几十年",还说只有这样才是"最最革命"的态度,所有这些其实都只是一种自欺欺人之谈,和真正的理论研究毫不相干。

理论工作者当然要尽可能多多读书。革命先辈所写的书尤应细读。但如只凭读书,只靠背诵现成结论到处生搬硬套,认为凡与现成结论不同或有差异的意见都是谬误,都是"封资修黑货",显然极不科学。任何人都不可能毫无局限,囊括真理。何况形势不断在发展,我们现在的工作已超出他们当年的实践,原来正确的东西在新形势下完全可能逐渐过时,因而需要代以另外一种真理。有的则必须加以补充,使之完善,以便继续发展。这种道理,革命导师自己原已反复向我们指出,然而实际上过去很少照办过。说的是应该学习立场、观点、方法,做的是必须遵照权威人士的现成结论。须知事物是很复杂的,即使立场、观点、方法相同,由于种种原因,得出的结论也不完全一样。不同的结论可能都含有了一部分合理因素,如果因此引起进一步的研究,相互补充,可以使理论更加完满,符合客观实际。过去却往往宁愿完全肯定权威人士的结论,似乎别人的探索都属多余,甚至有害,实际承认了理论探讨中可以存在特权。这就使主要应该学习其立场、观点、方法的正确指导,无形中变成一句空话。同时,也使"有比较才有鉴别"、"反对本本主义"、"实践出真知"一类正确指导,成为不能兑现的支票。

理论工作者必须从实际出发,研究新情况,解决新问题,实事求是,要唯实。权威人士的议论,有些所以具有很大的权威,只是因为这些议论经过实践的反复检验,证明确为真理,并非由于他这个人一时握有大的权力。实践才是检验真理的唯一标准,权威人士的议论也不能不受这条规律约束。这样的思想革命先辈们原都不止一次表明,可惜过去我们这里也没有认真实行。思想指导是一件事,实际行动往往是另一件事。由于违背了正确的理论,既造成实际的失误,

1371

也使人们不信任理论，连同某些正确的理论也不受重视，因为觉得这些反正只是说说而已的。

过去很多文艺理论文章，就这样，几乎都是从"上面"、从"经典"串讲出来，既严重脱离生活实际，也严重脱离创作实际、艺术实际的。文艺作品有它本身的特点，文艺理论应该看到文艺的特点，并按照艺术规律来探讨文艺问题，但过去的文艺理论同政治宣传实际并无多少区别。理论分析既少，艺术分析更少。人们看到的总是概念、口号、推论、判决一类的东西。作家们觉得与其看这种文章，还不如直接看社论、文件爽气些。这种文章的确不能给认真的作家提供什么具体的帮助，更不要说文艺理论本身原也应该具有的某种艺术吸引力了。从概念到概念，从结论到结论，又总是一味的斗争，实际问题则都解决不了。怎么能责怪人们不要读这种文章呢？

再加，过去很多文艺理论批评文章的口气、态度，总是以教育者和审判官自居，居高临下，自命不凡，不能平等待人。好像采取友好商量、积极建议的态度，会损害理论尊严似的。粗暴武断，凶狠尖刻，可以无所不用其极。不是以理论、知识本身的说服力，而常以声色俱厉不容置辩的缺席判决来显示其笔力千钧。对此，人们当然更要鄙而远之了。

上面所说，自然主要是指"左"的文艺理论批评而言。这种理论批评，其实并非真正的理论批评，的确不过是棍子和刀子。人们说它"灰色"，轻视、不信任它的瞎说，是咎有应得的。但若因此成了习惯，连确是实事求是的理论批评都一律加以轻视和不信任，就不免偏激了。我们毕竟不能笼统地把一切理论都说成"灰色"，从客观实际总结出来而又能指导革命实践的理论就也是"青色"的，虽然不能说它在情况改变之后仍可以永远保持不变。

我们应该反对轻视实践、脱离实践的理论研究，同时也要反对轻视正确理论，轻视理论对实践的指导作用的经验主义偏向。在文艺界，这种偏向虽不突出，也是存在的。对从事创作的同志来说，实际创作的经验当然很可宝贵，科学的文艺理论修养也非常必要。较高的理论修养能够指导创作实践，不致迷失方向。过去写出了"瞒和骗"、"假大空"东西的作者，之所以会这样写，同缺乏较高的理论修养亦有密切关系。古人说"识明则胆张"，是有道理的。正如理论批评工作者应该深知创作甘苦一样，作家们只管自己埋头创作，不注意从正确的理论批评中汲取营养，得到启发帮助，也是一种缺陷。满足于自己狭小的经验，就不容易有所突破，不断创新。应该说，我们今天的环境比之过去已经大不相同，只在今天,真正的理论和理论工作才有可能得到重视和展开,万马齐喑的日子再也不能让它回来了。

二、必须继续解放思想,肃清"左"的流毒

　　研究文艺理论,必须系统地掌握马克思主义的基本理论。不熟悉马克思主义的科学体系,就不能完整地、准确地运用马克思的基本观点去分析、说明文艺问题。在这个基本功夫上,包括我们自己在内的很多文论研究工作者至今还是小学生。虽然我们早已有了阅读马克思主义著作的自由,但由于政治民主与学术民主都不够,对马克思主义的认真研究讨论展开得很少。究竟什么是马克思主义,什么是修正主义,似乎早已泾渭分明,实际混乱得很。现在知道,前些年被大批特批的一些"修正主义黑货",其实符合马克思主义,而被吹捧为最最革命的一些东西,却已被实践证明根本不符合马克思主义。后人的理论是否符合马克思主义,应该取决于千百万人实践的结果。这种判决权一旦操在个别人手里,就很危险,在这种情况下,将很难有什么理论研究,而只有"奉命"或"遵旨"的行动。这既不符合马克思原来的思想,也只会阻碍马克思主义本身的丰富和发展。这就是为什么,尽管马克思主义书籍大部分已介绍过来,可是人们所满足的,却大都是一些经过特殊挑选出来的片断语录。从这些语录,既看不出来龙去脉,原是针对什么而说,在什么条件下说的,也发现不了编选者是如何斩头去尾,不及其余的。不是说语录全不可学,而是说"语录热"、"语录狂"发展到了以"语录"代替理论研究的地步,那就必然会把整个体系都取消了,至少在客观上是这样。今后文艺理论的研究,一定要以马克思主义的科学体系、基本理论为指导,再也不能只以某些特殊挑选出来的语录为指导了。马克思在文艺理论方面有不少贡献,当然应当重视和学习。但他们主要是革命的思想家、活动家,来不及对文艺问题做很多的探讨。我们不能把他们的文艺理论等同于他们的整个理论体系,认为他们的文艺理论已经完整地表现了他们的基本观点。我是说,光以他们的文艺理论为指导,不够。不能以为他们的文艺理论已圆满解决了文艺理论中所有重要的问题,在他们已经涉及的问题上,今天看来也未必句句都是真理。

　　有了比较丰富、正确的马克思主义修养,如果缺乏文艺修养,不懂艺术规律,对文艺史上重要的作家作品没有作过任何具体的研究,对现实生活了解得

1373

极少,这样,文艺理论研究亦搞不好。规律性的知识,只有到具体的文学现象中去寻找,只有从作家们的创作过程,塑造的人物典型身上去寻找。文艺所以不同于科学和别的社会科学,因为有其自身的特点。如果无视这种特点,即不能有文艺理论。理论而不联系作家作品的实际,而不从个别到一般,具体到抽象,然后再回过来,就只能是夸夸其谈的空论。当然,若是闭户读书,脱离现实的书生,其文艺理论又会流于烦琐或空虚,没有了现实针对性,理论还有什么用?理论要求有用,就得解决当前创作实践中出现的新问题。例如如何进一步提高文艺创作的质量,提高艺术表现水平,就是当前创作实践中一个重要问题。过去"左"的文艺理论大谈"以阶级斗争为纲",极少研究文艺的内部规律。重视艺术形式会被说成搞形式主义,研究审美趣味会被说成搞唯美主义,探索创作过程中的灵感现象以及艺术感觉的特殊才能,会被说成搞神秘主义,等等。好像文艺理论就只能谈论文艺运动和文艺思想的斗争方面,否则便是邪门歪道。这种一味说教的理论,由于不适应创作实践的需要,几乎没人要听。探讨文艺的内部规律,总结古今中外重要作家的艺术经验,应当是当前文艺理论工作的一个重点。

任何一个国家、民族都有它的长处和短处,它们的文艺理论也一样。取长补短,凡对建立我国自己的文艺理论体系有益的东西,都应研究吸收。过去受"左"的影响,我们对外国文艺理论的研究工作做得极少,具体分析更少,不是建立在研究、分析基础之上的"大批判",当然谈不到有什么学术价值。近年来开始有了一些介绍,人们发现即使在过去全被否定的理论资料中,其实也不无合理的东西,至少很可供我们比较参考。各国各民族的社会生活都有其特点,如何能以我们自己为中心,强求别人向我们看齐,认为凡与我们观点有异的一概反动或荒谬?我们当然坚持社会主义大方向,但艺术规律有一致性,任何人在这方面有所发现有所丰富有所前进,都是对人类文化的贡献。拒绝借鉴外国的有益资料,结果只能限制了本国文艺的迅速发展。从我国实际出发,立足于我国的文艺理论建设,要相信我们大多数同志是能够正确选择、运用外国的合理资料的,并不会一看见外国的东西就被俘虏过去。

中国古代文艺理论是一个无比精彩、丰富的宝库。我们现在要建立马克思主义的具有我国民族特点的文艺理论体系,必须大力挖掘、开发这个宝库。近年来已有较多同志在从事这方面的搜集、整理、研究工作,是一个很可喜的现象。但比之形势的要求,工作的进展还是不快的。存在的问题:一是工作缺乏

1374

组织,力量尚未集中使用,有重复劳动的现象;二是从事这方面的研究,往往未能同外国文论与现代文论的研究密切联系起来,各干各的,比较沟通不够;三是资料书编辑出版太少太慢,不能较快地吸引更多的同志来充实这个队伍。研究古代文艺理论,还应当同对作家作品的研究分析结合起来。理论性的专篇专著当然值得钻研,体现在作品中的理论同样值得探索,特别我国的文论家绝大多数都有作品,结合他们的作品来研究其理论,可以感受、理解得更具体、深入。刘勰、钟嵘可惜并未留下什么文学创作,但如《白石诗说》的作者姜夔,《沧浪诗话》的作者严羽,《原诗》的作者叶燮,都是有不少创作的,脱离了他们的作品,专就文论谈他们的理论,肯定不会完整,而且还会产生误解。

当前文艺理论研究仍要继续解放思想,肃清"左"的流毒。"左"的方针虽已结束,"左"的束缚虽已被大家突破,但要纠正"左"的传统,肃清"左"的流毒,却还是一个艰巨的任务。在不少人的心目中,总把"左"看成正确,把正确的看成"右",这几乎已成为一种非常顽固的病症。三中全会的正确路线已得到越来越多的人承认,但还并不是所有承认的人都已深知它为什么正确,因此一有风吹草动,这种人又会表现动摇。特别在提出应该检查领导的软弱涣散,应该批评资产阶级自由化的时候,这种情况很容易再现。文艺界存在不存在某些资产阶级自由化的东西呢? 有的。既然有,当然应当批评,应该反对,这是绝大多数同志都赞同的。可是究竟什么是资产阶级自由化,在认识上必须十分明白清楚,它只限于指那些反对党的领导的种种表现,而不能把随便什么要求自由的意见都看成自由化。形式、风格、流派、创作方法、题材选择等,无疑都是应该自由选择的,"双百"方针一定要得到坚决地贯彻。如果因为要改变软弱涣散的状态而坚强起来,连原该听凭文艺工作者自由选择、自由抒写、自由竞赛的东西也横加干涉、限制起来,就会走到另一极端去。这种情况现还有所发生,虽不严重,却是应该引起大家警惕注意的。总之,无论在理论上还是在具体措施上,我们确是应该严肃批评和防止资产阶级自由化的倾向,指出它的危害,但继续解放思想,肃清"左"的流毒,真心诚意贯彻党的"双百"方针,还是当前的主要任务。

三、棍子、刀子与正确的批评

文艺批评是不是棍子? 据称有人说是,有人说不是。两种回答都是一刀切。是与不是,实际上都非答者的原意,一定有其针对性,指一部分批评而言。

真正发这种"一刀切"的议论者绝少,怕是被归纳者如此推到极端的。

有没有棍子式的文艺批评呢?当然有,过去一直不少,"四人帮"逞凶时期更多,现在有时也还看得到其残余或近似的东西。岂仅是棍子,而且还是名副其实,足以致人死命的刀子呢!文艺批评而堕落成为棍子甚至刀子,自然不好,但江青及其一伙文痞不是还曾以"金棍子"自豪,并公然互相打气——"不要怕有人骂我们是棍子"么?想想当时那些自命"很革命"的"大批判",颠倒敌我,混淆是非,断章取义,随意引申,罗织罪名,组织围攻,无限上纲,不容分说,武断判决,置人死地,这些做法,我们不是都还历历在目,记忆犹新么?大家知道,多年来的"阶级斗争扩大化"几乎全是从文艺界以"批评"之名开刀的。这种完全违反马克思主义实事求是的原则,违反国家、民族利益,蔑视人民起码权利,摧残革命文艺事业的"批评",其危害之大、之深,现在总算已经罪恶昭彰,可以无须讳言,也不烦赘述了。这样的"批评",理应坚决反对。说这样的"批评"是棍子,很合适。现在如还出现其残余或近似的东西,仍称之为棍子,也没有什么不可以。

如果只是称这样的"批评"及其残余或近似物为棍子,我看这同称所有的批评为棍子而加以拒绝,是两件事。认为否定或拒绝一切批评已成为今天文艺界的主要倾向,未免危言耸听,其实不存在这个问题。极少数作者小有成就,就批评不得,分明存在缺点也听不进别人的忠告,因而把一切批评都称为棍子,当然是错误的。这样的作者极少,并未成为气候,不可能得到群众的支持。既然文艺批评中现在有时确还可以看到一些"棍子"的残余或近似物,所以,说一切批评都已不是棍子,亦非事实。只是应该承认,三中全会以来出现的大多数文艺批评,虽然正确、深广的程度不一样,正确或比较正确的批评毕竟是主流。棍子式的东西到处会受到抵制,不再能纵横驰骋肆虐文坛,是事实。不能把这事实理解为人们否定或取消批评的结果。我认为弄清这一点很重要。

现在我们要求开展正确的批评,鼓励正确的批评,这就包含着反对错误批评、棍子、刀子式"批评"的意义在内。正确的批评应该是怎样的呢?总的说,它应该是实事求是的,靠科学、靠真理办事的,讲究批评的正当目的和良好效果的,应该和棍子、刀子式的"批评"截然相反。

这种批评应该是分清敌我,明辨是非的。以敌为我固不对,以我为敌更有害。站在人民的立场上,以人民的根本利益为重,通过实践的检验,是则是之,非则非之,是非爱憎分明,不搞主观主义,不搞形而上学,不以一人之是非为是

1376

非,不看谁的脸色说话,也不以书本为最高准绳。从实际出发,老老实实讲真话,坚定地用真理说服人,这是文艺批评对革命政治的最好服务。

这种批评对敌人是严厉的,毫不留情的,对自己人则是满腔热情,与人为善,平等相待,从团结愿望出发的。不是为了打击,而是为了帮助。不是为了显示自己高明,而是通过说理,共同商讨,一起前进。批评者与被批评者不是敌人,在解决矛盾的基础上,将成为亲密的朋友和同志。即使对敌人的批评,严厉与毫不留情也并不是表现在辱骂与恐吓上,而应表现在锐利和深刻的揭露上。

这种批评既要指出缺点错误,也要肯定实有的成绩,予以应得的表扬,绝不是只有指责,只有斗争。坏处说坏,好处说好,有多少好坏就说多少好坏,不夸大,也不缩小,力求恰当。必须注意分寸,留有余地。特别在指出缺点错误的时候,应该严肃、慎重。所谓严肃,就是对缺点错误,只要确实存在的,就应指出。所谓慎重,就是对存在的缺点错误,要作出具体分析。一是分析缺点、错误的性质和程度,二是分析缺点、错误造成的原因。缺点错误有大小之不同,批评时也就应有轻重之别。是思想倾向性质的还是艺术表现性质的?是根本观点上的还是个别提法上的?是许多问题上的还是个别问题上的?若是许多问题上的,则缺点错误有内在联系还是没有内在联系的?个别提法上的、个别问题上的、没有内在联系的、以及艺术表现性质的缺点错误,是小的或比较小的错误。根本观点上的、表现在许多问题上而且有内在联系的缺点错误,是大的或比较大的错误。对自己人的批评,总是要从团结的愿望出发,既严肃认真,又亲切感人,宽厚诚恳,不要尖刻挖苦,伤害感情,更不要随意上纲上线。脱离实际的求全责备,不作具体分析的一味指斥,不仅难于使人心服,还可能产生对立情绪,甚至使很多第三者亦生反感。在这种情况下,即使批评中有些正确的东西,也不能受人重视,效果适得其反了。

这种批评必须兼顾思想和艺术,尊重艺术规律。文艺作品中的思想观点,是通过艺术形象、典型塑造来体现的,作品的是非、正误、美丑、好坏,只有通过具体、深入、细致的艺术分析,才能得出适当的结论,而这是比较复杂的事,决不是唾手可得,一望可知。思想当然要重视,但优秀作品的思想,主要深藏在艺术形象之中,经过反复涵咏、体会,往往还有一时难于领会和不能完全掌握的情况,何况还有作家主观思想和客观影响的差别。加之,读者的倾向、爱好、生活经验、欣赏水平各有不同,对同一作品评价往往有异,甚至有较大距离。特别在文艺形式、风格、流派,表现方法上,更会有不同的看法。因此若是尊重艺术规律的批评,就不应简单粗暴,认为自己的意见便是定论,必然正确。批评家当然随时可以提出他的看法,但一是不能脱离作品的整个形象体系、只抓住作品中几句比较显露的话大作文章;二是不能忽视作品的艺术成就、美学趣味而只谈思想;三是要承认文艺批评的艰巨性,自己既要勇于批评别人,应该同样勇于接受别人正确的反批评。勇于批评别人而怯于接受反批评的人,其批评大抵难于正确。"左"的批评者往往指责别人不接受批评,其实他们自己倒真是最怕被人反批评的,因为怕反批评,所以手里有权的话,干脆就不许别人反批评。

为什么我们过去很少正确的文艺批评? 原因之一,是文艺批评的指导思想存在偏激。文艺批评被认为文艺界的主要的斗争方法之一。如果说在战争环境中,而且反动文艺还占优势的时期,人民文艺的迅速生长必须以大力开展对反动文艺的斗争为必要条件,那么,形势大为改变之后,这样的提法就有毛病了。好像批评的任务就在同敌对的东西作斗争。其实鲁迅早就完整地指出文艺批评既要剪除恶草也要灌溉佳花,遇到不是穿心烂的苹果还该尽量利用其中可吃的一部分。由于把文艺批评着重看成斗争的方法,所以多年来总是忙于挑毛病,查敌情,以挖出敌人之多作为大成绩,棍子刀子满天飞为正常现象,"文艺批评"一直成了"阶级斗争扩大化"的开路先锋。这种理论再也不能作为根据了。

现在或称文艺批评是"党领导文艺的重要方法",这比过去以搞运动、行政命令、全面专政、"一言堂"来领导,好多了。但这是从领导的角度来看的。我觉得,如果说文艺批评是分析、研究、评价文艺现象,总结创作经验,探讨文艺规律,提高读者和作者的思想水平和艺术水平,从而促进创作繁荣的重要方法,这样是否具体、确切一些?

正确的指导思想,会产生正确的批评方法,导致正确的文艺批评。指导思想有偏,文艺批评就很难正确了。这也是一个重要的教训。

四、如何正确地开展批评

方法问题是否也是原则问题? 有人认为不是。我看,有些方法问题不是原则问题,有些则当然也是原则问题。"四人帮"那样来搞文艺批评,难道不是原则问题? 自己人的作品中有些缺点错误,却不分青红皂白,把它无限上纲,分明违背了实事求是的原则,以致不但说不服被批评者,使很多第三者也产生反感。

1378

由于方法不对,缺乏应有的团结愿望,反而造成离心离德的结果,难道不应看作原则问题? 否认某些方法问题也是原则问题,实际是想为某些简单粗暴、缺乏社会责任感的批评打掩护,文过饰非。须知批评本身并非目的,不是对作家作品无论怎样狠批一顿就算已完成了批评的任务。批评的目的应该是帮助改正,教育人,鼓舞人,激励作者的创作积极性,使创作繁荣兴盛。如果得到的是相反的效果,那还要这批评干什么? 某些批评者惯于小题大做,对人棍刀齐加要置人于死地,难道人们连一句"这也是原则问题"的责备都讲错了?

所谓正确地开展批评,就是既要对文艺作品的缺点错误开展批评,又须讲究批评的方式方法。如因方式方法严重错误,以致得不到预期的效果,违背了批评的目的,即使批评中不无合理的东西,也谈不上是坚持了什么原则。不摆事实,不讲道理,不容许保留某些不同意见,不善于启发思考,不给人认识改正的机会,一味自以为是、强迫命令,就是方式方法不对。其实,采取了错误的方式方法进行的批评,其批评至少不会完全正确,有时甚至同样极其错误。譬如说,孩子因贪玩而逃学,原是不对,应予批评或处罚,可是难道能用毒打或杀死这种方式方法来对待他? 当然不能因为孩子应予批评或处罚,而承认用了这种极其错误的方式方法的批评还是正确或基本正确的。随意枪杀一个罪不该死的人,在法律上是犯罪,那么,在文艺批评中随意完全抹杀一个虽有缺点错误却并非不可纠正的作品,情况不也类似?

正确地开展批评,必须容许和保护正确的反批评。不容许、不保护正确的反批评,就不能正确地开展批评,两者是密切相关的。真理不辩不明,愈辩愈明,在争论中才能发展。批评与反批评就是争论。过去根本不让反批评。有的只是为了"引蛇出洞"才故意让你申说几句,好给"猖狂反扑"、"态度恶劣"、"顽固坚持反动立场"等预定结论提供"铁证"。谁要反批评只会招来更凶的打击报复。因此万马齐喑,思想僵化,学术文化停滞。鲁迅说得好,"批评者有从作品来批判作者的权利,作者也有从批评来批判批评者的权利。"①"文艺必须有批评;批评如果不对了,就得用批评来抗争,这才能够使文艺和批评一同前进。如果一律掩住嘴,算是文坛已经干净,那所得的结果倒是要相反的。"②对过去"左"的思潮盛行时我们文艺界的实际冷落状况,这几句话可说是不幸而言中。

① 《且介亭杂文末编·〈出关〉的"关"》。
② 《花边文学·看书琐记(三)》。

真正的马克思主义者有怕人反驳的么？真正的英雄有不让人还手的么？他们正是在经常的论战和交手中战胜对手，而显出其革命者和英雄的本色的。

如果容许和保护反批评，批评者因为有一个平等的、有同样发言机会的对手站在面前，他就不敢随便采用"大批判"那样的故技，他就会郑重、负责、小心起来，因为简单、粗暴、到处是漏洞的胡说八道，到头来毕竟会使他自己的信誉在广大读者面前扫地以尽。为了使自己的议论在对手面前尽量无瑕可击、不授人以柄，他必须思考再三，精益求精，力求少出差错。这既可使评风逐渐回到实事求是方面来，也可使被批评者从中真正得到些益处。批评的质量提高了，反批评的质量势必水涨船高。这样，批评与反批评便能真正取得互相补充纠正、共同前进，提高整个学术文化水平的巨大益处。所以，只有容许和保护反批评，才能促进批评和整个学术文化事业的健康发展。

正确地开展批评，也必须提倡多作自我批评。缺点错误经人指出，确是对自己的帮助，有很大的启发作用。被批评者如能在这基础上进一步作出自我批评，有时很可能比别人的批评更深刻。若是对别人批评不当，甚至批评错了，引起了反批评，只要反批评得对，批评者也应该襟怀坦白，作出自我批评。我们人人都可以做批评者，也人人都应该勇于自我批评。大家都按坚持真理、修正错误的原则办事，用不着强迫命令，批评与自我批评便可成为风气。被批评者的自我批评，对正确开展批评有很大促进作用。有些同志，由于不愿重蹈过去随风批人的覆辙，唯恐再伤害人，见了缺点错误往往不参加批评，更不肯公开写文批评，如果被批评者能作自我批评，就能逐渐打消这些同志的顾虑。而批评者多作自我批评，纠正自己批评中过火或不足的地方，自然也可以消除被批评者的不满情绪，改变长期以来视批评为棍子、刀子的认识。自我批评表面上只在批评自己，实际往往能给别人许多启发，帮助他们察觉、改正自己的缺点错误。在这一点上，领导者的认真而不是敷衍的自我批评能起更多的作用。因为领导者总是批评被领导者的时候为多，但批评却不可能总是对的。认真的自我批评不但不会降低自己的威信，反而可以提高它。敢做认真自我批评的人是真正的强者勇者。

正确地开展文艺批评，必须讲究方式方法。应该容许和保护反批评，应该提倡多作自我批评。批评本身不是目的，达不到批评正确目的的批评，是失败的会产生反效果的东西。为此，把开展正确批评所必要采取的方式方法作为原则问题来认识，我以为是很有道理的。

五、要走群众路线

文艺理论批评工作一定要走群众路线。只有走群众路线，才能做到这个工作的"四化"：正常化、经常化、科学化、战斗化。广大人民群众，文艺专门家、包括作家和理论批评工作者，以及各级领导同志，都包括在这"群众"之内。归根到底，作品的成功与否，决定于人民群众是否欢迎，是否点头称赞。马克思说："人民历来就是作家'够资格'和'不够资格'的唯一判断者。"历史证明这是真理。

无论群众的意见如何分散，如何缺乏系统，只要有马克思主义的指导，在党的领导下进行具体分析，根据作品在广大群众中实际产生的作用和影响，还是能够把他们的意见集中起来，系统化的。走群众路线，当然不是要做一部分人的尾巴。

人民群众虽然不是理论家，写不出洋洋洒洒的大文章，用深奥难懂的术语说话，但他们并非没有理论。他们都能够批评，批评所根据的即是他们的理论。他们是最通情达理的，所以用不着讲很多废话，往往几句就评论得非常中肯，特别在大是大非方面，专门家尽管有比他们高出一筹的地方，但在明辨大是大非方面，往往为因袭的重担所限，反而比不上他们敏感。比如他们决不会称赞不能使他们易于看懂的东西，而有些人则会找出很多理由来掩饰甚至连作家自己也弄不清楚究竟说了些什么的作品。专门家能够帮助他们有所提高，但专门家也必须从人民群众吸取营养，先做他们的学生。

只有发动群众大家都来参加文艺理论批评工作，这个工作的上述四化才能逐步实现。经常鼓励他们发表意见，经常倾听吸收他们的意见，他们就是在参加这个工作了，并不是一定要他们写了文章才算参加。应该让他们自由发表意见，不能像过去组织"大批判"那样先给他们定什么调子，而在整理研究他们的意见时，当然也不能根据自己的意旨，来个合则留不合则弃。尽可能发动群众一道参加，评论就能经常化。经常化了，便会正常化。可以说好说坏，也可以反批评，提出不同看法，或修正补充，或竟推翻。七嘴八舌成了习惯，切磋琢磨成了风气，就没人害怕批评与反批评了，工作就可正常化了。彼此坦率诚恳，无话不谈，平等讨论，精益求精，共同按实事求是的原则办事，科学化便有了保证。在科学化的基础上，出以群众的强烈爱憎，必然能发挥出评论的战斗作用。

走群众路线的文艺理论批评工作,主要是说它是从群众中来,代表群众的意愿和根本利益的,这同过去的"运动群众",唆使一部分人一哄而上把自己不喜欢的作家作品压倒、毁灭的做法绝不一样。单凭人多势众,若在本质上并不反映人民群众的意见与态度,不可能解决什么问题。思想性质的问题,只能用适合于解决思想问题的说服帮助方法来解决。手中无真理,强制性的行政命令行不通。"有理走遍天下,无理寸步难行"。

领导者一般说因岗位关系,情况了解较多,因而看问题比较全面,对他们的批评意见应该重视。但他们不可能熟悉所有事业,对下情也未必很清楚,所以批评意见不一定都中肯。既应重视,又不能迷信、盲从。领导者更应有倾听群众意见的雅量,以能代表群众为荣,而不以特殊人物自居。以我国之大,工作之多,负担之重,连一部影片、一本小说之微都要领导人表了态再拍下板来,这是很不正常,事倍功半的现象。为什么不可让群众让文艺界广大同志一道来解决这个问题呢?难道广大群众连这样的问题都妥当解决不了?所以,要走群众路线,还要有相信群众这个前提。

我们的文艺理论批评工作条件正在不断得到改善,正在曲折前进。事实是旧问题解决后,必然又会产生新问题。只要道路对,群策群力,我是相信一定能做出值得称赞的成果来的。

(原载《文艺理论研究》1982 年第 2 期)

六、评论文章要有可读性

文艺评论作为评论工作者的一种创造性劳动,恐怕没有哪一位不想得到尽可能多的读者。欢迎与接受当然会使他欣慰,提出不同意见,摆事实、讲道理,因此引起进一步的讨论,也是一向求之难得的好事。但无论是表示欢迎、接受还是提出不同意见展开讨论,必要一个前提,就是评论文章本身,除了确有见地,还应具有一定的艺术吸引力,使人乐于读下去,愿意把你这篇文章读完。如果做不到这一点,即使文章本身确还有些可取的见地,并不是没有若干符合科学,具有一定深度的东西,还是发挥不了应有的作用。因为人们既不愿读你这样的文章,或翻了一页读过几段之后便不愿再往下读了,那你这种劳动应有的作用还如何能发挥得出来呢?

评论文章当然很难活泼生动具体可感到优秀创作的程度，它的读者面也要狭一些。但当前的问题乃在，某些评论文章即使在文科大学生中，甚至在不少专业理论研究工作者中，也普遍感觉艰涩、枯燥、难懂，不愿读，读了也不愿继续读下去，就很值得这种文章的作者深深思考一番了。

我看，这主要应该反求诸己，从自己头脑中、作品中去找出各种原因。责怪读者浅陋不识货、僵化不解放、老化赶不上自己，等等，并不是科学态度。因为深过于你、解放过于你、创新过于你这种文章的评论，他们却是如饥似渴地要读爱读的。

千万不要把相当明白的问题搞得非常复杂；把可以用简明的语言讲清楚的问题搞得非常烦琐；把自己也不甚了了的东西借名词概念唬人；把具体可感的文学作品实际丢在一边而空谈方法、理论。有位卓有成绩的电影老演员这样说："我不懂理论。很多问题其实很简单，可是一看有些理论，反而给弄糊涂了。哲学啦，逻辑啦，新的名词概念一大堆，不知道他究竟想讲些什么，要解决什么实际存在的问题。外国人不说它，鲁迅、茅盾、老舍也有讲理论、评作品的文章，有他们这样讲法的吗？"

某些文艺评论作品所以不受读者欢迎，主要有下列三种情况：长而空，动辄一两万字，美其名曰宏观，综合，系统，而学力未逮，脱离文学实际，生搬硬套其他学科的理论资料，大而无当；故作艰深，以堆砌哲学名词、逻辑概念为思辨力强、意蕴深刻的标志，视平易为贫乏，以通俗为庸俗，以艰涩为高明；一味求新，忘求实效，对开放以来输入的各种理论、观念，并没有较深入的研究和了解，抓到一点皮毛就急于鼓吹、套用，对新时期我国文艺发展的新情况、新经验、新问题反而很少注意，新的探索没有同新时期文艺评论工作的迫切需要密切配合。

这使我想到，文艺评论作品的吸引力或可读性问题，实在不只是一个文风问题，同时也是一个学风问题。我相信在更大程度上发扬社会主义民主，更加充实学力的条件配合下，"浮华脱尽见真淳"的风气是能逐渐形成的。

（原载《批评家》文中的一节，1986 年第 11 期）

七、理论勇气自何而来

勇敢似乎总比胆怯好，"胆小鬼"一向是句很叫人难堪的责骂话。但如稍细一想,就会感觉不妥。"横眉冷对千夫指"是勇敢,"俯首甘为孺子牛",同样也属勇敢,绝非胆怯。独夫暴虐,残害善良;流氓逞凶,杀伤无辜,都有其言人所不敢言,为人所不敢为之处,难道也算得上勇敢?在理论问题上,坚持错误,顽固到底,仅能说他死硬。只有对那种敢于坚持真理,探索新知,为了正义和进步的事业,"威武不能屈,富贵不能淫,贫贱不能移",甚至不惜牺牲宝贵的生命以捍卫其所深信的,才说得上是真正的勇者,是一个有理论勇气的了不起的伟人。过去把"智、仁、勇"三者相联系是有道理的,不智不仁之勇,对社会毫无益处,小则为害虫,大可成魔王、厉鬼。

古人曾在才、胆、识、力四者间做过议论文章,清代叶燮《原诗》中就有,一般人也常谈到。或谓"艺高人胆大",或谓"识明则胆张",或谓"无胆则笔墨畏缩"。才气、识见、学力甚至体力,同胆(勇气)都互有联系,是事实。但就胆而言,究竟是哪一端同它最有密切关系?

如在承平,各种关系比较宽松的时期比较难于辨明,那么在有关个人命运升黜、性命存亡的紧要关头,就容易明辨得多了。极"左"横行时期就曾给人们挂着一面镜子。

"艺(才)高人胆大"吗?不少这样的人都噤若寒蝉,说了假话。

"识明则胆张"吗?不少平时有点识见至少在某些方面颇有识见的人都随声附和,说了假话。

学富五车,彪形大汉,不少人在这种时刻都成了陋儒,庸夫,风吹得倒的小人。

因为无胆,不仅笔墨畏缩,甚至完全诬陷不实之词都写得出,"无理却有十八条"的话亦有。

自然,此中有许多迫于形势口是心非的,当面点头背后摇头的,众人面前痛骂私下表示同情、抚慰的,大家都在水火里,"人无完人"嘛,不能苛责这样的一些人。但毕竟总不能说这样的一些人为勇者,尽管他们有些才艺,有些识见,有些学力和气力。才、学、识毕竟都不能决定地使一个人具有蕴含着智与仁的勇气。

根本问题在要有公心、有凛然正气、有社会和历史责任感。一心想在个人名利、家庭和帮派利益上的人,必然在大义上胆怯、退缩、随风、甚至无恶不作。最大程度的无私的人,才能做到最大程度的无畏。

真正贯彻执行"双百"方针,就要提倡并用法律来保障批评与反批评的正常进行与正当权利。特别要鼓励和保护"勇"于为改革大业探索和创新的同志。批评者要勇于批评一切错误和不良的东西,不管犯者是谁,该批评的就要批评,当然也要实事求是,既不缩小亦不夸大。实事求是并不容易,批评者要客观地弄清事实,掌握分寸,不能感情用事;被批评者也要从善如流,不文过饰非,上推下卸,或倒打一耙。不畏权势需要勇气,承认过错也需要勇气。批评别人需要勇气,同时还要有欢迎、倾听反批评的勇气。勇于批评别人,怯于被人反批评,这种人往往并不真是勇者。他在理论上多半是弱者,在人品上多半是投机家,仗势凌人者。被批评者一旦被剥夺掉了反批评的权利,就会使不学无术的趋利之徒越发猖狂,使"批评家"的名声扫地以尽。因此,反批评的权利一定要得到法律的保障,各方面的支持。自然,赖账和不摆事实、不讲道理的回骂之类,算不得反批评,两者都要出以公心,有科学根据,抱实事求是、互相帮助的平等态度。

理论的勇气说到底也就是一种革命的勇气,改革的勇气。私字当头的人,遇到不利于己的事物时,顽抗倒常有,值得赞美的勇气便谈不到了。

文艺理论的学习
与创新

　　文艺理论这门课程虽然是大学中文系开设的,但我认为社会上的每一个同志如能了解一点也大有好处。实际上我们在社会生活中接触的许多艺术现象都同文艺理论有关系。也许有人会说自己从未研究过文艺理论,但只要你看了电影、电视,或读了小说,你总会有一些感想,比如觉得它写得好,写得不好,或有些地方好,另些地方又不好,或者觉得有些地方意思虽好却写得不好,不能感动你,没有多大兴趣,诸如此类,会有各种各样的意见。这些意见本身,其实背后都有一定的理论在作指导,尽管你没有清楚意识到。比如我们都不是哲学家,但我们对世界、对社会、对人生、对国家、对民族前途都有自己的看法,这些看法提高起来,就是哲学理论或社会政治学理论。文学也是如此,如果我们对文艺现象有一定的了解,有必要的知识,掌握了正确的观点,那就不仅能提高我们的认识,对自己有好处,并且由此能区分出哪些作品是真的、美的、善的,它发表或公演后对我们国家和人民能起什么作用,就能通过我们对子女、对家庭、对周围的同志们的相互影响,对造成社会健康的舆论起不小作用。所以,学习文艺理论,不仅对搞文学的同志重要,对社会上其他同志来说也相当需要。因为大家都经常在同文艺作品接触,不知不觉中要受其潜移默化的影响。

　　现在美国许多学校里的大学生,即使是学理工的,也要学一点社会科学知识。他们设置的课程有自然科学、社会科学、人文科学、美术、文学等,学校里的每个学生都要学一点这方面的课程。我们国内像中国科技大学、上海交通大学,它们是理工院校,有的也已开始建立了社会科学系。不久前我在上海就曾参加过上海交通大学社会科学工程系举行的一个活动,这个系下面包括有文艺、美学理论在内的不少课程,他们还开设了文学作品选、文学史等课程。随着创作的日趋繁荣,今后文学理论的影响会越来越广,社会中每一个人都和它有一定关系,每一个人都可以通过学习这门功课,增加文化知识,提高审美能力,有利于培养高尚的道德情操。

学习文艺理论要讲究方法,要有较好的方法。30年代我做学生的时候,是老师讲学生听,以后我做了教师,也是老师讲学生听。现在我的学生的学生做了老师,仍有不少这样在教学生。哪个同学笔记记得详细、清楚,就认为他刻苦用功成绩好。教师们脑子里的老框框至今还很多。虽然近年已稍微有些改变,但改得还不多。这必须引起我们重视。我去年应邀到美国几个大学去讲学,也去听了些课,发现他们的教学方法有不少值得我们借鉴的地方。他们上文学课每节课教师差不多总只讲一半左右时间,至少留三分之一的时间让同学自由发表自己的见解。无论是本科生,或是攻读硕士学位、博士学位的研究生,教师都预先给他们开列一张长长的书单,区别精读与泛读,要求学生一定要看,有些考试题就从中间出。教学上他们有个口号,叫通过大量阅读来进行学习。因为通过大量阅读,可以进行种种的比较,培养思考、辨别能力。古今中外,你读得越多,比较越深入,欣赏、分析、评价的水平无形中就提高了。古人说过"曾经沧海难为水"。经历过大海,再看小溪河水就一目了然,不在话下了。你作品看得多,那么哪部作品好,哪部作品坏,好在哪里,坏在哪里,为什么,就都容易看出来,讲出来。思维能力和辨别能力,就要这样来切实培养。同志们工作忙,时间紧,但仍希望你们要尽可能挤时间多多阅读,不要满足于极少数几本。甚至只看一本书,只晓得一种见解。如果你知道了对某一部小说有二三种不同意见,你就能在对不同意见的仔细研究过程中,或辨别真伪,知道深浅,或杂取众长,另创新说。不久前有段时间,人们对《人到中年》、《牧马人》、《绿化树》等作品有种种不同意见,我们就应该对这些有不同意见的作品特别找来细看,看究竟是怎么回事,究竟哪种意见比较符合实际,对提高认识,促进社会发展,树立健康舆论有利。刚才讲到美国大学里教师讲课每次大约总有三分之一左右的时间让同学们自由发言,好就好在可以活跃大家的思路,从多方面多层次看问题,集思广益。教师一上课就请同学发言,例如谈喜欢还是不喜欢,特别喜欢什么,不喜欢什么,觉得作品有什么特点等等。他们的学生发言很积极,纷纷举手要讲。同学们互相仔细听,穿插着相互的议论。学生讲完以后,再由教师讲自己的主要观点,也介绍一些作家的历史,但决不原原本本一大套。而且总说这只是他自己的看法,大家尽可以有不同的意见。在下课前一刻钟左右的时间内,再由同学对教师的看法发表意见,同学们既可赞同,也可反对,也可补充,讲自己另外的体会。在他们那里,教学民主,已经形成了一种风气,教师不强人从己,学生也不愿一味做应声虫。我注意到,他们学生上课时很少有人从头至尾记笔记,只偶尔记些要点,显然听课时一路都在动脑筋思考问题,是在积极思维而非一味接受。总的来讲,美国学生很多比较善于动脑筋,比我们过去那种"教师讲,学生听",要求学生一味根据教师的意见来理解问题、背诵结论的方法要好得多。这样才容易发挥他们的创造力,开发出潜藏的智力。我长期对文学理论研究有兴趣,有一个体会,就是必须多读作品,少读或不读作品,光看理论书籍决计不行,这会导致从概念到概念。因为真正符合科学、真正有用的理论绝不是哪几个理论家凭空想出来的一些框架,而是从大量的优秀作品和丰富的文学现象中总结出来的。我们看了一部作品,如果觉得它很感动人,很有吸引力,大家多方面研究一下,讨论一下,一定可以从中找出一些原因、道理来。把这些原因道理提高、集中起来,经过实践多次检验,理论、规律就会被逐渐发现。所以一定要多阅读、多比较、多讨论。上海搞社会科学的,包括搞文学和文学理论的一些青年同志,其中有大学生,也有自学者,他们现已纷纷自发地或有组织地搞了不少"沙龙",共同研究一些问题。有时还找一些专家、老师参加指导、讨论。这是一个好办法,有条件时可以试一下。我刚才提的几点,总之就是学习时要积极思维而不要被动地消极接受,要对接受的东西及时敏锐地艺术地作出反应,脑筋老是不动会退化,多动就越灵敏。

另外,大家还要有动手能力,也就是通过写作来提高。你读了一部作品,有了一些想法,那么最好就写一篇读后感出来。写作时不但要继续动脑筋思考问题,还要进一步组织、发展、搜集、补充材料,这不仅有利于写作,而且也是对思维能力的进一步锻炼。

再谈谈文艺理论的创新问题。大家知道文艺理论过去名声很不好,甚至为很多人唾弃。为什么它很重要,而那时名声会如此不好呢?主要因为过去它成了整人、打人的工具,所谓"文学批评"成了置人于死地的工具。解放以后的许多不应有的折腾几乎全是从文艺界开始的,年龄大一点的同志大概仍记忆犹新。刚解放时批《武训传》,批《清宫秘史》,批《红楼梦研究》,以后批胡风,然后是反右、反右倾、批《海瑞罢官》等,规模越来越大,气势越来越凶,手段越来越可怕,都是从文艺界开刀。但这决不证明文艺理论这门科学没有用,根本不必学,而是当时错误路线、"极左思潮"在作祟,使文艺理论科学本身受了损害,产生了偏差。我们的文学理论观念很多年来的确很僵化，很简单化。比如老讲"以阶级斗争为纲"，动辄把学术问题当作政治问题。其实文学所反映的生活有些当然跟阶级斗争密切相关，但另外有许多并没有多少关系，应该承认这一点，不能一刀切。人与人的关系在一定场合和时间反映一定的阶级关系，但在许多其他场合和时间内就不一定时时刻刻、每天反映阶级斗争关系。革命导师讲"人的本质在其现实性上是一切社会关系的总和"。既然是"总和"，就不单单是一个阶级斗争关系的问题，还有许多别的关系，比如同志关系、同行关系、同胞关系、男女恋爱关系、朋友关系、师生关系，等等，有多种多样的关系嘛！马克思从来没有讲社会关系仅仅是阶级斗争关系，但解放后我们却把一切关系都说成是阶级斗争关系，任何意见的不同都说是阶级斗争的反映，以致伤害了许多人，无辜死掉了许多很好的人。再比如过去常讲文学应从属于政治，"要为现实斗争服务"。现在已知道这样说弊病很大。文学当然与政治有关系，但这个政治既应是代表群众的，又应是广义的。在几十年前的抗战期间，鲁迅先生就讲，我们日常生活的每一个问题都和抗日有关，不一定非要呼口号，到前线作战才是抗日。只要开挖得深，写什么都可以为抗日服务。谁能保证政治路线永远正确？现实斗争全都正确？文艺怎能盲目从属、盲目服务！现在我们讲文学为人民服务，为社会主义服务，这就比较具体。不符合人民根本利益的政策不应从属，违反人民根本利益的现实斗争不应服务。这样提并未脱离文学与政治的关系，而且还说明文学必须对建设社会主义有利，必须为人民的根本利益服务，而绝不能另搞一套。

　　鲁迅曾说旧社会的文学是"瞒"和"骗"的文学，"瞒"就是隐瞒，不许讲真话，谁讲真话谁倒霉；"骗"就是把假的东西说成真的，欺骗人民。旧社会确实有许多瞒和骗的文学。解放以后也不能说这种病都医治好了，仍有瞒和骗的东西，现在对这种后遗症仍在努力医治。1953年像王蒙的《组织部新来的年青人》等，仅仅是反对官僚主义，当时有官僚主义但还不严重，作品写出来了，却被认为是给党抹黑，是反党反社会主义的毒草，作者还被打成右派。现在想想，假定我们当时科学地承认有这些病态，肯定了这些作品，认为这些作品能把社会的病态揭露出来，引起党和政府的重视，以便及时加以纠正，是很正当的事，那不很好吗？当然，我们作家批评的出发点应该是希望我们的党和社会主义事业越来越好，不是要把它搞垮，任何时候我们的揭露和批判都应该基于这个出发点和动机。瞒和骗的文学当然起不到好作用，人家上过当，再也不愿意看，不愿相信,因为它是假的。真正为人民服务、为社会主义服务的文学,对于对人民、对社会主义有害的东西,都应该批判揭露。粉碎"四人帮"后出现了许多揭露不正之风的好作品,这是很大的进步,但在事实上我们对这点过去是不大正确的,几乎总要求无条件地讲好话。

我们要提倡文学观念的革新,文艺理论的创新。比如对于人性、人情、人道主义,过去我们总把它们看成是资产阶级的东西,好像我们社会主义国家是不讲人性和人道主义的。当然人道主义总不免带有某种阶级色彩,在资产阶级的人道主义和社会主义的人道主义之间有它的区别,但也不能说其间没有任何联系、相通的东西。但过去谁只要说到人道主义,就会被说是宣扬资本主义那一套,宣扬修正主义那一套。这是过去理论偏差的一例。也有一些问题,比如说文艺为工农兵服务,当然不错,但现在仍这样说就要说得更清楚些才对。因为工人的范围不一样了。过去长期不把知识分子看作工人阶级的一部分,而且还把他们作为革命事业的异己力量。好像知识分子写东西都在宣扬资产阶级、小资产阶级情调,都要挖社会主义墙脚。现在大家承认了,脑力劳动者对社会的贡献比一般文盲要大得多,过去我们都不敢讲。现在国外一些先进的工厂,劳动靠电脑操作,体力劳动和脑力劳动已很难分开,因为你没有一定的知识水平就无法使用这些机器。再比如过去讲政治第一,艺术第二,其实变成了政治唯一,把那些枯燥乏味、标语口号式的东西当作最好的作品,不讲审美,不讲艺术。评价一部文学作品首先要看它算不算艺术品,首先要有这个标准。那些标语口号式或一本正经说教的东西,尽管正确,却决非文学作品。因为它不能感动人,没有吸引力,不能起潜移默化的作用,使读者产生共鸣。一味说教,甚至连自己也不信,当然没有人要看,败坏了文学的名声。而我们过去的文艺理论恰恰在这些艺术规律问题上不懂行,以致无法解决困难,也指导不好工作。既然理论是如此的凝固僵化、教条主义、视野狭窄、不符合艺术规律,人家不愿意看,学生也不愿听的不正常现象就难免要产生了。今天,我们的文学观念、文艺理论非推陈出新不可。

当前我们文学观念的更新很迫切,希望大家共同努力。过去一些旧观念曾严重阻碍文学创作的繁荣。现在形势已经大好。不久前第四次作协代表大会上,党中央已经提出了"创作自由"的口号,我们的评论工作也可以自由发挥,各抒己见了,我相信这个大好局面能继续下去。这对我们研究文艺理论,更新文学观念,改变旧的文学理论体系将产生巨大的推动力量。我们过去所讲的理论大都摘引自经典著作中的一些字句或现成结论,好像读了几篇经典著作真够用几十几百年了。现在大家知道,其实没有一种理论真是放之四海而皆准的,因为各地条件不同,生活在不断改变。我们粉碎"四人帮"以后出现了不少好的小说,水平远远超过过去,不但超过"五四"时期,也超过文革以前。他们表达的思想,使用的表现手法更加多样化,分析这些作品,远远不是过去干巴巴抽出的几条筋所能解决问题的,一定要开拓,多创新,多总结。要冲破教条束缚,从实际出发,有理论勇气,不人云亦云,不当可耻的风派,真理面前人人平等。现在生活变化很快,知识爆炸,没有多久就面目一新了。有些我们简直预料不到。比如关于文艺理论,有些问题以后可能借助计算机由定性分析到定量分析,学习起来具体方便得多。西方现代科学有所谓三论:系统论、信息论、控制论。控制论即可能多少解决由定性分析到定量分析的问题。比如烧菜有的烧得好吃,有的不好吃,过去全凭老师傅的经验,以后我们可以逐步用电子计算机计算调味品所需要的量和火候。北宋苏东坡在一篇文章里说,有的菜好吃,有的菜不好吃,将来总有一天能把烧菜所需要的调味品的数量和火候用数学表达出来。苏东坡是北宋人,他已能预想到这一点,非常了不起。定性分析具体到文学评论中,在过去是把作品分成若干等级,比如能品、神品、逸品等,这只能就大体而言。以后定量分析就可能从数量上精确地来分析评讲了。现在文艺理论上已经提出了许多新的研究方法,都值得重视探索,不要深闭固拒。我们相信科学的文艺理论今后一定会有许多新的突破,来为繁荣创作,深化研究,提高全民族的文化水平,丰富全人类的文明宝库作出新的辉煌贡献。

（本文是 1985 年 6 月 9 日在佛山市对中山大学中文刊授学员的讲话,原载《刊授指导》1985 年第 9 期）

对高校文艺理论教材改革的建议

　　在高校文艺系科的课程中,"文学概论"(或类似这一名称)是一门非常重要的专业理论课。它的任务,是通过教学,使学生正确地、较有系统地掌握文艺的基本原理和基本知识,培养一定的欣赏、分析、写作、评论文艺作品的能力,并为学习其他文艺课程打下初步的理论基础。不消说,广大校外的自学文艺青年以及许多业余爱好文艺创作或评论的同志,同样也需要获得这个课程所要传授的知识。高校文艺理论教材的影响,一向是很广泛的。

　　比起解放前,30年来我们多数高校的"文学概论"教材有了显著进步。但这些教材,包括其中过去被采用得比较广泛的本子在内,它们存在的不足之处、弱点、甚至失误,也并不少,有的可说还产生了不好的影响。教材中某些过去被认为是天经地义,丝毫不容疑议的观点,经过这么些年的实践检验,证明其并不科学,至少应该补充、发展。

　　粉碎"四人帮"以来,不少同志已经在着手这一教材改革的工作了。有些教材在重新出版时已经作了若干修改,新编的教材也已出版了几种,另外一些即将出版。这是很可喜的现象,表明改革工作受到大家的重视,并且有了进展的实绩。只是人们普遍感到,改革还不多,尚未能使人有焕然一新的感觉,许多长期存在疑义的文艺现象、文艺问题仍未能使人从中得到鲜明而有说服力的阐释和解答。当然,这本来不是很短时间就能做到的事情,而且教材也不可能阐释和解答新产生的任何问题,提供人们要求知道的一切文艺知识。可是对文艺的基本原理和基本知识,它的确有阐释、解答的责任。特别对那些长期被歪曲、简单化,几乎已成为传统的错误观点,以及不应有的空白,它应该正本清源,努力加以填补。我们的目标是否可以这样提:终于要编写出若干部具有各自风格特色的,真正以马克思主义思想为指导,表现我们民族特点的,简明扼要而又具体生动的崭新的高校文艺理论教材出来。所以说是"若干部",意思不必定于一尊,让编者们各抒所见,各展所长,让读者们博览广择,在比较中提高识别能力。编写出来若干部了,当然也还要不断更新,所谓"终于",不过表示较短时期内应有尽早完成这一任务的决心罢了。

人们期望文艺理论教材有怎样的改革? 就我所知,谨提供以下一些建议:

一是贯彻党的双百方针,克服教条主义。毫无疑问,应该坚持马克思主义对文艺理论教材的指导作用,但又不能把革命导师们说出的任何话都当作不易的经典和永远有效的指示。文艺现象十分复杂,各国的文艺发展历史都有一些特点,马克思主义的根本观点、分析方法能给后人指引道路,可是任谁都没有也不可能对文艺理论上许多具体问题提供现成的结论,更不要说对当时还没有提出的新问题预示圆满的解答。过去那种搞"本本主义",不容有所发展的做法,其实是违反马克思主义的。

二是多讲文艺自身规律,不要实用主义。过去教材中一般政治议论多,文艺政策方针宣传多,配合运动内容多,唯独最少的却正是对文艺规律的探索。文艺和生活、和政治、和人民的关系等,诚然是应该谈论的重要问题,但是也不应忽视形象、典型、感情、想象、个性、独创、风格、流派、审美、鉴赏……这类文艺的特殊规律的问题。这类问题和经验,值得教材编写者进行总结和发展。遗憾的是对这些问题谈得太少,太简单了。人们普遍感到教材中对读者已知的东西重复太多,而对未知或知得不够的东西则讲得太少。

三是继续解放思想,肃清"左"的流毒。封建、资产阶级文艺理论是不讲阶级和阶级斗争的,而我们前几十年却又发展到了无时不讲,无处不讲,而且一讲便是你死我活的政治问题。阶级和阶级斗争是客观存在,当然不许掩饰回避,但被夸大、绝对化到这种地步,却是有害的。当前,反映在文艺理论批评上,"左"的影响有时还在泛起。教材采用广泛,影响深远,有些"左"的东西,一旦被当作立论依据,往往贻害无穷。所以在改革教材的时候,我们必须继续解放思想,努力肃清"左"的流毒。当然,对资产阶级腐朽、反动的文艺思想,教材也应理直气壮地用说理的方法进行批判。

四是要勇于择取,推陈出新,不要故步自封,闭目塞听。旧教材给人的印象是狭隘、陈旧,好像就是那几个有限的文艺现象。世界如此广大,文艺经验如此丰富,名家名著如此之多,新问题新理论层出不穷,我们的教材如何能"稳坐钓鱼台"，以不变应万变？对中外古今许多文艺现象，不能再像过去那样采取不知道，不予承认的态度。闭关锁国，限制不了别人，反而只能阻碍自己从国际社会和人类文明的伟大宝库中去取得必要的营养。不能责怪今天许多学习文艺的青年竟完全不知道国外文艺理论界的情况，也不能责怪他们中的一些人听见国外一些新奇之论就趋之若鹜，因为就连我们的教材中也只字未提，缺乏任何引导。规律性的知识，当然有其长期稳定性，但论证、表述，尽可改变方式，力求新鲜。何况虽在本国，文艺实践中也出现了很多新的现象、新的问题、新的经验，而这些新的东西是应当在新编教材中有所体现的。

五是要努力加强民族特色。举些本国文艺的例子，征引些传统文论的资料，是需要的，但毕竟多半属于形式，近于外加。如果理论不是从本国文艺发展的历史实际中总结出来的，不能说明本国文艺发展的过程，不能反映出本国文艺继续发展中出现的动向和问题，这样的理论即使具有一般规律的意义，仍不能说是有民族特点的。我国传统文论有自己的特点和长处，符合我们民族思维的习惯和心理，为人们喜闻乐见。传统文论中有不少范畴、概念，内容丰富、深刻，近年已越来越多引起国际文艺理论界的高度重视，并作了种种比较研究。过去我们对这个宝库只是做了一些初步的搜集、探讨工作，还远远谈不上已能吸收融化到文艺理论的教材中去。而做到这一点，却正是我们文艺理论教材达到成熟的一个重要标志。

改革文艺理论教材体系是一个大问题。但新体系从何而来？能否很快设计出一个新体系来照着它编写？自然也不妨一试。但我却认为，目前还是不要为体系而体系，从体系出发建立体系，不如从实际出发，对某些有疑义的重大问题进行切实深刻的研究，在不断解决具体的理论问题的过程中，积累成果，到一定程度再用全局观点来进行综合、总结，那时，新的体系就会比较自然地构成。

（原载《文艺报》1983 年第 4 期）

学习文艺理论研究的一点体会

　　1936 年暑后,原在清华大学心理学系任教的叶麐(石荪)教授乘度假之便来到风景优美的青岛山东大学中文系任教。那时我正在三年级学习。在此之前,朱光潜教授的《文艺心理学》已经出版,北京大学中文系已开设了这个课程,我们知道别的大学都还没有开设,希望山大也能开设。学校则苦于尚缺乏这种条件,主要是缺乏既深研文学又精通心理,并兼擅古今中外类似朱先生这样学养的师资。叶先生的来到,恰好非常及时地给我们解决了这个难题。叶先生在美、法两国专攻心理学,又一直爱好文学,读得既多,自己还能创作中国旧体的诗、词,非常优美动人。原来他从小就受过古典文学的训练,家学渊源,后来才决定专攻心理科学的。他和朱先生又是同辈老友,在清华心理学系虽未教过文艺心理学,在朱先生这部开创了中国文学研究新领域的著作影响下,原已对开设此课具有很大的兴趣。因此当学校向他提出后便欣然同意了。事实证明,我们能听到他的讲课,真是一种很大幸运。正如在这年之前,我们能听到老舍先生讲《小说作法》课一样。那时别的课程内容大都还以传统为主,这两个课程却不同了,内容、观点、讲法对我们来说几乎都是全新的。老舍先生是以有丰富生活经验和西方文学观念的中国著名小说作家的身份来讲他这一课程的,叶先生是以现代心理学专家同时又兼具中国古典文学及西方文学深厚功底这种学者、作者、鉴赏家集于一身的身份来讲他这一课程的。无论在教学内容、学习和研究的方法、形成师生间非常亲切的关系等各个方面,他们都给同学们大大开拓了视野,增添了许多新知,培养了自己钻研的能力,并以实际行动教育我们应当做个怎样的人,应当怎样关心、帮助比自己更年轻的下一代人的成长。他们给学生留下了永不会忘的印象。这两位老师都是在"文革"惨剧中受害死的。叶先生则早在 1957 年就已被扩大化进去了。

青年时代的爱好与生活选择往往决定了一个人此后不会再改变的人生道路。从开始读小学起七十多年来我没有离开过学校这个生活圈。大学生时代开始爱好文学写作，正是老舍先生给了我指点和鼓励。从习作小说转向文学研究并重在古代文学理论的学习和探讨，正是叶先生给了我指点和鼓励。每当我回想半个多世纪以来的生活行迹时，我就总会想到这两位先生对我的厚爱和教育，纵然实际上在他们逝世以前的近二十年间，由于需要彼此孤立，不仅未再见过面，甚至连信都没有通过。作为他们当时最亲近的学生之一，竟表现得如此淡漠，难道可以只用"不得已"来宽恕自己？无疑还是由于自己的软弱与胆怯。谁也不要重蹈这种历史的覆辙了。

我从叶先生的教学与研究以及课外的很多谈话、接触中，得到的启发与引导对我后来直到今天的研究、写作最有影响的是下面四点：

第一，要有个适合于自己认为真有意义、极有兴趣、而且力所能及的研究目标。客观上很有意义自己却认为没有或意义不大，虽也认为有意义自己却缺少兴趣；认为有意义也感兴趣实际却力所不及，这些情况都有，并不奇怪。但就不宜作为自己长远的研究目标。我生活经验不多，特别在听了叶先生《文艺心理学》的讲课后，对文艺理论研究深感兴趣。由于高中时期读的是师范、大学读的是中文系，外语读得很少也未努力读好，宜于重点研究本国古代的文艺理论，比较力所能及，而且这个范围也不能算小了。他赞同我朝着这个目标作长期的努力。

第二，要尽可能掌握与研究目标密切有关的丰富的第一手资料。他讲课时可以随意提供对某一问题有关的古今中外包括若干不同意见的资料，并指明其出处，令我惊叹。他有很好的记忆力，但他说主要还得依靠经常博览之后取精用宏地积累资料，方法即是亲做卡片、勤于简写读后笔记。他给我们看了他的大量卡片和笔记，并告诉我们他是怎样做、怎样运用和如何养成这一习惯的。从那时起，我就也学习着进行了这种积累。

第三，对不同学派、不同意见要在积累的基础上逐渐培养、提高自己的分析、辨识能力。对合理的东西应兼收并蓄，各取其长，不要受任何束缚；应有自己的看法，既不苟异，亦不苟同，发现有误就改正，不完善就再探索。

第四，不能为研究而研究，为理论而理论；学习理论不能不读文学作品，不能毫无创作体验；也不可研究文学理论就只读这一方面的书籍，哲学、历史、心

1396

理等知识都不可缺。他非常重视人生、重视国家社会的需要。他对当时日本帝国主义造成的华北危局忧心如焚。这一点同样深深地影响了我，使我懂得研究工作者不能只是生活在书房里一味啃书本的人。

正在我已开始按着他的指引做起来的时候，卢沟桥事变发生了。青岛本是日帝侵华的一大据点，此时已成一触即发的前方，叶先生只得携家回故乡的四川大学去了。我辗转随校西迁，最后终于并入重庆沙坪坝中央大学读到毕业。刚开头的计划这段时期内不得已完全停顿。我之所以又进了中山大学研究院文科研究所去探索宋代的诗论，就因想继续原来的研究计划。那时我之所以抽出部分时间写了不少讨论抗战文艺的文章，即由于想到他的一贯指导：研究工作者不能脱离国家大事，不能忘记社会责任。两者其实并不矛盾，原是应该也能够统一的。这时他已在四川大学担任教务长了，我则已从云南到了粤北。他仍抽空在通讯里给我许多指导。

在研究院的两年中，我积累了成万张卡片。所谓卡片乃是用三层土纸糊在一起，勉强可以两面写字的代用品，至今总算还幸能保存着。在接着留校任教的五年中，开头还有条件继续积累，后来由于湘、桂大部沦陷，学校辗转迁去东江一带，书都散失，就没有条件了。抗战胜利后，我随着山大北回复校，竟因同情学生"反饥饿、反内战"运动，被国民党政府教育部指为"奸匪"而遭密令中途解聘。从此直到五十年代"反右"结束之前，将近十年由于运动频繁，观念骤改，古代文学遗产似已不必深究，虽仍在教书，信念未失，积累却很少有所增加，亦似无所可用了。反倒是在被反右"扩大化"进去以及"文革"中当"牛鬼蛇神"的二十年间，既然一切应有的权利都已无存，在"孤立"、抄家、扫地、背书、受审之余，为使身在"另册"而心灵有所寄托，觉得乘此机会利用一切空暇继续前功，不失为自全的办法。想不到离开当初定下计划也已二十年了的这段艰难时期，却成了我再度沉入的旺盛阶段。我继续从七百多种有关书籍中做了四五万张卡片，估计当不下写了一千多万字。手段原始，办法也笨，只是在这样读着写着想着的时候，什么烦恼牢骚都不复存在了，竟未把这当成一件苦事。被"抄家"多次，这些烂纸因都被视为废物而未受损，我私心窃喜，得了"无用之用"。可是果若有用，用又在何时？我眼前一派茫茫。但我总还想，这种学问是有用的，我做不成，做不好，以后别人还是会做，会做成、做好的。疯狂的民族虚无主义者必不能永存。

又十多年过去，我转入了一个心情稍好却事务繁多的境地，前功远未完成，垂垂已老，积累从自己的高峰上直线下降，几乎极少增益，时间精力都不够。一方面是在积累过程中愈感到了这个工作的重要意义，另方面又愈着急，应该怎样把这个很有意义的工作设法持续下去？我自己对这一大堆资料还没来得及好好利用，何况还有更多的资料可以搜集、整理、运用！我就想到跟我一些同事和几届古代文论专业的研究生一道来从事这个工程，当是唯一可能也还可行的法子了。这就是这个《中国古代文艺理论专题资料丛刊》得以产生的缘由。人的一生实在太短促了，一天一天过着时似乎很长，到老回头一看便只是一瞬间的事，真像正好开始忽已到了尽头。没有上述同志们的共同努力，凭我一个人的气力，是连自己也知道这还非常粗疏多漏的东西亦拿不出的。

中国古代文艺理论有悠久的历史，提出了许多符合规律的论点，资料十分丰富，而且越多接触便越感到它真像一个浩瀚的海洋，可贵之极。我认为，审美的主体性、观照的整体性、论说的意会性、描述的简要性，便是中国古代文论带有民族特色的思维特点。中国人大都不喜欢烦琐、抽象的思辨，从自己关门建构的一个什么理论框架出发来高谈阔论。中国人绝非缺乏这种能力，不是没有人这样做过，但一般人不愿意、不习惯、甚至还有认为这样做不合适的。即使在讨论问题、抒发己见的时候，文论家们总仍恪守文艺规律：有感而发，不得已而言，精语破的，点到为止，使人自悟并得以举一反三，而且始终仍保持着具体、感性、描绘、比喻、想象、意在言外等文艺色彩，有理有趣，举重若轻，愉人悦己。篇幅短小，形式多样，要言不烦，更是它的特色。当我们把它同西方古今的文艺理论进行了比较之后，就越发觉得它至少可以同西方文化成果并立而比美，对人类文明发展起了同样巨大的作用。文艺理论和科技知识的不同之处，就是其中稳定的东西要多得多，而且有许多心灵方面的体会和艺术敏感往往前人已有而后来者反而大为迟钝了。文艺领域里某些精微奥妙的感受与洞察，往往并不是后出必愈精，时空限制不住它们的灵光。不能从思维方式表达方式上来强分高下优劣，应是自然之理。若说有系统、有体系的便好，那么有无是怎样来判定的？还要后人来研究、整理干什么？而且，不是已有够多的系统、体系早已被人们成捆成堆地丢到垃圾箱里去了吗？古今中外的很多事物，包括文艺评论、螺旋形发展的历史证明，各种观点、方法互相补充、转化、融合的可能性正在增加，必要性亦一样。取精用宏、兼收并蓄，集大成而共求进步，这是历史的必然。

初步搜集、整理古代文艺理论资料正是为了便于进行研究和探索前人已经取得的成果，便于发扬光大他们的贡献，使中国文艺家的智慧和才识在全世界同行中得到理解,交换共识,进行融合。不消说,如果真是符合文艺规律的知识,无论多少年前的发现和经验,对当前的文艺创作和文艺评论肯定仍有积极作用。

当我们的视野随着改革开放的大潮涌起而也变得较前显著开阔了些的此刻,就感到即使编选文艺理论资料也不能只盯住文艺理论资料本身而应扩大其范围。但这范围太广了,谁能预料到书画家还能从"公主与担夫争路"中悟到某种艺术妙谛呢?当我们连载有文艺理论直接资料的无数书籍尚远未读遍读透选准选全的现在,这就只能留到以后去逐步补充、修订、扩展了。对此,我是惴惴不安而仍抱着有生之年要继续为之的决心的。至于谈到要做得相当完善,恐怕至少要经过几代人的不断努力。好在我们这个伟大的民族是永恒存在的,总会有达到这目标的日子到来。

再一次让我向已故的老舍、叶石荪两位老师致敬,向参加这一工程的我的同事和研究生同志们的亲密合作致谢,向中国社会科学出版社和配合我们付出了大量劳动的季寿荣等同志表示衷心的铭感!

1991 年 6 月 17 日

(本文是《中国古代文艺理论专题资料丛刊》的总序,丛刊原定分二十册陆续出版,第一部《通变编》中国社会科学出版社 1992 年 9 月出版,第二部《艺术辩证法编》中国社会科学出版社 1993 年 10 月出版。)

文艺理论研究必须
促进创作繁荣

粉碎"四人帮"三年多来,我们文艺理论研究战线的同志们解放思想,勇破禁区,做了很多工作,提出了或者初步解决了不少重要问题,拨乱反正,是有成绩的。但也应该看到,同当前的大好形势相比,同我们的文艺创作实际相比,总的情况,文艺理论研究仍落后于客观形势,落后于创作实际。文艺理论研究工作必须为加快四个现代化的步伐而努力奋斗,必须落实到能够促进社会主义文艺创作的繁荣和发展。那么,我们应该如何努力奋斗呢?

一、继续反对迷信、盲从,要有所发展,有所创造

长期以来,特别在林彪、"四人帮"横行,极左思潮泛滥成灾时期,文艺理论研究领域也充满着迷信和盲从的不正之风。大多数所谓理论研究,实际不过是革命先辈或权威人物语录的汇集和注释,算不上真正的研究。革命先辈和权威人物的著作、言论、观点,当然应该、也值得研究,但这种研究,原当学习他们观察问题、分析问题、解决问题的立场、观点、方法,掌握精神实质,特别要同文艺创作的具体实践结合起来,在新的历史条件下加以发展。如果是这样的研究,那就不仅能学到先辈、权威们的正确思想,学到马克思主义的立场、观点、方法,还能把研究出来的理论指导创作,帮助实践,并且同时还可能对他们的理论有所发展,使整个理论研究有所前进,有所创造。而我们过去的许多"理论研究",实际却是在作教条主义的复述,极为烦琐的注释。"句句是真理","一句顶一万句",于是就顶礼膜拜,虽然念念有词,却既少具体的阐发,更谈不上有所补充,或者在不同情况、不同历史条件下应有的匡正。从语录出发代替了从实际出

1400

发,不是摆事实、讲道理使人心服口服,而是高悬了一个绝对真理的标准,动辄以"态度问题、感情问题、立场问题",来对不同的甚至稍有差异的文艺观点进行威吓和高压。由于违反了理论联系实际的原则,即使是正确的语录,也因只被供为高高在上的教条,而失去了它生动的活力。至于那些原来就有问题经不起实践检验的东西,就更难真正吸引人了。

我们是生活在社会主义社会里。马克思主义怎能容许迷信盛行、盲从成风?怎能容许封建时代的经学作风复活?我们已经为这种"容许"付出了多么沉重的代价,实在不能容许这些极端落后的思想作风沉渣再起了。

我们反对本本主义。不能以书本理论作为检验真理的标准。再好的理论,都要受时间、地点、条件的限制,实际上不可能万古不变,四海皆准。任何理论,都得接受实践的检验。"四人帮"所谓背熟了某些理论教条就"够我们用一辈子","可管用几十年、几百年",以至一有人认为某些观点已经"过时"就可把他打成"现行反革命"的谬论和倒行逆施,不但表现出了他们的极端无知和唯心主义,也说明了他们在理论上是多么虚弱贫乏,以致只能依靠高压甚至置人死地的办法来过日子。

我们反对"长官意志"。不能以脱离实际、脱离群众的"长官"的意志作为检验真理的标准,把他说的话当作金科玉律。即使是好的"长官",他的意志可能不错,但究竟是否真理,仍应受实践检验,看其结果如何而定。仅仅因为地位高、权力大,就以"天才"或"先知先觉"自居,搞"一言堂",想"自己说了算",其为错误已不消说,实践证明也完全走不通。禁锢和高压,一时或可挟持一些人,要不了多久就会烟消云散。领导的意图,如果经过实践检验,证明符合文艺活动的发展规律,自然会得到大家自觉的尊重。

我们反对习惯势力。这是一种很可怕的顽固保守势力。不能以习惯论是非,把习惯当标准。我们有长期封建社会的历史,小生产的家长制盛行,很多陈旧的思想意识,在人们心中远未肃清。结习未忘、积非成是的东西还既多又深。非圣人之言不可言,凡长上之志不可违,前人已有"定论"的东西不要翻,向来如此办法的不要改,诸如此类,开头出于统治者的自私宣传,后来处于无权状态下的群众因为在实践中吃到了许多苦头,不少人渐渐也就被迫忍下来。"唯书""唯上",同这种长期形成的习惯势力亦有密切联系。

我们反对宁"左"毋右。"左"和右,都绝不是好东西,对革命事业一样会产生严重的危害。林彪、"四人帮"把一切差异、矛盾、斗争都说成是阶级斗争,是

1401

敌我之间的你死我活斗争,是什么"别有用心"、"存心破坏"、"是可忍,孰不可忍"的反革命,确实"左"得很,可是,难道危害还有比株连迫害到上亿人民,陷国家于崩溃边缘更严重的么? 十年史无前例的民族灾难,以血淋淋的事实证明,"左"决不仅是认识问题,方法问题。"左"并不比右稍好,有时因为它在"革命"言词的掩饰下容易迷惑人而干出更多更大的坏事。怎么能不看社会效果,而以为凡事"左三分"的就一定是好东西呢?

我们主张唯实,坚决相信只有千百万人的革命实践,才是检验真理的唯一标准。一种文艺理论,若不是从许多作家长期实践中概括出来,又在实践中经受检验,得到证明,可以起指导实践向前发展的作用,那就不论它自己如何吹嘘,什么规律啦、系统啦、普遍性啦,讲得天花乱坠,都不能承认它是真正的理论,而只不过是主观编造,甚至胡说八道。正确的文艺理论,必须倾听实践的呼声,必须面向实际,从实际出发,实事求是。在今天,就要对四个现代化建设中遇到的种种实际问题,对拨乱反正后文艺工作中出现的许多新情况、新问题进行认真的调查研究,对创作中值得注意的新倾向提出可供大家讨论的意见,对社会主义文艺运动的特点和规律、经验和教训进行深刻的总结。文艺理论不能只是空洞的演说,必须建基在作家作品的具体研究上,从深入细致的分析中提炼出规律性的东西,以提高研究的水平。寻章摘句,不敢越雷池一步,固然没有生机,脱离四化实际和作家作品实际的理论研究,必然也不能有什么创造性。

我们的文艺理论研究必须在现有基础上有所发展,有所创造。前一段时候我们已经破了不少,没有破尽的还要继续破除,今后应该力求发展,力求创造,多有所立。只要理论研究不脱离实际,不落后于实际,就完全可能做到这一点。革命先辈们不承认有一成不变的东西,从来没有说他们的著作已经结束真理,也从来反对后人把他们的话当做神圣不可侵犯的东西。列宁说:

> 我们决不把马克思的理论看做某种一成不变的和神圣不可侵犯的东西;恰恰相反,我们深信:它只是给一种科学奠定了基础,社会主义者如果不愿落后于实际生活,就应当在各方面把这门科学向前推进。[①]

因此,文艺理论研究能否有所发展、有所创造,关键在于理论研究工作的方向是

---

① 《我们的纲领》,见《列宁选集》,第 1 卷第 203 页。

否对头,是否联系实践,是否不落后于实际生活。只要我们能够从实际出发,研究新情况,解决新问题,文艺理论研究工作就一定能够不断发展、有所创造。

二、反对空洞说教,要有具体的艺术分析

文艺理论研究如果真是研究,它至少就应当少说空话,不说废话。如果真是研究,而且确在贯彻双百方针,它就会议论风发,造成热烈争鸣的风气。但我们过去的文艺理论研究却是犯罪判决,政治结论多,表态式文字多,具体分析特别是艺术分析极少,争鸣也极少。什么人在一篇文艺理论批评文章中被批评了,他就会像接到法院的犯罪判决书一样,立刻被打入另册,从此抬不起头来,到处都要倒霉。创作上学术上的问题可以随心所欲被无限上纲成严重的政治问题,而这种深文周纳、罗织人罪的本事居然还一直被当作"立场坚定"、"看问题深刻"的标志而得到赞赏,这就严重破坏了文艺理论研究原有的名誉,大大阻碍了文艺理论研究的正常开展。

文艺理论研究要不要为社会主义政治、为广大人民服务呢?当然要。但它究应怎样服务,这却是一个长期未得正确解决的问题。过去,很多所谓文艺理论研究,实际只是在宣传当时的某些政策,宣传中充斥空洞的政治口号、政治说教和哲学术语,几乎失却了文艺科学本身的特性。林彪、"四人帮"横行时期,很多文艺理论文章,以文痞姚文元为首,虚有"研究"之名,实际变成了煽动极左思潮、推行极左路线的反动工具。为了密切配合他们篡党夺权的阴谋活动,他们不惜取消文艺理论应有的科学性和独立性,使文艺理论陷入了简单、僵化、枯燥、乏味、无人相信、没人要看的死胡同。

文艺理论研究为无产阶级政治服务,有它自己的特殊规律。它应该对文艺作品和文艺现象作出切实的科学分析,从中摸索出某些规律,用这些规律性知识来指导创作,使社会主义文艺得到繁荣和发展,从而培养出具有高尚品质的新人,使人热爱社会主义,热爱革命事业,这就是为无产阶级政治服务,这也才是文艺理论研究为政治服务的一条正当途径。

文艺理论研究的对象是文艺作品和文艺现象,这种理论研究当然不能离开文艺的特点。好的文艺作品,并不是所有的人都能充分领略出它的好处。文艺理论研究的重要任务之一,就是提高作家的艺术表现本领和读者的艺术鉴赏能力。为此,它必须作出符合文艺特点的艺术分析。但这却是过去许多"研究"文

章的最大弱点。其实,取消了艺术分析的所谓"研究"文章,只谈作品所反映的社会生活而不谈生活是怎样被反映出来的,只孤立、肤浅地谈作品中的思想,而不谈这种思想是如何通过生动的艺术形象和独特的艺术形式创造性地表现出来的,那怎么还谈得上是文艺理论研究,而并不是别的什么理论研究呢?这样的理论研究,除开它会和别的理论研究雷同一律,对文艺作者、文艺读者都没有什么益处,它还会造成一种极坏的学风和文风,即一个人尽管并无比较认真的研究,甚至连起码的艺术感觉也很缺乏,他却仍可以旁若无人,夸夸大谈其所谓"文艺理论"!

一个连起码的艺术感觉都颇缺乏的人,其病根不在他缺乏天才,而在他根本没有认真读过多少文艺作品,也没有什么艺术创作经验。这样的人来搞文艺理论研究,往往资本只有几册文学概论的讲义,几本政治、哲学教材和一些革命先辈的语录本本,这样他当然无法作出具体的艺术分析。这也就是为什么作家评文,倒会成为文艺理论研究中最有分量的资料。

三、反对妄自尊大,要继承人类一切优秀成果

我们中华民族是一个勤劳、勇敢、优秀的民族,无论在哪一方面都曾对人类的进步事业作出巨大的贡献。某些外国人曾经轻视过我们,这只能证明他们是多么无知。近代由于封建统治者的腐朽和帝国主义的侵略压迫,使我们确实逐渐落后,但在共产党领导下终于建成了新中国,开始改变了老大、衰弱的面貌,恢复了我们在世界民族之林中的崇高地位。

但在反对妄自菲薄的同时,我们也反对妄自尊大。自以为一切都已达到"顶峰",别人都得到这里来取经、朝拜,而我们则完全可以把别人的优秀成果彻底扫荡,一笔抹杀,林彪、"四人帮"这种做法,同样也只能证明他们是多么愚蠢、无知。

民族不论大小,国家不论强弱,都各有其长处,亦有其短处。在文化创造上也是一样。在文艺理论研究方面,我们诚有某些贡献,也还是应当虚心学习别人的成果。即使别人没有用马克思主义的立场、观点、方法来进行研究,人家的理论研究中还是有符合科学、艺术规律的东西,正如我国古代文艺理论著作中存在很多宝藏值得我们今天仔细挖掘一样。无论自己如何吹嘘已达到了所谓"顶峰",是什么什么的"中心"和"故乡",归根到底还得拿出实实在在的成绩,例

如生产发展，科技进步，艺术繁荣，人民生活不断提高，社会风气越来越好，才能使人信服。否则，反而只能成为一种笑柄。就说是对马克思主义的探讨吧，难道世界马克思主义文艺科学的研究，对我们一无可取之处？在长期禁绝交流，闭目塞聪，人类知识发展过程、国际水平究有多高都并不知晓的情况下，却侈谈自己已经达到"顶峰"了，除掉可以欺骗、愚弄、阻碍自己人以外，还能有什么别的作用呢？

对国外腐朽、错误的文艺理论，我们当然应该抵制。但抵制的好办法不是禁止，不是辱骂，不是给它扣几顶政治帽子完事，而应该是摆事实，讲道理，进行深刻的批评。而对那些虽有错误或不足，却包含不少合理因素的东西，则决不应该一笔抹杀。认为国外一切东西都要不得，认为断章取义、攻其一点不及其余就能使人信服，认为人民一接触人家的理论就会被俘虏过去，这些想法其实都是主观的、很不科学的。怎么能如此不相信群众，不相信马克思主义基本原理的教育力量呢？

马克思的学说为什么能够掌握千百万人的心灵？"这是因为马克思依靠了人类在资本主义制度下所获得的那些知识的坚固基础"。怎样才能成为共产主义者？"只有用人类创造的全部知识财富来丰富自己的头脑"。怎样才能建设无产阶级的文化？"只有确切地了解人类全部发展过程所创造的文化，只有对这种文化加以改造"。① 列宁如此强调"人类"和"全部知识"，就因为他从革命实践中认识到，真理是人类共同的财富，共同的创造，只了解一个民族、一个国家、一个阶级、甚至只是一个派别所掌握的知识是万万不够的，这只能限制住自己。然而"四人帮"却说，只要学点他们所谓的"马克思主义"、"阶级斗争"就够了，此外全是"封资修的破烂货"，统统应该"砸烂"。在文艺理论方面，他们既排斥中外古代的光辉成果，也把现代西方的研究一概斥之为颓废、空虚、堕落、反动，而把他们的"主题先行"、"三突出"、"写走资派"、"阶级斗争一抓就灵"之类的货色吹到了天上。妄自尊大的结果，很清楚，不过是自我隔绝，见闻寡陋，文坛冷落，对社会主义文化事业造成了严重损害。

我们的文艺理论研究应该坚持马克思主义的根本原则，密切联系本国本族文艺的实际，但绝不应该关门称王，拒人于千里之外，把分明可以给我们提供营养、借以发展自己的古今中外一切进步优秀的理论研究成果弃如敝屣。一方面

---

① 《青年团的任务》，见《列宁论文学与艺术》（二）第 592 页，人民文学出版社 1960 年版。

是坚持,另方面是虚心学习古代和外国一切对我们发展社会主义文艺事业有利的东西,应当是我们今后坚定不移的方向。

四、反对恶棍作风,要做作家的亲密朋友

在极左思潮影响下产生的文艺理论,以及在这种理论指导下写出的很多批评,在我们这里,长期以来不但没有给真正作家提供多少帮助,反而是他们的一种经常性威胁。文痞姚文元不过是存心作恶最多的一棍,其他有意无意的棍子曾有多条,这早已成为真正作家的极大祸害。这样的理论批评,好像旧社会里帮助官府惯出坏点子的师爷和奉命出力打人的公差,真正作家或是受它们的无情残害,或是"敬"而远之,在心底里加以痛恶。这种理论批评的最大特点就是不许作家反映生活的本来面目,而真正作家恰恰最不肯在人民疾苦、歪风邪气前面沉默不言,对人民瞒和骗。

理论批评本来在任何情况下都不应成为单纯的棍子。棍子本身是不会说话的,而革命的理论批评即使对待凶恶的敌人,也还是要通过说理,将其驳得体无完肤,将其一切骗人花招、迷人魔法分析解剖得一清二楚,使之再也蒙蔽欺骗不了人,这才是革命理论批评的最大作用,最有威力的地方。讲不出什么正当理由,只会用污蔑、辱骂、恐吓,甚至造谣来压倒对方,这的确是棍子,因为它根本没有说话,也说不出话。以棍子自居,踏在无辜者的血肉上,吃到一点主子投下的骨头就沾沾自喜,这难道能算是在搞文艺理论批评工作么?

理论批评工作者应该做作家们的亲密朋友,当然不是说不能批评作家作品的缺点和错误。我们有个优良的传统,即非常重视诤友或畏友的作用,而对只可与共玩乐的酒肉朋友则舆论上一向鄙视。因为后者言不及义,尽管热火得"烟酒不分家",一旦从你身上看不到有什么油水,立刻会翻脸不认人,置你于死地也不惜的。这些年来不是已有无数当面献殷勤,回去就向主子打你小报告的例子么? 真正关心别人的进步,具体帮助你改正缺点和错误,能雪里送炭,决不落井下石,你成功了为你高兴,你跌倒了搀扶你再站起来,一心想的是共同前进,这才是真正的亲密。听见风就是雨,吃人不吐骨头,唯恐作家还剩一口气而一定要再踏上一只脚,用力踩几踩,牺牲别人艺术生命、政治生命、甚至身家性命,专为自己换取"英雄"、"战士"的称号,这样的人社会生活中有,文艺理论批评活动中也有。怎能希望真正的作家对恶棍不掩鼻而过,白眼相看? 恶棍作风

1406

严重败坏了理论批评的名声,现在我们只有一同声讨这样的恶棍及其残渣余孽,才能把长期搞乱了的理论批评与真正作家间的正常关系恢复过来。

理论批评工作者与作家之间必须平等对待,互相交心,入情入理,共同讨论团结一致向前看。只有这样,社会主义文艺运动才能展开双翼,不断前进。

五、反对做墙头草,要有理论勇气

文艺理论是一门科学,应该通过对文艺实践的仔细研究和分析,从理论上回答实践中出现和提出的许多新问题。这要依靠系统地掌握马克思主义文艺理论体系,培养思维能力,密切联系实际,又在艺术方面具有较高的辨别能力和欣赏水平。无疑,这是一种相当艰巨的工作,缺乏坚毅的努力、高度的政治责任感和敏锐的艺术感觉,是难于做出成绩的。

但过去很多文艺理论批评文章给人的印象却是异常容易,不必化费什么力气的。反正都是复述本本、文件、社论的现成话,有极左路线撑腰,后台硬得很;反正已经打听到或摸清了"上边精神"、"首长意图",以致调查研究、分析概括这种苦功夫,成了不识时务书呆子才干的蠢事。毫无主见,不讲原则,但见上面刮东风就跟着劲刮东风,一旦上面改刮西风了,也就立刻紧跟刮西风。所以亦十分安全,因为他总是站在居高临下整人的地位,而且我们这里,被整者无论多么无辜,过去照例一开始就被完全剥夺掉答辩权,指鹿为马者在把别人任意踩踏之后,尽可高枕而卧的。既然有人大力鼓励人做墙头草,也就有不少人心甘情愿做墙头草。要学会骂人、整人确实不难。这样的人鉴貌辨色机灵得很,只是完全谈不上有什么理论勇气罢了。

在理论研究领域中,再没有比这种见利忘义、毫无原则的风派更可耻的了。一个理论研究工作者,暂时浅一点不要紧,某些时候犯一点错误也不要紧。如果他存心当风派,靠投机出卖吃饭,那就永不足观,无药可救了。

革命者应当有点勇气,搞文艺理论研究应当有点理论勇气。本本上有了的不敢怀疑、匡正;"长官"说了的不敢稍加议论;好的不敢说好,坏的不敢说坏。永远在种种框套中安居乐业,故步自封,陈陈相因,惟恐冒一点风险,这样就永远不可能做出什么成绩。今天我们要进行新长征,必然会遇到新问题;为了进行新长征,必然要破除旧框框。新问题要用新的理论来解决,破除旧框框要从理论上来分析旧理论为什么已经过时或者当初就不大对头。破旧立新,都需要很大的理论勇气。靠"摸精神"、"看气候"、"探行情"、"听小道"吃饭过日子,是没出息的表现。凭这种精神状态来搞文艺理论研究,对实现四化大业,一定成事不足,败事有余。

当前,我们的文艺理论批评工作必须遵循十一届三中全会精神,继续解放思想,打破精神枷锁,狠批林彪、"四人帮"的极左路线,肃清他们的流毒,同时,还要从实际出发,提高理论研究水平,切实扭转理论落后于客观形势、落后于创作实际的情况,对解放三十年来的文艺实践,进行深刻的理论分析,总结经验,吸取教训。相信我们的文艺理论研究工作,一定能为促进创作的繁荣和发展,发挥出积极的作用。

1980 年 3 月 12 日

（原载《文艺理论研究》1980 年第 1 期）

论文艺的歌颂、
暴露与讽刺

一

我们的文艺是否可以只准歌颂，不准暴露，只准写光明，不准写阴暗呢？

也许有人以为根本不存在这样的问题。因为似乎没有人这样公开说过，公开写过。但实际上存在、甚至相当大量地存在的事例，过去的二十年来我们亲历目睹到的太多了。

有些人口头上也承认歌颂与暴露两者都需要，但当接触实际，看到某些作品揭露、批判"四人帮"的罪恶，暴露他们强制推行极左路线的反动用心，作者本意是要肃清这个祸国殃民帮的流毒和影响，却被这些人说成是在"暴露社会主义制度"。这些人看到某些作品揭露、批判在政治运动中投机、冒险、出卖灵魂、蜕化变质、极端个人主义等等的各色坏人，甚至只是作为人民内部矛盾稍为尖锐地讽刺了现实生活中那些大搞特权、脱离群众、官僚主义非常严重的人，也觉得不顺眼，说这是在"暴露人民"。既是"暴露社会主义制度"，又是"暴露人民"，如果揭露、批判、讽刺的对象中还有一些党的干部，岂不非常现成，这样的作品又当是"反党反社会主义反人民"的毒草！凡曾吃过阶级斗争扩大化之苦的人们，都懂得这一点，即在这些人手里，已经准备好帽子、棍子，只要有可能，随时就可以向这些作者作品飞过来、打过来了。

种种事实，表明过去确是存在有人不准暴露、不准写阴暗的问题。

歌颂与暴露，古人所说的"美"与"刺"，这是过去任何时代、任何阶级的文学都会采用的手段和方法。王充早就说过:"文人之笔,劝善惩恶也。"①不同的是各自的立场,歌颂与暴露的具体对象、内容。人们歌颂与暴露有一个共同的目的,即维护、加强自己的政权。最早在《诗经》里,就有美和刺的作品,就已有美和刺的理论萌芽。孔子提出的"兴观群怨"说,其中"怨"即讽刺上政。有所"怨",必有所美,两者实是一个问题分不开的两个方面。"谥法所以章善,即以著恶也"。② 一个作者有歌颂之作,也有暴露之作,可以各有侧重,也可以在同一篇作品里美其所美,刺其所刺。侧重在美的作品表面虽无所刺,其锋芒也是对着作者所反对的事物的;侧重在"刺"的作品表面虽无所"美",其中也寄托着作者所肯定的理想。因此,在文学史上,无论是实践还是理论,歌颂与暴露两者实际上从来都是密切联系、互相配合的。司马迁论《春秋》:"善善恶恶,贤贤贱不肖,存亡国,继绝世,补敝起废","采善贬恶,推三代之德,褒周室,非独刺讥而已也。"③后汉郑玄指出:"论功颂德,所以将顺其美,刺过讥失,所以匡救其恶。各于其党,则为法者彰显,为戒者著名。"④朱熹论述孔子的整理《诗经》:"孔子生于其时,既不得位,无以行帝王劝惩黜陟之政,于是特举其籍而讨论之,去其重复,正其纷乱;而其善之不足以为法,恶之不足以为戒者,则亦刊而去之;以从简约,示久远,使夫学者即是而有以考其得失,善者师之,而恶者改焉。"⑤美善刺恶,劝善惩恶,他们这三段话都是联系、配合着说的。而魏国的桓范,则还以褒贬得宜,能为法式作为文章"不朽"的一个重要标志:"夫著作书论者,乃欲阐弘大道,述明圣教,推演事义,尽极情类,记是贬非,以为法式,当时可行,后世可修。且夫古者富贵而名姓废灭,不可胜记,唯笃论倜傥之人,为不朽耳。"⑥如果对是非、善恶、美丑的褒贬,不但在当时通得过,对后世也有启发,可供学习借鉴,这样的作品自然能长期流传。而这段话在理论上的意义,则不但说明美刺、褒贬都需要,而且都还要求适应社会进步的需要,力求经得起长期实践的检验。只要其中之一而排斥另外一面固然不对,认为既有歌颂又有暴露,两者都有了就好,而不问其歌颂、暴露得是否符合人民的利益,在历史上有无进步意义,也

---

① 《论衡·佚文》。
② 《论衡·佚文》。
③ 《史记·太史公自序》。
④ 《诗谱序》。
⑤ 《诗集传序》。
⑥ 《世要论·序作篇》。

还是不对的。

革命文艺家的基本任务,就在"一切危害人民群众的黑暗势力必须暴露之,一切人民群众的革命斗争必须歌颂之"。① 这就是说歌颂与暴露原都需要,而且都要以是否符合或在多大程度上符合人民群众的利益作为衡量其价值的标准。毛泽东的这一观点符合客观实际。

那么,在今天某些只准歌颂,不准暴露,只准写光明,不准写阴暗的人们的心目中,是否真的没有可以暴露的东西,不存在阴暗的东西呢? 其实他们何尝能够超然世外,特立独行! 在这些人心目中,岂止有可以暴露的东西,还一跳百丈地公开写过不少他们以为不堪入目的"阴暗"东西。他们不是已经牙齿咬得格格响,把褒贬标准跟他们不同的人痛骂为"善于在阴湿的血污中闻腥的动物","昧着良心,不看事实,把洋人的擦脚布当做领带挂在脖子上"的"缺德"者么?② 这就是他们的暴露。因此,所谓不准暴露,其实,只是不准人家暴露他们还在欣赏、还想维护的东西,所谓不准写阴暗,其实只是不准人家把他们还在欣赏还想维护的东西写出其阴暗的真相。他们同样有爱憎,而且是极为强烈的爱憎,他们也是兼要歌颂与暴露,只是褒贬标准同绝大多数人极其异样而已。林彪、"四人帮"一伙长达十年的反革命大破坏,使我国人民遭到一场史无前例的大灾难,使我国社会主义事业受到建国以来最严重的挫折。人民极端痛恨这帮祸国殃民的罪犯,痛定思痛,要求破除迷信,解放思想,突破禁区,为实现四个现代化扫除思想上的障碍,要求文艺讲真话。这些人的褒贬标准却是相反,褒人民之所恶,贬人民之所爱。他们不顾事实,在人民疾苦面前坦然闭着眼睛胡说今天大家已经生活在一个极乐世界中。既然已经存在一个极乐世界,那么这一极乐世界,不言可喻,十多年来当然有建筑之功! 这些人把是非黑白颠倒到如此荒谬的地步,确是令人触目惊心。我们怎么能对这种至少是非常错误的思潮,置若罔闻呢?

二

毫无疑问,我们是要歌颂的。尽管由于在工作中犯了一些严重错误,不必

---

① 《在延安文艺座谈会上的讲话》。
② 《歌德与缺德》,《河北文艺》1979 年第 6 期。

要地付出了沉重的代价；尽管由于林彪、"四人帮"一伙的阴谋破坏，社会主义事业受到严重的挫折，损害了党的威信，但文艺还是要歌颂我们已经取得的成就，歌颂我们在战胜困难和挫折中取得的胜利。从旧社会过来的老同志们，最清楚没有共产党，就没有新中国，就没有我们的今天。也还是只有共产党，依靠了绝大多数的优秀党员和革命群众，才终于把这一伙祸国殃民帮从政治上一下子送进了坟墓。党的政治成熟的程度，确实已经超过了文化大革命以前十七年的水平。党没有辜负人民的期望，正在不断批评、改正工作中的错误和缺点，使人民群众树立了继续前进、继续革命的信念。

文艺应该热情歌颂一切新的英雄人物和先进人物。不惜以生命来坚决捍卫真理的张志新式的英雄们，他们虽然来不及参加到新长征的队伍中来，但他们实际是新长征披荆斩棘的尖兵，他们崇高的自我牺牲精神正在越来越有力地教育鼓励我们后来的人。歌颂张志新式的英雄，能使人们永远痛恨实行封建法西斯统治的坏蛋，永远警惕极"左"路线卷土重来。新长征已经开始，为实现四个现代化、维护社会主义法制而英勇奋战的创业者已在涌现，文艺要塑造出各种各样新时代英雄的艺术形象来，写出他们的新思想、新面貌、新品德，作为大家学习的榜样。生动的榜样的力量是无穷的。文艺也应该歌颂某些真正革命干部，他们过去出生入死，在"四人帮"横行时期受到残酷迫害，在重新担任工作之后，老当益壮，吸取了过去的经验教训，带头解放思想，破除迷信，以身作则，以他们的实际行动在群众中大大加强了党的威信。这样的好干部自然在中青年中也有很多，同样值得我们称赞。总之，我们的文艺一定要尽力维护安定团结，尽情歌颂对实现四个现代化有卓著功勋的英雄，只要谁真在这方面作出了贡献，就应坚决丢开过去种种扼杀人才的条条框框，给予充分的鼓励，使得人人都展其长才，而且还能带动一大批人跟着赶上来。

我们的文艺要歌颂，但只能歌颂真实存在的、对人民群众真正有利的东西，而绝不能相反。把该歌颂的人物变为暴露讽刺对象显然不对；同时，如果歌颂的竟是对实现四个现代化有害的东西，竟是对人民利益来说原应加以批判、暴露的东西，那就该对这样的歌颂严加警惕，注意它的严重后果。

例如就在那篇《"歌德"与"缺德"》里，作者歌颂了我们谁也没有看见过的极乐世界："现代的中国人并无失学、失业之忧，也无无衣无食之虑，日不怕盗贼执杖行凶，夜不怕黑布蒙面的大汉轻轻叩门。河水涣涣，莲荷盈盈，绿水新池，艳阳高照。当今世界上如此美好的社会主义为何不可'歌'其'德'？"是的，如果现代的中国人民大众真正已生活在这样的极乐世界里，为何不可歌其德？那是一千个可以，一万个应该，除丧心病狂者外人人都会举双手赞成的。我们警惕这样歌颂，即因现代中国人民远远还没有生活在这样的极乐世界里！解放后生活确曾有所提高，可是以后有的地方还下降了，某些时期工作中的错误确实曾使人民群众的利益受到过严重损害，而林彪、"四人帮"一伙的反革命大破坏又使我国人民遭到一场大灾难，人民大众的困难显然还大得很。实际情况如此，党中央的分析估计也是如此，为什么有些人偏偏要作这样的歌颂？如果现在真已存在这种极乐世界，那还要揭批林彪、"四人帮"的罪恶做什么！那还有什么他们的流毒要肃清！如果人民真已名副其实当了国家主人，那还要谈什么争取社会主义民主，批判什么旧社会和林彪、"四人帮"遗留下来的官僚主义、"长官意志"、"权力标准"！这样的歌颂，表面上好像在为人民庆幸，在为人民说话，实质上是在跟今天党和人民同心同德进行的巨大变革、新长征、实现四个现代化的种种努力对着干，是在证明今天大家一致要求的解放思想、开动机器、破除迷信、发展生产等等都属无的放矢，毫无必要。他们真正是在歌颂人民、歌颂社会主义、歌颂党的功绩？不！至少在客观上，他们是在歌颂哪一号人，哪一种路线呵！这样的歌颂会起什么作用，难道不应当引起人们的警惕么？

毫无疑问，我们的文艺也是要暴露的。只要生活中存在着危害人民群众利益，妨碍社会前进的东西，存在着帝国主义、反革命分子和敌特分子，"四人帮"的残渣余孽，破坏成性、蓄意闹事的社会渣滓，一切屡教不改的刑事犯罪分子、反社会主义势力，就必须勇于暴露、鞭挞他们的罪恶，揭露他们犯罪的社会原因。今天，歌颂与暴露，都是为了实现四化所不可缺少的。文艺如果不反映生活实际，不向人民说真话，一味唱赞歌，缺乏批判精神，即使并无坏心思，也不能有生命力。瞒和骗，这是鲁迅最痛恨，人民都厌恶的东西。这些年来，人民吃这种东西的苦头，国家民族吃这种东西的苦头，已经吃得太多了，今天再也不能不准人民正当的暴露或讽刺，把好心好意看作恶意攻击，弄得万马齐喑，是绝无益处的。陈毅同志1962年在全国话剧、歌剧、儿童剧创作座谈会上讲的这些话多么有预见性："严重到大家不写文章，严重到大家不讲话，严重到大家只能讲好，这不是好的兆头。将来只能养成一片颂扬之声，这对我们有什么好处？危险得很呵！"仅仅十多年，我们大家就都亲眼看到了这种危险，成亿的人民和革命干部直接吃够了这种危险的苦头，难道不是活生生的、还没有完全成为过去的事实么？

1413

我们今天还是应该深刻暴露林彪、“四人帮”一伙推行极左路线的滔天罪恶，因为他们的流毒和影响还远没有肃清。有些人一直到今天还分不清“四人帮”与党的界限，马列主义与假马列主义的界限。广大人民群众反对官僚主义，要求发扬社会主义民主，是因为官僚主义本是几千年的封建遗毒，与社会主义是不相容的。而经过林彪、“四人帮”的十年横行，这种官僚主义的作风在一部分干部中有所滋长，社会主义民主受到了压抑，人民群众的要求完全正当，党中央公开支持人民这种要求。现在有些仍在拉山头，搞串连，煽风点火，制造事端，破坏安定团结，妨碍四化建设的“好汉”，他们打的居然也是“反官僚”、“争民主”、“争自由”一类旗号，对此人民一定要擦亮眼睛。听由他们制造混乱，既难确保党和政府真正把工作重点转到四化上来，同时对实现人民群众的正当要求也很不利。当然我们切不可因噎废食。我们已经生活在社会主义社会里，但由于还没有形成一套成熟的建设社会主义的经验，社会主义制度还有不完善的地方，社会主义社会里还存在着敌我矛盾，存在着旧社会遗留下来的以及新产生的一些阴暗东西，暴露这些东西，把它放到光天化日之下让大家看得更清楚，提高大家的识别力，使它不能或不再那样易于欺骗、迷惑人，这绝不是暴露社会主义社会，暴露社会主义制度。相反，乃是为了保卫、健全和发展社会主义。

今天我国大量存在着人民内部矛盾。对人民内部矛盾，一般说，当然不是暴露的问题，但对有些在处理上当作人民内部而其错误的性质非常严重的，对他们所犯的严重错误卑劣思想，无疑仍应进行无情的揭露，尖锐的批判。大搞特权、官僚主义很严重的人，如果不是伪装的反革命，当然还是人民。但如情节十分恶劣，而又屡教不改，造成严重的后果，当然也要揭露，借此教育干部，这亦绝不是暴露人民。怎么能够设想，一个严重的官僚主义者仅仅因为他还是人民，就不该对他的严重官僚主义进行揭露、批判？对待人民内部这种人的严重错误，不同的仅仅是作家的态度，即不是要彻底消灭，而还想挽救他们，希望他们终于还能变成一个够格的公民。当然，作家应该通过调查，依法而不是听信流言，就轻易断定某些严重官僚主义现象为实有其事，某些人真有如此严重的官僚主义。官僚主义要反对，被压抑的人民值得同情，从中混水摸鱼的社会蠹虫也应予以谴责。为了维护安定团结的大好形势，我们在反对官僚主义、反对特权、揭露和分析它们的社会原因的同时，更要加强社会主义法制，真正实行法治。

三

对敌人必须暴露,也可以用讽刺的方式,这是对敌人的讽刺,其目的是无情地打击敌人,消灭敌人。在人民内部,对旧社会遗留在人们行为和思想上的封建主义,如家长制、特殊化、一言堂、裙带风、官僚主义等等,同资产阶级的极端个人主义、无政府主义、形形色色的派性,以及小生产者守旧、狭隘的心理,一切低级、庸俗、丑恶的东西,都应该进行讽刺。这是人民内部的讽刺,其目的是与人为善,治病救人,因为有缺点错误的毕竟仍是需要团结的同志,所以作者的态度与对敌讽刺不同。

这种内部讽刺是永远需要的。这绝不是用对待敌人的方式来对待自己人,绝不是敌我不分。内部讽刺虽然并不一概排斥尖锐性和辛辣味,但它终究是对人民进行教育的具有积极意义的一种方式。它不是打击,而是帮助,不能看作团结的对立物。内部讽刺运用得正确、适当,既不会伤害同志,也不会带来消极情绪。即使有人一时不习惯这种方式,久后也会觉悟。讽刺了人民内部确实存在的缺点错误,就是鼓励、扶植了正面的事物,内部讽刺同表扬正面人物是密切联系着的。过去有人说过,人民内部的缺点错误是少数、暂时的现象,没有什么典型性,不是社会主义社会生活的主流,不能反映某些本质,所以不值得,也不应该讽刺。这种至少是非常糊涂的观点,长期流行的结果对文艺创作十分有害。把典型化和表现本质作这样的理解,造成了创作的公式化、概念化。现实主义的文艺创作本来不能仅仅归结为表现生活的本质。有人生搬硬套本本,又以为表现生活的本质只能是写社会的主要矛盾,写主要矛盾的主要方面。据说社会主义社会里只有光明面是本质,阴暗面非本质;英雄人物身上优点是本质,缺点错误非本质。加上认为只有写普遍存在的、代表主流的事物才有意义,写少数的非主流的事物没有意义。于是为了写主流本质,就把生活中确实存在的缺点错误、阴暗面、中间人物、反面人物,以至正面人物性格中的弱点、旧思想的残余等等,统统从文艺中排斥掉了。文艺作品被弄得只能写"形势一派大好,越来越好",正面人物个个"高、大、全",以为这样就是现实主义,就可以为社会主义服务。殊不知这样一来,却是越来越不能使人信服,越来越没有人要看,走到了反面。事实上,只有写出了事物间的内部联系,揭开了事物的内部发展规律,才能反映现实生活的本质真实。社会中各种不同的事物,都能反映某种本质,怎么能说描写缺点错误,正确地表现阴暗面,就一定不能从中反映某种本质呢?本质总是通过正面的反面的现象通过直接的或者曲折的甚至是假象的方式表现出来的。因此,现实生活的全部本质,是不能只从一个局部甚至只是局部的一个侧面简单、孤立地反映出来的。过去流行看法,难道真符合马克思主义?按照过去这种说法,文艺创作就只能挑好的说,不能提问题,讲毛病,连内部讽刺也不行。于是少数、暂时的缺点错误也就只好让它自由滋长、普遍了长期了再说。实践证明,这是一个多么糟糕、有害的办法。至于说内部讽刺因为对缺点错误没有掩饰,"家丑外扬"会给国内外敌人利用来攻击我们,影响对我国的看法,这种顾虑也是不必要的。这样做,倒可显示我们有改正的决心和信心,乃是共产党坚强的表现。这比之明明有了缺点错误还想掩饰不知要高明多少。掩饰是克服不掉缺点错误的,只有决心设法改正才能克服。掩饰也是掩饰不了的,只会欲盖弥彰。只要我们的事业是正义的,站在人民群众的立场上,有正确的态度,掌握适当分寸,通过讽刺来进行教育,团结一致向前进,根本不必反对内部讽刺。

真实是文艺的生命,也是内部讽刺的基础。把内部讽刺划为禁区,稍加讽刺动辄指为"影射"、"攻击",当然不对;但如果进行讽刺而没有细加区别、慎重掌握分寸,混淆了真伪、是非、善恶、美丑,把局部说成全体,把少数人的错误缺点说成社会主义制度的必然规律,从而乱用讽刺,尽管动机未必坏,客观上也是对人民不利的。两种情况,问题都在违反真实。

内部讽刺对缺点错误同样不能调和。如果是很严重的错误,情节恶劣,态度又不好,讽刺应当尖锐、辛辣。但就是对这样的人物,也还要留有余地,主要是严肃批判其错误的思想与行为,对他这个人,仍望其有所改正。应该根据缺点错误的不同性质,不同程度,根据他们对待缺点错误的不同态度,加以区别对待。我们应当实事求是,在正确分析的基础上,进行不同的讽刺。内部讽刺决不能一刀切,凭感情行事,乃是一个非常细致的工作。譬如,同是官僚主义,敌我之间的有不同,新旧社会中的有不同,严重的程度有不同,产生的后果有不同,需要考虑到有种种的不同情况。适当的分寸的确不容易掌握,但不是无法找到的。

只要讽刺得真实,正确,恰如其分,有团结的愿望、帮助的热情,就绝不是诽谤、辱骂,或故意丑化。如果只是由于缺乏经验,某些环节上出了毛病,讽刺只是针对这些不完善的地方,就绝不能说它是在讽刺整个社会主义制度。如果只是指出社会主义社会里由于种种历史的和个人品质上的原因,还存在一些脱离群众,大搞特权,官僚主义非常严重的人,因而引起人民群众对他们这种行为的厌恶和愤懑,这也不能指责作家是在讽刺整个社会主义社会,讽刺所有的干部。有些作者的心是好的,但分析不够,区别不够。分明是某些环节的毛病,却写得好像许多地方都有毛病;分明很多干部是好的和比较好的,却写得好像许多干部都有严重错误,实际这只是少数害群之马的问题。还有这样的情况,有些干部搞特权,在这一点上确是错误严重,但他别些方面还有功,如果因为他搞特权,一律提到本质高度,对他完全抹煞,形象十分难堪,也不妥当。我们的文艺应当使人民通过批评增强团结。在一个作品里,当然不可能写许多人,必然有所侧重。例如侧重写应予批评、讽刺的人物。可是作者的看法却应该力求全面,有所分析,每个讽刺对象都是在高瞻远瞩之下,从全局出发写出来的。

有些讽刺作品给人的印象比较消极,不免使人灰心丧气,不能鼓舞人们奋发前进的信心。作家们要注意防止这种毛病,防止产生有害的作用。这种作品的问题,往往在于孤立、突出地表现了反面的、阴暗的事物,没有把它同现实生活中占主导地位的正面、先进的力量作对比。在我们的社会里,即使在林彪、"四人帮"一伙横行的时期,在广大人民和干部的心里,正面、先进的东西仍是占重要地位的。正是由于人心都越来越痛恨这一伙坏蛋,终于爆发了"四五"革命运动,终于很快就帮助党一举粉碎了这个祸国殃民帮。一定要在新的与旧的、革命的与反动的事物的鲜明对照中来进行讽刺,这样就不会使人们看到的只是反面、阴暗,而对前途发生动摇,失去信心。我们的文艺作品应该对我们自己的工作有自我批评的态度,同时也要同社会上的一切坏人坏事作斗争。我们时代的讽刺作品如果使人看了觉得到处都一团糟,简直没有什么希望,它就是走到了另一个错误的极端。这样的作品对人民认识生活、改造生活没有益处。

讽刺作品要有深刻的思想内容,不能只写一些反面、落后的现象,还应通过艺术形象,尽可能显示现象背后的根本原因,对人民利益造成的危害、恶果,显示解决矛盾的正确途径。克服困难,消除阴暗的根本途径在哪里?读者、观众们领会到了这一点,就不但不会感到茫然、消极,反而会更明确努力方向,自觉提高社会责任感了。

由于生活本身存在的矛盾情况不同,而且每个作品选择的题材、主题也不会一样,内部讽刺作品应当允许有不同的写法。讽刺作品中需要有正面人物出场,但也不必拘泥非有不可。短小的讽刺作品一般没有,没有正面人物出场的讽刺作品也可能是好作品。在讽刺作品中,往往作家自己就是其中的正面人物,虽然他并未出场。作家站在人民的立场上,爱人民之所爱,憎人民之所憎,对反面、落后的事物进行斗争,表现出对这些事物的愤恨、责备,对先进事物的热爱、赞赏,对社会主义必然会胜利实现的信念,这种精神、感情的存在,就体现了正面人物及其主导地位的存在。问题在于一定要有这样的理想、感情,与对国家、社会、民族的负责态度。

1979 年 11 月 18 日

(原载《上海师范大学学报》1980 年第 2 期)

使命、责任、价值

一

　　文学工作者该不该有使命感？目前存在着不同的看法和态度。有的说该有，有的说不必有；有的很积极，有的较淡漠。不同的看法和态度都有各自的理由，似乎很复杂。

　　我认为实际上没有一个人会毫无某种使命感。如果毫无使命感，他为什么还要来搞文学创作或评论？他总有一个目标，一种向往，想说点什么，也希望有人来听他所说的，得到同情和共鸣。不管他自己承认不承认，自觉或不大自觉，实际上这就是他的使命，他在执行自己的使命。主张积极干预生活固然是一种使命，主张不必考虑别的，只要表现自我，可以同社会生活保持远距离，也是一种使命。两种主张未必在任何情况下都完全对立，但不能说无大区别，没有区别的只在两者都有使命感。

　　因此，问题不在有没有、而在该有或最好能有怎样的使命感。并不是随便什么使命感都好，也不是较好的使命感在工作中自然地都有同等的价值。有关使命感的口号、议论都不能只从文字表面就判断出好坏。谈论这个问题要做具体分析和看实践效果。"以阶级斗争为纲"时期天天要求文学"应为现实斗争服务"，使命要求十分鲜明而强烈，有些人曾欣然接受了这种使命。这当然也是要"干预生活"，实践效果是众所周知的。所以不能一听说"干预生活"便拍手叫好，得看看这样说的人想把生活干预到哪里去，他是怎样来干预的。在那种时候，把这样的干预离得远远的倒还是好事。因为那是一个可悲的、倒退的时代。

但在不同的时代条件下，例如我们已在前进了，正待大力改革，而这种改革虽还不够迅速，还存在不少失误、困难，但总趋向是对人民有利的，对社会主义有利的，那就不能认为远离生活的主张合理、不求功利的倡导有益了。在这样的时代，抱着积极要求改革、支持改革的态度，凭我们对国家前途、以至人类进步事业的关怀和热情，把我们的全部心力都倾注到现实人生的兴利除弊方面去，这样的干预生活又为什么不应是文学工作者的正当使命呢？

有这样一种顾虑，似乎有了使命感甚至即使是很正当的使命必然写不出有艺术价值的东西来。要写出伟大的艺术作品必须具备多方面的条件，光有正当的使命感不消说是不够的。但要举出一个例子来证明没有正当的使命感而居然能写出公认伟大的艺术品，如果可能的话，应该早就有人举出来了，实际却还并不曾有。伟大的艺术家首先应该是一个具有伟大人格的人，"伟大"永远不可能同广大人民的幸福、人类社会的不断前进——这种崇高的思想、事业相脱离。大家承认，我们的屈原、司马迁、李白、杜甫、白居易、韩愈、柳宗元、欧阳修、苏轼、辛弃疾、陆游、汤显祖、曹雪芹、鲁迅等，都是大文学家，同样大家也都承认，或不能不承认，他们都具有正当的使命感，至少在当时条件下为正当的使命感。忧国伤时，为民请命，要求革除时弊，促使社会进步，都是他们那些优秀作品的重大主题。虽然程度不同，也不免有些空想的成分，但总的倾向无疑是符合历史发展趋势的。他们的正当使命感何尝限制或妨碍了他们在艺术上的卓越成功！我们有些同志强调文艺的审美性诚然有其廓清庸俗社会学和忽视艺术规律的偏颇错误之功，是否也有点绝对化了？社会性和审美性不是在任何情况下都会对立，与真善统一的美才是真正的美。

正当的使命感有广阔的内涵，文学工作者完全可以从自己的优势方面来承担时代赋予的使命。使命的具体内涵可以有所不同，完成的情况也不可能一样，但只要有利于人民，有利于社会主义事业，而且在实践上真有贡献，他的工作就是有价值的，值得赞赏的。无视人民最紧迫的要求，侈言只打算为少数人而写，寄知音于未来的读者，以做这样的"先锋"自喜，这虽然说不上是什么大问题，但惜终非取法乎上、勇攀高峰的大路。

二

我们生活在一个群体互相依存的社会里，一天也离不开群体劳动的成果。

互相依存就有待于互相负责。如果只是享受着许多别人劳动的果实,自己对群体没有尽职,没有负责,甚至也没有想到应该承担一定的责任,大家会怎样看待这样的人呢?只想"收进"不愿"付出"的人是有的,享受多而奉献少的人是有的,先曾献出不少后来却只想收进的人也是有的。社会越进步,法制越健全,人际关系越平等,这种人将越来越难于自由自在,人们正多么迫切地期望这样的日子早一点到来。

另有一种情况却是这样的,他主观上是想负责,也用了点脑筋,由于各种原因,提出的意见,作出的判断,行动的社会效果却不切实,不科学,弊多于利。这跟上述情况不一样,不过也不能算是值得赞赏的表现。现在大家对探索都很重视和鼓励,这就最需要从当前实际出发,针对新问题,多下苦功去努力钻研,务求实效,不可以耸人听闻自乐,满足于浮光掠影的玄虚之谈。

例如:反对理性。文学创作要重感情,以情为根,即在我国,自孔子提出"情欲信,辞欲巧"以来,说文学作品应"吟咏情性"、"以情志为神明"之类的言论,不知已有多少。反对说理的材料也有,刘勰、严羽、李贽、汤显祖等都提出过。但刘勰、严羽主要是反对在文学创作中作抽象说教或大发议论,李贽、汤显祖是反对明代的假道学。这些都同我们前些年的反对公式化、概念化、反对假马克思主义相近。反对在文学创作中进行抽象说教,这是坚持艺术创作规律,绝不是反对科学的理性。马克思主义的基本原理是科学的理性结晶,但若把文学创作写成马克思主义的哲学讲义,也不行。李贽、汤显祖反对的是道学的虚伪,他们仍是坚持进步的理性的。严羽在说过"诗有别趣,非关理也"之后,紧接着讲的便是"然非多穷理,则不能极其至。所谓不涉理路,不落言筌者,上也"。他们哪里是在反对理性本身?哪有无理之情?人类的进步,社会的发展,正是科学的理性不断战胜歪理的结果。理性将会继续完善、扩大、深化,它在作家心底、文学创作中决不会同情感相对立,这是由各国文学的历史早就证明了的。笼统地提出应反对理性,这种提法能促进改革吗?

又如:强调本能。禁欲主义和纵欲主义都不对。欲是客观存在,有其合理性,但人又生活在群体社会里,本能要求也还要有一定的约束,如果都凭本能行动起来,群体就会涣散,听由"人欲横流",对社会进步肯定不会有益。反对理性必然导致强调本能。强调本能必然又会忽视或排斥伦理道德。我们当然反对封建主义和资产阶级一切陈旧、腐朽的说教,却不能否认自古迄今的各种社会都存在某些谁都应该遵守的公德,否则社会就持续不下来,社会主义社会更应

1421

有其空前高尚的道德标准。笼统地强调本能,有的再具体归结到金钱和性从认识到实践上的无限制开放,仿佛这样宣扬就在从事社会改革。这些话实际是对西方某些在他们那里也早已被许多人怀疑否定的陈说的盲从和追踪,这决算不上是一种有价值的社会贡献。我们现在需要探索的,乃是能立足于我们自己的土地,对我们的改革大业真起促进而非促退作用的东西。任何脱离人民、脱离实际主观自是的谈论,在实践面前将显得十分渺小。当我们读到那些表现性意识、却热衷于肉欲过程的描写而并无多少社会意义和审美价值在内的作品时,就会想到古人"劝百而惩一"的批评。对金钱,古人的轻商观念当然要改变,"君子言道不言贫"和"君子固穷"之类思想也有些不合时宜了,但如走到另一极端,真正完全变成了"金钱至上","见利忘义","唯利是图",我看也决不是什么理想世界。讲经营管理之道,为群体最大限度地争取社会经济效益,这同不分公私,笼统地提倡金钱至上并不是一件事。

再如:又来彻底否定传统文化。连"文革"十年大嚷大叫要扫荡仍未能扫荡得了的文化遗产竟在"改革"的名义下又提出要抛弃才对了,传统文化再次被放到了与创新对立的位置上。现在还有多少人在夸口文化遗产全是精华?批判继承、推陈出新,只有兼收并蓄人类社会遗留下来一切对我们建设社会主义有益的东西,我们才能发展社会主义的精神文明,应该说这已是经过实践证明也已得到公认的一条规律,但彻底否定之说忽然又成了一个时髦的观念,似乎文化遗产一下子真会全成改革、前进的祸害。对这个不知已积累了多少论证资料和历史经验的问题,进一步的探索应别有所在了。

无论还存在着多少不足,我们毕竟已生活在一个前所未有的较好局面之中,改革、开放、搞活的形势虽然难免时有波动,终已不可逆转。我们大家如能更多奉献出一批有分量有实效的促进改革的创作成果和研究成果来,我们就能使这种形势变得更加稳固、美好。当我们能凭自由的心灵和自觉的态度来同广大人民同气相求,同声相应时,相信我们就能增长出勇气、信心和力量。

三

社会主义精神文明和物质文明不会从天上掉下来,都需要人去认识它们的重要,需要人发挥聪明才智去建设去创造,人类进步发展的历史也充分证明了人是有这种要求和力量的。为此,针对曾有过的历史和思潮,把人当做牛、马,把人看作不过是一种简单工具，从而强调人的尊严，人的价值，人不仅能认识、反映客观世界，还能够评价、改造客观世界。这一问题随着新时期生产力的发展，商品经济的得到重视，以及人们自己的觉醒和努力，而以主体性的形式着重提了出来，应该说是很自然的，是思想界活跃和进步的一个标志。

承认人在客观世界面前并不只是一种消极、被动的角色，承认人的自觉和主动精神在推动历史进步、社会改革大业中的不容抹煞、不可忽视的作用，这就为争取人在社会生活中应有的权利创造了前提。现在大家对扩大社会主义民主与实现四化建设具有不可分割联系的认识，大致就是这样来的。虽然要从认识变成事实还会经历一个过程，但人在比过去社会毕竟已有进步的环境中，的确有可能逐步实现并提高其固有的价值。

人实现并提高其固有的价值并不容易。一方面要有较好的客观条件，另一方面也要有主观的努力。社会主义社会就是一个较理想的客观条件，但这种社会尚在建设之中，成熟经验还不多，需要改革、探索的问题尚不少。使之真正成为一种理想的客观条件，正是我们的共同任务。西方并不像过去有些人宣称的那样一无是处，由资产阶级思想家提出来的某些观念、思想和理论，既是资产阶级的精神财富，同时因为它也反映了人类发展的认识水平、科学水平而具有现代化的进步意义，它也就成了全人类文明积累的一部分，对它是值得吸收、改造利用的。但这却并不就能成为我们应该"全盘西化"的理由。半个多世纪前就已有人在这里提倡"全盘西化"，没有成功，也不可能成功。历史上从来没有一个全盘搬用外国办法而成功的例子。这次则还有些人居然大谈了我们的"民族劣根性"以及对我们这个人种的怀疑。这样置科学、历史和民族尊严都不顾的怪话、论风未免太不严肃太不郑重。探索难免有失误，谁也不应对探索作过多的要求，否则人们就会畏于探索了。但抱着如此自轻自贱的态度，实在会令爱护的人也感到失望。

因此我想，具体到个人，恐怕也不是每个人自然地便会有价值。这要看他在社会实践中的表现。如果客观条件已较好，他却不想或并没有为国家、民族、人类做出好事，就不能说他有什么价值。反之，即使客观条件很困难，如果自己的思想、感情和行动对国家、民族、人类起了有益的推进作用，他不但是有价值的，而且无疑更为难得。应该充分肯定人的价值和作用，同时每一个人自己也应无负于社会、群体的期望。凡对国家、民族、人类多少做了好事的人都是有价值的。当然价值还会有大小，那么，就该争取具有尽可能大的价值。

人们期望,文学界近十年来较前大为繁荣活跃的局面将能得到维护和继续。我们根本的政治原则和政治方向是不能动摇的。诸如上述难于令人首肯的文学问题诚然不少,应该指出,并容许展开平等的与人为善的讨论。防"左",不许因为反对资产阶级自由化而妨碍改革、开放、搞活政策的贯彻执行,不许借口反对自由化来压制或打击群众对我们工作缺点、错误的正当批评,继续坚持"双百"方针,这些政策将是得以安定团结、持续发展大好形势的保证。希望文学界的形势也能一年比一年好。

1987 年 2 月 18 日

（原载《文艺理论研究》1987 年第 2 期）

现代意识与
文化传统

　　我们现在常能读到不少谈论现代意识的文章。生而为现代人，自然应有现代意识，不是生活在真空中，也不可能毫无一点现代意识。但现代意识毕竟是一个相当含糊笼统的观念，在谈论这个问题的不少文章中，要找出若干明确的共同之点来倒也不那么简单。例如：究竟哪些意识是现代的？是否现代意识即流行、时髦的意识？如何判定现代意识的价值？现代意识与文化传统的关系如何？等等。这种情况，在文艺理论研究领域中，同样地存在着。我认为这些都是很值得大家共同来探讨的问题。这里我只想就现代意识与文化传统的关系问题粗略地谈点看法。

一

　　在我看来，并不是存在于任何现代人脑子里的意识都可称为现代意识。人们虽都生活在现代的土壤上，仍还是各色各样的，不仅个性有异，思想感情亦不尽同，或大同小异，或大异小同。各色各样的人中可能都有一点可称为现代意识的东西，但或已成为他意识的主流，或不过只是某种情况下他意识中的或隐或显或刹那的闪念。例如民主意识，当无问题能被公认为现代意识的一种，有些人确已具有这种意识，并提高到社会主义民主的水平，不但能身体力行，且能大声疾呼，影响全社会；有些人则虽也表示赞成，口头上也常这样宣讲，但遇到某些具体问题，特别当触犯到自己私利的时候，却就原地踏步，甚至向后转了。又如改革意识，也存在这种情况，有的真正要求改革一切陈腐、过时、妨碍社会进步的东西，有的虽然也说要改革，实际并不热心，甚至还会加以阻碍。"大锅饭"、"终身制"、"庸俗社会学"、"机械唯物论"、"几十年一贯的老讲义"、"习惯模式",毕竟都比凭新知识、真本领、紧张工作来竞争省事、省力、靠得住得多。

以上所说,只是想表明两点:第一,现代意识应指对现代社会、现代广大人民具有改革、进步、发展意义的意识,而不是随便什么只要现代人具有的意识。现代人具有的意识中既有些是极其陈旧的封建意识或其变相的观念,亦有些是资产阶级极端个人主义的东西。不能只看这种意识是否出现或流行于现代,要看这种意识是否符合现代社会、现代广大人民改革、进步、发展的共同需要。第二,有否或有多少现代意识,主要应根据人们的实际行动、客观效果来判定,不能只根据他们的说话和自我标榜。

正因为这样,我认为把传统文化看成与现代意识相对立的主张是不合事实,不科学的。持这种主张的人认为传统文化完全是创新的障碍物,学习或重视传统文化便是"向后看"、"倒退",对传统文化虽未再用"彻底扫荡"这样威风凛凛的字眼,骨子里的意思其实差不多。海外有人写了一本《丑陋的中国人》,把中国人说得丑陋不堪,丑陋的原因何在呢?据说就因为"中国传统文化有一种过滤性病毒,使我们子子孙孙受了感染,到今天都不能痊愈"。他认定今日中国的艰难是传统文化罪恶深重所致,中国悠久文化不仅一团漆黑,而且祸延子孙直到今天还在发生作用。这位作者,对中国传统文化批判到如此地步,是否太偏激,不够实事求是? 中国传统文化中也有很合理的东西。

我的意见是现代意识不但并不总与文化传统对立,往往还是文化传统中合理部分的延伸和发展。现代意识并不只是一个限于现代时间的观念,更重要的是一个随着历史的发展而不断有所发展、充实的观念。譬如称日、月是终古常新的,古人这样认识时可称为当时的时代意识,现代人这样认识时仍不失为目前的现代意识,因为这样的意识符合科学,当然今天对日、月的科学认识比过去是更进一步,更丰富精密些了。在自然科学领域里有这种情况,在人文、社会科学领域里也存在着一些类似的情况。把现代意识与文化传统完全对立起来,把人为地割断与文化传统的联系当作一种有价值的现代意识来提倡,我认为有害无益。不消说,由于已经历过好几个社会发展阶段,而我们今天又已在向一个更有生命力的新社会迈进,我们从没有向文化传统膜拜或照单全收的意思,我们不过是主张择善运用,而可以择善运用的宝贵遗产应该承认确实不少。下面可举几个小例子来谈谈。

二

"天下同归而殊途,一致而百虑。"这是古老的《周易·系辞下》中的两句话。这两句话在《易传》中的原意有不同解释,可存而不论。朱熹《周易本义》把它作为一般原理,这样注释:"言理本无二,而殊途百虑,莫非自然,何以思虑为哉!必思而从,则所从者亦狭矣。"朱熹这一解释我看有一定道理:真理只有一个,而到达这个真理的途径可以是不同的,也必然会有不同;许多不同的思考意见,似乎南辕北辙,纷歧错杂,但因其可能互相补充,所谓真理愈辩愈明,反而有利于取得一致。"同归"与殊途","一致"与"百虑",似乎对立,其实是矛盾统一的关系。不许有不同的道路、不同的思考,脱离了实际情况而想用非科学、不自然的方法达到"同归"与"一致"的目标,反而是不可能的。真理总离不开实际,实际既有比较稳定的因素,更多由于时间、地点、条件的改变而不断在发展、呈现出差异,真理本身有的会演变,有的需要从不同的途径去探索才能把握,这都是很自然的事情。硬凭主观甚至想尽方法强制人们只能循这一条道路、这个样子去思考,往往不仅达不到"同归"与"一致"的目的,反而会产生相反的结果,至少会白走许多弯路。只要方向对头,目标明确,不是"条条大路通罗马"吗?广开言路,鼓励大家勇于作多样化的试验,从多方面来对问题进行探索,应该倾听各种不同的建议,扩大社会主义民主不正是一种非常重要的现代意识吗?在这个意义上,孔子的"毋意,毋必,毋固,毋我"[1],"三人行,必有我师焉:择其善者而从之,其不善者而改之"[2],也未必对现在没有借鉴意义。主观、拘执,自以为是,目空一切,古人如孔子也已知其不对,有现代意识的人当更应知其非是了。

开放、搞活当然是我们的一种重要现代意识。再也不能重复闭关锁国、夜郎自大那一套只能束缚自己进步的东西了。凡是能为人民服务、为社会主义服务的文化,能有利于我们发展进步的,不管是古代的、外国的、谁发明创造的,都需要采取"拿来主义"的态度。这就得"兼收并蓄"、"兼容并包",否则凭什么来"古为今用"、"洋为中用"!或谓"兼收""兼容"要有原则,不错,不过实际上若未患神经病,从来都不是毫无原则,尽管原则不尽相同。拣破烂、收废品的人,也

---

① 《论语·子罕》。

② 《论语·述而》。

决非任何东西都拣都收的，总还看到了它多少值点钱。只要目的明确，并不会成什么问题。诚然，我们历史上有不少"独尊"的议论，但"兼收"、"兼容"的主张亦从未间断，实际上我们的历史并非在"独尊"中发展，而是在"兼收"、"兼容"中发展的。荀子在《非相》中就已有"兼术"之说："故君子贤而能容罢（疲），知（智）而能容愚，博而能容浅，粹而能容杂。夫是之谓兼术。"韩愈在《进学解》中说：牛溲马勃、败鼓之皮，俱收并蓄，待用无遗者，医师之良也。"荀子以贤、知、博、粹兼容罢、愚、浅、杂，并不一概抹煞或踢开后者，当以为后者可资比较或其中亦有些一得之见吧，"兼听则明"，自然是一种较好的方法。韩愈以为良医之所以能为良医，就在懂得即使像牛溲马勃、败鼓之皮这类通常视为贱物的东西在医疗上有其作用，平时知道俱收并蓄，必要时就可随宜运用。与"兼收"、"兼容"有密切关系的一个传统观念是"集大成"。孟子称赞孔子为"圣之时者也。孔子之谓集大成"[1]，认为孔子所以比伯夷、伊尹、柳下惠还高明，即因他能集先圣之大道，以成己之圣德，融合了前人的各种优点长处，自己得以随时灵活运用。在文学史上，例如最伟大的诗人杜甫，就也是一位类似的人物。在诗歌理论上，他从不割断历史，对文学遗产，他有自己的评论原则，即使对他并不赞赏的齐梁诗风，也总是有所分析，区别对待，绝未采取全盘否定、猛烈攻击的态度。他在《戏为六绝句》中所说的"窃攀屈宋宜方驾，恐与齐梁作后尘"；"别裁伪体亲风雅，转益多师是汝师"；"不薄今人爱古人，清词丽句必为邻"；"王杨卢骆当时体，轻薄为文哂未休。尔曹身与名俱灭，不废江河万古流"等名句，就充满着一种既有其主见却又"兼容"、"集大成"的精神。正因为他有了这种开阔的视野，从文学发展中吸取到了这种宝贵的经验，加上他自己在创作实践上的艰苦努力，所以他的成就几乎也是无与伦比、绝无仅有的。他在诗歌创作上的成就，用一句话来概括，便是集了古典诗歌艺术的大成，是以被目为"诗圣"。元稹称赞他："上薄风骚，下该沈宋，言夺苏李，气吞曹刘，掩颜谢之孤高，杂徐庾之流丽，尽得古今之体势，而兼人人之所独专矣。"[2]后来《新唐书·文艺传》也这样论他："开元间，稍裁以雅正。然恃华者质反，好丽者壮违，人得一概，皆自名所长。至甫浑涵汪茫，千汇万状，兼古今而有之。"这两段议论基本一致，历来也得到公认，是确评。杜甫当时没有条件接触到中土以外的文学作品，他"集大成"的范围当然受到限

---

① 《孟子·万章下》。

② 《唐故工部员外郎杜君墓系铭并序》，见《元氏长庆集》卷五十六。

制。但从他的议论和创作实绩所表现出来的意识,可以使我们感到,不仅在当时是很合理的,事实证明也符合现代的需要。"不薄今人爱古人","转益多师是汝师",不论今人古人,国人洋人,凡能对现代中国的社会主义建设有益的东西我们都要拿来,都值得好好研究学习。难道我们的文化传统中在这方面缺少可以发扬光大的瑰宝?

现代人都要求有独立自主的权利,不愿俯仰随人,鄙视为了一己私利不惜随风倒的小人。在封建专制统治下,做到这一点很不容易。不过在舆论上、理想上,许多志士仁人的意识并不与专制统治者的要求一致。为此而杀身成仁或坎坷一生的人并不少,说明人们为维护其自身应有权利和人格尊严的斗争并不是没有长期的历史渊源的。历史不容割断,在这一点上同样可以找到证据。富贵不能淫,贫贱不能移,威武不能屈,这是多么了不起的一种独立自主精神!难道这不是我们过去许多人虽不能至,却心向往之的精神?古人论学,多主深造、自得。孟子早就提出:"君子深造之以道,欲其自得之也。自得之,则居之安;居之安,则资之深;资之深,则取之左右逢其源。故君子欲其自得之也。"①经过深造,有了自得之见,便不大会随风起哄了。自得之见自然未必都对,但在学习上,总比俯仰随人较能作出贡献,在人格上,不致"顺口接屁",自甘下流,要高尚得多。在文艺理论批评上也有很显著的例子,如将近两千年前的王充,他对"世书俗说,多所不安,幽处独居,考论实虚",便想深造自得。他写出来的《论衡》一书,因多自得之见,"违诡于俗",不合众人心意,有人因此指责他。他凛然回答:"盖独是之语,高士不舍,俗夫不好;惑众之书,愚者欣颂,贤者逃顿。"②他宁愿坚持独是之语,决不迎合媚俗。刘勰著《文心雕龙》,把史、论、评融为一体,然后上升为体大思精的理论专著,他感到过去一些论文著作"并未能振叶以寻根,观澜而索源",所以便决心自出手眼来另写成这一部书。《序志》篇中他这样自述立论的宗旨:"同之与异,不屑古今,擘肌分理,唯务折衷。"这就是说,他的议论,都凭自己的研究所得,道理是怎样,就怎样讲说,绝非因袭得来。议论难免与古人今人有不谋而合处,那是道理如此,非故意求同;有相异之处,亦是凭的道理,非存心立异;他是不屑与任何古人今人雷同、苟异的。严羽是另一位极能独立自主地提出见解的诗论家,倡为著名的"诗有别材,非关书也,诗有别趣,非关理

---

① 《孟子·离娄下》。
② 《论衡·自纪》。

也"等说。他对自己的所评所辩,非常自信:"吾评之非僭也,辩之非妄也。天下有可废之人,无可废之言。诗道如是也。若以为不然,则是见诗之不广,参诗之不熟耳。"①又说:"仆之《诗辨》,乃断千百年公案,诚惊世绝俗之谈,至当归一之论。其间说江西诗病,真取心肝刽子手。以禅喻诗,莫此亲切。是自家实证实悟者,是自家闭门凿破此片田地,即非傍人篱壁、拾人涕唾得来者。李杜复生,不易吾言矣。""本意但欲说得诗透彻,初无意于为文,其合文人儒者之言与否,不问也。""辨白是非,定其宗旨,正当明目张胆而言,使其词说沉着痛快,深切著明,显然易见,所谓不直则道不见,虽得罪于世之君子,不辞也。"②严羽的诗论,确有见地,虽不尽是他的创见,但他的议论,确出于他自家的实证实悟,乃独立自主地研究出来的。王充、刘勰、严羽这样既能深造自得,又敢于直陈己见,不愿随人脚跟的人,文化学术史上并不在少。无疑现代也非常需要这样的人才。

　　上面简略地举出几个小例子的意思,不过想表明,现代意识与文化传统并不总是对立的,有些现代意识其实乃是文化传统中优秀部分的延伸和发展。某些意识虽然久已产生,只要它经得起实践的检验,证明在今天仍保有强大的生命力,则它虽是历史的也仍可以是现代的。全盘否定文化传统,甚至无所不至地污蔑文化传统,我以为实在倒是缺乏科学的现代意识的表现。

1987 年 3 月 5 日

(原载《上海文论》1987 年第 2 期)

---

① 《沧浪诗话·诗辨》。
② 《答出继叔临安吴景仙书》,见《沧浪诗话·附录》。

关于"当代意识"
的思考

　　在当前有关创作与评论的各种探讨中,时常遇到"当代意识"或"时代意识"、"现代意识"这一类的谈论,用词虽不同,实际意思看不出有多大差别。这里拟姑用"当代意识"一词以包括其余。论者一致认为情况既已不同,当代文学需要具有当代意识,否则便不成其为当代文学,失去了当代的特点。这当然是不错的。但接下来却产生出很多问题,而且意见颇不一致。究竟何谓"当代意识"? 是否只要当代人任谁认为该有的意识都是当代意识? 是否作品里、评论里体现或提出了某些当代意识的,便一定是当代的好作品好评论? "当代意识"已成为目前衡量、评价一个作品一篇论文的主要标准,可对"当代意识"本身究为何物却还缺少比较明白、接近的界定,很多衡量评价之彼此依然距离甚远,甚至南辕北辙,便是不可避免的、自然的事情了。

　　我的粗略看法是:第一,并不是当代任何人的任何意识都可承认它就是"当代意识"。当代世界上有这么多人,生活在发展程度很不相同的地区;在同一地区里生活的人群中也仍存在着物质状况、精神境界等方面的种种不同。作为"当代"人,他们自然都有其意识,但他们的意识肯定有很多的差异,并不因为都生活在当代就有一致性。生活在当代而其意识仍很陈旧、落后、甚至野蛮的情况显然还有不少,几乎谈不上具备当代性。此外,有些当代人的意识,其中确有些是符合当代、当地的进步要求的,不过中间确也有些并不符合,并不科学的,因此,不能因其中有合理的部分而笼统承认他们的意识都真是当代意识。归根到底,当代意识应该是指在当代科技发展、物质生产和人们生活方式迅速变革的背景下,人类相应产生的一种要求进一步革新、发展的思想意识。人类已再也不能满足于生活在一个狭小、封闭的天地里,甘心作物的奴隶,作少数统治者的工具,而深深地感到了应该在全世界、甚至整个宇宙中,和所有兄弟朋友增进理解,同心协力,为充分发挥各自的聪明才智,而创造一个大家共同得到解放、幸福的世界。这样的意识和文明发展的趋势、历史进步的轨迹是一致的。前人不是没有过这种幻想,后来人曾为此不断有所奋斗,只是到了当代,可能性才正在越来越大。人们意识到了这一点,包括在文学工作领域中高扬这种当代意识,无疑会给人类的这种新趋势新要求增添许多促进的力量。

第二,在不同条件下生活的当代人,尽管人类发展的总趋势是基本一致的,但他们具有的"当代意识"的具体内容,在同一时期却并不总是一样的,而且即使有相同或很接近的东西,其表现形式也会有差异。例如世界有个别地方还是母系中心的社会;最近印度发现一个交通极为闭塞的山区至今人们还生活在石器时代。他们都是当代人群中的一部分,他们也逐渐能具有"当代意识",相信他们终于也能赶上来,但他们的"当代意识"又怎么能同当代经济发展、文明先进地区人们的"当代意识"是一样的呢?既不能用后者去要求于他们,也不能要求前者必须跟后者一样。用后者要求于前者固不可能,要求前者同后者一样是既不可能也没有必要。对还在过石器时代生活的人,只能逐步帮助引导他们较快摆脱落后状态而进入文明社会,他们的当代意识在具体内容上肯定会比当代绝大多数人类差距一大段,但只要具有发展、进步的意义,对他们来说,仍不失为具有当代的意识。对生活在发展程度不同情况下的人们来说,亦有点类似,进步的要求是一致的,发展的目标也是一致的,但具体的内容、做法却不可能、并不必要一致,照抄照搬不会成功。发展中地区或不发展地区还未具备发展地区某些必要的条件,照抄照搬他们的即使是真有价值的"当代意识",一时也难于实现,空谈"超前"、"超越",可能不但无补于实际,倒会引来不少阻碍;另种情况是发展地区人们所提出的"当代意识"中,有些其实并非进步的货色,例如崇拜官能的"性解放"、"唯我"之类,决不能因其出现于发展地区而以为这种货色亦便是有利于人类未来发展的意识。所以,谈"当代意识",窃以为也不宜"一刀切",要有区别,有分析,讲求取得进步的实效。

第三,"当代意识"主要不应该是少数专家论证、思辨出来的,更不应该是个别人随心所欲想出来的,它主要是随着科学、历史的发展,经过反复的实践,被证明确实有利于人类幸福的增进、文明的提高,既符合人们当前的利益,也符合人们未来的根本利益的意识。论证、思辨当然有必要,但根源仍在于人类的社会生活的革命实践。离开了这个根源,那就难于判定各色各样对"当代意识"提法的价值。时髦观念之所以只能称为时髦,即因为它不是由此产生的,尽管可以起哄一阵,流行一时,很快就会像肥皂泡一样倏然破灭。

当代意识并不只对当代创作和评论是必不可少的,我认为也可据以审视或重新解释、评价历史以及过去的文学作品。这并不是要苛求古人,而是用当代的眼光、思想、审美观点去发现前人未能发现、不可能发现的意蕴和价值。这只能使后人对文学遗产的理解更为丰富和提出新见。越是伟大的作品,就越经得起无数后人不断的挖掘,因此它的魅力是无穷的,其中有些还历久而弥新。文化遗产不但并不总与当代意识对立,成为某些人所称的促退力量,相反,其中凡反映了历史发展必然趋势的意识,还是当代意识得以构成的重要有机因素。

不消说,当代意识在文学创作中不能是贴在外部的标签,或在作品中大发什么议论,它既应是一种非常真实的思想感情,又应当融化在作品的血肉之中,蕴含在作品的整个审美体现之中。在评论中,它也应体现在整个审美的评价之中。再好的思想意识在文学工作中都不应成为抽象讲论的东西。

对"当代意识",目前已经有许多种提法,这许多提法或并不是针对文学而言的,我觉得莫不与文学有紧密的联系。文学一向是首当其冲的敏感部门,意见和反映往往比较多样而迅疾,这很自然,也有益于引起讨论。

我思考了我们见到的这许多种提法,觉得每种提法不同程度不同范围内都有其一定的理由和根据,但作为总的提法似乎并不都是很适当的。

第一,例如"叛逆意识"、"反传统意识"、"批判意识"、"突破意识",等等。我们要改革、开放、搞活,自然要对一切违反、阻碍这个总体要求的陈腐、僵化、确属过时的一切东西进行革除、创新。但笼统地提出"叛逆"、"反传统"、"批判"、"突破",至少在客观上有把过去完全"一刀切掉",割断历史的副作用。许多事实已经证明"一刀切"不是科学的办法,也行不通。历史不能割断,也割不断。我们的大原则是"为人民服务、为社会主义服务",是"有利于发展生产,改善人民生活,使人民在改革中得到好处"。既然如此,除非认为我们自己以及全人类历史文化所有过去的积累完全已成为对我们当前的改革有害的东西,那就不宜于不加区别地一律倡导"叛逆""反传统""批判""突破"。对"批字当头"、"大批判开路"这类无知的叫嚷我们不是都已知其谬误了吗?否定一切之非是,与"肯定一切"之非是,情况正复相同。如果对现实不研究,对效果不讲求,全凭主观意志或一时血气,精神、勇气也许有可嘉尚处,于事理却无补益。这类笼统的提法相信大都出于要求改革的善意,但由于它的并不符合事理,可能产生的作用首先恐怕倒是对改革招来不必要的阻碍。在改革已成不可逆转之势的时代,即使对改革实无好感的人也已莫不在嘴上挂满"改革"这个名词,这种人的注意力正在寻找抓得到的什么把柄,片面偏激之论往往正中其怀。或谓"偏激却是正确",我谓被有些人斥为偏激的却是正确,不能说一切偏激都是正确,否则就不存在有什么偏激了。因此,作为最重要的一种当代意识,我认为还是称革新意识为好。革新就不能守旧,该革的必须革,有利于实现我们总目标的新必须创,因而必须勇于去追求、探索。

第二,例如"自我意识"、"超脱意识"、"忧生意识"、"竞争意识",等等。这些意识在一定意义上都很有必要。自我不能只被当作一种受主宰的工具而没有尊严与价值;不能为一己一家眼前的小小功利所束缚而失去远大的理想;不能在不公平欠合理的社会中逆来顺受甘遭贫苦生活的煎熬;不愿心安理得吃"大锅饭"而要求在同一个起跑点上显身手展所长,对社会作出更多的贡献而享受应得的酬劳,诸如此类的意识无疑都属正当,符合改革要求。问题在提出这些意识的人并不都是这样想的,因而在具体内容上往往存在显著的差异。强调"自我",可以走向只顾自己,变成极端个人主义;决心"超脱",可以走向脱离改革的现实,钻进象牙之塔或空虚的心灵怪想中去;一味"忧生",可以拼命追求名利地位而钻营奔走,甚至不择手段,去攫取所谓"自己应有的位置";"竞争"是好事,但正如体育的各种竞赛,应当遵守必要的规则,同时取胜也不是唯一目的,还有互相促进、共同提高竞技水平、加强人际理解与友谊等进步意义,只为个人而竞争,亦会产生某种弊病,有些"竞争意识"极强的人中已经出现过这种弊病。因此,我认为尊重个人价值的群体意识符合当代改革的要求。不搞平均主义、反对再吃大锅饭,但也决不只顾个人,自己凭本领过上了好日子,不忘记也要帮别人逐渐同样过到好日子。

第三,例如"哲理意识"、"超前意识"、"反思意识",等等。高扬这些意识的作用,对浑浑噩噩、自甘保守、得过且过的思想状态也许不无小补,但真要产生有益的作用,并不是提出了应有这类意识就行,主要还得看高扬的是何种哲理,超前于什么,反思些什么而定。此外,当然尚有个如何体现这类意识的问题,纵然所提出的意识不错。目前,各种哲理纷然杂呈,孔孟、老庄、禅学、尼采、柏格森、弗洛伊德、萨特、五光十色的西方现代派学说,……无所不有。辩证唯物主义、历史唯物主义、西方马克思主义的种种议论当然也在里面。比之闭目塞聪、只此一家,可以比较、互补,开拓思路,有好的一面,但胡乱比附、缺乏真知、以偏盖全、卖瓜的只吹自己瓜好，亦决不在少。可以比较而没有或未能比较的情况比比皆是。意浅言深，貌似玄远，其实多不着边际。井蛙窥天，却唾沫四溅，一究其实，具体的根据极少，因而无裨改革。"文化热"一瞬而逝，就由于此。倒不是文化问题中无深邃哲理可言，研究文化问题不应成"热"。有些文章动辄菲薄我国文化缺少哲理意识、思辨能力，多体知少认知、多零星点悟少煌煌系统框架，形式上不无所见，无奈不过是从形式立论，乃以外国近代某些人的某些著作为标准。形式上少系统是否即等于实质上无系统？点悟精妙、着眼整体感受是否即等于思辨力贫乏？苏轼说："李建中书虽可爱，终可鄙；虽可鄙，终不可弃。"[1]刘熙载说："齐梁小赋，唐末小诗，五代小词，虽小却好，虽好却小。盖所谓儿女情多，风云气少也。"[2]这两小段话，一段只17字，另一段只32字，合起来不过49字，还没有目前某些自称深有哲理，富于思辨力文章的一句话长。但我的感想，就这49字的辩证法、思辨力、丰富性、进步意义、艺术力量，着实要比目前某些烦琐、空洞、怪涩、无法引人卒读的万言甚至数万言长文高明、深刻得多。我们完全应该学习外国人之长，补己之短，但完全不必也不应膜拜外国人的随便什么哲理，以及他们的随便什么表达哲理的习惯和方式，更无须在文学创作中故意嵌进大段大段不伦不类的议论以显示其颇有哲理深度。系统化尽可有多样的方式，特别对古人不可苛求，应该有我们自己的判断和选择。我们早有"理趣"诗，这是很受欢迎的一种诗，也早已反对"理学讲义"式的"诗"，其实这种东西根本不是文学作品。如果这种"理学讲义"式的"诗"中讲的还是一种歪理谬论，便更不成其为东西了。笼统地高扬"哲理意识"，走上了"为哲理而哲理"之路的例子已不在少，既"无趣"又"无理"的东西，就不仅仅是无益的了。

"超前"、"反思"从字面上看都很好，当然不能凭字面来判断，得根据具体内容。有从实际出发的"超前"，也有脱离实际自以为是的"超前"；有根据实际效果的反思，也有只从主观而来的反思。我想，脱离了实际是无法超前的。连实际究竟什么样子还不知道，如何证明你已"超前"了？不脚踏实地，对当前的改革大业真正有所推动，只凭一些时髦花哨的言词，而侈言要为将来、为后代读者所欢迎、欣赏，鲁迅早已指出这是不可能的。文学史上有过在当时未得足够评价稍后却得以大行的例子，却并无当时即遭大家厌弃后来却突然冒出来的能

---

① 《杂评》，见《东坡题跋》卷四。

② 《艺概·词曲概》。

人。陶渊明属前者,而像唐代樊宗师这样的人呢,亦曾自命高明,实际是以艰深文浅陋,时人已斥其非,终于不过是一个平庸的小角色而已。他的那种"超前"适足陷己于落后。每个时代都会出现不少这样的人物,历史无情,时间把他们掩没得没有影踪了。有的反思确能因为吸取教训而有助于社会和自己的前进,但也有的呢,偏偏同大家对着干,人们认为不好的,他偏要大叫"那样就是好,就是好",例如连该唾骂的秦始皇坑儒这种暴行,竟也可说是他如再多坑些就好了。不能说此中没有这种人的反思。时下颇多的"逆反心理"有时固有一定理由,有时却也走到了另一极端,变成专从反面看问题,中间亦存在反思。单讲反思,似乎它就是一个很好的检验标准,其实不可能是。凭笼统而言的哲理或超前意识,同样不可能。因为如果只有意识,而无行动,即使是正确的意识,也并不就能产生实际的效果。离开了改革的实践,便什么都谈不到。实践才能出真知,实践才是最有力的检验标准。因此我认为,从实际出发,办改革之实事,求改革之实效,以实践来检验所称"哲理"、"超前"、"反思"云云的价值,这样的实践意识才是对人民、对社会主义事业最有帮助的。万马齐喑究可悲,清谈玄论亦无益。人民多么需要一个有明确追求目标的议论风生局面!可以从许多方面来谈当代意识的问题,这是一个很复杂而重大的问题。我这里略略比较地谈了对改革新意识、尊重个人价值的群体意识与实践意识的个人意见,不消说不过是自己的一点不全不深的思考而已。

1987 年 4 月

(原载《当代文艺思潮》1987 年第 4 期)

略说"灵感"

　　"灵感"是外来语,源于古希腊,指神的灵气,表示一种神性的着魔,对处在这样一种情况下的人,称为神性的着魔者。英语中灵感(inspiration)的意思与希腊语基本相同。它被用来说明艺术家或诗人进行创作时,似乎是由于吸入了神的灵气,从而使作品具有一种超凡的魅力。大约在本世纪 20 年代,这个词被译入我国,起初据英语音译为"烟士披里纯",后来才意译成"灵感"。我国古代文艺理论著作中经常提到的"天机"、"兴会"、"神来"、"顿悟"等词,指的即类似的思维现象。

　　灵感是人类思维活动中的一种特殊状态。在这一状态中,精神主体产生强烈的情感振荡,大脑涌现出鲜明生动的意象、清晰准确的概念和顺畅如流的判断推理。这时,人们对客观存在作能动反映的思维活动意外地升华到异常活跃、有效的境地,使得长期紧张探索的某种关键环节得到了豁然开朗的解决。灵感就是这样一种饱和着情感和想象、聪明和智慧、形象思维和逻辑思维水乳交融地突然产生、又转瞬即逝的思维状态。它在人类创造性思维活动的一切领域都能够出现,在艺术创作中,显得更为频繁、突出。

　　灵感的特殊表现:首先是它的突发性。它不同于一般由感性认识的积累而逐渐上升为知性和理性认识的思维过程,而呈现为一种突发的领悟。犹如一道闪光,它一下子照亮、打通了艺术家的思路。其次是它的非自觉性。一方面,灵感什么时候到来,怎样到来,至今尚未能凭人的愿望确切把握;另一方面,灵感到来时作家常会产生一种身不由己、欲罢不能的感觉。再次是它的短暂性。灵感迸发后持续时间因创作者主客观条件不同而有差异,但一般经验都很短,真有点像昙花一现的样子。

灵感的特殊思维功能和表现引起过历史上许多作家、理论家的关注和解释。古希腊唯心主义哲学家柏拉图把它归结为神灵的力量："诗人只是神的代言人。"他还认为"不失去平常理智而陷入迷狂"，就不会有灵感。[①] 19 世纪欧洲浪漫主义文艺家在指出灵感具有感情强烈、想象丰富等特征的同时，把它归结为人的天赋，因而认为这只是少数天才所特有的能力。他们虽然对灵感的表现有些认识，但却从根本上歪曲了灵感的本质及其产生原因。

中国在先秦时期就已有人注意到类似灵感的思维现象并给予解释。管子不同意说反复思考而仍无所得的人经"鬼神教之"便有收获了。他认为如果后来果然有所收获，乃是此人专心思索的结果，"非鬼神之力也，其精气之极也。"[②]庄子在"庖丁解牛"这个著名寓言中，表明有了长期的实践锻炼才能使人产生"神遇"的直觉能力。西晋陆机《文赋》对文艺创作过程中出现的灵感现象首次作了精细的描绘。他把这种思维状态称为"天机"。他这样称赞灵感的作用："方天机之骏利，夫何纷而不理。"这时，作家会感到"思风发于胸臆，言泉流于唇齿"，可以得心应手，自然而不大费力地创作出优美的作品来。而在灵感消灭之后，他说，作家的思维便会一下子变得像"枯木""涸流"，再也不能灵活自如地运用，写出令人满意的东西来了。对这种"来不可遏，去不可止"的思维状态，他知道"兹物之在我"，并非从天而降，但对它的"通塞之纪""开塞之所由"，他却控制不了，也说明不了，深苦于都"非余力之所戮"。不过陆机对灵感现象的产生，毕竟不是一点没有合理体会。他曾提出"感应（或作"应感"）之会"和"罄澄心以凝思，眇众虑而为言"的观点，多少说明了要求打开灵感的通道，如果作家对生活没有许多"感"触，在创作过程中不是经常处于高度集中的深思力索状态，便根本没有可能。陆机之后，齐、梁时刘勰《文心雕龙·神思》等篇中进而从自然兴会、先天禀赋、精神修养等多方面探究了灵感迸发的因素，强调作家平时必须"积学"、"酌理"、"研阅"，进行长期勤奋的学习和思索。中国古代文艺理论家们的这些看法，已在较高程度上接触到灵感的思维本质。

根据辩证唯物主义的观点，任何意识活动都是客观物质及其运动在人们头脑中的反映。"甚至人们头脑中模糊的东西也是他们的可以通过经验来确定

---

① 《柏拉图文艺对话集》，第 7、8 页，人民文学出版社 1959 年版。
② 《管子·心术下》。

的、与物质前提相联系的物质生活过程的必然升华物。"①灵感虽有其特殊性,但它只能是以大脑为物质基础的。人们对客观事物的一种反映活动,必然有其客观规律,纵然目前还未能完全把握到这种规律。

艺术创作的实践表明,大多数灵感的产生都是由作家受外界事物的触发所引起。现代心理学已从人的大脑机制的活动规律方面,开始揭示出灵感迸发的某些内在原因和条件。人脑是个巨大的信息储存器,它每天都接受着外界事物的信息。这些信息一部分为人自觉到,并加以取舍、整理;另一部分则潜沉而成为主体所不自觉的潜意识。然而后者事实上仍在活动,在不断进行新的排列、组合。在一定条件下,一旦受到外界特定事物的触发,便跃入人的自觉意识中。由于它原是潜在地进行活动的,因此当它的结果忽然呈现时,便给人一种思路豁然开朗的感觉,使创造者自己也惊异不已。

灵感有时在没有外界刺激的条件下也会产生,这种现象同样可以在大脑活动规律中得到解释。心理学的优势兴奋中心和正负诱导规律理论②指出:人的定向思维会在大脑皮层形成优势兴奋中心,使得周围皮层处于抑制状态;反之,当兴奋中心处于抑制状态时,周围的皮层便转为兴奋。当艺术家或科学家向一定目标推进思维而使大脑皮层形成连续兴奋中心之后,由于创造性活动常会面临"山重水复疑无路"、"为伊消得人憔悴"的境地,长期紧张的思维活动使得相关的优势兴奋中心转入抑制状态。按照正诱导规律,周围的细胞这时便会兴奋起来,隐藏着的潜意识就有可能被激发。而创造者凭借长期实践所形成的直觉能力可以本能地捕捉住其中最有希望的一个闪念,它一旦被自觉的意识把握、强化,便能给人以创造性的启发。文艺创作中有所谓"尽日觅不得,有时还自来"的现象,原因就在此。随着心理科学对人的大脑活动规律认识的深化,灵感这一特殊的思维现象必将得到更深入、精确的揭示。

灵感产生的首要前提是人对客观事物的深广认识和在艺术创造上的不倦努力。作家必须有一个长期积累、反复思考以至殚精竭虑的实践过程。一个闭目塞听,浑浑噩噩,无所用心的人,永远也不能期望灵感会自然地出现在他的头脑中。

---

① 《马克思恩格斯全集》,第3卷第21页。
② 参看曹日昌《普通心理学》。

批评的伦理

一

二十世纪是一个批评的时代。所谓"批评的",它的真实解释就是改造的——或者索性就说革命的。因为一切的改造或革命都要从批评开始,而真正的批评也不能不以改造或革命作为它的目标和结局。

这样的对于批评的理解将是惊人的,它对于有些人是显得夸张了一点,对于另一些人则简直会被当作一种狂呓。巴尔扎克和狄斯累里(Disraeli)不是这样问过么?"究竟什么是批评家呢?"而那回答:"就是那些在文学和艺术上已经失败的人!"①然则批评还谈得到什么改造或革命!

对于这种激烈的责难我们应该怎样对付?讳饰是徒然的。无论是怎样爱护批评的人都很容易在批评的园地里发现大堆的垃圾和莠草,通常那就是浅薄的,偏狭的,缺少同情的,总而言之就是愚蠢而恶劣的东西。这些东西之当然不能负起改造和革命的任务是非常明白的,然而它岂不亦是"批评"?

是批评,但是加括弧的"批评"!就是说,正如一切美好的东西都有冒牌的赝货,最整齐的花园里也会有杂草一样,这不是真正的批评,而是附着在批评上的害虫,毒菌。它不但能够害人,而且也要毒害批评本身的。

所以问题是在批评应该自己消毒,防毒,从而再努力提高它自己,而不是批评根本不能负起重大的任务。没有批评便也不会有创造,凡是认为这句话夸张

---

① 转引休涅克(J. Huneker)所作 *Promenades of an Impressionis*。

1440

的,若非由于他把批评的范围看得太少,就必由于他并不真正了解创造的过程。

批评的防消工作在积极方面是要强健它自己,使一切的害虫毒菌根本断绝了在它身上生息繁殖的可能,在消极方面是要培养出一种高尚的道德①,正确的态度,使害虫毒菌凛然不敢来犯,或者就是来犯也很容易看出它们的原形而可以即刻驱除。两方面的工作其实关系极为密切,不过是说起来不妨这样区别而已。

批评在今天受到许多人的激烈攻击可以说一半就由于它缺乏高尚的道德,没有正确的态度。因为这个缘故,批评才遭受到了许多不应受的反对和不应有的误解,批评才不能充分扩大它的影响和发挥它的力量。常常有这样的情形:批评者的"心"是好的,却由于道德态度的不好,便造成了非常之坏的结局。批评原来可以送出的种种作用,以及批评者原来也能够送出的种种作用,都常常因为这个原因,便减少了,抵消了,甚至还引起了完全相反的恶果。

漫骂,吹毛求疵,捧捧戏子似的鼓掌尖声叫好,自命为"老头子",抹煞一切,以至骂街打架,侮辱别人的祖宗三代,或者索性媒婆似的各处讨好,乡愿似的胆怯不敢置一词,以"人缘好"、"人头熟"当作目标,诸如此类,就还是今天我们批评界里习见的情态。批评界应该自己起来反抗这种不道德的景象,否则批评就将越发受到人们的攻击误解,而其崇高的使命与正当的利益也将更受到危害和剥夺。

二

批评的不道德可以归结为两组原因,其一是批评的动机不纯正,其二是批评的观点不公允。前者表现为一种渺小的市侩的面貌,后者则是市侩、乡愿、卫道者、三家村居民、无识之徒等等的总集合。

不管你的意见也许有一点好处,但若你根本是为了要显出自己的见识高人一等才来批评,那首先就是不应该,而且也不会有好结局的。有着这种心理的人便一定会大摇大摆,目中无人,便一定会装腔作势,信口雌黄,便一定不能容忍同情,从善如流。因为那出发点就根本不是要为真理,为事业,而不过是要显出他自己。于是为了要显出自己,他就不得不使别人在公众面前丢脸,也可以

① 这里所说的道德略同于清儒论学的"德",比一般解释广泛。

不管自己是否真是无懈可击，对方是否真是一无是处，或者应否使他为了偶然的，不重要的，或者一部分的错误就受到这样一种公开无情的打击，而遮断他改善和继续努力的道路。另外一种动机是出于报答的观念：因为别人曾经阻碍过自己争名争利或其他要求的计划，因为别人曾经批评自己不对。也就是说曾经"得罪过"自己，所以就利用批评来向他报复、出气；或者是因为别人曾经厚待过自己，曾经给过或还可能给出许多好处，所以也就利用批评来向他答谢。因为这样的报答完全是出于个人的恩怨，所以就不会有真正的是非可言，而所谓"批评"便不能不是不道德的。

造成不道德的另一组原因便是种种色色的成见和偏见。这些东西深深地植根在批评者的脑子里，因为不容易自觉，所以极难把它改变或拔掉。凡是宗教的信徒都必反对违背本教教义的意见，凡是一个狂热的爱国者都必反对外国外族的文化，而在同一国族之内，则有钱的富翁总是瞧不起穷人的东西的；在其他方面，还有习惯上的偏见，如新旧的互评；学理上的偏见，如正统派的排斥异端；心理上的偏见，如一般人都贵远贱近，贵古贱今；此外则还有由于趣味性格之不同，年龄环境之迁异，疾病心理之变化——等等而来的偏见。这就是说一般人几乎总是站在一块摇动的鹅卵石上，却又要坚决指陈别人所站的地方是更不稳固的。一般人总是十分肯定着自己而完全否定了别人，并不去考虑自己所站的是否乃是一种极端，而别人的也许更靠近中间一点。一般人如此，一般的批评者也是如此。因为他们没有能力突破一般人的那条偏狭的水平线，所以他们的"批评"便也不能不是不道德的了。因为凭着这些偏见，他们就可以放胆地去做所愿做，做了觉得痛快的一切了。

三

批评里的不道德是由于两组原因所造成，那么这两组原因又是怎样造成的呢？这种不道德不能不有它更基本更深刻的原因。

首先我以为就由于他们根本没有明了批评这个工作的真正目的和深刻意义。我们说批评可以帮助青年从艺术作品和现实的关联上去理解艺术作品，可以发展艺术的趣味，可以指点青年揭穿作品的观念上的错误，可以显示所研究的作家之内部之成长，发见他的作品里的品质和社会倾向，诸如此类，我们这样说的时候其实一点也没有忘记批评的真正目的和深刻意义，因为批评所要达到的激励和指示一般读者的政治教育目的，一定要通过对于具体艺术作品的分析研究批判才能完满地达到。而那些批评者——实际则是批评的害虫和毒菌，却就并没有明了到这一点。他们不感到目前所进入的正是历史上空前未有的一个悲壮时代，因此他们也不知道现在全世界正在进行着一种极伟大的事业，而作为一个现代的真正人类是应该积极地参加进去，并且他是能够有所贡献的。而且他们也不会了解，我们的参加和贡献居然就可以从批评这一个工作上来表现。

因为没有一个高点可供他们登临远望，所以一切的卑鄙和荒谬就都油然而生了。没有正义在他们心里燃烧，没有工作的热情使他们感到忍无可忍，有的就只是一点眦睚之仇，一点饮啄之恩，一点想过得舒服些的期望。于是他们就争吵起来了，捧场起来了。惟我独尊了，要争夺着坐上第一把交椅了。……

"知识就是德行"！

可以说没有一句话能比苏格拉底的这句老话更简单，深永，也对于这些批评界的害群之马更确切的，无知的猖獗在实际上就造成了道德的废弛，于是种种的罪恶便随之而起，使一切都陷于停滞，破产。

世界上的一切偏见归纳起来不外出于两个来源，就是自私和无知，但也可以说，世界一切的罪恶都是由无知而起，因为自私不能独存，一定要借无知才能存在，无知造成了各色各样的偏见，这些偏见便重重地压迫着，隔离着人类，使他们互相毁谤和反对，使他们的改造事业不能顺利进展。勃兰兑斯（G. Brautes)说得对："一切宗教的，道德的，社会的，国际的，以及艺术的偏见的澎湃，这些偏见是比拿破仑的统治有更大的压力，压迫着全欧洲，而且就是因为有了这些偏见，才会使拿破仑的统治实现的。"[1]在这里我们则可以说：就是因为无知，那些害群之马才造成了批评里的种种不道德。

"通常"，高尔基曾经指出，"批评家在文学上应该比作家站在更高的地位"[2]，为的是站到了高处才可以避免形成窄狭自私的短见。因为站在这个高处，他就可以清晰地看到这个社会的一切肮脏的罪恶，它的血腥企图的一切卑鄙，它的澈底腐败和澈底无耻，同时他也可以看见人民生活的一切悲苦和黑暗，以及感觉到人民事业的伟大，崇高。因为他看到并且感到了，所以他就能从自

---

①　见所著 *Main currents in Nineteenth Century Literature* 第一卷。

②　见给里伏夫·罗加契夫斯基的信。

私的和传统的种种偏见的束缚里脱身出来,而上升到新时代道德的顶点。

可是要站到那高处正必需多量的知识和劳力,这需要不倦的观察、比较、研究,对于实际的生活和科学的理论都是一样。

四

现在我们不妨就那些较为重要的偏见来分析一下。

伯特勒说批评家乃是检查智慧的凶差,换句话说批评就是攻击——吹毛求疵。这自然是偏见。不过我们在这里应当指出,这个事实的反面——不攻击或者不敢攻击也是一种偏见。两者的害处至少是相等的。

《新约》里曾经这样劝告大家:你们不要论断人,免得你们被论断,因为你们怎样论断人,也必怎样被论断,你们用什么量器量给人,也必用什么量器量给你们。为什么看见你弟兄眼中有刺,却不想到自己眼中有梁木呢?你自己眼中有梁木,怎能对你兄弟说:容我去掉你眼中的刺呢?你这假冒为善的人!你一定先要去掉自己眼中的梁木,然后你才能看得清楚,才能去掉你兄弟眼中的刺。[①]这真是一种非常聪明的教训。谁能够保证自己眼中一定没有梁木呢?因为就算只是一根刺,人们也可以说那是梁木,何况明明连一根刺都没有,他们仍还可以这样说。然则我们顶好还是什么也不论断,什么牢骚愤慨也不要发,因为你自己也有缺点,难道不怕人家的报复?这种教训的聪明之处是要用容忍和畏怯来使胸怀不平的人就范,使他们能够死心俯首在权力和命运的高压之下。

这种教训不期在千多年前我们的诗论里已找到了它的同道。林洪《山家清事》里有一条这样说:

> 酒论诗,江湖义也。或虽缓于理而急于一字一句之争,甚者赪面裂眦,岂义也哉。不思诗之理本同,而其体则异,使学骚者果如骚,学选者果如选,学唐学江西者果如唐如江西,譬之韩文不可以入柳,柳文不可以入韩,各精其所精,如斯而已,岂可执法以律天下之士哉!此既律彼,彼必律此,胜心起而义俱失矣。于是作戒诗曰:"诗有不同,同归于理,己欲律人,人将

---

① 见《马太福音》第七章。

律己，全此交情，惟默而已，可与言者，斯可言矣。"①

　　林洪这段说话没有别的价值，只是为了要"全此交情"，又免得受人报复，主张取消批评——这一层意思却是非常明白的。所谓取消批评实际上就是取消攻击，你如愿意捧场一番倒不会招来什么祸殃的。

　　批评不是一种纯粹表现自己的艺术，同时也不能专门把来作"联络感情"之用，诚如刘勰所指出：它的最高使命在要"辩正然否"，以作"万事之权衡"。② 批评应该要有意见，没有意见就根本不成为批评，无憎无爱的批评充其量不过是一堆废话。凡是把批评看成一种非常严肃的工作的，都不应该效法胆怯的乡愿，那怕攻击错了也不要紧，只要不是自己有一个故意要攻击的私心。

　　曾国藩所说，"古之知道者，不妄加毁誉于人，非特好直也，内之无以立诚，外之不足以信后世，君子耻焉"③，这样的态度才是对的。有德之士是不"妄"加毁誉于人，却决不是永远不加毁誉于人。因为没有批评就不会有创造，乡愿也不就是君子。

五

　　批评应该有主张，有主张就不免要攻击，只是攻击应该注意必须有正确的意识和事实的根据。反之称誉亦是一样。

　　批评需要称誉，没有它批评就不能显出鼓励、指示的功效。但称誉一定要适如其分，不及固然不好，过了分则流弊更大。

　　王尔德（Oscar Wilde）反对批评家要讲公道，他有这样的妙论：只有对于我们无关的东西我们才能有真正不偏不倚的意见，因此也可以知道凡不偏不倚的意见都是毫无价值，能看见双方理由的人就是双方理由都看不见。我们应该有所好恶，有所好恶便不成其为公道，只有拍卖商才能一视同仁地称赞各派的艺术。因此公道不是真正批评家应有的美德，甚至于不是批评应有的一种条

---

　　① 宋林洪《山家清事》，涵芬楼《说郛》本。
　　② 见《文心雕龙·论说》。
　　③ 见所作《书归震川文集后》，收在《晚清文选》第80—81页。

件。[1] 其实并不是没有公道,王尔德这样说不过是要反对他所嫉视的公道,而掩饰自己的极端。批评不但要求公道,就连过誉也得干涉,因为除掉过誉归根亦是一种不公道之外,它还会造成许多毒害。

过誉的造成不外由于私心和无识。有种私心是有意的,称誉得天花乱坠以得其欢心,从而钻谋别样的利益,有些则是不觉的,因为亲友诸谊关系密切而但见其好处,又由于一往深情而觉其好处的确无与伦比;但这样也就和无识有关。而由于无识,所以就能随便以"伟大"、"天才"之类的名义送人了。自然兼有着这两种情形的也很多。

过誉表白了批评者的私心或无识,但在被誉者方面的毒害却是更深刻的。越是没有修养的人就越容易被一些过分的称誉冲昏了头。这样他就飘飘然以为自己真是"伟大"的"天才",已经爬到了成功的峰顶了。而在另外一面,则在过誉之下,作品的价值或作者的评价常会因此而被贬低到比他原来应得的还少。我们可以随便举几个例子:

《六一诗话》里有一节说:"梅圣俞尝于范希文席上赋河豚诗,云:'春洲生荻芽,春岸飞杨花。河豚当是时,贵不数鱼虾。'河豚常出于春暮,群游水上,食絮而肥,南人多与荻芽为羹,云最美。故知诗者谓只破题二句,已道尽河豚好处。圣俞平生苦于吟咏,以闲远古淡为意,故其构思极限。此诗作于樽俎之间,笔力雄赡,顷刻而成,遂成绝唱。"[2] 欧阳修不是没有眼光的人,梅圣俞也不是别无好诗,但要说这首诗是"雄赡",是"绝唱",则虽你费尽唇舌,也仍无疑是过誉。

《石林诗话》里也有一节说:"王荆公晚年诗律尤精严,造话用字,间不容发,然意与言会,言随意遣,浑然天成,殆不见有牵率排比处,如'含风鸭绿鳞鳞起,弄日鹅黄袅袅垂',读之初不觉有对偶。至'细数落花因坐久,缓寻芳草得归迟',但见舒闲容与之态耳,而字字细考之,若经隐括权衡者,其用意亦深刻矣。"[3] 这里至少第二联并不能当得"但见舒闲容与之态耳"的称美,我们的感觉反是经过这番造语一点也没有了舒闲容与的情态。试问真正的舒闲容与还能允许你有"细数"、"缓寻"的意念存在么?

梅圣俞是欧阳修的知己诗友,王安石也是叶梦得在政治与文学上都极敬重

---

① 见《批评家即艺术家》,林语堂译,在《新的文评》内,北新版。
② 宋欧阳修《六一诗话》。
③ 宋叶梦得《石林诗话》。

亲密的前辈,正就因为这样,他们才造成了这些过誉,因为他们对于别人就没有这样造成过。然而这难道是一个好办法么?为了要对于自己的师友前辈表示爱敬?

这只要看《脚气集》里的这一节话就能够明白了:"大凡得誉过当,适足为累。郑文宝云:'秋阴漠漠秋云轻,缑氏山头月正明。帝子西飞仙驭远,不知何处夜吹笙?'本是好诗,晏元献分题其后云:'此诗在处,当有神佛护持。'一誉之过,再看此诗,便索然矣。"①

可见用过誉的办法对待自己所敬爱的师友长者,结局便要成为"爱之适足以害之了"。你引起了读者的紧张的注意,而所给的却并不能使他们满足早已准备好了的高等标准,于是他们便感到是受了欺骗,失望愤恨之余,就一定要愤恨地把那作品糟塌一顿,也不管那作品原来的价值是如何了。

批评者应当自爱,应当自戒。在这一点上我们不妨学学曾国藩的反省精神。在日记中他曾这样痛责自己:"客来示以诗艺,赞叹语不由中,余此病甚深。孔子之所谓巧令,孟子之所谓话,其我之谓乎?以为人情好誉,非是不足以悦其心。试思此求悦于人之念,君子乎?女子小人乎?且我诚能言必忠信,不欺人,不妄语,积久人自知之;不赞,人亦不怪。苟有试而誉人,人且引以为重。若日日誉人,人必不重我言矣。欺人自欺,灭忠信,丧廉耻,皆在于此,切戒!切戒!"②

过誉与过贬一样是劫杀作者阻断进步的方法。盖惟公道才真正能够帮助作者们生长。

六

过誉于亲而过嫌于疏这是由于显然的私人利害关系而来的偏见,另有一种关系相同却比较隐微的偏见,就是贵古贱今,贵远贱近。凡古远的作家和作品都是好的,凡今近的作家和作品都几乎不值一顾。

这样的偏见由来已久,并且中外同然。

《典论·论文》就已指出:"常人贵远贱近,向声背实。"③曹植也说:"文章之

---

① 宋车若水《脚气集》。
② 见《曾文正公日记·壬寅正月》。
③ 曹丕《典论·论文》,中国文评史上第一篇专门的批评文章。

难,非独今也,古之君子犹亦病诸！家有千里,骥而不珍焉；人怀盈尺,和氏无贵矣。"①《抱朴子》指出叶彩之辞的《毛诗》其实比不上后来《上林》《羽猎》《二京》《三都》诸赋的"汪涉博富",但一般人却总以为"古人所作为神,今世所著为浅",所以"新剑以诈刻加价,弊方以伪题见宝","古书虽质朴,而俗儒谓之堕于天","今文虽金玉,而常人同之于瓦砾"。② 刘勰也极言文章得真赏之难,因为大家都常是"贵古贱今","贱同而思古,所谓日进前而不御,遥闻声而相思"。③ 王充《论衡》说:"秦始皇读韩非之书,叹曰:'朕独不得与此人同哉！'"④以为始皇这样"叹思其人","岂可空为?"一定是由于"诚见其美",所以才"欢气发于内"的。⑤殊不知果真同了时,韩非未必就能被他尊重。扬雄在后代有些人眼里至少也是个贤人,但同时的桓谭就已说出,只因为扬雄的容貌很丑不能动人,当时谁也不肯传他的书籍。⑥

这种情况在苏联的表现,据阿尼克斯特所说,就是这样的:对于有些公民们,说起文学来——这是普式庚和托尔斯泰,莎士比亚和巴尔扎克。在这上面他们永远不会承认在同时代的人们中也会产生出作家和作品。一定要到他们离开自己已经老远老远了,于是才会赞赏他们,虽然不一定真正已经读过或研究过。二十年前他们坚决主张马雅柯夫斯基的作品根本够不上说是诗歌,但现在他们却也都怀着全部对古典作家的虔敬看待他了,甚至还表示得更像真。而莎士比亚,我们知道他是被他的同时代人称为"饰着孔雀羽毛的暴发户的乌鸦"的,普式庚则尤其从他的同时代人受到了无数凶毒不公正的攻击。⑦

每一个时代都存在着许多认为同时代同地方的文学——包括作者和作品——不好,而赞扬过去和远方的文学的人,他们往往不能理会到他们在面前看见的东西的伟大,而只承认被时间和地域的远隔以及大众尊崇所神圣化了的东西。这是为什么呢?

这是因为一般人都是贵所闻而贱所见的,亦即所谓"喽喽所玩,有耳无

---

① 见《与吴季重书》。

② 晋葛洪《抱朴子·钧世》。

③ 《文心雕龙·知音》。

④ 汉王充《论衡·自纪》。

⑤ 《论衡·佚文》。

⑥ 桓谭《新论》。

⑦ 见所作《我们的文学》一文,在《苏联文学之路》内。

目"①。今近是他们的"所见世",古远是他们的"所闻世"或"所传闻世",所以一般人都是贵古贱今,贵远贱近。是人都有理想,理想在客观方面说是事物的完全的典型,在主观方面说是人对于事物的完全的典型之知识。但人总是人,不是神,因此人们所见的事物都不能尽合于他的理想,因为人总不免有缺点,他所做的事也总不免有缺点。古远的事物,原也如此,但正因其古远,一般人都只见到他的大体轮廓,详细则看不清楚,如果大体没有重大缺点,人们就以为他是完全的了。而人们对于今近的事物,因为是深知其详的,所以便不但看不见其大体轮廓的无大缺点,甚至根本就看不见什么是他的大体轮廓。在这种情形之下,一般人看他同时同地的人和事,自然只见其是不完全的了。

一般人贵重古远的事物,在古的方面还有一个原因是由于农业社会经验习惯的遗留。在农业社会里新事旧事之间的变化大致是同类的,所以古代和高年的知识经验必须而且值得贵重。在远的方面的另一个原因则是殖民地人的和爱好新奇的心理在中间作祟。②

然而除此之外贵重古远另还有一个非常重要的原因,就是政治的原因。古远的人和事因为距离远,在一方面是可以见得很完全,在另一方面是不利于自己的关系也可以少到极限了,因此就可以利用这些古远的——已经在一般人心目中近乎盲目地成为了偶像的人和事,来作为反对同时同地的人和事的工具,来作为轻视、抹煞、污辱这些人和事的借口。而他们所以要这样做是有其阶层作战的政治上的必要的。例如那些一味要用普式庚和老托尔斯泰的尺度来量现代苏联的作家和作品,而且因为他们还比不上甚至还远不及普式庚他们,于是便完全抹杀了现代苏联的一切作家和作品,这样做着的人其实他的主要目的并不在要为普式庚他们格外增加荣誉,或表示自己崇高的敬重——因为多数他们根本就并不真正了解这些大作家,甚至就并没有读过他们:拆穿天窗说亮话,这不过是一种策略而已,他们的主要目的在于要反对现代苏联作家作品的精神和内容,换句话说也就是要反对现代苏联的社会制度和苏联人民大众的崭新的创造。同样的情形也表现在我国有些人假借古代和外国来反对鲁迅先生和许多为人民大众而写的新文学作品等等事情上。他们以为这样做了就可以达到目的,真是可笑,不过也不能说一定无人会上当,而且这样一来,既已把同时同

---

① 葛洪《抱朴子·钧世》。

② 参考冯友兰《新事论》第十二篇的解释。

地许多有才能有成就的作家作品降低到不成样子了，在自己的心理上，也便可以不再感受被压迫的痛苦，甚至还可以自认为已经能够高出他们了。对于这些人，贵古贱今，贵远贱近，真是一举数得的事哩！

然而从上所述，就也可以知道贵古远而贱今近，决定是一种不正当的偏见。这种偏见出之于一般人或可原谅，出之于批评家却就不可原谅。因为批评家应该要有正确的认识、透过古远的迷雾去评价的能力，否则他就不配做批评家了，何况批评又是这样一种严肃的工作。

古远今近，批评家如何来处理这个由于距离而生的问题，正是对他的能力、道德、作用的一个艰难的考验。你不能因为他古远就没头没脑地崇信，同样你也不能因为他古远不能给你好处，就不根据着在他的活动中所有有价值的，进步的，而只根据着他的反动的，错误的那一部分来判断。普式庚曾写过赞颂尼古拉一世的诗作，涅克拉索夫爱玩纸牌，巴尔扎克是保皇党，杜甫每饭不能忘君；在另外一方面，果戈理有《死魂灵》的第二部，老托尔斯泰有《家庭幸福》，这些都是很糟的东西。同样的你不能因为他今近可能给你好处就完全忘记了他的反动错误的性质，反之亦不能因为他可能给你妨害就一笔抹杀了他的业绩。

这是一个艰难的考验，说是艰难因为每个人都不易完全避免这些偏见。但如前所说，正确的认识，丰富的理性，以及对于工作的热情却可以矫正这些偏见。放任它们，批评便成为无识不德的了。

七

"信口雌黄"，"人云亦云"，不但是无识，且亦是无德。

法郎士反对批评里的判断，以为一切所谓判断其实非常靠不住。他说：凡是人人都佩服的作品，大都是那些没有人去看的作品，人们之承受这种作品，全是人类的那种与野兽同具的模仿精神在那里作祟，完全是服从人家而已，自己那里有多少自动和洞见，胆量和人格。[①] 勒美脱尔(Jules Lemaitre)也指出：一切的判断都由"传统"而来，而传统，却"差不多完全是一件假作而因袭的东西"。他表白他自己的这一种经验："当我力求诚实而欲把我真正感到的东西表白出来的时候，往往觉察自己的印象和历来伟大作家所主张的传统的定论绝少符合

---

① 见所作《文学生活》(*La Vie litteraise*)在《近世文学批评》内。

之处,便不禁骇异,不敢把自己的意见尽情宣出。"①勒美脱尔的经验是事实,而且不能否认还相当普遍。但第一,不是个个人的判断都是因袭前人而未看原书,否则那最初的判断如何出来?第二,也不是每一个传统的定论都无价值,有些所谓定论自然随时可以推翻,但有些已经能明了真理的定论,那就不管你爱听不爱,一人之论就再也推不翻这个古今的通论了。② 因此法郎士他们的错误是将少数专门的批评家和一般普通的读者混作一谈,殊不知应该推出代表并负责提高一个时代艺术批评的水准的并不是一般普通的读者,而是少数受过专门训练的批评家。你不能用普通读者的庸拙来判断批评前途无望,何况就是普通读者的程度亦不是固定不变的,那也时时在进步之中。

不过我们也不能说在批评家之中就没有因袭前人,未看原书,或就信口雌黄的人。事实上这种人是有的。原因在于:训练的程度有高下,认识的正误有差别,工作与战斗的热情有厚薄,尤其重要的是:究竟是否为人民事业而动笔有不同。一切的口是心非,明知故犯,坠落退步,造谣诬蔑,作孽自毙,可以说全是从违离了人民事业起来的,批评亦不例外。

"知之为知之,不知为不知,是知也",谨严诚实,同时亦是无上的美德。批评家对于批评的对象一定还详细研究过而且深刻理解了之后才能送出他的主张,否则他就应该保守缄默。对于未曾研究过或者研究了还没有深刻理解的事物他绝不应该胡说八道,如果认为这事物非常重要值得批评就该等自己研究理解了再说。批评家如果能够了解他是在为教育新时代的读者——特别是一般青年而工作,我相信他决不肯随便把不成熟的意见乱讲。

如果已经详细研究过并且深刻理解了,那就是说自己的观点已经形成。在这种时候,传统的或者权威的论调便不会仍是一种使你怀疑或感受压迫的力量,它们可以使你更多考虑一下,却不能根本改变你的意见,经过这番考虑,又可以使你对自己的意见更坚定,而且由于得到了这种参考,你的意见便可以表现得格外丰富,完整。只在这样的时候你才算是真正在从事批评的艺术。

于是你的意见与传统的和权威的是否相合也便不成问题了。因为如王充所说:"论贵是而不务华,事尚然而不高合",批评求的是辨正是非,不一定需要

---

① 见所作 *Les Contemparains*,在《近世文学批评》内。
② 参考金王若虚《滹南遗老集》卷三十五。

"顺合众心，不违人意"，不必希望"百人读之莫谴，千人闻之莫怪"。① 因为一种新鲜正确的道理，在因袭保守的旧社会里，是常常要引来千啄一唱的反对的，在这种社会里能够得到喝彩的东西，反而常是不正确的。只要这个主张是自己的所获，那么"有同乎心谈者，非雷同也，势自不可异也，有异乎前论者，非苟异也，理自不可同也"，你也可以像刘勰那样，骄傲地讲一声"同之与异，不屑古今"了。②

八

批评需要互相再批评。批评不怕争论，争论决非不道德，只要争论的目的是为显示真理。

因为立场和学养彼此不同，对于生活上和文艺上的许多问题在批评家之间便免不了有主张上的纷歧，这种纷歧不一定是可悲的，因为真理就时常存在于纷歧的校正之中，愈争论，真理就愈显明，理论的一律化往往就是理论停滞、学术退化的基因。历史上有许多事实，都可以证明凡是论辩剧烈的时代同时就是学术思想进步得最多最快的时代。论辩剧烈，主张纷歧，也不一定要在相对垒的阵营里才是如此，就是目标动作同一的相同阵营里也可以有这种情形，并且也一样仍可激励它发展进步。纷歧争辩的问题可以越来越高级，所以我们不必想像将来真会有一个在思想活动上完全一致毫无异议的时代到来。

对于不同的意见和思想首先应该细心地去求了解，去发现其中虽或很小却是正确的部分，不要专门以吹毛求疵为本事。时常表现在争论之中的那种不容人商讨的非民主的态度，以及那种唯我独尊的傲慢的宗派观点，这些就是妨碍批评家和作家与他们自己之间团结进步的最大症结。宗派观点的意思就是要把自己关闭在群众利益和文艺事业的门外。宗派的内哄和分裂如果占去了批评家们太多的时间与精力，那他们自然就不会觉察出来真正的异端者已经纷纷乘虚而入，而需要赶快清除出他们了。

争论是需要的，但却不要谩骂。争论的目的是匡正，是说服，而且这也是互相间都要如此做的。有些人是为了要获得代表文学舆论的权利而争论，有些人

---

① 王充《论衡·自纪》
② 《文心雕龙·序志》。

是为了要取文学领袖的名义而争论;有些人的争论是努力想用噪音,用尖辛的字句,通常简直是用咒骂来压倒对方,还有些人的争论则完全离开了本题而叫喊着不相干的侮辱对方的话语。他们就不知道领袖主义和领导主义大不相同。诚如高尔基的解释:"领导主义是强调着人的力量,并指出以最小量的牺牲,获得最好效果的道路;而领袖主义却只是市侩之流想要超越其同志之个人主义的私欲。这一企图,只要有着相当的机诈,一个空头脑,一副黑良心,就能很容易地做到的。"①

批评家应该向作家学习,并向同行学习。好好地计划集体工作的方法,好的一切真实从事人民事业者之兄弟一般的结合,乃是一种出于革命的要求。在团体里面他们一定更容易改造自己、发展自己,并养成良好的批评道德。争论与其在杂志上来进行还不如在会议中来进行切实有效得多,因为写在纸上的批评大都容易成为有恶劣刺激性的东西,远不如在会议席上可以当面讲个明白,不必任情使气,以讹传讹,而且又直截,又了当,用不着拖泥带水。

我们有句老话要教人在争论中看出一个人的人格,这种看法是不错的,因为如果在争论中他还能保持着应有的德操,那就可见的确是一个术德俱优的人物了。②

九

亨德(T. W. Hunt)说:"我们如果记得文学批评的基本元素是一种文学的和知识的洞见,和一种对于著作中一切最好东西的深澈而精微的精神的亲和力,以及一种为检讨文学作品时所必具备的忠于真实和公道的良心,那么我们就可明白看出,它所须具备的条件是最高等的一类,而当执行批评的时候,凡属江湖派的,初出茅庐的,乃至道德上漠然无所关心的,必都在不可信任之列。"③从这段很确切的说明我们就可以知道:如果希望文学批评真正能够在一般的知识生活里做一个重要的因素,获得所谓"一般文化的效果,那么首先它应该具备有关各方面的最高等的知识。没有知识所以没有德行,知识就是道德。有了正

---

① 高尔基《苏俄的文学》。

② 本节参考拙著《批评的修养》一文。

③ 亨德《文学概论》(*Literature：it's principles and problems*)第八章,依傅东华译文。

确丰富的知识,就可以超越各种偏见和成见,而时时获得新的观点,从而宗派的作风就可以消除了,工作也可以切实起来负责起来了。

知识可以告诉我们事情应该怎么做。为了要使批评能对自己和别人发生效力,批评家在所有的人当中应该是最谦虚的,最宽大的,虽然他对于真正的人民叛徒也应不惜给以重辣的打击。在绝大多数的场合批评总是建设的和积极的,兴奋的和鼓励的,而不是破坏的、消极的、责备的和压抑的。为此批评一定要尊重、同情作家的努力,不能因为他犯过或犯了一些错误就轻视、抹杀他的前途。也因此,批评就应当是就事论事,不牵涉枝节的;分析说明,不深文周纳的;亲切诚恳,不冷嘲热讽的。

越是批评家就越应该乐于接受别人的判断。接受别人的判断,以及自我批判,这都是强者的行为,软弱的人是做不到的。要时时想到自己是生活在一个瞬息万变的时代,而且自己教育的对象是将来要负担革命文化事业的干部,这就是说自己的工作实在不许失败只能够成功,因此随时地注意和努力,是作为批评家一个最重要的条件。

新时代的道德的客观标准就是要服务于人民,为人民的利益而奋斗。所谓"纯正"的批评,那意义也应该就是指此。无道德或者不道德的批评,那恶果不但将妨害创作和批评事业的本身,尤其重要的是它将助长反动方面的力量,不管它是有意的还是无意的。所以争取批评的道德在实际上不能不就是争取人民利益的斗争,而且虽然比较间接、曲折,在实际上也不能不是非常艰苦的一种斗争。

一九四六年六月三日在广州

评朱自清著《标准与尺度》

文光书店印行　三十七年四月

一

在出版条件愈加困难的今天,却几乎同时有朱自清先生的三本著作出现:《语文零拾》、《标准与尺度》、《论雅俗共赏》;这不但朱先生自己会感到高兴,我们一般读者实在尤觉兴奋。在评介《语文零拾》的一篇小文中,我曾这样说:"朱先生的文字非常朴素、清晰,因此使人特感亲切。但朱先生不仅是一个成功的散文家,便更是一位渊博的学者。"不但此也,"朱先生在成功的散文家与渊博的学者之外,他还有着一种更值得敬爱的地位,而这是一直到现在还少学者敢于这样虽然蕴蓄却已是够显露地走了上来的。散文家、学者、文化战士,集三者于一身而相得亦益彰。"(原载《世纪评论》四卷一期)这些话对于大体上是一部书评集子的《语文零拾》说是如此,对于这里所要介绍的《标准与尺度》说更是如此,因为在这本书里朱先生较多机会可以正面地抒说他自己的意见,而事实上他说了的确不少。

"本书收的文章很杂,评论、杂记、书评、书序都有,大部分也许可以算是杂文吧,其中谈文学与语言的占多数。"(《自序》)在全书二十二篇文章中,谈到的问题除文学与语言外还有时代、人生与治学的方法。虽然如此,统贯全书的一致的观点却仍分明可见。这一致的观点用最简单的话来说便是"民主"两个大字。但这里的这个"民主"观点却不仅是一个口号,或一种号召,朱先生讨论问题,往往从历史上说起,源源本本,使人没法栽诬这是平地起哄;又从当前的社会环境说其所以如此,或不得不如此的理由,更使人没法否认这实在是一条自然的——无可避免的出路。换句话说，民主的尺度乃是自然必然的尺度。能够如此说法便决非捕风捉影之谈。"切实而不宽泛，不是感情用事的狂呼疾走，而是慎思明辨，理性考量的自然必然的结果"（前文），朱先生论文的特点在此，其不可及处亦即在此。

二

朱先生自己解说"这本书取名'标准与尺度'，因为书里有一篇'文学的标准与尺度'，而别的文章，不管论文、论事、论人、论书，也都关涉着标准与尺度。但是这里只讨论一些旧的标准和新的尺度而已，决非自命在立标准，定尺度"（《自序》）。诚然，如果有人要由他自己来为这个时代立标准、定尺度，那不但是狂妄，而且也决不会真就成了标准，成了尺度，可以规范他人；因为事实上标准与尺度乃是在历史的发展中由群众自己酝酿形成的，亦惟这样形成的才有规范他们的力量。不过像在目前这样的动乱时代，一种新的标准与尺度正在酝酿之中，尚未完全形成，至少还不曾为群众普遍地明白意识到，那么由少数的先知先觉者把它指点出来，加以说明，加以肯定，使群众得以早一些意识到，早一些作为他们努力的准绳，那么这种工作，虽不是"立"，也不是"定"，而其价值与功绩，则初不在小。

不管论文、论事、论人、论书，朱先生所都关涉着的是怎样一种标准与尺度？在《动乱时代》这篇文章里，因为写作的时间较早（三十五年），朱先生的意思较更蕴蓄，但在所列举出来的这动乱时代三类主要分子——颓废投机者、改造者、调整者中间，他还是认为"改造者自然是时代的领导人"（页六）。改造者他们要改造这个国家，要改造这个世界，他们讨厌传统，讨厌原则，而现在这些传统这些原则既在动摇之中，他们简直想一脚踢开去（页四）。朱先生"但希望他们不至于操之过切，欲速不达"（页六）。在《论气节》一文中，朱先生说所谓气节，"气是敢作敢为，节是有所不为——有所不为也就是不合作"（页五二），他贬斥专制时代士大夫所服膺的"忠节与高节，都只是个人的消极的表现。忠节至多造就一些失败的英雄，高节更只能造就一些明哲保身的自了汉，甚至于一些虚无主义者。"（页五三）他也隐隐指出目前中年一代知识分子的"只能保守着自己"是不够的，而青年一代知识分子的能以"正义感"替代那消极的节，接着"正义感"而来的并还有不折不扣的"行动"，这才是真正的气节，应为我们做人的新尺度

（页五六）。以上是论人，他论事也是如此。在"论吃饭"一文中，他指出："民众，尤其农民，大多数是听天由命，安分守己的，他们惯于忍饥挨饿，几千年来都如此。除非到了最后关头，他们是不会行动的。""他们不说话，'不得了'就行动，忍得住就沉默。他们要饭吃，却不知道自己应该有饭吃；他们行动，却觉得这种行动是不合法的，所以就索性不说什么话。"（页六二）现在真已到了最后关头，而且"知道了吃饭权的"毕竟亦不少了，"这是集体的要求，集体是有组织的，有组织的就不容易大乱了，可是有组织也不容易散；人情加上人权，这集体的行动是压不下也打不散的，直到大家有饭吃的那一天"。（页六四）"饥饿事大"，"吃饭第一"，朱先生在这里肯定了大家应该有这种免于匮乏的自由"，而且"反饥饿"的行动只要是集体的，便一定有着成功的前途。

三

在论文方面，朱先生尤其一再强调民主的尺度。他预告着我们这时代的文学，"终于要配合上那新的民主的尺度向前迈进"。这"要使这新尺度成为文学的新标准"，他更谆谆以"还有待于我们自觉的努力"为勉（页三一）。在《论严肃》一文中他指出"人民性"也是一种道，现在要文学来载这种道，是"势所必至，理有固然"的（页三八）。在《论通俗化》一文中，他指出通俗化与大众化的不同，大众化应该不要落入雅俗的老套子，应该扬弃知识阶级的绅士身份。利用旧形式的困难在于不易免去民间文学中丑角气氛、套语烂调、琐屑啰嗦等毛病，在于民众生活还未大变，他们自己还未先在旧瓶里装上新酒，也在于知识分子的生活还不曾和他们打成一片。但目前"确是在结束通俗化而开始大众化"了（页四三），因为目前有些地方的民众究竟大变了，他们自己已先在旧瓶里装上新酒，同时有些作者也已能多少同他们的生活打成一片。"新的语言"——扬弃了民族形式的封建气氛的语言已经开始存在着，于是作者才可能用新的语言写出新的故事。赵树理先生的"李有才板话"便是明显的一例。这就是说，大众化比之通俗化是更高了一级的发展，这看法当然是凭着一种进步的尺度。

朱先生谈到什么是文学的生路，以为如要给文学打开一条生路，首先得从"作这个时代的人"说起。这是一个动乱时代，但这是平民世纪，新文化得从矛盾里发展，它的根基得打在平民身上。作了这个时代的人，而以文学作为服务的工具，那么这文学当然得负起社会的使命，得传达一定的"道"。可是要做到这一点，必须文人自己有这种经验，必须文人自己作为平民而生活着，而不是居高临下俯视平民。他们应该站在平民的立场上来说话。但他们怎样才能如此？他们——"知识阶级的文人，如果再能够自觉的努力发现下去，再多扩大些，再多认识些，再多表现、传达，或暴露些，那么，他们会渐渐的终于无形的参加了政治社会的改革的。那时他们就确实站在平民的立场，作这个时代的人了。"（页七四）知识阶级文人的自我改造过程也便是扩大深入群众生活的过程，主要的是笃实践履，身体力行，只有这样才能"多认识，多表现"。而所以需要改造，是为新时代服务，也就是为人民。

文学的题材可以无穷，处理题材的方法也可以无穷，可是万变应不离宗，所有一切的表现都应该为着人民的幸福。这是一个归结点，凡是不归结到这一点上来的都得加以斥逐。因为我们的尺度是"民主"。

四

朱先生论到治学方法的时候也一样强调"人民的立场"。闻一多先生之看屈原，是"将他放在整个时代整个社会里看"（页九），"他研究《周易》里的故事，也是先有一整个社会的影像在心里"。此所以他读古书得不止只做出点饾饤的工作而能融会贯通，贡献特别多，特别大。

郭沫若先生的治学则尤进一步。为什么是尤进一步？朱先生说："现代知识的发展，让我们知道文化是和政治经济社会分不开的，若将文化孤立起来讨论，那就不能认清它的面目。但是只求认清文化的面目，而不去估量它的社会的作用，只以解释为满足，而不去批判它对人民的价值，这还只是知识阶级的立场，不是人民的立场。"（页一二二）郭先生的《十批判书》因为能站在人民的立场，所以值得赞扬。

什么是"人民的立场"？便是人民的生活态度。著书立说，讨论是非，应该依据着人民的生活态度。凡人民爱者爱之，凡人民厌者厌之。郭先生所以比较推崇孔子和孟子，就因为他们的思想在各家中是比较富于人民本位的色彩。"人民本位的思想"加上辩证唯物论，朱先生说："就是这一部《十批判书》之所以成为这一部《十批判书》。"（页一二六）

但"人民的立场"不是一张膏药，可以容易贴上的，要把握住它，"得多少经过些实际生活的体验"（页一二二），"若是只凭空想，这也是公式化"。而对于郭先生，则"他的革命生活，亡命生活，和抗战生活，使他亲切的把握住人民的立场"（页一二九）。认识来自体验，浅狭的体验自然比不上深广的体验。"人民的立场"不是说得漂亮就能真正站得上去的。

这是朱先生在论书，而论书也持着新的尺度——民主。

五

颇为有趣的是如果我们来作这样一种比较，朱先生在这里论到标语口号，论到低级趣味，这两个题目朱光潜先生在"谈文学"一书中也都论到过。在"谈文学"的著者看来，"口号教条"足以损害到自己的，艺术的，以及读者的尊严，以为相信口号教条，"无论从道德观点看或从艺术观点看，都是低级趣味的表现"（该书页四三）。但自清先生却不如此笼统极端，以为"标语口号往往就是集体运动的纲领"，"集体的力量渐渐发展，广大的下层民众也渐渐有了地位，标语口号有些是代他们说的，也未尝没有他们自己说的"（页四六）。标语口号固然因多生滥，不免落套子，公式化，但就其富于现实性、真能领导群众起来行动的来说，则它毕竟跟符咒和魔术全凭迷信的不同，它正是一种战斗的武器，只有根本反对这种战斗的才会根本反对这种标语口号。仅仅说"爱平静爱自由"才对目见耳闻的标语口号不免厌烦，实际上还是一种恕词。"口号教条"既不全是不可置信，所以信之者便不必就是低级趣味的表现，这是思想的不同，并非趣味之低，不但不低，甚至还可能比不信者高些。讲到低级趣味，光潜先生举出十项：侦探故事，色情描写，黑幕描写，风花雪月的滥调，口号教条，这是关于内容方面的；关于作者态度的也有五项，即：无病呻吟，装腔作势；憨皮臭脸，油腔滑调；摇旗呐喊，党同伐异；道学冬烘，说教劝善；涂脂抹粉，卖弄风姿。这里所说的大部分是事实。自清先生只指出两类，即色情作品与顽笑作品，而归结于应当纯正严肃（页七八）。能纯正严肃则低者亦为不低，在这里态度决定趣味。若是一味要"超脱现实世界的难免的秽浊，而徜徉于纯洁高尚的意象世界"（《谈文学》页四二），则又似高实低，高其外而低其中，有如蜷缩在一隅而作着五色梦的小虫子，人生到此，高在何处？大概说，光潜先生论文学只到"为人生"而止，说是"为人生"其实只是"为个人"，所以没有社会观念在内。自清先生论文学不但要"为人生"，并且还要"为人民"，因为要"为人民"，所以便不致凭个人好恶而笼统下断语。真所谓"眼光扩大了，深入了，技术也更进步了，更周密了，所以贡献特别多,特别大"(页十二)。

统观全书,只有下面几点我们有些怀疑:在"论严肃"一文里,"讲究幽默,为幽默而幽默,无意义的幽默,幽默代替了严肃,文坛上一片空虚"(页三六),这是五卅事件以前的事? 若是指林语堂之流那次的倡导,那似乎应是五卅以后的事。又说:"八年的抗战太沉重了,这中间不免要松一口气,这松,尺度就放宽了些,文学带着消遣,似乎也是应该的。"(页三七)"一松"是事实,少数作者自动地"放宽了些"也是事实,但从整个文学界来说,却似不曾主动地说要"放宽"些过。再有,所谓"只顾人民性,不管艺术性"也似易引起误解,以为在人民性里不包括着艺术性。其实既然是"为人民",当然也包括着使人民能够了解、感动、神往的意思在内,那些有着"人民性"而不能使人民了解感动神往的作品,其实只是把握到了"人民性"的一面,似不能说它已是充分"人民性"的作品。

六

书里面有三篇论到诵读教学的问题,中间并涉及这与"文学的国语"之成长可能发生的关系,都很扼要妥贴。"现在许多学生很能说话,却写不通白话文,就因为他们诵读太少,不懂得如何将说话时的声调等等包含在白话文里。他们的作文让他们自己念给别人听,满对,可是让别人看就看出不通来了。他们会说话到一种程度,能以在诵读自己作文的时候,加进那些并没有能够包含在作文里的成分去,所以自己和别人听起来都合式;他们自己看的时候,也还能够如此。等到别人看,别人凭一般诵读的习惯,只能发挥那些作文里包含得有的,却不能无中生有,这就漏了。"(页一〇四)"这些学生该让他们多多用心诵读各家各派的文字,获得那'统一的文字'的调子或语脉——叫文脉也成。这里就见得诵读教学的重要了。"(页九〇)要增进学生了解和写作白话文的能力,得从正确的诵读教学下手,这并不太难:"第一得知道诵读就是读,不是吟,也不是唱","第二得多练习"(页九六)。过去的诵读教学,拿白话文来吟唱,自然不是味儿,所以也就不愿意多练习。吟唱都将文章音乐化,诵读却注重意义,该用说话的调子,口齿清楚,吐字分明,清朗可听。音乐化的吟唱可以获得音乐方面的受用,但在了解和欣赏意义上,不如诵读。就是文言,也还该以说话调的诵读为主。单靠说话学不成文言也学不好白话。

诵读教学也可以自觉地促进"文学的国语"之成长。要使"文学的国语成长",不能不采取一些新的词汇新的语式,但要使这些新的东西能够"上口"或"顺口",必须给予充足的时间,"可是如果加以诵读教学的帮助,需要的时间会少些,也许会少得多"(页九四)。青年人愿意接受欧化语式,但他们也还只能多多接受欧化到笔下,而不能多多接受欧化到口头,这表明他们所受阅读的影响比诵读的影响大得多。但如诵读教学得法了,有标准了,渐渐就能完全上口的。白话文如果老是不能完全上口,"文学的国语"便不能成立。

朱先生这些话,真是言简意赅。

七月十二日在上海

（原载《文讯》第 9 卷第 2 期,1948 年 8 月 15 日）

评李广田的《文学枝叶》

益智出版社印行　三十七年一月

一

"这里，一共是二十三篇文章，自三十一年春起，至三十五年春止，写于昆明，除一两篇较长者外都是短文。文章内容，举凡创作、批评、散文、诗歌、戏剧、小说、报告，以及文学文化诸问题，都多少涉及一点。""这二十三篇文章虽然这样零零散散，但由于其成因既如上述（演讲稿，书简，特为报刊而写，作品的评介，读书札记，等等），所以大多不是空文，而且大都是尽可能地把所要说明的思想压缩进了最小最小的形式。"著者在序文里又这样说：这些文章"分开来看，实在是枝枝叶叶，合起来看，也许还可以看出一贯的思想"。可以看出来是实情，"也许"则是著者的谦词。表现在这本书里的著者的一贯的思想，似可借他《谈创作》一文的结论做一个概括的说明：

　　总之，一个作者，应当把自己的世界推得广阔一些，应当以实际生活出发，而又绝不可躁急从事。应当有一个正确的观点，更应当能够大胆地表现而不作违心之论。大方，切实，忍耐，诚实，勇敢……这一切作为一个人的诸德行，都是一个作家所应有的。此外，一个作者自然还应当多读书，不但读那些名著，也应当读各种各样的书，这不但是为了获取一种艺术的修养，一种技术，并且更为了从书本取得间接的经验，取得启示，以补实际生活之不足。（页七）

大体而论，这是一本指导如何学习文艺的书，著者在讨论到无论那一个问题时都不放松如何才能达成那目标的指示。放言高论的书自然也有它的作用，但由于它们往往忽略了切实的指示，所以对于一般人，特别是初学写作的青年们缺少较大的帮助。在这一点上著者在这本书里能把正确的理论与实践的途径熔为一炉，打成一片，使读者在领会了他的意见之后不致茫无头绪，无从措手，是一个特点，也是一种很大的成功。著者经常用具体的例子来说明他的意见，不但清晰地说明了他的意见，也使读者能够清晰地明了了它。而著者所以能举出这些例子，是由于他对于自己所要说的已经完全把握，就是引征别人的也已成了自己的血肉。写议论文的困难就在这里："借花献佛"，决难令人感觉亲切，不亲切便不会动听，教育作用也便要大打折扣。而著者这些文章则恰恰能够做到朴素动人的地步。

著者论散文，以为它和诗的不同之处在于它是"常常显豁，一五一十地摆在眼前，令人如闻如见"，"常常是老实朴素，令人感到日用家常"（页四六）；又说散文的语言，"以清楚、明畅、自然有致为其本来面目，散文的结构，也以平铺直叙、自然发展为主"，"常是随随便便，并不怎样装模作样"（页四七）。这些话，用来论一般的散文式未必尽然，但用来论著者自己的散文却完全恰当。著者在这里也表现出了他自己理论与实践的统一。在这里，他清晰地说着，静静地说着，没有耸人听闻的论调，也没有气势汹汹如果对方不信就不肯干休的样子，可是惟其如此，他的朴素无华的态度却真实地感动了人，我们感到他的话亲切。著者原是一位优秀的散文家，他的朴素动人的特点在多年前就已显露出来并深令我们心折，这虽然是一本指导学习文艺的讨论性书籍，但读者正不妨仍把它当作一本创作的散文集读，它比市上有些生硬拗口，其实是由于对理论的消化不良而来的讨论性书籍要"好读"到许多倍。著者的这个优点，和茅盾朱自清两先生写作论文的——平易，自然，切实的优点，是属于同类，都值得我们赞扬的。

二

在"文学作品的完整性"这一篇里，著者说明了从有些诗作里所以可能摘出佳句的原因，"因为那一二名句，在创作上说，差不多已经成了一个完整的世界"；"譬如谢灵运的'池塘生春草'一句已经够好，'园柳变鸣禽'一句已经够勉强，至于全诗，那就更没有什么了不起的地方。"（页二一）摘句品选的办法在我们的文学史上虽然由来已久，但利弊的观感多有不同，著者这个说明虽很简单，却颇中肯。《论诗短简（一）》里所说的"越是自己的生命所达不到的地方，就最容易为那些通套的表现法所闯入"，可谓一针见血。《论诗短简（二）》里指出一般的诗歌朗诵所以失败大都由于选错了材料，认为凡在群众面前朗诵的诗，应当选择那表现大多数人的强烈爱憎的，最易激动而且最需要激动他们的政治的情感，"对于腐败的、退步的政治之痛恶，以及对于光明的、进步的政治之热爱与希求"（页八二）；而且还要那语言"是呐喊的，是号召的，是激发的，是和群众的行动相连的"（同上）。朗诵的对象既然是群众，所以朗诵的内容便不能不针对着群众的爱憎、需要，以及他们的接受程度。著者这几个指点，非常切要。《看离离草》里论到历史剧的价值问题，以为"说'借古证今'或'借古讽今'乃是由于某种不得已的情势而造成的写作策略，这诚然也是的，然而，由于这一策略而造成一种风气，就很可能给剧运带来一个恶运"；以为那些古人的千言万语，那些洒不尽的血和泪，比较起现实的呼声来，实在太显得无力了。（页九）这个看法也非常正当。在介绍"人民是不朽的"这篇文章里，著者细心地指出，葛洛斯曼之写人民的伟大，"不但从大处写出，也从极细微处写出，这些小节目之令人感动，也不亚于那些壮烈的大场面，因为这些地方更足以见出人民之所以为人民，他们本来是那么平常，那么真善，那么毫无虚饰的灵魂"，"问题不在于能写出这些细节，而在于怎样使这些细节与小说的主题息息相关，以及在这些小节上又怎样创造了有血有肉的活生生的人物"。（页一二）说是小节，也许正是画龙点睛处，并不是耍笔头，小摆设。若是脱离了主题的玩艺，那就完全丧失了价值。著者立论，处处不放松大处远处根本之处——主题，思想，人民，社会，这便是他同一般人不一样的地方，但他的强有力处亦即在此。

"谈报告文学"里以为"产生报告文学的时代，就决定了报告文学的特质"："真正的报告文学之起来是俄国十月革命以后的事情"，"在这一段历史中，现实比任何诗人的幻想都要奇幻得多。在现实的急剧发展中，曾经在过去文学中有过势力的事物，如个人的爱情、神经病者的梦呓、花花草草、娼妇浪子，都一齐被扔了出去。这完全是一个崭新的时代，这时代要求作家们赤裸地、严肃地，去报告那在今日和明日之间用影戏般速度变化着的世界面貌，这就正是报告文学的时代"（页一三六）。并以为如果我们能够"打开门，冲破自己的小圈子，睁开眼，看看我们的周围，并参加到各种场合去，你就将发现，随处都有报告文学的材料"（页一四七）。这些话都说的很扼要而有力量。

和过去有些人指导青年学习文艺的方法态度都不同，著者随时从当前现实的紧迫需要发为呼号，号召着文学工作者应该为人类的远大前途努力，应该把他们的工作与当前大多数人要求改造的进步事业紧密地结合起来。他说："文化的主人翁们，这是你们决定站在那一边的时候了。还是帮助那不熟练的文化的劳动军，帮助他们创造新的生活形式呢，还是反对他们，而维持那些不负责的掠夺者所构成的等级呢？——它正从头到脚的腐烂着，只是因为惰性作用才能够苟延残喘。"（页一五八）也因为已经决定了应该站在被侮辱与被损害者的一边，所以他又指出今天文学的主要内容，应当是：

　　一、揭发并指责那少数在经济上有特权的人的罪恶，并表现大多数人因受经济压迫而遭受的痛苦，以及他们的愿望。
　　二、揭发并指责那少数在政治上有特权的人的罪恶，并表现大多数人因受政治压迫而遭受的痛苦，以及他们的愿望。
　　三、在文学作者中间，或者说是在文化界，应当建立一种严正的文学批评或文化批评，严厉地批判那些有意或无意地帮助了少数人而欺侮了大多数人的作品。（页一三二）

　　从上所述，可知作者并不只是一位"纯粹的"文艺学者，更重要的，他是一个文化部门的斗士。在他，文艺是一种极有力的武器，这武器要用来打击一切阻碍社会进步的恶势力。而这也就是他的观点所以能如此广远，如此超越了过去现在许多庸俗的——"纯粹的"文学观点之故。同任何门类的学者作家一样，一个文艺学者如果不能站在改造现实的高点上来观察，他的意见就一定不会广远，有益，他就只好永远沉沦在庸俗的浅见里而无法自拔。

三

　　"论现代散文风格"与"战争与和平中的天地"两文章是著者的读书札记，前者译自 Bona my Dcbree 的 *Modern Prose Style*，都是节译，一共三小节。后者则节译自 Percy Luhbock 的 *The craft of fiction*。这两篇译文虽然简短，但内容都富于暗示性。尤其前者，很能澄清了包含在这个问题中间的许多纠葛：
　　只有作者曾经把自己的人格深深地印了进去的那种作品，才会使我们感到一种特殊的欢欣与鼓舞。我们是怎样同作者接触的？由于作者的声调。我们读一本书的时候,虽不高声朗诵,也总是会感到一种声音,就好像有谁在同我们说话,在告诉我们一些事物,或者激发我们的情感。这一种声音,我们就大致称之为风格。而且,不管作者如何不关心他的人格,甚至想掩藏他的人格,他却很难掩饰他的声音和他的风格,除非他有心要写游戏文字。所谓"风格即人",其真理亦即在此。

"风格,并不是一种装饰,也不是一种仪式,也不是一种把戏,更不是任何这一类的纠缠。他是一个人要说出自己的意识,要说出自己的思想,而且要用最恰当的字眼来说出它们。"而这也就是要完成一种风格的极端困难处。要用最恰当的字眼说出自己所要说的东西,这简直好像是不可能的。因为,每当我们有话要说的时候,如果真正要忠实于我们的意思与感情,就必须有效地重新创造一种手段。随时随地那些过时的字或句都会闯到我们和真实之间来打搅。"极端的分析起来,我们简直不能说任何事物而不是把它的本色改变了若干成分……这真是一件千真万确而又无可如何的事实。"就是这一种体认,它逼着作家们不得不试验着像他们在日常生活中说日常真实事物一般地去写作,因为只有如此他才可以达到对自己忠实的境地,不然的话,文学传统的语言和风格,就要自己固执下去的。

但现代的作家切不可只想到风格:谁如果第一先想到风格,谁就要误入歧途。因为风格不能当作出发点,它是只可以不期而遇的。作家最先要做的事情不是别的,乃是清清楚楚地思想。他应该切实保持他的知觉的健康活泼,去发现今天摆在他面前的那么许多新鲜材料,以及它们所需要的新鲜形式。

要用作文如说话的作法来造成"一种"风格,也不是可以一蹴而成的,须经过三种训练,即:对思想完全忠实,不避难就易,以致让文字限定了我们的思想,搜集最恰当的字和语辞的最恰当的变化,以传达出那些字的全意与情趣;最后是必须把我们的散文陶镕得好像赋有了我们日常谈话的气势与结构。

一个真正的创作者要永远和文字斗争,他要把从未有过的新意从文字中绞出来,并把他锤铸到文字里边去。这不单是思想的问题,乃是一个整个感觉性的问题。

简明的,质朴无文的,科学的意义,在每个字里都有,问题在于应如何给这种文字以不同的色泽或奇异的感觉,使它可以表现全新的东西,或者使某些旧的道理能带有完全不同的面目。比拟,新句法,韵的作用,这些自然也是一种方便,但这些办法已成了传统的一部分,它们对于那试想给事物以新看法与新说法的人格总在加以压迫。不过,也只有当语言文字的旧用法已不能作你所要作的事,当新的材料非有新形式不可的时候,这才有来折磨语言的必要。如果你开始就是说"让我们来造一个新的工具吧",这只是徒然地滥用聪明而已。

作家所要永远从事的就是给事物以客观的真实性。要把形色译成声音,为了要这样作,他就不得不常常铸造新的表现法,甚至铸造新字,因为有许多旧字,旧表现,旧比拟,旧隐喻,都已褪色,失掉生命,再不能像从前似的有所作为。作家还要紧紧地追上思想的一切奇异变化,以及思想的发展与纠纷,这才能给真实性以最切近的影像。无论新的或旧的,都要用了声音的各种安排,不同的连续,调子,元音连接的重复和子音的种种把戏,以造成一种作用。此外,还要试验着各种句法的不同组织——并不是说要改变语言的方法,而只是说一种适贴的句法。语言确是靠了它的多变,以及靠了它自身有适应各种新材料的能力,而才有其生命的(页三五—四四)。

以上,就是《论现代散文风格》这篇译文的大意,从中可以看出对于风格与语言的创造都有很新锐的见解。风格——大致就是作者的声调,这个说法的确有点新奇,然而仔细一想,不是果然很对么?虽然仅仅说声调毕竟还有点不甚完全,可是它把一个新的方面给我们指点出来了。

四

著者写在这本书里的见解我们大致都很赞同、佩服。下面是一些疑点,我们也愿提出来请著者指教:

在《从创作的过程论言志与载道》一文里,著者以为"没有'认识'自然是不行的,只有了'认识'而没有'形象'还是不行,须是有了那足以表现或象征'认识'的'形象'然后才可以说是肚子里有了;有了而尚未'成熟'也还是难产,产出来也不健康"(页一六)。这似乎把"认识"与"形象"分成两截,不是同时获得的,我们认为真正完全的"认识"与"形象"实同时达成,也可以说在还没有获得"形象"的时候是还没有"认识"。并且真正完全的"认识"虽不是一蹴可几的,而在一旦达到之后,那"形象"也必同时"成熟"。著者又说"好的作品都是只作为形象的表现"(页一四),这句话中的"都是"似应是"多数是",因为事实上有些好作品的确并未借助于形象,记得雪峰先生对这问题已有过很好的讨论(似乎就在《鲁迅论及其他》一书内)。

1467

在《文学作品的完整性》一文里，著者说："文学的形象，是作者取材于实际生活而创造成功的，这些形象又必须通过作者的艺术手段而作为表现，这表现的结果就是一个完整的世界。""作者在实际的社会生活中摄取形象，铸造典型，于是一事，一物，一人，一群，都成了一个完整的有机体，表现为一篇小说，一出戏，一首诗，甚至是一行诗，都可以成为一个完整的世界。在这个世界中，自成天地，一切俱足，境界圆满，不可增减。当读者欣赏作品时，也就是走入了这个完整的世界，与这个完美而和谐的世界相对相融，同时也就感到了自己的生命之和谐。""这个世界既经建立了，它便永远存在，无论什么时候，只要被人接触到，就会感到它的生命，文学之所以有永久性者也正是因为这个原因。"（页一九—二二）著者这番话大体是不错的，不过他似乎忽略了这一句："典型环境中的典型风格。"没有了"典型环境中的"这个限制，那么在"完整的世界"之间我们将如何为之轩轾？难道不应该或不能够加以轩轾？境界有大小，也有深浅，只有那最大最深最能够表出此时此地的生活特质的境界才是最有永久的价值，并不是一成了"境界"，便都可以等量齐观，平等地"俱足"、"圆满"、"不可增减"、"有永久性"，在这里似乎社会与思想的因素仍应有其重大的作用。"与这个完美而和谐的世界相对相融，同时也就感到了自己的生命之和谐"云云，这样一种审美的感觉，是不是有一点太虚玄、沉迷与夸张？

在《谈再创造》一文里，著者也承认"有些事物是说不明白的，也有的事物是不可言宣的"（页二三），我们以为若不过分求全，那么心里明白的实无"说不明白"之理，说不明白乃是"不为也"，非"不能也"。"不可言宣"的东西，我们也认为若不是那东西还是混乱一堆，根本无从说起，便一定是有某种难言之隐，不肯或不敢和盘托出，并非已有清楚的东西可说而根本找不到把它说出的方法。同样在"人格与风格"里著者所说的"或有真见，真感，真思想，而不肯或不敢作真的表现"（页三〇），我们以为他之所以"不肯或不敢作真的表现"，主要也就因为他并无"真见，真感，真思想"之故。路见不平，真肯或真敢拔刀相助的人才是真正感见这"不平"的意义的人，望望然而去之或见了不过摇摇头长叹一声嘀咕几句的，都不足以谓之真见真感。

在《人民自己的文学》一文里，著者又说："只要内容真实，便无所谓深浅。"（页八四）我们以为一般所说的深浅，当然是根据了接受者的能力来说的，对一般人民讲，接受的能力当然有差异，对事物的了解程度当然有不同，有些作品的内容，非不真实，但一时还并不能使每一个人民都发生同样深切的感动，这亦是事实。只有内容真实的,才能叫人民感动,内容真实而还得努力设法叫一般的人民都能接受,或者必须努力提高人民的文化水准,似乎这才是问题的所在。

著者自称这本书是"枝叶",他所要说明的思想都曾经过一再的"压缩",因此语而不详,或更因此而引起读者的一些疑点,自然是难免的。他说他还有一部尚未定稿的《文学论》,想像那必定是一棵大树,但愿我们很快就能读到它。

作者附记:这本书里有一篇《文学与文化,论新文学与大学中文系》,是很重要的文学。对它我有点不同的意思,已写在《国文教学五论》的第二论里,发表在《国文月刊》四月号,请读者参阅,这里不再重述。

五月九日在上海

（原载《文讯》第 8 卷第 6 期,1948 年 6 月 15 日）

评巴金的《家》《春》《秋》

家　　激流之一·页四九七　廿八年六月十六版本
春　　激流之二·页五四七　廿八年七月七版本
秋　　激流之三·页七○五　廿九年四月初版本

一

　　巴金先生近几年来从事着一桩艰巨的工程,他企图展示给读者一幅过去十多年间的图画,他要利用他自己生活过来的熟悉的一角,描写出那一股无论在什么地方都能够看见的"由爱与恨,欢乐与受苦所组织成的生活之激流是如何地在动荡",如何地在"通过黑暗的乱山碎石",以"创造它底经路"。他这桩艰巨的工程就是他的大著激流。

　　激流,据作者自己的预告是分成四个部分,《家》、《春》、《秋》、《群》。到现在为止,他已先后完成了《家》、《春》和《秋》三部,都是三十万字左右的巨幅。巴金先生这三部作品在中国少年读者群中已引起了普遍的兴味,因此也可能产生很大的影响。

　　在《家》的后记里巴金先生自己说已"写完了一个家庭底历史",他说他"还要用更多的字来写一个社会底历史"。不过他这句话到现在还并未兑现。在《家》的续篇《春》和《秋》里,他描写的仍是那个正在崩溃中的家庭,这原就是《家》的背景。所以我们可以说,《家》、《春》、《秋》三部作品在名字上虽有不同,但在同是"一个正在崩坏中的资产阶级的大家庭底全部悲欢离合的历史"这一点上,却并无什么分别。

　　巴金先生用了他那汹涌的热情写下了的这个"正在崩坏中的资产阶级的大家庭底全部悲欢离合的历史",的确是真实的历史。他给我们展示了一幅五四以后一般青年反抗封建势力,反抗吃人礼教的鲜明动人的图画。这是一幅充满着血与泪,爱与恨,欢乐与受苦,有形的斗争与无形的斗争底图画。在这里,一个旧家庭的命运是渐渐地但是必然地沉落进灭亡的深渊中去了,一个不合理的社会制度被宣告着死刑,但这里也绝叫着这个家庭这个制度的垂死的呼号,垂死的挣扎——它们在崩坏的途中也还捕获了无数的牺牲品,无数年青可爱的生命就这样仍是惨苦地怨屈地结束了他们短短的生涯。在这里,有着无数的人在遭受着它们酷虐的摧残,他们忍受着,哭泣着,不敢愤怒,只以眼泪和叹息作为对于这种不公平的命运的惟一反抗,到头他们一个个都成为不必要的牺牲品惨痛地死了;但这里也终于透进来了新鲜的空气和阳光,也终于在大批将要成为同样的牺牲品里出现了一些叛徒;他们幼稚,然而大胆,他们没有具体的计划,然而血淋淋的现实渐渐教训着他们使他们终于变成了十分坚决,他们绝不忍受,他们坚决反抗一切不公平的命运。在这里,旧势力在崩坏,在灭亡,然而它还在挣扎,更猛烈地挣扎;新势力在萌芽,在发生,然而它还在受苦,更惨烈地受苦。不过旧势力是一定要灭亡的了,而新势力,则正有着最好的前途。

“五四”前后,是中国市民势力刚刚抬头的时候,他们需要自由的发展和自由的竞争,但却受着双重的压迫。一方面是帝国主义,一方面是封建势力;帝国主义在金融上技术上以及政治地位上都具有优越的势力,它随时可以把新兴的他们打倒,封建势力则束缚了占中国人口绝大多数的农民的消费力量,它阻碍着民族资本的发展,并且还顽固地抵抗新兴的一切意识形态的发展,这两种压迫的力量,又互相勾结,依靠,新起的势力自然不能忍受这种局面,于是就掀起了五四革命运动的怒潮。五四革命运动的意义,一方面是反帝,另一方面便是反封建,而因为几个帝国主义国家这时正把最大的力量倾注在欧战上面,对中国的束缚松懈了一点,因此,五四的革命运动就取了主要是反封建的状势。在文学作品中最初反映了这个情势和思想的便是《狂人日记》,我们在这篇作品中可以明白看出它是充满着对于封建势力的痛恨,充满着对于吃人底礼教的辛辣激烈的思想。

巴金先生的这三部作品:《家》、《春》、《秋》,就是从一个“正在崩坏中的资产阶级的大家庭”生活的一角来反映了这个情势的。这个正在崩坏中的大家庭带有极浓厚的封建色彩,活跃在书中的几个大胆的叛徒,虽然同是封建制度的子孙,却因为时代环境和性格教养的殊异而使他们终于超过了灭亡的道路,走上了一条全新的反抗与斗争的途径,于是这些本是同根生的同一个大家庭里的分子,在事实上就分成了两边,一边代表旧的,垂死的,还在拼命挣扎的,一边代表

1471

新的,幼稚的,正在发生成长的。这两边起来了激烈的斗争,《家》、《春》、《秋》,就是这个斗争的反映。在这里,家庭的斗争事实上也就是一种社会的斗争。

然而爱读着这三部作品的许多读者中,又有多少能完全认识它们的真价的呢? 他们大多数是一些比较幸福的少年,在无数烈士的牺牲之后,他们过的是一种比较幸福的生活。时代变了,这些来自都市城镇的少年们已很少曾受过大家庭的苦痛,对于他们,进新式的学校读书,和同辈的男女少年同学,已成为最平凡不过的事了。他们已很难想像或简直想像不到今日许多三十岁以上的人们曾经受了大家庭生活多少苦,吃了它多少亏。今天,像他们这些少年,男孩子已用不着摆动着他们那颗沉重的脑袋和无血色的瘦脸,在黑黑的房子里高声念"君要臣死,不死不忠,父要子亡,不亡不孝",或"万恶淫为首,百善孝为先"一种的咒语了,女孩子也已用不着再听"喜莫大笑,怒莫高声,坐莫露膝,行莫摇裙"等等的教训了;如果他们也有苦痛,那苦痛的来源一定已不是大家庭,而是在别的什么方面。不错,他们爱读这三部作品,他们在这里看见了自己一部分的童年,他们动心于其中优美的描写,他们甚至也会因为得着了一点模糊的反抗和斗争的概念而感到满足,然而他们有的却也会装着经验丰富的样子把书一推,说:难道斗争就是这样的一回事么? 这么容易的斗争谁干不来呢?

的确,对于这些比较幸福的少年,大家庭的暗影已没有罩住他们,而且也不会再有罩住他们的可能了,他们已进到一个较新的时代,他们不是没有苦痛,没有悲哀,只是这些苦痛与悲哀的源泉已不是大家庭了,那是一种更顽固,更巨大的东西。他们将遭遇着一种更艰苦的斗争,确实是不很容易的斗争。对于这种斗争,《家》、《春》、《秋》的确不能给他们多大帮助。原谅他们的坦直,并且让他们稍稍等待一下吧,巴金先生在"不再是高家底故事"的《群》里或者就可以满足他们的热望。

所以我说巴金先生这三部作品虽然在年轻的一代中获得了许多读者,但它们的重要的影响却不在这里,倒是在那些不为人知的穷乡僻壤里,那些内地的交通不便的小小县城里,或是在一些城市的若干条外貌很庄严,内面却很空虚的静静的巷子里。这是为什么呢? 这是因为反抗大家庭的风暴虽然在五四前后一度高举起来而得着了相当的胜利,但整个封建制度却并不曾随它这运动的退潮而完全消失了它的势力,这在受新潮流影响较深的大城市里固是如此,在受新潮流影响较浅的内地自然更是如此。经过二十多年来的努力,一直到今天,封建社会的势力虽已减弱了点,但它依然没有消减:依附着它的大家庭的黑暗虽然已洗刷了点,然而它也依然存在,这都是事实。巴金先生的这三部作品以使人惊心惨目的姿势向大家重新提出了这个问题——这并不是一个新的问题,这时把它重新提出却有着新的价值和意义。这不公平的命运曾经摧残过无数可爱的生命,然而做了这命运的牺牲者的,这并不是最后的一批,我们必须继续反抗它才能保全那以后势将牺牲的无数生命,才能够终于获得胜利。这三部作品,事实上是要唤醒着大家起来向那封建势力的最后几个堡垒澈底进攻。只要反帝反封建的任务一天没有完结,这三部作品就始终有它们重要的价值。

高尔基在《儿童时代》一文中说:"记起野蛮的俄国生活里这些铅似的丑恶,我有时候这样问自己:'值得说起这些事情么?'而重新深信地回答自己:'值得的!'因为这是活着的卑劣的真实,它到今天还没有断气。这样的真实,必须澈底地知道,为得要把它从自己的记忆里、从人的心灵里、从我们这艰苦的可耻的全部生活里连根拔起。""还有一个别的,更积极的原因,使得我要描写这些丑恶,虽然它们很讨厌,压迫着我们,压碎着许多非常之好的心灵——而俄国人始终还有健全的年青的心灵,足以克服它们而且一定要克服它们的。"

我们相信巴金先生也是抱着跟这相似的信念才负起了这个描写它的庄严的责任的。我们必须不要忘记:在这三部作品中描绘着的都还是活着的卑劣的真实,它到了今天也许已换了花样,但还并没有完全断气。这需要继续的斗争,而且家庭的斗争也势必要转变为一个社会的斗争。

二

在《家》的十版代序里,巴金先生有一段话说到他书中描写的人物:

> 我写觉新、觉民、觉慧三弟兄,代表三种不同的性格,由这不同的性格而得到不同的结局。……在女子方面,我也写了梅、琴、鸣凤,也代表三种不同的性格,也有三个不同的结局。

现在我们且先来讨论一下生活在这三部书里的几位男性的人物。生活在家里的男性人物主要是觉新觉民觉慧三个;觉慧在《家》的结尾处终于冲出牢笼逃到上海去了,一直到《秋》的结尾他还没有重新露面,但没有问题,生活在这三部书里的男性人物,主要只是他们三个。

我们同情觉新——这个绝望了的人物,然而应该承认,正如书中的许多人一样,我们也并不能十分了解他。当他含着眼泪在忍受别人加给他的不义的行为时,我们的愤慨总比他自己多得多,我们希望他反抗一下,就是很少一点反抗也好,然而我们失望了,而且除开在《秋》的结尾处那一次外,每一次都失望了。我们是不是有权这样希望呢,应该是有的。为什么他能够含着眼泪忍受一切不义的行为而不说一句反抗的话?从曾经爱过一个少女而让父亲拿拈斗来决定去和另一个少女结婚这一件事起,中间经过因了别人的鬼话把自己即将生产的爱妻送到城外荒凉的地方而终于牺牲了生命这件大事,一直到他用了最后一切的努力毁了他最后一件宝贵的东西,牺牲了他最后一个亲爱的少女(蕙)这件事为止,他前后受了多少次刺激,流了多少回眼泪,而且曾表示过多少次的痛悔呵! 但他为什么一直不曾发出一点实际的反抗行为来呢? 在历次愈逼愈紧的切身的灾祸袭来以后,为什么他的行为会一无改变,他的性格会一无变化? 我们的希望不大,只要一点点改变,一点点变化也就满意了,然而从《家》到《春》,甚至从《春》到《秋》(结尾处除外),我们竟找不出这种改变和变化的痕迹。这并不是说,历次的灾祸没有使他稍稍觉悟,例如在家里面牺牲了爱妻时,他就已明白真正夺去了他妻子的不是别的,而是全个礼教,全个传统和全个迷信,在《春》里面牺牲了所爱着的蕙时,他也能明白这是被他自己所间接害了的,他明白由于自己的帮凶,已经断送了几个人的幸福,这些人都是他认为最亲爱的。然而问题并不在这里,问题是在他既已觉悟既已明白之后,为什么不能挣扎一下,为什么仍是绝不反抗,为什么在明知已无法苟安的时候反变成了更无力,更懦弱,更绝望? 这是可能的么? 也许是可能的。不过虽然是可能的,却不是必然的。我们不能同意巴金先生为了使他人物的色彩格外鲜明而给觉新安排成了这样一种形状,他差不多是故意取消了觉新在行为上一些可能成长可能积极起来的反抗的要素,只为了使觉新的形状能和书中别的许多人物作一个触目的对照。觉新的反抗对于他自己的命运并不会有多大改善,他在忍受了无数次的不义行为后渐渐促成了的反抗的动作可能仍是微弱无力的——例如《秋》的最后那一次反抗即是如此——这是明白的事实,然而我们却不能不指出,取消了这些在他心里面必能发生的要素,却使读者在某程度上失掉了对这人物的同情和感动的基础。《秋》里最后那一次的反抗,已经太晚了。

　　觉慧这个形象比觉新的要明朗得多。这并不是因为他的"大胆,大胆,永远大胆",也不是说在他的生活里没有矛盾,而是说我们可能从这里寻出一条他的思想行动发展进步的线索，这使我们能够充分认识他的面目。他不是一个英雄，他很幼稚，但他却是非常天真，非常勇敢，始终在进步，始终在反抗。幼稚无害于他的价值，倒是因为看见了他曾怎样一步一蹶地在逐渐摆脱他的幼稚，对他的幼稚，我们反感到珍爱和可喜。他不像觉新那样死死地固守着一种容貌，正相反，他到最后已变成了一个和以前很不相同的人物。他的性格，思想，容貌，都是生长的，变化的：在生活里，他倾蹶，跌倒，但他马上又爬起来了，而且走得更沉着，更坚稳；他犹豫，矛盾，但他马上又清明了，而且变得更聪明，更坚定。他走的是一条弯路，他是经历了无数的苦辛和挣扎才达到了目的地的。巴金先生在这里能够注意到表现出他所经历的弯路，表现出他发展成长的全过程，这就造成了觉慧这个形象能够具有典型意义的真实基础。

是的，如果我们知道"五四"时代一般"叛逆"青年精神之根本的特点是天真和勇敢，那么我们正不妨说，像觉慧这样一个形象，的确可以代表这些特点，的确具有典型的价值。在觉慧身上，我们正可以看出五四时代一般叛逆青年的优点，以及他们的缺点。他们的优点是：热情，勇敢，大胆，不断的追求和反抗。他们的缺点就是：思想不深刻观察不精细，对于真正应走的道路还很茫然，他们的斗争方法也多是个人主义的，虽然热情，却常常孤独，虽然努力，却常常不能持久。事实证明由于他们的这些缺点，以后曾有多少当时的勇士退回了旧路呵！

从家庭走进了社会以后的觉慧，将成为怎样的人物呢？横在他面前的有退却的路和继续前进的路，他必须拣一条下脚。我们猜测他一定将继续前进，关于这一点，作者巴金先生差不多是已经明言了的。不过问题是在他将如何继续前进。如果他在继续前进的路上不能不发生一点变化，那又将是什么样的变化，如何变化？对于巴金先生，这恐怕是一个颇为重大的担负。

说到觉民，作者在《春》的第十三章里比较他和觉慧的性情，说道：

> 固然他底性情和逃到上海去的三弟觉慧有多少不同，但他也是一个有血有肉的青年人，对于一个打击或一次损失他也会起报复的心的。一件一件的事情把他磨炼得坚强了，他不能够和旧势力随便妥协，坐视着新的大错一个一个地铸成，而自己暗地里悲伤流泪。

觉民之所以为觉民，就在"他不能够和旧势力随便妥协"。他有许多留恋，这使他不能像觉慧那样不顾一切地反抗，但他受新思想的影响要比觉新深些，结实些，所以他虽常和旧势力妥协，却不能够随便就和它妥协。他要权衡一下，值得不值得？有没有用处？然而就是这一点，也还是"一件一件的事情把他磨炼得坚强"以后的事呢，他在家里除掉别人帮助他逃过一次婚外，就并未有什么积极的念头。但在《春》里，最后他却也已有长足的进步了。紧接而来的压迫使他渐渐消失了过去的犹豫和徬徨，他开始知道在两代人中间妥协简直是不可能的。轻微的让步只能引起更多的纠纷，而接连的重大让步更会促成自己的灭亡。现在他对旧的制度，旧的人，已不再抱一点希望，有一点留恋了，对于一切灾难，他喊出了"不要向人报仇，是向制度报仇"的口号。我们高兴他在一次次的惨痛教训下毕竟有了进步，他在《秋》里居然已变成一个不仅能坚定自己，而且也能帮助别人去反抗的人物了。家已经破落，他大概马上就要离开它了吧。

觉民从一个十足的温和派变到成为一个过激派，这是一个重要的转变，巴金先生写这个转变，非常仔细，很自然，和写觉慧有相近的成功。关于这个人物的未来的发展，可能的猜测是将继续进步，不过虽然如此，他也不会跟觉慧走同样长短的道路。

在男性的人物里，除掉这三个最主要的以外，我们还可以提一笔给剑云。这是一个黯然无光的人物。据作者介绍，他是个柔弱怯懦的人，从不反抗，从不抱怨，也从没有想到挣扎。他默默地忍受他所得到的一切，他甚至比觉新还更软弱，更缺乏果断。他可以说是根本就没有计划，没有志愿，他只把对一个女子的爱情看作他生活里的唯一的明灯。然而他连他自己所最宝爱的感情也不敢让那个女子知道，反而很谦逊地看着另一个男子去取得她的爱情。然而巴金先生在这个地方给我们介绍这个人物是否很必要呢？第一，我们不十分能了解这个人物，他的姿态，谈吐，他的希望和失望，以及他最后的自告奋勇，都不能使我们十分相信它们的可能，这个人物除了一把眼泪一把鼻涕以外似乎再不能给我们以真切的感动。第二，他和书中其他人物的关系都不是必不可少的，教淑英她们的英文，以及最后送她去上海，这些都不必一定由他去做。

如上所述，在这三部作品中的几个男性人物，觉慧和觉民两个是被雕塑得比较成功了，觉新（和剑云）就不免是比较失败。巴金先生对于积极的人物似乎是更具有把握，他对于这种人物的生活也许是特别熟悉些吧。在三兄弟的描写上最后一个共同的意见，便是巴金先生在事实上仅仅画出了三种不同的性格，却并没有清楚地示出是什么东西更基本地决定了他们这三种不同的性格的。他们生活在同一个家庭，同受新思想的影响，但为什么会形成了这三种不同的性格，还造成了三种不同的结局的呢？……

三

生活在这三部书里的女性的人物，在《家》里有梅、琴和鸣凤，在《春》里琴继续活跃，梅死了，但又有了蕙，另外又发展出了一个淑英；在《秋》里面女性方面并没有新的重要人物。

《家》里的梅和《春》里的蕙完全是同类的人物，她们正和男性人物中的觉新相彷佛。她们就是那时代许多在陈腐的观念拘束下憔悴地消磨日子的女性的活例子。由于一种无可奈何的命运，她们继续在几千年来浸透了女人的血泪的这路上，断送着她们的青春，流尽着她们的眼泪，呕尽着她们的心血，过着一种日就飘零的生活。她们短短一生的历史就是一页血泪写成的惨痛历史；一生只是被命运播弄着的她们，自己完全不能作一点主；忍受着种种的痛苦而终于年纪青青就牺牲了生命，这就是她们必然的归宿。巴金先生写这些人物，充满着同情，悲愤，与憎恨，使我们感到同样的激动。

如果说梅和蕙在男性人物里相同于觉新，那么女性人物中的觉民不消说就是琴。作者在《家》的十版代序里说：

> 便是琴，也不能算是健全的女性。
> 我只愿将来琴不使我们失望。在《家》中我已经看见那希望的火花了。

的确，在《家》中我们已经看见那希望的火花了，而在《春》和《秋》里，她果然没有使我们失望，虽然我们希望她的是更多。我们必须指出琴这个人物在这三部书里也是做到了是生长底，发展底、跟着生活一起变化的。她并没有一下子就变成勇敢。她最初不过是这样一种人：她的理智不但无法征服感情，反而理智常被感情所征服。她常是不能照着她所知道应该做的去实行。在她看来，与其为那些她甚至不会见面的将来的姊妹们牺牲，还不如为那个爱她而又为她所爱的母亲牺牲更踏实一点。然而提婚的消息给了她一个大的打击，不仅那个可宝贵的希望（和觉民结合）完全失掉了，同时一个新的恐怖的思想又开始来压迫她，她眼前顿时现了一条很长很长的路，上面躺满了年青女子的尸体。由于这种向自己直逼过来的危险，她终于有了个含糊的决心；可是她还是没有确实的计划。不过她的决心到底是越发坚固了。一件一件的事情教训着她,同时参加的团体工作也给了她许多经验,扩大了她的眼界,渐渐她成为这个大家庭里几个被压迫女子的惟一的安慰者和鼓励者了。最后她知道把一切的不平归咎于不合理的社会制度,并且还以为这种不平是可以改变了。真的,她在《春》和《秋》里除了安慰和鼓励别人以外没有做过更积极的事情,然而我们应该知道,她在这个时候实在已经做了她可能做的一切。性急地对她存着一个更高的要求,这反而是不合理的。她大概将在未来的岁月中使我们对她的希望得到较大的满足。

现在我们应该说到鸣凤了。作者在《家》的十版代序中说:

> 我在小说里写鸣凤因为不愿意到冯家去做姨太太而投湖自尽,我觉得并没有一点夸张。这不是小说作者代鸣凤出主意要她去走那条路,是性格教养环境逼着她(或者说引诱她)在湖水中找到归宿。

是的,确是性格教养环境的殊异,才逼着鸣凤踏上了和一般丫头不同的路径。她的路只有两条,不成功(和觉慧的爱)即死,事实上既不许她成功,所以她终于在湖水中找到了归宿。虽然我们觉得作者对于她的性格教养和环境的表现还是少了点,但这样的人物对我们倒是容易了解的,因为这样的牺牲者现实里还是时有所闻,时有所见。这样的反抗者可说是一种更孤立更不幸的反抗者了。她们是赤手空拳,一无凭藉,却要抵抗着所有的压迫和暴力。她们连思想上的一点点安慰也没有,有的只是一个单纯的信念,一种悲壮的决心——如果不成功,就死!死就是她们惟一的武器,也就是她们最后的反抗。她们并不是不爱惜生命,就因为她们对生活还有许多留恋,所以她们能够在压迫和暴力之下继续生存,忍受固然是苦的,但为了忍受一下也许还有得救的希望,所以她们才愿意忍受。对于她们,如果压迫和暴力一时还并不直接威胁到她们那最大的信念,那她们还会继续活下去的。但当压迫和暴力已经直接威胁到她们那最后的信念,要消灭她们那最后的一点自由,一点反抗时,她们的简单的信念便发出了最大的力量,她们宁愿灭亡自己,也不愿再屈辱地生存。用了结自己的生命来做一次最后的反抗,是多么不智,多么软弱的反抗呵!然而在这种时候,对于她们这样的人物,我们还有什么可议论的呢?我们从这里所感到的,是一种无法言说的震动,一种从未经验过的悲壮:我们从这里看到的,正是现代人生中,由于社会制度不良而造成的一出最痛苦的悲剧！谁不能在这出悲剧中觉察一种严肃的意义，他就是愚蠢、顽固、罪恶！

在《春》里的淑英，我以为就是家里的鸣凤，她们有相同的性格，本应有相同的结局，但环境和教养的比较优异，终于把淑英救了出来。淑英是一个有钱人家的女儿，她虽然生在黑暗的大家庭中，她到底比一个从穷苦人家送来当婢女的鸣凤幸福得多。至少，她可能多受到点教育，可能多接触到点新思想；而且，虽然家庭里有许多人对她漠不关心，或横施着压迫，但她到底可能得到一部分人对她公然的热诚的援助。鸣凤却就没有这种幸福。爱她、关切她的，只有觉慧一人，然而就是这样，她也得不到多大好处，因为觉慧始终就没有敢公然援助她，甚至很小的一点援助他也没有给过。淑英并不比鸣凤更勇敢，然而她到底并没有跳入湖水，她到底冲破牢狱的石壁，奔到旷阔的人海，旷阔的新生活中去了。

正如琴的形象那样，我们所见到的淑英也是一个在发展变化中的人物。她这种发展变化，大体上也没有超过她内面可能发生的程度。她是经过了许多的努力，克服了许多的犹豫、悲伤、绝望，才终于弯弯曲曲走到目的地，把奋斗告了个小小段落的。从发展和变化中来描塑人物，写出她们的全过程，这就是为什么我们对觉慧觉民琴淑英这些人物能特感真切，也就是为什么我们愿意给这种描写以高的评价之故。我们应该认识文学的教育意义，就存在这里。

四

我们现在可以进一步来研究这三册书在实际上的成功，和作者自己的打算间是否有点距离，到底有多少距离。巴金先生在《家》的十版代序中说：

> 然而单说愤怒和留恋是不够的。我还要提说一个更重要的东西，那就是信念。自然先有认识而后有信念。旧家庭是渐渐沉落灭亡底命运里面了，我看见它一天一天地往崩坏底路上走，这是必然的趋势，是被经济关系和社会环境决定了的。这便是我底信念。……
>
> 我不要单给我们底家族写一部特殊的历史，我所要写的应该是一般的资产阶级家庭底历史。这里面的主人应该是我们在那些家庭里常常见到的。我要写这种家庭怎样必然地走崩溃底路，逼近它自己亲手掘成的墓穴。我要写包含在那里面的倾轧，斗争和悲剧。我要写一些可爱的青年的

生命怎样在那里面受苦,挣扎,而终于不免灭亡。我最后还要写一个叛徒,一个幼稚的然而大胆的叛徒,我要把希望寄托在他身上,要他给我们带进来一点新鲜空气。……

　　公平地说,巴金先生的打算在他自己这三册书里大部分已达到了目的,就只他还没有能把他的信念更充分地表现出来。决定着这个资产阶级大家庭的崩坏的命运的经济关系和社会环境两个因素,在这三册书里并没有得到适当的足够的反映。读者们可以看到许多事实,这些事实都足以表出这个大家庭正在走着崩坏的路,可是他们并不能从中看出充分的必然性来。巴金先生还不很熟练于把他所认识到的充分在作品中表现,在他的认识与表现之间,还存在着一些距离,是明白的。这样的距离,多少不免妨害到作品的坚实性和深刻性。

　　巴金先生好像还不很善于在他的作品里反映经济关系与社会环境的错综复杂的影响和关系,这可以随便举一例来说明。他在家里用了五章五十多页的篇幅来描述的一次军阀的混战,像他这样的描写,这件事情对于这个大家庭,有什么必要的关系呢? 自然他也说过:"在有危难的时候,这个靠旧礼教来维持的旧家庭,便现出了它底内部的空虚,平日在一处生活的人,如今是彼此不相顾及,各人只顾去谋自己底安全了"。可是仅仅指明这一点是多么不够呢! 他应该指出军阀们的混战事实上是直接间接去促进封建制的衰亡,去促进这个大家庭的崩坏;他应该表现出这些关系和影响,以及在这些关系和影响之下这大家庭里发生的许多细微的但是很重要的变化。不过巴金先生却把这些地方忽略过去了,这结果,就是使这一大段描写,差不多成了累赘。

　　说到累赘,我们还不能不指出一件事,那就是作者在《家》的第三十五章上所描写的祖父临死前的忏悔,似乎完全是多余的。记不记得,作者在同书第九章里就已使觉慧知道"这祖孙两代,是永远不能了解的"? 这原是一个真理,而那最后的忏悔实在是一种例外。我们不说这个例外没有发生的可能,人性原是复杂的,他有恨也有爱;但我们却不能不指出作者把这种例外写进他的小说,不但没有好处,反是在某种程度上破坏了主题的统一和完整的。

　　在感情方面,作者本人的感情在书里是奔腾极了。在《家》的十版代序中他说:

　　　　我不是一个冷静的作者。我在生活里有过爱和恨,悲哀和渴望,我在写作的时候也有我底爱和恨，悲哀和渴望的。倘使没有这些，我就不会写小说。我并非为了要做作家才拿笔的。……我彷佛跟着书中每一个人受苦，跟着每一个人在那魔爪下面挣扎，我陪着那些年青的灵魂流过一些眼泪，我也陪着他们发过几声欢笑。我愿意说我是和我底几个主人公同患难共甘苦的。倘若我因此得着一些严正的批评家底责难，我也只有低头服罪，却不想改过自新。……

我们同意作者的说法，也同情作者的愤慨，我们自然没有权利一定不许他的热情在作品里倾吐，不过我们也不能不指出，作者在他的书里似乎是太会感些，太多言些。作者在他的书里是比谁（主人公）都说得多。他几乎到处在找寻，在等候说话——倾倒的机会。每次，他都是惟恐以后再没有机会说了一样，尽情地放胆地说着，也不怕引起喧宾夺主的嘲笑，也不怕会露出什么马脚。因为这样，所以在有些地方，他又为他的人物们说了些他们不会说的话，想了些想不到的事。鸣凤投湖时一段描写，就是一个很好的例子。

此外还有些地方人物的感情是不大适当的。这可以举几个例子。《家》第十五章里梅对觉民兄弟的诉苦是可能的么？对于像她这样一个并不勇敢的女子，她难道能这样大胆？这样直率而毫无顾忌？同书第二十四章梅和瑞珏的大段对话，也觉得是过于坦白、天真，过于夸张了的。我们觉得在那种时代，梅未必可能那样，瑞珏也未必可能表出那样的同情，她们都还不是这种人。第三十三章里老太爷那种失望幻灭黑暗之感，也是未必可能的。

最后我们在语言文字方面也可说几句话。巴金先生的文字没有一般过于欧化的毛病，它清楚，流畅，不别扭。他的许多主人公所说的话，大体也能适合他们的那个时代。缺点是稍嫌平板，少起伏。巴金先生似乎是长于叙述而短于描写。在对话方面，大多数人物的说话都嫌缺少性格、说话大多用的同样高低的声音、同样长短的语调。从声音和语调，我们很难分别这究是谁在说话。倒是淑华和觉英这两个不重要的人物的说话，给了我们相反的印象。尤其淑华，我们用不着看见她的面孔，只要听到了她的说话，她说话的那种神气，我们就可以马上断定这就是她。有些地方，说话的口气和人物的身分不大切合，例如《家》第十章里，鸣凤对觉慧说：

你不晓得我看见你我多么快乐。只要有你在旁边，我就安心，我就快

1481

乐了。……你不晓得我是多么尊敬你……有时候你真像天上的月亮……我晓得我底手是摸不到的。

这一段话里，像"我是多么尊敬你"，"你真像天上的月亮"等等，我以为不大像是一个做妇女的人的口里所能说得出来的。还有些地方，话又说得太文雅，不像普通的说话了，如《家》第十五章梅对琴说：

这几年好像是一个凄楚的梦，现在算是梦醒了，但什么也没有，依然是一个空虚的心。

所谓"凄楚的梦"、"空虚的心"，引用在普通的谈话里，我以为这是不大能够想像的。这反而是给了人一种不真实的感觉。

另外一个毛病，就是巴金先生好像始终有着一种太简洁的顾虑，害怕读者会不明白他的意思，因此常是使他不能写得简单生动而经济。对于每一件平常未必会发生深邃思想的事件（虽然他们会有这种思想），为了要表明意义，作者常是给它们负起了过多的重担。他是构造了这个故事，由主人公说了许多话，然而又唯恐人家还不明白，便一次两次以至无数次要抢着指明自己的意思、自己的经营与布置。他的叙述和补足，往往不免使人蹙眉，因为那是容易阻碍故事的进行，分散阅读的注意的；他所说的，我们早已知道了，他把一切的话都说尽了，没有多留点空白给读者们自己去填写，去思索，去获得想像的快乐。还有，他对于说话的解释，往往直用"哀求地"、"气愤地"等字样而不用动作神情来表现，也使人有一种单调厌腻的感觉。

不过大体说来，巴金先生的文章还是成功的方面居多。而且他在艺术方面所损失的一部分，终能在读者的数量上得到了大量的补偿。我们不能否认巴金先生之所以获得了许多读者，跟他文章的清楚明白朗畅也有关系。文章的这些美德，对于我们现代的许多作者，差不多是已经失去良久的东西了。

总括说起来，巴金先生这两部作品，在对于"五四"以后一般觉悟的小市民的知识青年对封建势力反抗的描写上，在对于当时一般的市民大家庭生活崩坏的描写上，虽然在根柢上还存在着若干缺点，可是大体上却不能不承认是相当成功的。在这里我们必须禁止一切未经深加考虑的判断，我们知道，对于这三

1482

册书,轻率的判断几乎是不一而足的。其实如果公道地加以评判,就可知道这些轻率判断大都与题无涉。例如恶意地说它们是"新《红楼梦》"的人们,他们似乎并不知道这三册书的背景,原就和《红楼梦》的在某种程度上有一点点相近,因此在情调上有一点点类似原是不足怪的。他们用这一点点的类似抹杀了两者间更多的本质上的不同,又把这一点点的类似用来概括全体,以为全体都是这样,这就怪不得他们的意见会变成毫无理由。还有人说这三册书在对于反抗和斗争的表现上太"幼稚"、"无用",对于这种不适宜的评价,我们亦应加以排斥。这些人似乎以为巴金先生所写的人物是目前几年来的人物,所写的斗争是目前几年来的斗争,这真是文不对题。在什么时候,有什么人物,他们为什么斗争,如何斗争,这完全是一种特定的东西。换一个时候,成了别一样人物,就是同一个人,他的斗争目标一定会改变,他的斗争方法自然也一定有变化。巴金先生在这里所表现出的"幼稚",是那个时代那些人的"幼稚",不能断言就是他自己的"幼稚"。他原也不曾要把这"幼稚"来劝目前在斗争中的人来照式使用,因此也就无所谓"无用"。至于还有说这三册书的思想,只是表现了小资产阶级的思想,则他们似乎并没有知道它们原是表现小资产阶级思想的书籍了。

我们必须扫清了这些无根的非难,才能来发现巴金先生和他作品的真价。

巴金先生在这里已经写完了一个家庭的历史,如他自己所说,作为激流之四的《群》不再是高家的故事了,他的主人公已从家庭走进社会去了。不过他将怎样来继续写下一个社会的历史呢?我以为这就是横在巴金先生创作道路上一个极重要的问题。关于这一点,我以为单是存着"生活在这世界里,是为将来征服生活"这样一个信念,是不够的。问题还在如何来征服。因为人类的先哲曾指出过许多条征服的道路,然而真正能够征服生活的道路却并不是那么多,路要自己去寻找,然而许许多多人走路的失败或成功的经验是值得注视的。走进了社会的他的人物,他们将继续生活,在生活里受苦,欢笑,斗争;他们遇到的斗争将是一种比较更为复杂、艰苦、广大的斗争了,巴金先生将在对于这种斗争的表现上开始真正显出他的价值。那将是一回严重的试验,我们热烈地希望他能够获得完全的成功。

一九四二年春天在坪石

对人道主义问题讨论
的一些感想

一、讨论人道主义有好处

十一届三中全会拨乱反正以来，很多学术"禁区"理所当然地为人们所突破，出现了不少讨论人道主义问题的文章。我读到其中的一部分，觉得颇受教益。这教益主要是从不同意见的争鸣中得来的，并非只是某一种观点单独起了作用。开放禁区和敢于突破禁区，这件事本身就是了不起的一大进步。不能设想，如果没有这种进步，如果不是坚持巩固这种进步，我们的学术文化能够发展，四化建设能够顺利。

长期以来，人道主义在我们这里一直是被批判的，谁若为它说几句好话，认为其基本精神还是合理的，需要的，谁就会挨批挨斗，好像真是犯了弥天大罪。的确，有各种各样的人道主义，其间虽存在某些相通的东西，也还要看出其间的区别。笼统地全盘加以肯定，自然不对；不加分析地一概排斥，不分青红皂白地乱扣政治帽子，无疑更加不对。

广义的人道主义是整个人类文化的优秀遗产之一。但在文化大破坏的十年间，人道主义已被"四人帮"及其一伙彻底抛弃。马克思主义在哪里？唯物史观在哪里？都只是在纸面上，在口头上，而动听的言语在当时连说者自己也未必相信。对革命事业建有功勋者，被折磨致死；埋头苦干、忠于职守的人，勤奋钻研、想有作为的人，老老实实、安分守己的人，都可以平白无辜遭到各种各样的残酷迫害。人的尊严，人的价值，都被完全抹煞，扫地以尽了。我们现在都应该朝前看，但这个历史悲剧，这个惨痛教训，是凡有识者都应牢牢记住的。记住的目的,是为了不许这种历史悲剧重演、"左"的东西再回潮,是为了真正把社会主义的清明盛世建设起来。

正因为人道主义已经被冷落、敌视了很长时候,人民群众的尊严和价值还远没有得到应有的尊重和承认——实际行动上的而不是纸面上或口头上的尊重和承认,所以人们一听到谈人道主义,谈应该关心人、重视人、尊重人,就非常自然地表示极大的欢迎、浓厚的兴趣。人们总是对于非常正当、渴望得到而总未得到,或所得还极为稀少的东西才会表现出这种热情。特别是,我们现在确实已经生活在一个前所未有的环境中,新的宪法也已明白规定了"公民的人格尊严不受侵犯,禁止用任何方法对公民进行侮辱、诽谤和诬告陷害",这就进一步鼓励了人们要同那些仍旧不遵守宪法、仍旧不准讲人道主义的人作说理争论的勇气和决心。北京某工厂的党支部书记兼厂长可以这样威胁揭发他的问题的工人:

> 我们厂的问题谁也管不了,最后还得我说了算。
> 哪个人也跑不出我的手心。
> 我对你就是打击报复,你也得忍着。[①]

不少地方的某些有权势者在建房、分房、招工、转户口等方面暴露出来的问题,说明并不是路线正确了,宪法通过了,很多坏人坏事就会自然改正、消失。而对这些只讲"实惠",犯了错误宁愿"检查一阵子,快活一辈子"的寡廉鲜耻之徒,光讲"唯物史观",实在还距离太远。这种人也许对判刑、坐班房还有点顾虑,指责他不讲唯物史观,会毫不在乎的。

我感到,人们现在所以对谈论人道主义极感兴趣,就因我们有着这样的历史背景和现实需要。正因为并非由于谁在瞎起哄,所以,转移、冲淡,甚至重现禁区,都不可能是好办法。只有因势利导,把人民群众要求革除不正之风,迫切希望发展生产、改善生活的热情积极性和信心组织起来,把党中央和广大人民群众这上下两个大头的力量充分发挥出来,合力对那些还不知"唯物史观"为何物而胡作非为的人,进行"革命人道主义"的道德教育和加强法制的教育与管理,会更有实际的益处。这对肃清"左"的流毒,防止"左"的回潮,转变不良的社

---

① 1983 年 4 月 15 日《人民日报》。

会风气,进一步增强群众对党的信心,都是有利的,必要的。

二、唯物史观的基本原理与革命人道
主义的基本精神都可以万古常青

在目前的讨论文章中,有的提出马克思主义的人道主义(我认为这也就是革命的人道主义、无产阶级的人道主义或社会主义的人道主义),有的重新强调唯物史观,本来这都需要。问题似乎出在有些强调唯物史观者,认为提出马克思主义的人道主义,是不符合唯物史观的基本原理的。那么究竟能不能有,事实上又有没有马克思主义的人道主义呢?疑议者并未回答。我不明白那些抽象之至的名词概念,也确实难于恭维学究式的烦琐玄谈,感到这既说明不了也解决不了什么问题。既然承认了有资产阶级的人道主义,为什么就不能有无产阶级的人道主义?既然已经是马克思主义的人道主义了,怎么又说它不符合唯物史观?难道有不符合唯物史观的马克思主义的存在吗?马克思主义中难道可以没有人道主义的地位吗?在我读过的提出马克思主义的人道主义的文章中,没有发现谁不赞同唯物史观。也未见谁主张用马克思主义的人道主义这一思想来解决我们当前的一切问题,以此作为总的指导思想。不过说,今天我们仍需要讲讲人道主义,当然更好是马克思主义的人道主义,这有利于反对封建主义、个人崇拜、特权观念、官僚作风,有利于调动广大人民群众的社会主义积极性、创造人的全面发展的条件。

疑议完全可以提出,真理愈辩愈明。但目前提出的疑议,我感到证据还不足,难说服人。究要解决什么问题呢?唯物史观需要继续宣扬,难道这和讲讲马克思主义的人道主义会有矛盾,会不能相容?如果在现实生活中人们在真理面前、法律面前还得不到一律平等的地位,还不可能在同一个起跑点上开展竞争,如果人们还得无辜随时遭"整",只能你"说"我"服",辛辛苦苦为社会主义工作却总要遭到"左视眼"的挑剔歧视,连这一点点"人道主义"都没有,光讲、老讲"唯物史观"岂不是至少有点远水不救近火吗?人们一旦真正尝到了马克思主义人道主义的甜头,饮水思源,自然会更加信服唯物史观的,决不会相反。问题就在我们虽然讲了多年的唯物史观,而马克思主义的人道主义的甜头老百姓们却极少尝到,实在尝到太少了。我也坚信唯物史观的基本原理能万古常青。不过单凭口讲、手写还不足以保证,要使人民群众切身体会到它确实是必然之理。

而这就和实行马克思主义的人道主义分不开。历史要人去创造,生产要人去进行,改革和革命也都是为了人民的解放,最后要解放全人类。这些"人",当然主要是指"人民群众"。不尊重他们,不平等对待他们,唯物史观的实证实绩能从哪里来?

马克思主义的人道主义与历史上有过的其他人道主义有不少区别,但其间无疑还是有联系的。无数事实可以证明,历史上凡是真正具有某些人道主义思想和实绩的人,尽管都有局限,绝非完人,人们总还会记得他们,给以历史的一定评价。而对于那些在历史上虽作出过贡献,如果他办过很不人道的事,例如秦始皇的坑儒,人们也总仍要指斥,倒不是站在儒的立场上,而是都觉得这太不人道了。这种残暴行为没有也不可能给秦王朝帮什么忙,尽管"史无前例"时期竟有人说秦二世而亡实因坑儒坑得太少了。把人当牛马,当猪狗,当工具,稍不顺心,要关就关,要杀就杀,这些罪恶做法从来就不得人心。只是在旧社会里,人民无权,再好的理想也不可能实现。马克思主义的理想是要解放全人类,它的人道主义不但是一切人道主义中最高最彻底的,也是能够逐步求其实现的。它的精神,我认为也能万古常青。

三、理论怎样才能真正交给群众

理论应该交给广大群众,否则就没有多少作用。但并非任何理论群众都会接受,要看理论本身是否正确,是否针对现实生活中群众普遍非常关心的问题,而对问题的合理解决有帮助。还有,正确的理论如果以"天书"式的语言出之,群众不但不会喜闻乐见,还会厌弃,因为他们看不懂,那么你即使想交给也达不到目的。

我们现在的确有些理论文章,群众感觉就像是"天书"。美其名曰哲学思辨力强,在一个极小的圈子里互相吹捧得津津有味,而在群众中间对这些文章却连正眼都不看一下。他们的确看不懂,可不是因为其中道理太深。有些道理完全可以简单明了地说出来,却偏偏要做"弯弯绕",以表示其深刻。其实,未能浅出,往往正由于未曾深入。我们无权干涉外国人的表述方式,许多翻译要讲"信",不错,却往往忽视了"达"。文章作者引经据典,自己的语言往往也离不开那种"直译"文字的调调。所谓"人本身是人的最高本质"啦,"异化"啦,"人性复归"啦等等,请经常运用这类语言来向中国广大群众"交给"理论的同志,向你周

1487

围的群众调查一下,究竟有几个人是懂得其确切意义的。为什么一定要用这种远离群众的语言来写呢？这样写能把真理"交给"几个群众呢？

有些文章总在讨论马克思的前期与后期思想在人道主义问题上有没有区别,有没有连续性的问题。这种讨论是需要的。但如视为解决问题的主要甚至唯一途径,未免舍本逐末。姑不谈旷日费时,也未必便能取得完全一致。就算一致了,是否就成终极真理？岂非仍是教条主义的做法！我们应从实际出发,而不能从书本出发。马克思的伟大学说将给我们以必要的指引,但我们今天所遇到的问题,到底是我们自己的不同的问题。并不是从中找到了一些符合自己观点的语言,就可心安理得,问题也便能迎刃而解了。在鼓励精通、熟谙马克思主义著作的同时,鼓励大家从实际出发,多作调查研究,了解人民群众的意愿,我看更加重要。

还有一点,有些文章谈人道主义,总是从欧洲文艺复兴时期出现的资产阶级人道主义讲起,并承认其有打破封建束缚,揭露神学和宗教统治等历史积极作用。这样讲我觉得有个问题,似乎在此之前就未曾有过人道主义精神的表现。我以为实际情况并非如此。明显的例子,如以我国而论,人道主义的精神早在《礼记·礼运》里就表现得相当丰富了。可惜这段过去很多人都熟知的话,长期以来也受"左"的影响,变得极少有人提及了：

> 大道之行也,天下为公。选贤与能,讲信修睦,故人不独亲其亲,不独子其子,使老有所终,壮有所用,幼有所长,鳏寡孤独废疾者,皆有所养。男有分,女有归。货恶其弃于地也,不必藏于己。力恶其不出于身也,不必为己。是故谋闭而不兴,盗窃乱贼而不作。故外户而不闭,是谓大同。

这个"大同"思想,应该承认,历史地看来,是非常光辉的。如何用人,该讲什么道德,反对只顾一身一家的利益,而要使所有的人都各得其所,各展其长,都有生活保障,主张"天下为公"。这种思想难道是凭空产生出来的吗？说者(未必便是孔子)是对当时现实不满,才有感而发的。他不满的便是当时那种"天下为家,各亲其亲,各子其子,货力为己"等等充满利己主义行为的现实。从当时根本不可能实现其理想这一点来说,它诚然是空想,但这空想就在现在看来也确很光辉,仍有启发。我们已经有了马克思主义的大道,但这些话中谈到的问题,不是仍未都解决,它那高尚的目标,不是与我们颇有一致之处吗？说者谴责的对象,不限于在前的奴隶主阶级,也包括本阶级的某些不讲起码人道主义的统治者。这些思想如得实现,想必受益者也并不只限于封建统治阶级的某些集团及其思想代表,应该说它也相当符合人民群众的利益。正因如此,所以人道主义的基本精神,其精华所在,无论对过去时代,对当代,对后代的一切特权势力,都是有所抨击的,而对过去的人民群众,甚至对新兴的阶级,也都有不同程度的积极作用。不能把这种作用看得太狭隘,太不重要了。我以为人道主义问题不但值得讨论,还应讨论深透,同时需要注意到实际,以及我们的特点。不要把这类优秀的人类文化遗产都送到资产阶级名下去,送到外国人名下去。

1983 年 4 月

文学的形象性

一、形象的概念

文学是一种社会现象，是社会意识形态的一种。各种社会现象都有其独特之处，都有它不同于其他社会现象的特点。要研究、认识、运用这种社会现象，必须来掌握它的特点。我们就应当掌握文学的特点。

文学的特点是什么呢？

作为艺术的一种，文学和其他种类的艺术是有所区别的。例如绘画和雕刻是造型的艺术，音乐和舞蹈是表演的艺术，戏剧和电影是综合的艺术，而文学和人民口头创作则是语言的艺术。和那些利用线条、色彩、声音来反映现实的艺术不同，文学是利用语言——及其符号文字来反映现实的。利用语言来反映现实，这自然是文学的一个特点，但应当指出，这只是文学有别于其他种类艺术的一个特点，而并非它有别于其他社会现象的最重要的特点。

文学有别于其他社会现象、其他社会意识形态的最重要的特点，就是它的形象性。文学，它是以语言——文字为媒介，用具体、鲜明、生动、并能给人以美感的形象来再现现实，反映生活的本质和规律性的特殊的思想形式。一定社会力量的情感、企图、意见、希望，以及他们的美学观点，在文学中都要用个别化的、具体感性的、唤起美感的形象的形式表现出来。文学不是抽象地而是一定要借着活生生的形象来反映生活，文学的最重要的特点就在此。

一般人所说的文学的形象，有时是指某些语言所造成的形象。某些语言非常鲜明、优美、富有表现力，能够造成一种深刻的印象，使人从中看到一个境界，一些面貌,而有具体生动的感觉。单句例如"狐假虎威"、"坐井观天"、"癞虾蟆想吃天鹅肉"之类;复句例如"墙上芦苇,头重脚轻根底浅;山间竹笋,嘴尖皮厚腹中空"之类;某些说理作品如古书《庄子》、《孟子》、《韩非子》、《列子》等中间的寓言或比喻,现代革命导师列宁、斯大林、毛主席等著作中引用的诗句或文学故事,可以说亦都属于这一类。口语中有时甚至只一两个字,也能产生很生动的印象,例如不说非常生气而说气"炸"了,不说把废话完全去掉而说"把水挤干"之类。这些语言在一定程度上的确能使说理作品鲜明活泼起来,使读者或听众更容易领会文章说话的意思,同时,这样的语言的确也是构成文学形象的一种必要手段。但如以为类此语言所造成的形象就是文学的形象了,却是不对的。因为在许多说理作品中间虽然或多或少都能找出这样的语言来,可是它们却并不因此就能被承认是文学作品。

类此语言所造成的形象,它们本身乃是个别的、片断的、零碎的、分散的,虽然可能比较生动地表明某一个问题或某一层意思,却并不能构成一个有机的复杂的整体,用来反映生活的本质和规律性。说理作品之所以不能被承认是文学作品,并非因为其中不能具有真理,只是因为其中的真理主要不是用形象的方式表现出来的。普列哈诺夫说得好:"诗,一般地艺术作品,是常常说着什么事情的,因为它是表现着什么东西的。当然,它用它特有的方法来'说'。评论家借了理论的推理的助力发表自己的思想,和这相对,艺术家则以形象来表现自己的思想。于是,倘若著作者不借形象而借理论的证明来写,或者那形象是为了显示一定的主题而想出来的,那末即使他并不写研究或论文,依然写着小说或戏曲,他也同样不是艺术家,而是评论家。"①优秀的文学作品里有时也会发一些议论,例如果戈理在《死魂灵》里就常作一些抒情的穿插,但是因为类此作品里的思想基本上还是通过具体感性的形象表现出来的,所以它们仍是文学作品,而不能说它们已经变成了说理的作品。

真正的文学的形象,乃是指那些用现实生活本身的形式,也就是具体、鲜明、生动,并能给人以美感的形式所表现出来的现实生活中真实的具有一定本质意义的事物。形象性和可感性是密切联系着的,文学的形象经常可以通过读者的想象而建立起来一种富于真实感的艺术境界,一幅生活的图画。例如《敕勒歌》:"敕勒川,阴山下。天似穹庐,笼盖四野。天苍苍,野茫茫,风吹草低见牛

① 普列哈诺夫《艺术与社会生活》,见《马克思主义与文艺》,第75页,解放社1950年3月版。

羊。"这是一首描写古代草原人民游牧生活的歌,作者的描写不但非常简单,并且也并未从正面来描写,他只是给我们提供了这样一幅图画,在这幅图画里他也只是着重点染了几样和草原人民游牧生活有密切关系的具有特征性的事物,然而因为这幅图画的内容是这样的真实丰富和生动,是这样的能够展开我们的想象,所以不论是草原的辽阔景象或游牧生活的虽然好像自在却也毕竟有点单调寂寞的复杂感情,便都很自然地给我们感受到了。读了这首歌,我们一方面十分向往于辽阔的草原,为祖国的广大无垠而自豪,另一方面也深深地热爱这些在草原上勤劳游牧的同胞,而对于他们在旧社会中主要由于被压迫被剥削而形成的在游牧生活中所感到的某种单调寂寞之情,则抱着极大的同情。

文学的形象有广狭二义。广义的形象是指文学作品中全部复杂的形象组织,即由其中的人物、场面、大自然、各种禽兽和物品等等形象相互联系而共同组织成功的一幅具体感性的生活图画,也就是指的整个文学作品。狭义的形象是指文学作品中的人物形象。不消说,人物形象是作品整个形象组织的核心,因为文学描写的基本对象是人,人物描写是艺术地认识和掌握世界的基本手段。在这里,我们以为广狭二义的形象可以并存不悖。现实主义的文学不但要求作品中的人物都有鲜明独特的个性,能够成为一个富有典型意义的形象,同时也要求作品中的各种形象,能够环绕着所描写的主要人物,形成一个有机的整体。这样的理解无论对创作或研究都可以同时分别提出明确的要求。过去一切真正伟大的文学都是按照着这个规律创造出来的。

二、文学为什么要用形象的形式来反映生活

文学的最重要的特点是它的形象性。但为什么它一定要用形象的形式来反映生活呢? 譬如说,何以科学就不要用这一种形式呢?

这是因为,文学和科学的对象与内容虽然都是客观世界中的生活现象,但两者反映的方面不同,重点不同,也就是说两者的对象与内容在大同之中仍有着一定的差别。就因为有着这种差别,所以文学就需要用一种不同于科学所用的形式来反映其特殊的内容。

而文学之所以要来反映和科学有着一定差别的内容,则是决定于人们社会实践的需要。人们为了改善提高自己的生活,必须尽可能真实地深刻地认识和掌握客观世界,可是客观世界是非常复杂的,有着许多方面的,为要真实地深刻

地认识和掌握它,就必须分别从各个方面去进行研究,去设法反映。而这些方面,由于性质不全一样,因此也只有用不同的形式才能把它们反映出来。我们知道,人们为了要认识和掌握客观世界中的自然现象的规律,于是就产生了自然科学;人们为了要认识和掌握客观世界中的社会现象的规律,于是就产生了社会科学。同样的道理,人们为了要认识和掌握作为社会的人的生活本身,他的劳动、斗争,以及内心世界的丰富状貌,从而反映出复杂多样的现实,于是就产生了文学作品。

文学的对象和内容始终是客观世界中作为社会的人的生活的统一的整体。"艺术是通过综合各方面生活现象来把握生活现象的,艺术家把现象当做活的整体去接触,但是科学家却相反,是在分析现象,即所谓解剖现象,按它的构造进行研究。艺术之采取形象的形式,正是由于艺术综合地、完整地反映生活现象,因为整体只有作为个别、具体、单个的东西才可以存在,才可以反映出来。任何一门科学与艺术不同,它把握的是整体的某些方面,因此,它通常不需要具体的感性的形象形式。""人除了要求本质地反映现象的重要方面(科学的认识)以外,还应当要求完整地反映现象,即把它们如实地反映出来,不把它们割裂开。"①

文学描写的基本对象是人——活生生的人,文学是通过人的精神上的种种变化来反映现实生活中的种种变化的,因此艺术地描写人也就决不能像解剖学等各种关于人的科学那样只从人的某一方面来加以研究,而必须从"人的生活的整个方面,从综合人的各方面生活来把握人,没有这种综合就没有活的人"。解剖学能把一个人的生理机构分析得一清二楚,这是它的巨大贡献,但仅仅把一个人应有的器官加在一道,却还不能变成一个活人,这也就是解剖学之类无能为力的地方。由于在文学作品中不但是从人的社会经济地位、社会活动和观点来考察人,并且同时还是从人的个性、日常生活、亲身感受等等方面来加以考察的,所以可以说,对于人的生活,任何一门科学都不曾给出过如此完整的描写。文学把人的生活当作单独的整体来反映,在这个整体中保留了全部多彩的丰富生活,这样或那样地描写出复杂的社会关系的图景。所以,真正的艺术才不愧为时代的纪念碑,而且它还能使得一代一代的读者不断地从中获得新的感

---

① 阿·布洛夫《论艺术内容和形式的特征》,见《学习译丛》1954 年第 1 期第 126 页。

受,保持着巨大的长久的认识意义和生命力。[1]

由此可见,文学所以要用形象的形式来反映生活,是因为不用这种形式便反映不出作为社会的人的全部完整的生活,是因为人们的社会实践需要真实地深刻地认识和掌握人们生活的整个情况。

由于人们生活的形式是具体的,鲜明的,生动的,总之是具有可感性的,所以我们就把形象地反映生活也叫作按照生活本身的形式来反映生活。辛弃疾《鹧鸪天》词:"陌上柔桑破嫩芽,东邻蚕种已生些。平岗细草鸣黄犊,斜日寒林点暮鸦。/山远近,路横斜,青旗沽酒有人家。城中桃李愁风雨,春在溪头荠菜花。"这首词描写江南农村春天的迷人景色,好处在于丝毫没有矫揉造作,而全从江南农村春天所有某些美好景物的细致刻划中体现出来。作者也并没有向我们宣讲些什么应该热爱生活的大道理,可是在读了这首词后,我们便不能不为美丽的江南春景所吸引而深深地感觉生活的愉快。从作者提供的这幅迷人的图画里,我们仿佛呼吸到了春天的气息,感受到一种新鲜的活力。可以说,这首词的巨大的感染力,就由作者怀着一种健康的热爱生活的思想感情,而又能按照生活本身的形式把它表现出来才获得的。

三、形象思维和逻辑思维的联系与差别

文学和科学有共同之点,也有不同之点。

共同之点首先在于它们都是客观世界现实生活的反映,都是社会实践需要的产物。其次,它们都是一种认识的手段,反映生活的本质和规律性,最后目的都在改造世界,推动历史加速前进。再次,作为一种认识的手段,它们的出发点和发展规律也是大体一致的。毛泽东同志曾这样指出认识的发展过程:"第一步,是开始接触外界事情,属于感觉的阶段;第二步,是综合感觉的材料加以整顿和改造,属于概念、判断与推理的阶段。只有感觉的材料十分丰富(不是零碎不全)与合于实际(不是错觉),才能根据这样的材料造出正确的概念与论理来。"[2]文学和科学不但都需要十分丰富和合于实际的感性认识,而且它们的感性认识也都需要发展提高而成为理性认识。它们都要经历一种反复思考、"去

---

① 阿·布洛夫《论艺术内容和形式的特征》见《学习译丛》1954 年第 1 期第 130 页。
② 毛泽东《实践论》,第 12 页,解放社 1951 年 3 月东北重印第 2 版。

粗存精、去伪存真、由表及里"的改造制作过程。它们都要对所接触和企图认识、掌握的事物不断地进行观察、比较、研究和概括。最后,在文学的思维和科学的思维——即形象思维和逻辑思维之间,也有着密切的关系。两种思维方式互相启发、互相渗透、互相转化,构成了一个复杂的思考过程,因此如把这两种思维方式对立起来,都看作一个独立阶段,是不对的。

不同之点首先在于它们的对象和内容有一定的差别,这在上面已经说过了。其次在于它们的思维方式虽然相互间有密切的关系,但毕竟有不同的性质。马克思曾经这样说:"在头脑中当作思维整体而出现的那样的整体,是思维着的头脑的一种生产物,这个头脑以它惟一可能的不同于对这个世界从艺术上、宗教上、实务精神上去掌握的方式,去掌握世界。"①

形象思维和逻辑思维虽然都要经过一个感觉的阶段,但在对待现实生活中的材料上,这两种思维方式的过程却是一开始就不同的。"在逻辑思维的过程中,人是从具体到抽象,即人从次要的特征中抽出一切主要的特征,从一切细节中理出主要的东西,使现象的本质以其最明显的形式呈现出来。"在逻辑思维中,"抽象的过程是这样进行的,即从一切非本质的东西,从一切有感染力的具体感性的因素中理出事物的本质",即从个别到一般,通过一般来反映普遍存在于个别事物中的规律性。而在形象思维的过程中,"对现象本质的概括和认识,一开始就是与对具体感性的特征和细节的选择紧密地联系在一起的。现象的本质是通过这些具体感性的特征和细节而最充分、最富有感染力地表现出来的。""艺术概括的前提不但保留,而且选择具体事物中那些明显表现出某种现实现象的一般本质的、感性的、有感染力的因素,并把它们特别集中起来。"②这就是说,形象思维虽然也要从个别到一般,但它这一般却是始终要体现在个别的形式中,并通过个别的形式才能反映出来。

科学在从感性认识上升到理性认识的过程中,就逐渐脱离了感觉和印象的形态,而用抽象的说理的方法来进行思考,以范畴、定义、法则、概念等等的形式来反映现实,而文学在这个过程中,却始终不脱离从生活体验中得来的丰富多彩、具体生动的感觉和印象。作家在再思考、再认识,以及酝酿写作的时候,他都是在这些具体生动的人物、事件、生活细节和各种感觉、印象的基础上来进行

---

① 马克思《政治经济学批判》导言。
② 格·尼古拉耶娃《论艺术文学的特征》,见《学习译丛》1954 年第 3 期第 139—140 页。

的。曹雪芹自述他写作《红楼梦》是由于感觉到"闺阁中历历有人,万不可因我之不肖自护己短,一并使其泯灭"①,闲斋老人为《儒林外史》作序,说"篇中所载之人,不可枚举,而其人之性情心术,一一活现纸上"②。无论是"闺阁中历历有人"也好,"其人之性情心术一一活现纸上"也好,都说明着这两部古典杰作就是用文学作品所特有的形象思维的方式来写成的。文学概括集中的成果不是抽象的概念,而是具有鲜明独特的个性又能表现一定社会力量本质的活生生的典型人物,就像贾宝玉、林黛玉、杜少卿、马二先生等等那样。

文学和科学的这些不同之点,可以从毛泽东同志下面一节话和鲁迅小说《祝福》中对祥林嫂被封建地主阶级迫害而死的描写情况作为一个例子来说明。毛泽东同志说:"中国的男子,普通要受三种有系统的权力的支配,即:一、由一国一省一县以至一乡的国家系统(政权);二、由宗祠、支祠、以至家长的家族系统(族权);三、由阎罗天子城隍王以至土地菩萨的阴间系统,以及由玉皇上帝以至各种神怪的神仙系统——总称之为鬼神系统(神权)。至于女子,除受上述三种权力的支配之外,还受男子的支配(夫权)。这四种权力——政权、族权、神权、夫权,代表了全部封建宗法的思想和制度,是束缚中国人民特别是农民的四条极大的绳索。"毛泽东同志又指出,在这些权力之中,"地主政权,是一切权力的基干。"③毛泽东同志的这些话,是从实地多次观察了许多事实,又经过反复思考研究,终于才得出了的对于封建宗法思想和制度如何束缚中国人民特别是农民的一个科学结论。在这里,毛泽东同志充分揭露了这些现象的本质,但他却舍弃了种种具体感性的人物、事件和细节。鲁迅在《祝福》里所表现出来的思想非常接近毛泽东同志这个科学的结论,但他却是通过祥林嫂这个活生生的典型人物的性格变化和悲惨命运来表现出他的思想的。例如鲁迅描写了祥林嫂的勤劳善良,说她"打柴摘茶养蚕都来得","实在比勤快的男人还勤快";描写了祥林嫂在夫死之后可以随便被她的"严厉的婆婆"卖出去,她被"用绳子一捆"就抬到了贺家墺,虽然由于不愿意,"头上碰了一个大窟窿",也还是毫无用处;描写了柳妈告诉她将来到阴司去阎罗大王会把她锯开来分给两个丈夫,这些话在

———————————

① 曹雪芹《红楼梦》,第 1 页,作家出版社本。

② 闲斋老人《儒林外史》序,商务印书馆 1937 年 6 月版。

③ 毛泽东《湖南农民运动考察报告》见《毛泽东选集》,第 33—35 页,人民出版社 1951 年 10 月版。

她原有的无告的悲痛之外又给加上了多大的恐怖。鲁迅也刻划了鲁四老爷的虚伪自私和残酷,写他书房里虽然挂着"事理通达心气和平"的招牌,骨子里却极端顽固恶毒。例如他讨厌祥林嫂,因为她是寡妇,说祥林嫂"败坏风俗","不干不净",因为她不但是"寡妇再嫁",而且再嫁之后又成了寡妇。祥林嫂的婆婆来逼祥林嫂回去以便把她出卖时,他不但天经地义地加以支持,而且还把祥林嫂勤俭节省下来的"一文也还没有用"过的工钱都送给了她的婆婆。他虽然在读着"鬼神者二气之良能也"一类的书,而忌讳仍然极多,他看见祥林嫂就要皱眉,祥林嫂被捆劫走了还是"然而""然而"地派她不对,可见他其实一点也不通事理。他口口声声礼教,但鉴于祥林嫂能做,又"向来雇用女工之难",便又默认地留用了,留用了,可是仅仅需要她牛马一样的出力,在精神上则仍残酷地折磨她。当发觉她的手脚已没有先前一样灵活,记性也坏得多了的时候,他就"颇有些不满",等到祥林嫂的肉体和精神都因希望的绝灭而完全崩垮,头发也花白起来,记性尤其坏,竟至于常常忘却了去淘米的时候,他就马上有了"倒不如那时不留她"的懊悔,接着便想打发她走,而也果然把她像赶狗一样的赶掉了。甚至当祥林嫂已经在外面穷死了,只是因为她正死在鲁四老爷临近祝福的时候,他还这样恨恨地毒骂已经死了的祥林嫂:"不早不迟,偏偏要在这时候,——这就可见是一个谬种!"[①]在这里,无论是祥林嫂所受到的各种权力的支配和迫害,或作为这些支配权力罪魁祸首的地主政权,都是被作者用形象化的方法表现出来的,这里面虽然一句教训的话也没有,事实上却具有强大的感染力。在这里毛泽东同志和鲁迅所表达的大体上是同一件事情,不同之处在于毛泽东同志是用科学的逻辑思维的方式来表达的,而鲁迅则是用文学的形象思维的方式来表达的,也就是说他的企图是在形象、图景中体现出来的。

应当指出,在文学创作过程中虽然不能离开逻辑思维,但形象思维无疑是文学创作中最主要的思维方式。在文学的创作过程中,绝不可以用逻辑思维来代替形象思维,如果违反了这个原则,就一定只能产生出公式化概念化的作品。不但不能用逻辑思维来代替形象思维,并且连那种"把本质的东西形象化",把形象性只看成创作最后的结果,以为形象思维乃是"从具体到抽象,再从抽象回到具体"的看法做法也都是不能容许的。这种看法做法都是错误的,因为当真

---

① 参阅拙作《祝福研究》,见《鲁迅生平思想及其代表作研究》,第 246—267 页,自由出版社 1955 年 2 月六版。

这样去做必然就会脱离形象思维,这样的作品决不能有艺术的感染力。形象只能从生活实践中去取得,这就是为什么缺少了深广生活经验的人便一定写不出好作品。有些人以为只要读一些报纸、文件、书籍也就能写出好作品来,以为只要把一些正确的抽象原则图解一番便可以激动人心了,这种从概念出发而不是从实际生活出发的做法是绝对要失败的。

四、形象的特性

现实主义的文学用形象这种特殊的思想形式来反映生活,完全可能认识和掌握到生活的本质和规律性,也就是说,优秀的文学完全可能具有深刻的思想认识意义和社会改造作用。

资产阶级唯心主义的文艺论客时常把形象和概念两者完全对立起来,把文学的特点绝对地局限在它的感性形式上面,说文学全凭作家的主观直觉,因此不需要也不可能进行什么概括。在这里,他们显然是想贬低现实主义的价值,使人们不要相信在这些作品里会有什么真实可信的东西。另一方面,他们显然也想利用这种谎话,把作家引上“为艺术而艺术”的道路上去,诱使他们脱离现实、脱离政治,不要关心人民的死活,不要参加人民反抗剥削阶级的斗争,自愿钻到象牙塔里去做白日梦,而在客观上则正是成了站在和他们一样的立场上维护现状并协助进行欺骗宣传的帮凶。

他们不知道或故意装做不知道,现实主义文学的形象乃是主观和客观的有机统一体,也是个别和概括的有机统一体。

在形象塑造的过程中,作家的主观思想、世界观和感情色彩当然都起着很大的作用。因为在塑造的过程中,他在这种形象和那种形象之间既然有所选择,同时他对于所选择的形象在进行塑造企图用来反映他所认识和掌握的生活的时候,也不可避免会有所改造,因为塑造形象决不等于流水账似的实录生活,或拍一张普通的照片。真实的形象本身无疑体现着作家自己的思想和感情,但却不能说,真实的形象竟能是作家主观随意的产物。阿 Q 是鲁迅塑造出来的一个真实有力的形象,在对阿 Q 的描绘里诚然体现着鲁迅的“哀其不幸,怒其不争”的思想和感情,但阿 Q 这个形象所以显得这样真实而值得同情,首先却因为像他这样的人在当时社会里乃是一个客观的存在,他的无辜地被剥削被压迫以致一步步已经走向死亡而仍那样麻木胡涂的可悲命运,在客观上也不能不引起一切具有正义感和人道主义思想者的愤怒与同情。在这里，并不是仅仅鲁迅的"哀其不幸，怒其不争"的思想感情就能使阿Q这个形象真实生动起来而具有了无比的感人力量，乃是因为鲁迅的这种思想感情和阿Q这种人的客观存在，以及阿Q这种人所处被侮辱被损害的社会地位与可悲命运获得了有机的统一之后，所以阿Q这个形象才显得这样真实有力的。换句话说，是因为鲁迅同情了在客观上不但存在并且也应该给以同情的人，作者的主观和客观生活本身的真实取得了一致，所以阿Q这个形象才深深地打动了我们，并使我们认识了当时社会封建统治阶级的反动本质的。说现实主义文学的形象完全只是作家主观随意的产物，那就等于说作家和读者的爱恨都是没有根据的，盲目的，显然这样说是不符事实的。

现实主义文学的形象同时也是个别和概括的高度有机的统一。在文学作品里，并不是只要有些具体感性的东西，例如只要有些人物上下、禽兽出没、景物隐现就算已有形象了，不是的。真正的形象必须要能通过具体感性的东西反映出一定社会力量的本质。《水浒传》里的李逵是我们大家都极喜欢的一条真正好汉，我们之所以会极喜欢他，固然由于他的那些鲁莽得十分可爱的言谈、举动甚至那两把板斧都异常同我们亲近，但更重要的原因则在于我们通过李逵这个形象能够真实地体会到中国农民忠诚坦白、豪爽无比的性格特征。我们对于贾宝玉林黛玉这些独一无二的个性的喜爱无疑也是由于通过他们可以具体感受到在封建制度重压下那些敢于向旧势力进行冲击的叛逆者的共同面貌。文学作品中自然也存在着那种只有个性而缺乏概括意义的人物，但这样的人物却一向不能产生激动人心的力量。以为现实主义文学中的形象并无概括意义，仅凭它的具体感性形式就能深深地吸引读者，显然也是和事实不符的。

为了要使得作品中间所写到的社会生活和崇高思想能够充实、完整地表现出来，形象就应当具有完整性。所谓形象的完整性，不但指作品中描写到的个别人物、场面、插曲应当是完整的，同时也指整个作品应该成为一个完整的形象，一幅完整的图画，形成一个多方面的、复杂的、有机的统一体。例如在《红楼梦》里，不但贾宝玉、林黛玉、薛宝钗、王熙凤等都是很完整的形象，同时整个《红楼梦》这部作品本身也形成一个更加伟大的形象，体现着中国古老的封建社会衰败前夕的历史全景。如果缺少主要人物的典型形象，作品的社会意义就不能有力地表现出来，但如果只有个别人物的形象是成功的而整个作品却显得零乱松散,不能揭示现实生活的全貌,那么这种作品的社会意义也不能不被贬低。

主观和客观的统一,个别和概括的统一,个别形象和整个作品形象组织的完整性,这就是文学形象的三个主要特性。我们要认识和掌握文学的形象性这个特点,就应当首先理解到文学形象具有这三个主要特性。而这样三个特性,无疑是和马克思列宁主义强调文学艺术作品的思想性与社会作用的精神完全适应的。

我们知道,马克思列宁主义的文艺学家和资产阶级唯心主义的文艺论客都很重视文学的特点,但两者重视的目的却完全不同。马克思列宁主义的文艺学家重视文学特征是为了要加强文学作为一种革命武器的战斗性,使它能够更加提高思想认识意义和社会改造作用;资产阶级唯心主义的文艺论客所以特别强调它,却是想诱使作家走上形式主义的"纯艺术"的错误道路,却是想取消文学的社会作用。例如反革命分子胡风就也很强调文艺的"特殊性"。他时常把文艺创作过程描写得十分神秘化,他这样做并不是为了帮助作家理解艺术地反映现实有和科学地反映现实不同的特点,并不是为了帮助作家更好地认识和掌握文学创作的规律,却是想把文学和科学、形象思维和逻辑思维完全割裂开,却是想借此证明文学创作和进步的世界观毫无关系,一个人只要在主观上是"真诚"的并且依靠灵感就可以写出好作品来了。[①] 不消说,在优秀的现实主义文学里,其实并不存在着也不可能存在着这样的"特殊性"。

伟大的革命导师列宁在 1905 年的时候就已这样给我们指出:"文学事业最不能机械地平均,标准化,少数服从多数。无可争论,在这个事业上绝对必须保证个人创造性,个人爱好的广大的空间,思想和幻想,形式和内容的广大空间。"他说"无产阶级党的事业的文学部分不能和无产阶级党的事业的其他部分刻板地等同起来","在这个领域中是最不能谈公式主义的"。为什么不能刻板地等同起来呢? 就因为文学有它自己的特点,文学创作有它自己的特殊规律,公式主义地刻板地等同起来反而会减损甚至取消了它可能发挥的重大作用。然而如果把文学的特点强调到荒谬的程度,譬如说文学可以脱离政治而"绝自对由"啦,文学可以不服从共产党的领导和监督啦,却就完全不对了,因为也如列宁所说,虽然应当确认文学有它自己的特点,但"这一切并没有推翻那个对于资产阶级和资产阶级民主派是陌生的和奇怪的原理;文学事业应当一定要成为与其他

---

① 周扬《建设社会主义文学的任务》,见《文艺报》总 152 期,第 7 页。

部分不可分割地联系着的社会民主党工作的一部分"。① 列宁的指示是这样的完整,而胡风之流的反革命分子则总是断章取义来加以割裂,企图冒用革命导师的名义来达到他们进行反革命活动的目的,我们必须彻底揭露他们的阴谋诡计,使他们的鬼花样无所遁形。

五、形象的力量

文学形象的感染、教育力量是非常巨大的。有人以为只有科学才能揭示生活现象的本质特征,文学不过可供茶余酒后帮助谈笑的资料,最多也只能做到开卷有益,使人增添一点人情世故的常识。又有些人以为文学作品连篇累牍,张三李四缠不开交,其实主题思想既然几句话就能说尽,何必再转弯抹角,大兜圈子,干脆就说出这几句话来岂不痛快、省事。这种感觉、主张之所以造成,固或由于他们所读到的文学作品本身存在着重大的缺点,缺少足够的感人力量,不能教育、帮助他们什么东西;但主要则是由于他们对文学的特征认识不足甚至缺乏认识,以致竟把只宜于对待科学的态度也一样地用来对待文学,竟把只能对科学提出的要求也混同起来要求于文学。

如上所说,文学和科学的思维方式是不同的。但思维方式的不同却并不妨碍两者都能揭示生活的本质和规律性。别林斯基说:"哲学家用三段论法来讲话,诗人以形象和图景来讲话,而他们两个所讲的都是一个东西。政治经济学家用统计数字来影响自己的读者或听众,证明某个阶级在社会中的地位,由于什么样什么样的原因而改善了多少或恶化了多少,诗人用对现实的生动鲜明的描写影响自己读者的幻想,通过真实的图景表明某个阶级在社会中的地位,由于什么样什么样的原因而改善了多少或恶化了多少。一个是证明,另一个是表现,而两者都是说服,所不同的只是一个用逻辑的论据,另一个用图景。"②在这里,别林斯基的意思很清楚:"两者都是说服。"问题只在于某某文学作品的内容是否足够正确深广,它的形式是否足够和内容相适应而使人能起一种美感,

---

① 列宁《党的组织和党的文学》见《马恩列斯论文艺》,第71—72页,人民文学出版社1953年9月版。

② 转引自沙莫达《论艺术形象的若干特点和艺术性的概念》,见《译文》1955年8月号第197页。

也就是说问题只在于某某文学作品是否足够具有说服人的力量，而并不是文学作品一定不能说服人，或它的说服力量一定比科学要差些。

毛泽东同志是非常重视文学这个战斗武器的，他对于文学形象的教育力量曾经作过如此高度的估价："一方面是人们受饿、受冻、受压迫，一方面是人剥削人，人压迫人，这个事实到处存在着，人们也看得很平淡；文艺就把这种日常的现象集中起来，把其中的矛盾和斗争典型化，造成文学作品或艺术作品，就能使人民群众警醒起来，感奋起来，推动人民群众走向团结和斗争，实行改造自己的环境。如果没有这样的文艺，那么这个任务就不能完成，或者不能有力地迅速地完成。"[①]优秀的文学一直是教育人民、团结人民、帮助人民进行正义斗争的有力武器，古典杰作《水浒传》和现代文学中鲁迅的许多作品，就是最显著的例子。

优秀的文学不但和科学一样具有强大的说服力，并且从某种意义来说，它还是比较科学更容易达到说服人的目的。关于这一点，不少古典作家已经说过相同的话。例如车尔尼雪夫斯基说："艺术比一个普通的叙述，尤其比科学的叙述能更为可靠地达到自己的目的，在生活的形式之下，我们能比在一篇对事物的枯燥的说明中更容易地认识一件事物，更快地对它产生兴趣。"[②]高尔基说："文学以肉和血饱和着思想，比较哲学和科学更能给与思想以巨大的明了性，巨大的说服性。文学比较哲学更广泛地被阅读着，而且由于自己的生动性，它比较哲学更具有说服性。因此，文学是阶级倾向底宣传之最普遍、方便、简单和制胜的手段。"[③]文学作品因为直接完整地描写人的生活，其思想意义是通过具体生动的人物形象表现出来的，能使读者经历到一种比较完全的认识过程——从感性上升到理性的发展过程，因此不但比一般科学、哲学作品容易领会，并且也能产生比较深刻的印象。并不是所有的人都能对某些写得非常精彩的有关宗法封建制度的罪恶的论文发生兴趣并从中取得必要的教训，但人们却都乐于阅读或倾听鲁迅的小说，并因此有了极多的感受，使他们懂得如果不把这种罪恶的社会制度推翻，广大劳动人民简直就没有生路。科学、哲学作品主要只能供

---

① 毛泽东《在延安文艺座谈会上的讲话》，见《毛泽东选集》，第883页，人民出版社1953年2月版。

② 转引自依·萨·毕达可夫《文艺学引论》，第40页，北京大学1956年版。

③ 高尔基《俄国文学史序言》，见《苏联的文学》，第96—97页，新文艺出版社1953年11月版。

给人们以知识,但文学作品却能对思想和情感同时发生强烈的影响。文学不但能够帮助人们认识世界,并且还能唤起人们热爱生活中的美好事物的感情,而对于生活中的丑恶事物则竭力激起大家的仇恨。正因为用形象来反映生活的优秀文学具有如此巨大的力量,所以恩格斯才这样称赞巴尔札克的《人间喜剧》,认为巴尔札克在他这部作品里"给予了我们一部法国'社会'的卓越的现实主义的历史","在这个历史里,甚至在经济的细节上(例如法国大革命后不动产和私有财产之重新分配),我所学到的东西也比从当时所有专门历史家、经济学家和统计学家的全部著作合拢起来所受到的还要多"。①

必须注意的是,当我们在肯定文学形象的巨大力量的时候,却不能把文学的作用夸大到不适当的程度,譬如说文学可以决定社会的发展和文学可以代替科学之类。存在决定意识,现实主义的文学可以推动社会的发展,却不能说它可以决定社会的发展。科学作品在系统地周密地分析研究和说明客观世界某些方面的事物,以及提供精确的知识等等方面有其不能代替的优点,这正像科学不能代替文学一样。客观世界的丰富性,现实生活的复杂性,以及人们社会实践的多方面的需要,这些因素合在一起就决定了我们既要借助于文学也要借助于科学哲学等等的力量来认识和改造世界。任何缩小或夸大文学形象力量的说法做法都是不对的。

六、关于文学工作中某些错误做法的成因

明确认识和掌握文学的最重要的特点——形象性,这能帮助我们改正今天文学工作中的许多缺点,加强文学工作的党性和战斗力。

没有形象,就没有文学,而形象是只能从生活实践中去体验、吸取的。作家要写出具体生动而富有社会意义的作品,必须深入生活,从生活出发而不是从概念出发,否则他的作品一定会流于公式化、概念化。今天还有不少作者的作品里充满了抽象概念、口号教条,原因之一,就由于他们是用逻辑思维来代替了形象思维,用干燥乏味的说教来代替了生动的表现。正因为他们在实际上并不认识文学的特点,所以他们便根本忽视了长期地无条件地全身心地深入到劳动人民生活中去加强实践的首要意义。

———————————

① 恩格斯《给哈克纳斯的信》,见《马恩列斯论文艺》,第 21—23 页。

作家既然一定要有了深广的生活体验才能写出好作品来，因此负责领导文学事业者的工作首先便在帮助作家取得深入生活的各种便利条件。过去有些地方的文艺领导者常用行政命令来领导作家，常用指定题目、限期交卷的方法来要求于作家，这就在实际上鼓励了创作中的公式主义，不但产生不出好作品，而且也把作家引上了一条错误的创作道路。这也是由于没有认识文学的特点，把文学工作和党的事业的其他工作刻板地等同起来的缘故。

根据文学反映生活的特殊规律，决不能把形象地表现生活片面地归结为只是表现一定社会力量的本质。由于对文学的特点缺乏真正的认识，在文学的研究和教学工作中目前还存在着许多缺点。

有些人虽然在分析作品却并不从作品本身和实际生活出发去作全面深入的研究，却只根据一些抽象概念、政策条文加以硬套。有些人并不分析作品形象的品质和特性，却只探讨作家的意图，考证作品产生当时的背景，就用这些说明和论证来代替对于作品形象内容的分析。有些人分析作品只重在分析故事情节、冲突矛盾，至于它们究竟如何通过人物性格的发展变化而显示其意义，却置而不谈。有些人把分析作品仅仅归结为向人们提供一些认识，对作品的审美教育全不注意，变成只谈思想、只提结论，不作任何艺术分析，即使作一点艺术分析也是脱离了形象的内容来进行的。有些人虽然知道要分析形象，但又只会抽象空洞地分析人物的阶级性，简单地机械地为作品中的人物划阶级成分，把同一阶级的人物说成了只有一种个性，把在实际上具有丰富多彩个性的英雄说成是千人一面、分不出彼此的人物。有些人则又不能根据文学作品不同的内容、体裁、艺术特点而采用不同的方法来进行分析，以致分析的方法也变成了一种令人厌倦的公式。有人曾用下面这两句话来概括在分析主题上的这种令人厌倦的公式："分析主题四样宝，两个主义一个领导（按指爱国主义、英雄主义和共产党的领导），道德品质多么崇高。"这种讽刺性的概括实在是并不过分的。

在文学研究和教学工作中所表现出来的诸如此类的缺点，可以说，其重要原因都在于没有真正认识和掌握到文学的特点。这样的研究和教学，既不能提供人们丰富的知识，也不能加深人们的感受，客观上乃是在贬损作品的意义，降低人们的欣赏水平。

因此，为正确地牢固地认识和掌握文学的特点而斗争，事实上也就是为提高一切文学工作的质量而斗争。

基本参考书：

① 列宁《党的组织和党的文学》。

② 毛主席《在延安文艺座谈会上的讲话》。

③《共产党人》杂志专论：《关于文学艺术中的典型问题》，见《文艺报》总150期。

④ 格·尼古拉耶娃《论艺术文学的特征》。

⑤ 周扬《建设社会主义的任务》。

补充参考书：

① 叶戈洛夫《艺术的特点及其在社会生活中的地位》，新文艺出版社1953年12月版。

② 格·涅多什文《艺术是反映现实的形式》，见《学习译丛》1954年9月号10月号。

③ 拉诸姆尼《论现实主义艺术形象的实质》，见《学习译丛》1953年12月号。

④ 沙莫达《论艺术形象的若干特点和艺术性的概念》，见《译文》1955年8月号。

⑤ 季摩菲耶夫《文学原理》，第17—74页，平明出版社1955年7月版。

⑥ 秦兆阳《论形象与感受》，见《论公式化概念化》，第78—82页，人民文学出版社1953年6月版。

文学描写的基本
对象是人

一、文学就是"人学"

　　存在决定意识,意识是现实的反映;现实就是文学的对象,而且是文学内容的基础。但现实的现象非常庞杂、繁多,并非所有现象对于文学描写都有同等重要的价值。

　　现实的一切现象都是文学描写的对象,"整个世界,所有的花卉、景色和声音,自然和生活的一切形式,都能成为诗所表现的现象。"[①]但文学描写的基本对象则是人。这里所说的人,主要还是指"社会的人",而不只是指那生物学上的个体。因此所谓描写人,实际就是描写人的内心、性格、活动、斗争、他的不断地在发展中的社会生活和私人生活。文学所描写的乃是处在最复杂的关系——对自然、对社会、对周围的各个人等等——中的人,是有着非常复杂丰富的思想感情和行为的人。恩格斯指出:"现实主义是除了细节的真实以外,还要正确地表现出典型环境中的典型性格。"[②]高尔基指出:"文学底材料是人,是带着他底一切的各各不同的欲望和活动的人,是在他底成长和毁灭的过程里面的人。"[③]

---

　　① 别林斯基《M·莱蒙托夫的诗》,转引自苏联《文艺学概论教学大纲》,第2页,中央教育部1954年7月油印本。

　　② 恩格斯《给哈克纳斯的信》,见《马克思恩格斯列宁斯大林论文艺》,第20页,人民文学出版社1953年9月版。

　　③ 高尔基《文艺放谈》,转引自契图诺娃《高尔基与社会主义美学》,第17页,新文艺出版社1952年9月版。

毛泽东同志告诉我们："革命的文艺,应当根据实际生活创造出各种各样的人物来,帮助群众推动历史的前进。"毛泽东同志还指出了作家研究社会上的各个阶级,研究它们的相互关系和各自状况,研究它们的面貌和它们的心理的必要,认为"只有把这些弄清楚了,我们的文艺才能有丰富的内容和正确的方向。"①毛泽东同志后面的这几句话对于文艺的研究和教学工作者来说也同样是有指导意义的,否则我们对于优秀作品中的人物就不能做出正确的分析,对于优秀作品中通过人物描写而表达出来的丰富的内容就不能正确地掌握,我们的研究和分析就容易成为千篇一律或简单化。

为什么文学描写的基本对象应当是人? 这主要有以下三方面的原因:

首先,因为文学的目的是要通过具体生动的形象的描绘来反映现实社会生活的本质和规律性,而在现实社会生活里,人乃"是世界上所有一切宝贵资本中最宝贵、最有决定意义的资本"②。劳动创造世界,人是历史的主人,不写人,也就无从反映历史、社会生活的真相。

其次,因为人不但是生物学上的个体,更重要的,"在现实中人的本质就是社会关系的总和"③。人是复杂的生活现象的中心,是结合而且交织着人生复杂的各方面的焦点,和自然与社会等等发生着种种的关系。所以也只有通过描写人,描写典型人物的丰富多彩的思想感情和行为,描写周围环境给他的多方面的影响,才可能充分地、生动地、整体地反映出历史、社会生活的真相。

再次,因为人们之所以需要和重视文学,乃由于它是一种有力的教育工具和斗争武器,乃由于他能够感染人影响人,而人们的是非之心爱憎之情却又是只能为人类的思想感情所启发和吸引。不描写人,作品就不能感染人影响人,它就没有社会意义。

从上所说,可见文学描写的基本对象应当是人;但为什么在有些优秀的文学作品里,却并无人物出现? 而在另外许多优秀作品里,虽有人物出现,却又要描写到不少关于景物、鸟兽、机器、厂房、技术或战争过程之类的东西呢?

---

① 毛泽东《在延安文艺座谈会上的讲话》,见《毛泽东选集》,第 874、893 页,人民出版社 1953 年 2 月版。

② 斯大林《在克列姆里宫举行的红军学院学生毕业典礼大会上的演说》,见《列宁主义问题》,第 651 页,莫斯科外文局 1950 年版。

③ 马克思《费尔巴哈论》,转引自格·尼古拉耶娃《论艺术文学的特征》,见《学习译丛》1954 年第 2 期第 160 页。

的确，在有些优秀的文学作品里，例如在不少的寓言和童话里，其中并无人物出现，出现的仅是一些山羊、狐狸、狼、黑熊、金鱼、小鸡……甚至还只是一些松树、石头、池塘、河流……但所有这些东西，不管它们是动物植物还是根本没有生命的别些事物，它们在这些作品里却都能说话，都有感情，都具个性。是否这些说话、感情、个性真是这些东西自己发出和显示出来的呢？当然不是。因为这些东西之中有些原是没有生命的，而有生命的那些东西虽然或能够发出声音，但它们自己之间究竟是否说话或如何说话，人是无法知道的。因此，时常作为主人公而出现在这些作品里的这些山羊、松树、河流们，其实并不是真正的山羊松树和河流，它们已被作者赋予了人格，成为人物的化身，具有人的性质和特点，它们在作品中都各自代表着社会上这一种或那一种人，它们的说话、思想、感情都反映着一定时代、一定国家、一定阶级或集团的人们的说话思想和感情，它们的个性也都是人们才能具有的个性。人们读了这样的作品，譬如说通过作者对于狡猾的狐狸或残暴的狼的揭发和鞭挞，就能帮助他们认识到社会上某些坏蛋恶棍的丑态和罪行，就能激起、提高他们对于一切坏人坏事的仇恨和警惕，从而也就能够更加鼓舞和坚定他们向坏人坏事进行斗争的勇气和决心。

　　在另外一些优秀的文学作品里，出现的既不是人物，也不是能够说话的山羊松树河流之类的东西，而是一小片或一大幅景物画。例如李白的诗《望庐山瀑布》："日照香炉生紫烟，遥看瀑布挂前川。飞流直下三千尺，疑是银河落九天。"——就是如此。这首诗写了瀑布，好像根本就没有写到人，但难道真是没有写到人么？不是的。可以说，如果没有了那个站在那里"望"庐山瀑布的人，就不会产生这样一首诗，再如缺少了那个人对于庐山瀑布这种壮丽景色的热烈喜悦之情和他的如此敏捷细致的感觉以及活泼丰富的联想，那么这首诗也就不可能显得这样的美妙动人。壮丽的庐山瀑布固是客观的存在，但仅仅客观地把庐山瀑布描摹一通的作品，却往往没有多少吸引力，一定还需要作者用他自己的高尚健康的思想感情和活泼丰富的想象联想等等来加以温暖和充实。如果能够做到这样，那么不但美妙的自然景物将更加显得美妙，同时作者面对这种美妙景物时所具有的那些高尚健康的思想感情也将深深地感染读者，而收到许多良好的教育效果。我们读了李白的这一首诗，一方面感觉到庐山瀑布真是一种壮丽的自然美景，值得我们愉快地流连欣赏，另一方面也感觉到宇宙万物都充满着活跃的生命，我们自己也不可以停滞不前。仔细体会这首诗的意义，其中确实包含着对于青春朝气和人们生活的一种赞颂、启示和号召。那就是说：

我们是生活在一个多么明丽的环境里，这是一个多么活跃的世界，我们生活着是多么美妙有趣，而我们在生活中是多么需要有所作为，有所创造！这首诗通过对于庐山瀑布这种自然美景的描写，使读者心里也充满了诗人在面对这种美景时所具有的高尚健康的情意，使读者热爱生活，能抱着一种乐观的、生气勃勃的态度来参与和干预生活。这就是这首诗的真正好处所在，但这种好处却显然不能从单纯描摹景物中得来。所以，这首诗虽然在表面上没有描写到人，其实还是把人做了描写的主要对象。诗作写出了这位"望庐山瀑布"的诗人自己是有着一种多么富有感受力、朝气蓬勃、愉快和可爱的性格。这种性格对于革新人们的生活无疑是必要的。

在许多直接地明确地把人作为描写的主要对象的优秀作品里，的确还都要描写到不少关于景物、机器、厂房、技术、或战争过程之类的东西，在这些作品里所以除了写人之外还要写到这一类东西，主要也还是为了写人的需要。这一类东西或者被当成人物活动背景的一部分，因为人不能孤立抽象地存在，这些东西和人都有不可分的关系，不描写它们也就不能充分具体真实地表现出人的性格，也就写不出实在的人。这一类东西有时又被当成一种烘托的手段、对比的方法，用来鲜明地显示人物的性格。

例如在高尔基的名著《母亲》里，开头就是这样的一段描写："每天当工厂的气笛在郊外工人区充满了煤烟和油臭的空气里颤动和呼喊起来的时候，和这种呼声应和着，从那些陋小的灰色屋子里，仅仅使肌肉恢复疲劳的睡眠时间都不能得到的人们，摆着阴暗的脸色，好像受惊的蟑螂一般的望着街上走去。在寒冷的微明里，他们沿着没有铺石的道路，向着工厂中鸟笼般一座座高大的瓦房走去。在那里，工厂用它几十只油腻的四角眼睛，照着泥泞的道路，搭起一副冷漠自负的架子，在那里等待他们。在脚底下，泥泞发出唧唧的声音。那些宿睡未醒的人们，不时发出嘶哑的呼喊，粗暴的骂声，狠毒地冲破了早晨的空气。面对着这些人迎面送过来的，却是另外一种的响声——机器的粗重的轰隆声和蒸气的吼声。高高的黑色烟囱，好像很粗的手杖一般耸在城郊的上空，隐约地现出阴郁而严肃的样子。"[①]在这一段话里，高尔基不但写到"充满了煤烟和油臭的空气"、"寒冷的微明"、"泥泞的道路"、"机器的粗重的轰隆声和蒸气的吼声"，并且还写到了"那些陋小的灰色屋子"、"工厂中鸟笼般一座座高大的瓦房"，以

---

① 高尔基《母亲》，第 3 页，新文艺出版社 1955 年 9 月版。

及"好像很粗的手杖""现出阴郁而严肃的样子"的"高高的黑色烟囱"。高尔基为什么在描写工人的时候也要描写到这一类的东西呢？原来他是要借此表现出革命前俄国工人的生活是多么忧郁和痛苦，对于他们说来，劳动没有丝毫的愉快，却是一种无法躲避的徒刑。在他们眼中，工厂就是没有自由的鸟笼，烟囱就像一根随时会被敲打到自己头上来的资本家手里的粗大的手杖。正因为他们是生活在这样一种恶劣的环境里，经常怀着的乃是一种十分苦重的心情，所以才造成了他们之中许多人的粗暴、甚至带着"兽性的仇恨"的性格。高尔基所以描写这一类东西正是为了要写出革命前俄国工人中的这种悲剧性格，这样的描写不但使得这种性格的出现成为非常自然的和很易了解的，同时也还能起着增加某种必要的气氛的作用。

又如在赵树理的《三里湾》里，写到"糊涂涂"马多寿家关锁门户的特别规矩，这样描写："马家的规矩与别家不同，三里湾是个老解放区，自从经过土改，根本没有小偷，有好多院子根本没有大门，就是有大门的，也不过到了睡觉时候，把搭子扣上防个狼，只有马多寿家把关锁门户看得特别重要——只要天一黑，不论有几口人还没有回来，总得先把门搭子扣上，然后回来一个开一次，等到最后的一个回来以后，负责开门的人须得把上下两道栓关好，再上上碗口粗的腰栓，打上个像道士帽样子的木楔子，顶上个连榻榾刨起来的顶门杈。又因为他们家里和外边的来往不多——除了他们互助组的几户和袁天成家的人，别人一年半载也不到他家去一次，把个大黄狗养成了古怪的脾气，特别好咬人——除见了互助组和袁天成家的人不咬外，可以说是见谁咬谁。"①赵树理在这里为什么不惜花费许多笔墨来描写马家关锁门户的特别规矩，甚至还写到了马家那个特别好咬人的大黄狗？原来这都是为了要刻划马家那几个宝贝——糊涂涂、常有理、铁算盘、惹不起——的共同的性格。分明已经没有小偷，但马家却只要天一黑就开始那样郑重地关锁门户。他们关锁得越郑重，也就越加显出了他们的保守、落后，以及私有心理的严重性。马家的大黄狗所以特别好咬人，几乎弄到要见谁咬谁，便因为外人到马家去的太少，使得狗也做不到见多不咬的地步。写马家的大黄狗特别好咬人，其实就是在写马家这些宝贝的自外于新社会愿走社会主义道路的群众，而别人一年半载也不愿到他家去一次的事实，则又证明新社会里的农民群众是绝不赞同马家这些宝贝的思想、作风的，马

---

① 赵树理《三里湾》，第25页，通俗读物出版社1955年5月版。

1510

家这些宝贝无论怎样能说会算,但他们在新社会里的地位却非常孤立。赵树理正是为了要描写马家这些宝贝的性格和命运才写到了这一类东西,决不是无的放矢。

为了要描写一个工人,不能不也写到他在工厂里以及车间里的生活情况,作家也需要相当地清楚他的生产技术和操作方法,但作家所以要清楚和描写这些,乃是为了深刻地全面地了解这个工人,以便能够鲜明地生动地刻划出他的性格,而绝不是为了要炫耀自己在这方面也有一些专门的知识。人们对文学作品要求的决不是生产上的专门知识,一般作家在这方面也只能是多少掌握到该科专家给他们提供的一些常识,炫耀不但是不应该并且也是不可能的。因此,那种把生产技术和操作方法的描写掩盖了对这个工人生动性格的描写的作品,乃是本末倒置,主次不分,违反文学的特性的。这样的作品一定枯燥乏味、沉闷不堪。人们对于这种作品所关心和真正感兴趣的是从事着创造性劳动的这个工人的命运,他的高尚的内心世界,他的奋斗精神和进取精神,以及他的丰富多样的爱好和感情。人们并不要求在文学作品里学到许多生产技术和操作方法的知识,但他们却要求在文学作品里更多地懂得人的心灵——在事业、思想和感情上极其复杂多样而又有机地统一的人的心灵。人们的这种要求是完全合理的,所以文学作家正应该在这些方面比较一般生产专家懂得更多的东西。那些本末倒置、主次不分的作品,由于没有以人作为描写的基本对象,就显得缺乏思想内容,因而削弱或取消了艺术感染力。人们的共同经验是:不管某些动物如何珍奇,但去过几次动物园后也就会厌倦了,而优秀的戏剧却往往不厌十回百回去欣赏;即使在戏院里,美丽逼真的布景也很吸引人,但如戏台上老只有布景在变换,而角色则一直不出场,那末观众也一定会哗然离座。为什么? 就因为如加里宁所说:"必须使人看得到生活,而生活只有在人们中间才能看得最清楚。"①

只有通过描写人,描写人物性格以及性格和环境的关系,才能有力地表达主题,反映现实社会生活中的冲突与矛盾、阶级斗争与生产斗争。不错,文学是要反映生活的本质和规律性,但如脱离了具体的真实的人的生活本身,不重视创造典型人物和表现人物的内心世界,而仅仅把一般的社会法则抽象地表达一

---

① 加里宁《谈谈农村通讯员的任务》,见《加里宁论文学》,第46页,新文艺出版社1955年7月版。

番,或者只是把某些政治概念加以简单的图介,那就一定达不到文学的目的。公式化概念化的作品不可能反映生活的真实,每一个真正伟大的作品所以能在文学史上占有光辉的地位和产生巨大的社会作用,毫无例外地都是因为它们真实生动地描写了人,并因此深刻揭露了现实社会生活的真相的缘故。

因为文学描写的基本对象是人,所以巴尔扎克称文学是"人心史",高尔基称文学是"人学"——即研究人描写人的科学,而斯大林则称文学工作者是"人类灵魂的工程师"。今天人民文学作家的光荣的严肃的任务就在于应当创造出我们同时代人的真实的和生动的典型人物,而今天人民文学教师的光荣和严肃的任务,则就在于通过优秀作品的教学,使青年学生深刻地感受到英雄和先进人物的崇高品质,使他们从心里热爱这些人,敬重这些人,而自觉地决心要向这些人看齐,同时教师当然也应启发他们去认清和由衷地痛恨一切的坏蛋与恶棍。

二、今天我们的文学应当描写什么人

今天我们的文学应当描写什么人? 什么人都应当和可以描写,包括正面人物、落后人物、反面人物。问题只在于一定要站在工人阶级的立场上来写。只要站在工人阶级的立场上来写,不论写的是那一阶级那一集团的人,都仍是工人阶级的文学。在今天,只有以革命的工人阶级的思想——马克思列宁主义的思想来作为写作的指针,才可能正确地评价所写到的各种人物,也才可能通过这种描写提高其他阶级成员的水平,教育他们改正缺点、迅速前进。

文学可以并且应当描写一切人但必须着重描写劳动人民——工人、农民和知识分子,因为他们乃是新社会的领导力量和基础力量。反动的地主和资产阶级根本蔑视劳动人民,认为广大的劳动人民只是供备奴役的材料,世界上的一切创造都是绝少数帝王将相或大资本家的功劳,因此在他们的文学里从不重视刻划劳动人民的形象,即使附带写到也总是把劳动人民的面貌尽量的加以贬低、歪曲,例如他们就时常把劳动人民诬蔑成为一些愚蠢可笑的丑角。正是由于剥削阶级这种欺骗宣传的影响,使得劳动人民在很长一个时期内更加不易看到和相信自己的力量。高尔基曾经这样指出:"人从来没有对他自己底巨大的创造潜力惊异过,然而,在我们这个世界上,只有他底理性、想像、直觉和勤勉的力量才是真正值得惊异的。那是奇怪的,或许甚至是有趣的事情:人对于留声机、电影、汽车感觉惊异,但是作为许多巧妙的机器和玩具的不倦的创造者……人对于他自己却不感到惊异。事物和机器被羡慕着,好像它们来到世界上是由于它们自己底意志,而不是由于创造它们的那些人底意志一样。"[①]轻视和抹杀劳动人民在历史上的巨大作用,阻止劳动人民看到和相信自己原来有着能够移山倒海的力量,这是过去剥削阶级一切反动文学的本质特征,而我们今天的文学就正和它完全相反。社会主义社会为发挥人的才能提供了一切条件,它确认劳动人民是历史的真正创造者、新社会一切美好事物的自觉的建设者、胜利地站起来了的人。我们今天的文学不但要着重刻划劳动人民的形象,并且还一定要把他们作为生活中的主人公来描写。劳动人民在生活中所起的这种巨大作用,在那些直接以劳动人民的代表人物为主角的作品里固然应当充分体现出来,就在那种甚至只有反面人物出场的讽刺作品里同样也应当充分体现出来,否则,作品所反映的生活就不能是真实的。

劳动人民都是一些普通人。他们所以是普通人,一方面因为他们的人数很多;二方面因为他们虽然总是在勤勤恳恳、忙忙碌碌地工作,创造了物质方面和精神方面的一切财富,可是他们却是那样的忠诚质朴,他们只知道埋头苦干,却决不趾高气扬,到处招摇声张,惟恐别人不知道或忘记了自己的功劳,就像过去那些不甘寂寞的"非常人物"一样;三方面因为他们所具有的这种可贵品质,并非其中少数人所专有,乃是千百万人所共有的东西,而在今天新社会里,则他们的这种可贵品质还在进一步的提高和普遍出来。

普通决不就是平庸。劳动人民是普通人,不是幻想中的神仙,在他们身上也还可能有缺点,在他们的前进过程中也还可能存在着障碍和困难,旧时代的残余对于他们说来也还不可能一下子就已摆脱尽净。但虽如此,他们还是英雄,还是产生真正伟大英雄人物的唯一源泉。《铁流》里描写了一个英雄郭如鹤,作家绥拉菲摩维奇告诉我们说:"郭如鹤是英雄也不是英雄。他之所以不是英雄,因为群众如果没有把他举为自己的领袖,没有把自己的意志注入他的身体里,郭如鹤只不过是一个最普通的人。但同时他也是英雄,他之所以是英雄,是由于群众不仅把自己的意志注入他的身体里,而且跟随着他,把他作为领袖,听从他的指挥。譬如,我们回想一下他始终都穿得破破烂烂,而当他手下的军官都穿了很漂亮的衣服时,他却一介不取。他一贯地感觉到群众在注视着他。

---

① 高尔基《一个读者底备忘录》,转引自《高尔基与社会主义美学》,第 18 页。

如果你把群众从他的身边夺掉，他的全部光辉也就随着消失了。"①这就是说，英雄之所以能够成为英雄，决不在于他有什么特别的天赋，或超越群众的一套特殊本领，而主要是由于他有一颗忠诚老实、为人民群众服务的心，他能以群众的意志为意志，为群众的利益奋斗到底，他能从群众中汲取智慧，而后又变成了群众的领袖和他们的学习榜样。所以，真正的英雄是群众造成的，是从群众中来的，历史上从来就没有过一个脱离群众而孤峰独起的真正英雄。这样的英雄，无疑只有在劳动人民中间才能产生。过去如此，今后必然更是如此。

今天我们的文学，主要就应通过对于劳动人民——这些普通人的描写，来揭示他们的英雄品质、成长过程，以便帮助党和政府，把我们的青年一代教育成为朝气蓬勃、确信自己力量、迫切要求进步、不怕任何困难的人。作家们应当要能够做到这样，使得读者感觉到作品中的正面人物真是一个活人，并且真值得做自己的模范，使他由衷地愿意跟随着这个人到一切创造性的劳动和建设新世界的紧张斗争中去。而为了要做到这一点，作家就必须站在先进立场上，深入生活，去亲切体会，深思默察，做好"了解人熟悉人"这个"第一位的工作"。②

明确认识到文学描写的基本对象是人，将使我们明白，为什么在研究和教学文学作品的时候，人物分析一般应当成为我们工作的核心，同时为什么艺术分析应该服从于人物分析，而思想分析则又应当在人物分析的基础上来进行。

基本参考书：

① 恩格斯《给哈克纳斯的信》，见《马克思恩格斯列宁斯大林论文艺》，第18—22页。

② 毛泽东《在延安文艺座谈会上的讲话》，见《毛泽东选集》，第872—883页。

③ 马林科夫《在第十九次党代表大会上关于联共（布）中央工作的总结报告》，第71页，人民出版社1952年11月版。

④ 日丹诺夫《关于〈星〉与〈列宁格勒〉两杂志的报告》，见《苏联文学艺术问题》，第39—69页，人民文学出版社1955年3月版。

⑤ 周扬《新的人民的文艺》，见《坚决贯彻毛泽东文艺路线》，第1—13页，

---

① 绥垃菲摩维奇《铁流的创作经过》，见《论写作》，第123页，人民文学出版社1955年5月版。
② 毛泽东《在延安文艺座谈会上的讲话》，见《毛泽东选集》，第872页。

人民文学出版社 1952 年 8 月版。

补充参考书：

① 苏联《共产党人》杂志社论:《争取苏联文学的艺术思想水平的新高涨》,见《苏联人民的文学》卷下,第 619 页,人民文学出版社 1955 年 6 月版。

② 西蒙诺夫等《苏联戏剧创作发展的几个问题》,第 71—88 页,人民文学出版社 1954 年 10 月版。

③ 阿·布洛夫《论艺术内容和形式的特征》,见《学习译丛》1954 年 1 月号,第 127—133 页。

④ 万斯洛夫《艺术中的内容和形式问题》,第 6—22 页,新文艺出版社 1955 年 12 月版。

⑤ 伏·谢尔宾纳《列宁和文学的人民性问题》,见《学习译丛》1954 年 6 月号第 141—146 页。

⑥ 季摩菲耶夫《文学原理》,第 21—27 页,平明出版社 1955 年 7 月版。

⑦ 周扬《我们必须战斗》,《文艺报》第 124 期第 17 页。

我们这里不应有"开端便是顶点"的作家

一

4月间在美国讲课的时候,有天偶然翻到美国当代著名现实主义剧作家阿瑟·密勒(Arthur Miller, 1915—)先生所写《推销员在北京》一书在香港刊物上的中译片断。阿瑟·密勒的著名剧本《推销员之死》(1949年)是他的成名之作,至今西方剧台上仍在上演。1988年,他自己亲自来华导演,这个剧本终于在北京人民艺术剧院全班中国演员的努力下,和中国广大观众也见面了。演出取得了很好的效果,使他大感意外的是,中国观众不但能够理解美国40年代的人和事,而且还觉得剧本中所写的家庭关系在我们这里也还并未绝迹。《推销员在北京》这本书,就是阿瑟·密勒用日记体来记载他在北京的经历和感想的。后来知道《亚洲华尔街日报》曾在5月30日发表书评,称赞这本书里有不少"不寻常的,引人入胜的深刻描述",又说这本书的内容,"与其说是讲戏剧成败的故事,不如说是一部关于一个有才能的美国人和一些有才能的中国人怎样彼此探索和相互适应的记载。"

可惜我只读到了这本书的极少一些片断。不过就在我读到的极少片断中,他倒确实已经提出了一个很值得我们思考、探索的问题。例如在4月26日的日记中他直率地说:

你们所赞赏的西方剧作者,几乎都是以反抗的心情写作。但你们却要求自己的作家只支持现状,而不是质疑现状。结果将来你们只有依靠输进外来的优秀作品。

又在5月4日的日记中,他说曹禺同志曾"激动地朗诵"给他听一位读者来信,这位读者对曹禺作了"简练而毫不留情的批判"。信的大意说:

> 我最亲爱的老朋友,我对你的敬爱,正如我对中国的敬爱,因此一定要把真话告诉你。你作为一个艺术家和作家,过去曾经一度是大海,但现在却只是涓流小溪。我们什么时候再有机会欣赏你的文采? 1942年以后,你写的作品都没有真理、没有美感,也没有用。我们的国家怎样糟蹋了你无价的才华? 到底干了什么,而要受到这种惩罚?

阿瑟·密勒这样记载他听了这封信后的观感:"在他读完信上开头客气的称呼,进入哀悼他昔日才华的挽歌时,我还以为这是个玩笑,也许这是中国式的幽默感,到最后会有些比较体面的好话。但那信到最后一字,还是一样的斩钉截铁、毫不留情。曹禺将这封信虔敬地收藏在特别的剪贴簿,拿出来读给我听时,他心底里究竟在想些什么?"(韦名、小汉、岱仪合译)

我不知道这段记载对当时的情况来说真实到多大程度,译文对原作的忠实又是到多大程度。但我相信密勒是一位真诚的、有正义感的剧作家,他对资本主义社会中不公正现象的揭露和批评是许多观众都赞赏的。尽管我们不能同意上面这些译文中他的某些观点和感情,但我仍认为,他确已提出了一些很值得我们深思的问题。这些问题确实存在,很多人私下往往会谈起,而在公开场合则一般还颇犹豫,顾虑说多了会惹来什么麻烦。其实这何尝不是文艺理论研究上很值得共同探讨的问题? 探讨这些问题,何尝不也是一种改革,一种新的探索? 这里至少有一个很重要的问题,即像曹禺同志这样我们公认为有才能的剧作家,为什么我们——也包括国外的戏剧爱好者,至今对他的作品最重视的、评价最高的还是他的早年之作:《雷雨》、《日出》、《原野》? 别位同志是否也有类似的情况? 为什么?

我们常说,在反动统治的旧社会里,进步作家们的创作条件十分恶劣。这完全是事实。生活困穷且不说,当时极难读到马克思主义的著作,即使读到一点也很零碎,辗转介绍过来已经不大准确。"深入生活"呢,或者尚不明白其深刻的意义,或者想"深入民众"而被统治者固拒门外,或者只能单枪匹马地看看,既乏指引,也得不到任何帮助。当权者卵翼的是叫嚷"反共"、"戡乱"、"攘外必先安内",旨在镇压革命的"文学",进步作家只能在种种的束缚、压迫之下挣扎、抗争、生长。由于革命是人心所向,大势所趋,作家们也作了很大的努力,所以虽然环境险恶,条件极差,他们还是写出了不少好作品。其中就包括有曹禺同志《雷雨》等作品。这些作品有的竟成了这位那位作家后来一直未能或还未能逾越的高峰,虽然比较起来,例如解放后的文艺创作环境和条件,不少方面已远为优越,同旧社会不可同日而语了。

要成为一个优秀作家,须具备多种因素,是很不容易的。但在困难情况下既然已经写出了优秀作品,为什么在比较好的情况下写出来的东西虽然仍有些成绩和贡献,却未能超过自己当年的成绩?读马克思主义著作,有的是时间,再也不用寻寻觅觅掩掩饰饰,躲躲藏藏了。要深入群众,从"走马看花"、"下马看花"直到无条件地"长期落户",是唯恐你不想走出书斋,经常都在鼓励、组织、帮助。但事实是:有些同志未能逾越自己曾经登上的高峰,而别人新树立起来的真正高峰也不多。总的说,我们比三四十年前的文艺实绩是有了进步,特别是十一届三中全会以来文艺界新人辈出,成果喜人。可是如要谈到已否在实践上完全看清、找出了在社会主义社会中使创作得以空前繁荣的规律,作肯定的回答恐怕还不易。我们有经验,教训则更多。新时期的文艺创作能够也必须比过去更加繁荣。如果我们对阿瑟·密勒先生提出的问题敢于实事求是地认真进行一番思考,能作出一些较为切实的回答,即使并不完整,我想也会有点益处的吧。

二

正如我们自己对外国的文艺理论传统还很不熟悉一样,我们不应苛求阿瑟·密勒先生必须熟悉我国的文艺理论传统。说到在剥削阶级统治的社会里,优秀的作家"几乎都是以反抗的心情写作"的,在大约两千五百年前,孔子就总结到这一点了,那就是《论语·阳货》篇中的诗可以"兴、观、群、怨"说。"怨"就是"怨刺上政",批评不良的政治,表达民情。因为不满,所以要写诗来"怨","怨"就是一种反抗,虽然它并不能和我们现在所赞赏的"革命"是一回事。不过历史地看来,它总是一件好事,有利进步的事。以后,像"发愤著书"啦、"不平则鸣"啦、"穷而后工"啦、"言必中当世之过"啦、"欢愉之辞难工,穷苦之言易好"

啦,等等,就成为我们文艺理论的一个悠久、优秀的传统,史不绝书,不胜例举。而我们的许多优秀文艺作品,就正是以这种心情写成,并以这种心情的动人表现,脍炙人口的。阿瑟·密勒先生看到了资本主义社会中的许多不公正,主张对现实"质疑"而不能"只支持现状",赞扬那些能"以反抗的心情写作"的作家,这不仅可以理解,也非常合理,而且值得我们尊敬。需要辨别的是,这一理论是否对所有的社会、现实都同样合适。我们中国的进步作家,反抗帝国主义侵略、反抗封建主义压迫、反抗资本主义制度的剥削,这的确是我们的决心和职责,但难道我们也应以"反抗的心情"来写作不支持社会主义的祖国? 我们不应该,亦绝不会这样做。你做得好,有正义感,因为你是生活在你们那里,面对的是资本主义制度中的许多不公正。而我们是生活在生产资料公有的地方,纵然我们的制度还不健全、不完善,而且发生了不少失误,遭到了严重损失,可是无论如何我们这里还是有光辉的前途,我们这里终究能赶上并超过你们那里。我们希望全人类都过最幸福的日子。对此我们中国作家当然要全力支持。人民要求我们这样做,我们自己也要求这样做。

那么,阿瑟·密勒先生的观点难道因此就会对我们没有任何益处吗? 不,还是有益、有启发的。"支持"与"质疑"、"反抗",大体不妨理解为歌颂与暴露。在歌颂与暴露这个敏感问题上,至少在我们多年来的创作实践中,应该承认并没有真正处理好。拥护党的领导和社会主义道路,当然是前提。但难道歌颂才是拥护,揭发、暴露某些确实存在、足以危害这种领导、这条道路的缺点、错误,就不是拥护,反而是什么破坏或反对吗? 一味歌颂,连经过实践检验损失重大的东西也一定要求作家歌颂,这倒能算拥护吗? 鲁迅主张"遵命文学",是遵广大人民之命,遵工人阶级之命,遵真正革命政治之命,同封建时代的御用文学完全不同。而我们这里过去所鼓励、倡导的"遵命文学",不少作者写出来的"遵命"作品,却是脱离实际的、存在"假、大、空"错误的、来自"一言堂"的产物。如果再加上对艺术规律的忽视、对艺术探索的限制,从政治第一再进而成了政治唯一,那就连"文艺"也谈不上了,那种"没有真理、没有美感,也没有用"的东西难道不曾出现过? 岂止出现过,数量还真不小呢。当然决不能说 1942 年以后出现的作品全是这样的。我们有些文艺作品确实颇好。用 1942 年来划线,无论对曹禺同志还是更多别的作家来说也不合道理。不过我们应该承认长期占有支配地位的上述指导思想和实施的种种办法,对广大文艺工作者的健康成长并无益处,对曾经写出过优秀作品的年长作家的继续发展也没有帮助。比旧社会远为优越的创作条件主要由于非文艺的原因而未能充分体现出繁荣创作、大量地出人才、出成果的积极作用，实在太可惜了。

社会主义国家的作家，如果真的"只支持现状"，而不问"现状"是否真正符合马克思主义的基本原理、人民的利益和社会主义的发展，这怎么能行呢？而且，即使"现状"是对的，也还需要它继续前进，不能满足于现状而不再前进。还有，"现状"中总是充满着矛盾和斗争。例如今天我们各方面的改革形势非常之好，这是现状，是现状中的主流；可是，不少"左"视眼还在瞪着等适当的气候，官僚主义、特权思想等等还在不少人的作风、头脑里作怪，这也是"现状"的构成部分，对这些消极有害的现状，或者说对现状中这些消极有害的部分，我们怎能不加指责、不予反对？从这一意义来说，如果真有人要求作家"只支持现状"，至少也是太笼统，对是非好坏的态度，太不鲜明了。这是我们曾经有过的失误，今天从理论到实践已不是这样的了。因此，我们虽然将永远欢迎外来的优秀作品，却决不会"只有依靠输进外来的优秀作品"。社会主义中国的作家，当我们已经积累了不少较好的经验，深刻总结了沉痛的教训，找到了新时期繁荣创作的正确道路之后，迟早肯定能创作出许多优秀和更优秀的文艺作品，贡献给全世界、全人类。

三

革命的文艺需要有革命的思想来指导。进步的世界观对我们文艺作家来说，始终非常重要。"信仰危机"不应该归咎于马克思主义本身，问题出在我们过去学习方法不对，教条主义，或者口是心非，以致工作中曾不断发生失误，造成损失，十年内乱则还成为十分惨重的灾难。

解放以后，一直非常强调学习马克思主义的重要和必要，但应该承认，却并未能产生多少效果。十年内乱期间，比封建主义还更封建主义的货色居然大摇大摆得以公然自称为马克思主义，实际这些才真是要"亡党亡国亡头"的毒物。这一点十分明显，可以不再谈它。问题在此前的学习，其实也早已存在偏向，早已陷于形式，在社会主义社会里追求真马克思主义仍不容易。

尽管要求人们不要把马克思主义著作当作教条，不要把革命先辈看成天生的圣哲，不要把他们的思想视为发展的顶点、已经全属绝对真理了，可是不妨回想一下，那时的学习实际真是这样的吗？真是指引、鼓励大家这样来学习的吗？

1520

"经典"、"教导"、"指示"这种语言满天飞。"经典"能不守？"教导"能不遵？"指示"能不从？顾名思义，当然不能，也不许。其实并没有多少人蛮不讲理到要执意不守、不遵、不从，只是在不能、不许的情势下，学习就只好成为读经式的而不是求知式的，教条式的而不是运用式的，消极被动的而不是积极主动的了。既然连篇累牍的称引、亦步亦趋紧跟、烦琐不堪的注疏都可以称为学习的模范，而稍加运用，略异于规范，便动辄要招来"修正"、"歪曲"、"篡改"的罪名以至全出意料的横祸，于是所谓学习，一般也就很难不变成照抄照搬的机械动作。许多人都会说要学习马克思主义的立场、观点、方法而不是它的字句，要掌握它的精神实质而不是它的个别结论，然而许多人都不会也不敢真的这样去做。人们对照着实际，无法理解人民虽已取得了革命的胜利，又有着这么多的"最高"的指示，而若横向比较起来，生产力的发展还是这样缓慢，人民的生活无论在物质上还是精神上都仍如此艰难，必须忍受一连串本来完全不必要、不应有的折腾。过去 20 多年的情况，难道不是这样的吗？

在我看来，马克思主义的真谛就是要革命，要革除剥削阶级统治下的一切老框框，引导和发动群众一道来建设一个人民真正当家作主的新社会。为此，真正的马克思主义者一定会欢迎并大力支持勇于思考、勇于探索、勇于创新的闯将，一定会不遗余力地提倡解放思想，而防止和反对思想僵化。不幸，过去我们这里虽然一直非常强调学习马克思主义，可是却被"一言堂"和一些假马克思主义者误了事，钻了空子，不但并未收到多少应有的解放思想实效，反而使很多同志的思想受到禁锢，逐步形成了不许、不敢、不愿、不能开动脑筋去想问题的局面，思想僵化到了非常严重的程度。谁若真按马克思主义的要求勇于思考、探索、创新，等待着他的却是扣帽子和打棍子。思想一僵化，很多的怪现象就产生了：坚持中央的统一领导，变成了"一切统一口径"；随风倒，"不讲党性，不讲原则，说话做事看'来头'，看风向"；本本主义越来越严重，"书本上没有的，文件上没有的，领导人没有讲过的，就不敢多说一句话，多做一件事，一切照抄照搬照转，把对上级负责和对人民负责对立起来"。[①] 对列宁如下这些非常正确的话——

（在文学事业中）绝对必须保证有个人创造性和个人爱好的广阔天地，

---

① 《邓小平文选》，第 132 页。

有思想和幻想、形式和内容的广阔天地。①

虽然常有提及,实际并不尊重。尽管提出了"双百"方针,可是稍稍解冻一点点之后,由于对形势估计错误,由于对绝大多数都很爱国的知识分子总是不信任,实际马上就收回取消了。在这种情况下,文艺的路子由于缺少民主,当然只能越走越狭。没有不同形式和风格的自由发展,没有文艺理论上不同观点和学派的自由讨论,结果只能是单调刻板、机械划一的公式化、概念化倾向盛行,假、大、空的东西畅通无阻。原来写出过优秀作品的作家,或者由于不愿违背自己的艺术良心而写得很少,或者由于对来自"一言堂"的不切实际的"指示"过分虔诚信仰,又迫于扣帽、打棍的形势,不得不写些"赶任务"、"表态式"的东西,优秀的作品自然出不来,出来的自然极难优秀。优秀作家也是人,尽管他们可能幸免了这一场灾难,但下一场灾难躲得过? 实际上不是有幸躲过了一次、两次、三次,终于仍没有躲得过在十年内乱中被"打翻在地,再踏上一只脚"的许多例子吗? 文艺创作是一种非常复杂的精神劳动,如果作家的个人的创造精神不能充分发挥,写什么和怎样写都不能由自己决定、自己探索,而总要顾虑这顾虑那,服从这个指示那个干预,不想写也得写,不熟悉也必须完成任务,缘木当然求不到鱼。优秀作品毕竟不是单靠一点文字本领就能完成的。它必须反映出生活的真实,表达人民的呼声,而且充满着出自本心的激情。"写中心,演中心,画中心,唱中心"啦,"文艺应从属于政治",亦即应从属于临时的、具体的、直接的政治任务啦,"以阶级斗争为纲"啦,"为现实斗争服务"啦,即便这些口号和要求全是从真正革命的政治出发的,也都还缺少对文艺之所以为文艺,文艺之所以能有其特殊感染力量的文艺之特征及其发展规律的知识。更不要说还是出发于充斥着"左"的东西的政治、而在"四人帮"窃据大权的时候则简直是一种封建法西斯式的东西了。原来具有的创作才能无论怎样大,在限制、束缚、禁锢得这么厉害、严紧的情况下,用武无地,英雄也难有办法。一度是大海似的优秀作家,之所以会变成涓流小溪似的平庸作者,历史上不乏主要应该由他自己负责或他自己难于控制的例子,譬如说名成利就、蜕化变质了,或者年老力衰、精神不济了,可是对我们一些优秀作家来说,却多还不是这种情况。因此,他们确实不该受到惩罚。同时,也不能说是我们的国家糟蹋了他们,因为事实是我们的国家

---

① 《党的组织和党的出版物》,见《红旗》1982 年第 22 期。

也受到了糟蹋。同样都受到了损害，损害了整个一代文艺工作者的顺利成长和社会主义祖国应有的发展。祸害乃来自"左"的思潮、路线，封建主义的残余势力以及官僚主义的不断膨胀。我认为，给曹禺同志写了那封"毫不留情的批判"的信的读者，既错怪了曹禺，更是错怪了我们的国家。祖国的代表从来就是广大人民群众。我们的国家，对屈原、司马迁、李白、杜甫、白居易、苏轼、陆游、辛弃疾以至现代的鲁迅等等优秀作家，不是一直有着非常热爱的传统？"年寿有时而尽，荣乐止乎其身"，古来多少王、侯、大官，生前那样声势煊赫，一死却便寂寥到立刻被人们唾弃、忘记干净，而至今成为我们的名胜古迹，使人们乐于瞻仰流连的，岂不多数还是这些优秀作家的遗迹、甚至不过属于一些轶事传说？

曹禺同志最近自己也这样说："解放后，在某种思潮的影响下，我曾一度产生将《蜕变》的后两幕改动一下的企图。……现在看来，过去时代创作的作品，是彼时彼地特定的历史环境中现实生活的反映，它们虽然不同程度地存在着局限性的一面，但它们有显明的真实感，却是无可否定的。我们当代人有时也想对这些作品进行一些'拔高'工作，但结果往往是事与愿违。这一点，解放初我在对《雷雨》的改动上，也是有同样的教训的。所以当时对于《蜕变》的修改设想，实在是有点幼稚和可笑，它极其轻率地将一个旧作从思想内容到艺术形式均纳入至一定的窠臼之中，因而使客观生活的真实表现受到了严重的影响。我感到，让《蜕变》以其本来面貌出现在观众面前，似乎更好一些吧。"[①]我觉得曹禺同志这些话谈得很真切。优秀作品之所以优秀，就因它有"显明的真实感"，从思想内容到艺术形式都有自己的创新而决未陷入"一定的窠臼"之中。不顾"客观生活的真实表现"，而一味企图"拔高"，这样的作品必然流于虚假，起不了好作用。"某种思潮"的确也影响过曹禺，这是历史造成的不幸，它的确不是一种好影响，阿瑟·密勒所问的：曹禺在把那封读者来信念给他听时，"他心底里究竟在想些什么？"是否在这些话里他已经透露出一些来了呢？我想很有可能。"痛定思痛"，道理容易明白，症结何在，便看得清楚了。

四

生活是创作的唯一源泉，作家必须深入生活。这是真理，似乎也已成常识

---

① 《〈蜕变〉写作前后》，见《华东师范大学学报》1984 年第 4 期。

了。解放后在这方面文艺工作者的确已经有了较优越的条件，但时过境迁以后再检查一下，为什么真正优秀、经得起时间考验的作品毕竟还是极少？优秀作家下到四面八方生活中去的机会可能比一般同志还多，可说已大大弥补了在旧社会中的不足，可是为什么写出来的作品反而会不再那么优秀，不再那么令人爱不释手，愿意再三读、看了？原因当然很复杂，各人的情况也不一样。以为只要知道这是真理，便已解决问题，或者只要已经下去过，甚至住过不少日子，已经写出有关的作品，便算深入过了……存在着如此等等的想法，我看至少也是重要原因之一。这似乎已成常识，实际其中还存在不少认识不一致、不清楚的问题。

究竟什么叫深入？到工、农、兵中间去才算深入？下去次数多、时间长才算深入？不是知识分子当不成作家，作家需要了解各方面的人和生活，无疑都应努力这样去做。但从文艺创作的要求来讲，为什么不应该强调需要了解各色各样的人们和他们的生活？没有对其他各种人们及其生活的了解，就不能写好单独的某一种人及其生活。如果计算次数和时间，那么再也比不上一辈子甚至祖祖辈辈都固定住在一个地方，过着一种生活的人了，可是实际上譬如最有条件成为作家的知识分子，有的当了一辈子知识分子却仍缺乏对整个知识分子的认识，甚至连自知之明都没有。"不识庐山真面目，只缘身在此山中"，苏轼这首富于理趣的诗对解答这个问题我觉得也颇有用。没有比较，没有对社会生活整体的必要知识，单凭对某一局部的了解就能算深入吗？过去把知识分子划入非工农兵群众的另册，长期当知识分子，在知识分子中间劳动和工作，向来不能算深入。似乎写知识分子的作品便不能为工农兵服务。好像知识分子都高高在上，所以必须"下去"。应该鼓励作家尽可能广泛地了解各种人的生活，可是为什么一定要提"下去"？这是很难理解的。

"深入"的标志是看形式还是看实质，凭有无作品还是凭作品反映生活真实的深度和巨大的感染力量？当然应该看实质、凭深度和艺术力量。鲁迅无疑是伟大的作家，所以伟大就因他的作品深刻有力。但如从形式看，可能有人认为他不足为训。他没有也不可能到当时的工农中去。他以自己可能的和独特的方式浸透在广阔的现实生活之中，实质上写出了异常深刻的作品，对工农群众同样产生了巨大的教育作用。下去过，长住过，并且写出了书的人却往往未能达到这一点。我的意思绝不是说在形式上应以鲁迅的方式为样板，更不是说不必下去，无须长住。仅仅想说深入生活的途径多得很，方面也多得很，各人完全可以根据自己的需要与可能去选择，只要写出了优秀作品便算好。硬性规定，不凭实效，并无益处。因为这样反而会束缚、限制了作家的主动性和创造力。

如果不专着眼于形式，那末"深入生活"必须包括对生活的深刻认识和中肯评价。当了一辈子工、农、知识分子而仍写不好工、农、知识分子，必须具备一定的文化修养和艺术本领且不谈，主要还因缺少深刻地认识生活和评价生活的能力。熟悉一些表面的、琐碎的、狭隘的、机械的、技术性的东西，并不等于已经深刻认识了这些东西。要谈认识，那末还有一个如何认识、怎样才算深刻认识了的问题。坦率说，过去对这个问题"教导"、"指示"虽然很多，却一直并未真正解决好。马克思主义要求理论联系实际，一切从实际出发，实事求是，在创造性实践的基础上，根据检验的结果，独立思考地来对事物进行认识和评价。但过去文艺工作者却只能按照"文件精神"、"领导意图"来认识和评价，并非人人都不愿或不能独立思考，而是无论走马或下马甚至住过一些日子，看不到听不到多少真相，即使自己多少看到听到感受到一些真相，若同"上面的"精神、意图不合，经验会教他还是不说出来为妙，这样保险。如果这些"精神、意图"确是从群众中来的，符合实际并对人民有利的，本来应该引导和鼓励作家去亲自感受、验证，由他们自己进行思考后得出结论。不幸的是过去那些"精神、意图"固有很多出于主观、武断，是越来越"左"的，对作家们的横加干涉实在太多了。单纯的信仰、有意的迎合、畏祸的敷衍，心理动机有不同，终于不可能写出真实、深刻、有力的优秀作品则一样。

对于多少能够独立思考、认真学习，有了一定深度的认识、评价能力的作家，还有一个是否欢迎、鼓励他们敢于在作品中提出不同意见、不同评价的问题。这当然是指总目标一致情况下的差异，是为了人民和社会主义的利益。若是采取欢迎、鼓励、支持的态度，那将会产生一个多么好、多么繁荣的局面，过去却并不常是这样，而往往与此相反。只要你写符合上面口号、要求的东西，不要你写自己多少也看到而不符合上面要求的东西。"下生活"只是成了证明你对现实政策的忠诚，证明你所写的是真实的，而不是为了真正表现生活的真相、人民的爱憎。问题就出在这里。这种情况不改变，"下去"再多再久都没用。如果总要观准气候，盼来了"定论"才敢下笔，这样能写出好作品来？无私才能无畏，做到这样的作家当然最可贵。因此对凡具有公民责任感，能怀着满腔热情，敢于不畏艰险地揭责现状中不公正、不合理的作家，理应给予崇高的奖赏。不过也只有采取了具体的措施，有了确证，才能从心有余悸的不少同志中逐渐培养出更多这样的作家。一方面是作家自己提高品格，爱惜自己的艺术生命，另方面是领导充分发扬社会主义民主、人才辈出、创作繁荣的新局面才会到来。

20多年的过去是既曾带来极大幸福、欢乐，也不断使人增添许多辛酸的过去。每一次不应有的折腾几乎都是首先在文艺界发动，以一些文艺界同志"祭旗"、"开刀"的。前事不忘，后事之师，总结历史经验，记取深刻教训，我们的目的是在积极支持万象更新的现在，创建更加光辉的未来。我们这里不应该有"开端便是顶点"的作家，不应该再存在可能出现这种作家的条件了。

新时期的要求是上上下下"都要实事求是，都要解放思想，开动脑筋想问题、办事情"，是认为"干革命、搞建设，都要有一批勇于思考、勇于探索、勇于创新的闯将"。① 在文艺创作、文艺批评领域里，"衙门作风必须抛弃"、"行政命令必须废止"，因为已经清楚地看到："如果把这类东西看作是坚持党的领导，其结果，只能走向事情的反面。"② 以阶级斗争为纲的"左"倾指导思想已经被否定了，实事求是、一切从实际出发、理论联系实际的思想路线已经重新确立起来。拨乱反正，普天同庆，人们的共同愿望是上下一致，同心同德，即使再有什么风吹草动，也绝不动摇。只有这样，我们的文艺创作、文艺理论研究工作，才能繁荣、发展、前进！

1984 年 10 月 5 日

（原载《文艺理论研究》1984 年第 4 期）

---

① 《邓小平文选》，第 133 页。
② 《邓小平文选》，第 185 页。

论"创作必须是自由的"

一

　　"创作必须是自由的","我们党、政府、文艺团体以至全社会,都应该坚定地保证作家的这种自由。"这一符合文学发展规律,早已为广大人民,特别是广大文艺工作者千盼万想、迫切要求、都愿坦率提出而一直还"话到嘴边留半句"的创作真理,这社会主义文学之生命与力量唯一可靠的支柱所在,党中央在中国作家协会第四次会员代表大会上的祝词中,直截了当地,毫不含糊地向全世界、全中国宣布了。无疑,这一宣布有划时代的意义,必将产生广泛深远的影响。虽然只是很少的几句话,有点像苏轼《惠崇春江晚景二首(其一)》诗所说,只是"竹外桃花三两枝",可对创造力久受各色各样的条条框框横加干涉压抑的广大文艺工作者来说,有幸先听到这几句话,确也像诗中另一句所说"春江水暖鸭先知"那样,是非常、非常地高兴的。春江之水确已变暖,做惯了惊弓之鸟的文艺工作者可能特别敏感些,但鸭既然已经先知了,那么鹅啦、鸡啦包括一切在水里和不在水里生活的有生之物都会很快同样感觉到这种温暖。这也就是为什么并非文艺界的广大同志这些日子跟我们同样欢欣鼓舞的原因。

　　这一宣布的重要历史意义将是多方面的。它将为开创我们社会主义文学的新局面提供前所未有的必要条件。它将大大提高作家们的积极性,发展作家们的创造力,使我们的文学对当前的改革大业发挥出更多更好的作用,对发展社会生产力,提高人民的生活水平、精神境界和道德情操直接间接都作出更大的贡献。尤其因为它是从我们中国大地上发出来的,我们既有二十多年严重禁锢所造成的挫折教训,又有三中全会以来拨乱反正所取得的成功经验,这一宣布对各国建设社会主义、摸索繁荣文艺创作的正确道路,必然会在理论上和实践上引起高度的重视、密切的注意。这一宣布坚持而又发展了列宁在《党的组织和党的出版物》里对"自由的写作"所提出的那些原理。列宁的这些话诚然讲得非常之好:"无可争论,写作事业最不能机械划一,强求一律,少数服从多数。无可争论,在这个事业中,绝对必须保证有个人创造性和个人爱好的广阔天地,有思想和幻想,形式和内容的广阔天地。"但他当时毕竟没有面临着我们今天这样必须坚决实行改革、走中国式社会主义道路的形势,他也没有我们受到过的挫折教训和已经取得的成功经验,因此他对"自由的写作"所提出的任务,似乎就不像我们今天所提出的这样明确而开阔。历史条件的限制,使他对创作自由为什么是必须的和如何才能确保其实现,没有也不可能充分地展开。我们有责任对这些问题继续进行哪怕只能是一隅之见的探索。集合了许多人的一隅之见,我们就有可能逐渐取得对全局的清晰认识了。

朱熹有两首《观书有感》的诗颇有意思:

　　半亩方塘一鉴开,天光云影共徘徊。问渠那得清如许? 为有源头活水来。
　　昨夜江边春水生,艨艟巨舰一毛轻。向来枉费推移力,此日中流自在行。

他是观书有感,我们可以读诗有感。忽有奇想,觉得我们这里今天终于宣布了"创作必须是自由的",但"艨艟巨舰"一般老是推不动,还成了禁区的"创作自由",怎么一下子成了"一毛轻",竟得在如此盛大的会议上庄严地宣布了呢? 春水是从哪里涌来的? 源头在哪里? 我看,这源头就是实际,一切从实际出发,实事求是,不唯上,不唯书,敢于对革命先辈的话或者区别对待,或者加以补充发展,春水就会来,而且源于实际的水就必然会是活水而非一潭死水。我们的"清如许"的思想认识,也是从这里得来,并且只能从这里得来的。理论脱离实际,死守僵化的模式、教条,尽管把资产阶级的民主与自由批判得似乎体无完肤,而若未能把社会主义社会原本应有的民主与自由实实在在提供出若干来,光靠"革命空谈"哪会有什么说服力、吸引力。对类似创作自由这样的"艨艟巨舰""大象屁股",人们确曾花费过极大的力气甚至牺牲去推动而一直未曾动其分毫,但挫折教训还是教育了人们,"此日中流自在行",过去的努力、挫折教训并不全是"枉费"。几乎被完全否定了多年的朱熹,在这两首诗里除了"枉费"一点可以议论外,其他似都可以启发后人。他的某些合理观点这些年来渐得青睐,也不失为学术自由方面的一个新的信息罢。

自由在马克思主义文献里一向是非常崇高的概念,表现思想自由的出版、结社和集会自由曾被恩格斯视为"土壤、空气、光线和场地"。如果没有这种自由,马克思认为政府就将"只听见自己的声音",而人民则不是在政治上陷入迷信,就会变得什么都不信。我们都曾体验到这些情况,并且至今还在为此付出高昂的代价。自由一旦不再成为那些"左"视眼患者推给资产阶级的专有品,创作自由一旦成为真正的现实,作家们为人民服务、为社会主义服务的积极性和创造力就会像火山爆发一般冲天高涨起来。"凌云健笔意纵横","下笔如有神",老杜的这些诗句描写得多好,那就是我们许多作家长期希望能达到的充分发展其才华的美妙境界!

二

创作为什么必须是自由的呢? 因为"文学创作是一种精神劳动,这种劳动的成果,具有显著的作家个人的特色,必须极大地发挥个人的创造力、洞察力和想象力,必须有对生活的深刻理解和独到见解,必须有独特的艺术技巧"。[①] 文学创作这种非常需要发挥作家个人创造精神的复杂劳动,它本身的性质就决定着必须用赋予自由的方法来对待。赋予自由也就是尊重了艺术规律。如果对写什么和怎样写都要作家听命令、候吩咐,只能按规定的条条、框框、调子写,那只能是取消、扼杀了文学创作。不幸的时代曾经产生出不少优秀的文学作品,但谁也不可能举出一部真正的文学作品是在作家不能自由抒写的情况下产生的。刻板和填充当然谈不上创作。

社会主义文学,在消灭剥削制度的基础上,本来应该能够发挥出作家们更高的创作积极性,写出更多更好的优秀作品。无可讳言,由于历史的、政治的、经济的、思想的等等原因,社会主义制度的优越性在我们这里还没有得到应有的发挥。正如在经济体制上过去形成了一种同社会主义生产力发展要求不相

---

① 《在中国作家协会第四次会员代表大会上的祝辞》,见《文艺报》1985 年第 2 期。

适应的僵化的模式一样,在文学体制、文学理论和文学创作上也形成了几乎是一整套的僵化模式、死板框框,严重地阻碍了文学事业的发展和繁荣。由于横加干涉太多,管得太多太死,创作缺乏应有的自由,作家连做自己的主人还很难,只好也吃"大锅饭",写千篇一律,看了头就可以知道尾的干巴巴的货色,虽然数量不少,却大多是单调刻板,机械划一的公式化、概念化的东西。广大作家的积极性、主动性、创造性受到了严重的压抑,既使一些原来在不幸的时代写出过优秀作品的作家陷入了"开端就是顶点"的困境,更使大批文学界的后备力量未能及时得到应有的培养,白白蹉跎了许多有为的人才。如果说我们的经济过去并不是生机盎然的,我们的文学同样也非常缺少活力。读者不会欢迎公式化、概念化的东西,框框越多就越不欢迎。回想一下"十年浩劫""左"到顶点时期"文学作品"被群众那样唾弃的情况,应当可以使我们对艺术规律的绝不可以忽视,创作自由的必须强调和坚持,具有更清醒的认识。

极有讽刺意味的事实是,多年来我们一直在倡导和保卫现实主义,稍有一点补充和发展的议论轻则被疑为"修正主义",重则被套上可怕的"反动"政治帽子。可是过去我们究竟产生了多少真是反映了生活真实的优秀作品呢? 一面是全力提倡现实主义,要求反映生活的本质,另一面却对真正反映了生活的真实和本质,表现了作家应有的敏锐眼力和勇敢精神的优秀作品大张挞伐,扼杀了作品的生存权不算,甚至连作家的生存权还要遭到极大的危险。这些优秀作品现在被认为"重放的鲜花",过去却被说得多么"毒"呵! 我们的文学应该是社会主义的文学,绝大多数作家出于爱国爱民族的耿耿忠心,对危害社会主义事业的官僚主义、不正之风之类进行了非常必要非常正当的批评,可是这样一种批评却被说成是对社会主义的破坏,好像现实主义就应该对现实存在的任何现象都表示赞赏和歌颂。只是"一个指头"、"一粒黑点"嘛,你们为什么专爱"攻其一点,不及其余"! 居心何在! 拿"重放的鲜花"中所写的"官僚主义"同后来一发而不可收,愈演愈烈的封建特权、文化专制的残暴来比一比罢,如果当阴暗面真还只是"一粒"、"一个指头"的时候就警惕起来,加以纠正,那怎么会造成后来那样大的灾难,使国家和人民遭受那样惨重的痛苦和损失! 以实用主义的态度来为现实主义划定框框,不得越雷池一步,这就是为什么尽管我们这里多年高呼现实主义,实际上却极少产生真正现实主义作品的原因。大炼钢铁的结果是把好端端的钢窗、钢门、铁床、铁锅之类都拿去炼成了一团团的废铁,可在学习会上却再三再四仍要人称赞到底还是炼出了许多"人"。未必没有不少"现实主义"的"作品"就是这样的货色罢。缺乏创作自由,会造成多么严重危害社会主义建设的后果,可能再没有比我们更如此清楚的了。人们对"创作自由"的渴望和追求,其实主要还是为了渴望和追求祖国的富强、中华民族的振兴,哪里是为了什么"资产阶级自由化"。如果不再把知识分子特别是文艺工作者看作革命事业的异己力量,那么,事实必将不断证明:"我们的作家队伍是一支好队伍,是完全可以信赖的。"①保证作家们的"创作自由",这只会鼓励绝大多数作家更加明白自己负有多么重大的社会责任。

各方面的多样性都同僵化模式、死板框框格格不入。是削足适履好,还是从实际出发,因势利导好?削足适履不但不好,终究也是走不通的。"一个革命政党,就怕听不到人民的声音,最可怕的是鸦雀无声。"②作家有了创作自由,不再会被削足适履,人民的声音就可以听到了,及时多听到人民的声音,同人民"肝胆相照,荣辱与共",那就没有什么东西可以怕、值得怕的了。"四人帮"的高压曾使人民群众的心头怒火暂时"鸦雀无声",可是有识之士早已"于无声处听惊雷",天安门广场上的吼声终于怎样都禁止不住地爆发出来了,"四人帮"及其一伙只好落得彻底灭亡的下场。历史多次证明,凡是采取"防民之口甚于防川"这种愚妄政策的,没有一个人曾经成功。生活本身是多种多样的,群众需要是多种多样的,作家自己的爱好、个性、观察角度和表现技巧等等也都是多种多样的,而且随着生产力的发展,人民群众的物质生活和文化生活必将更加丰富多样。要想把生活的变化、群众的需要、作家们的特点都用一个模式或框子划一地框起来,无论从真实地反映生活、尽量满足人民需要,还是从提高作家积极性、促进创作繁荣哪一角度来看,都有害无益,而且终究仍划一不了,框不住。"多"则活,经济工作上如此,文学工作上也必然会如此。创作自由了,就会多样化起来,活起来。违反生活本身的逻辑,不按艺术规律办事,总归不行。

我们的现实生活是多成分、多层次、多形式并存的。广大读者职业不同、年龄不同、经历不同、教育程度不同,生活习俗、文化传统、艺术爱好也都不同。而作家们自己呢,在所受教育、工作环境、注视角度、创作对象、表现方法、深入生活的途径、个人的素质和品格等等方面,也都有各种差异。生活应该得到真实的反映,读者要求从文学作品得到教育和美的享受,作家深愿抒实情,讲真话,

---

① 《在中国作家协会第四次会员代表大会上的祝辞》。

② 《邓小平文选》,第134页。

写自己独特的感受、有新意的见解。创作自由既可适应客观现实的需要,又完全符合人们主观的愿望。只有进行这样的变革,作家既是他自己的主人又真是社会国家的主人,他们就会高瞻远瞩,豪情满怀,真有巨大艺术感受力的,真能教育人、鼓舞人的优秀作品才能成批地创作出来。创作不自由,文学作品对社会主义建设事业、对当前正在进行的一场深刻的历史变革应起的作用,就会落空。若不是这样来认识创作自由的重要性和必要性,那就难免仍会在一些文学作品出了点什么问题,被好事之徒张扬为什么"新动向"乃至"敌情"、叫喊什么"大事不好了"之后,又动摇不定起来。创作繁荣离不开作家们个体的主体积极性,近几年来农村经济领域里的改革实践,同样已为文艺界充分证明了这一点。

要振兴就要改革,要改革就要开放,要开放就要无论在经济上还是思想上都对内对外继续开放,广开财路,广开言路。闭关自守、闭目塞听,只能孤立自己、损害自己,不可能实现现代化,加快社会主义建设。我们过去吃到的苦头已够多了,相信那么多的惨痛教训能够使人聪明起来。

三

如何才能确保创作自由的实现呢?《祝词》指出,"我们党、政府、文艺团体以至全社会,都应该坚定地保证作家的这种自由"。这样明确、坚定的决心和语言,的确是建国以来从所未有的。

可以从许多角度来谈这个如何确保的问题。人们在欢欣鼓舞之余十分关心这个问题并不奇怪,例如"双百方针",提出之后没有多久,就消失得无影无踪了。《宪法》上规定了的,运动一来,只要说声"革命的需要",宪法的生命也可以随时完蛋。"根本大法"自己就缺乏根本,法律得服从野心家们或"一言堂"的需要,随时都可更改。很多好事都曾被再三提出过,"红宝书"或"红头文件"上都有,但实际做的往往全不对号。十年浩劫时期,因为要"批孔",于是连"从孔夫子到孙中山"这一段大家熟记过的话也不算数了。今天的政治环境当然同那时已截然不同,绝不可同日而语,但要消除这一长期经验所造成的顾虑,探讨一下确保的关键究竟在那里,仍有积极意义。

现在明确为了改革,必须继续肃清"左"的流毒,对"左"的顽症,还切不可掉以轻心,以为已经问题不大了。这非常正确。创作自由正是在"左"的思潮、路线统治下变成禁区,认为是离经叛道的。对"左"的东西,过去并不是没有人觉察其危害,进行过抗争,但收效极少,反都被"打翻在地,再踏上一只脚"。人民群众在口头上被尊为新社会的主人,实际上对危害他们根本利益的坏人坏事说不上有什么主人的权利。"左"者自"左",稳若泰山,奈何?

现在明确要健全法制,实施法治,只要不违犯法律,文学创作中出现的失误和问题,都只能经过批评、讨论和争论来解决,这也极好。我们现在的《宪法》确已明文规定:"中华人民共和国公民有进行科学研究、文学艺术创作和其他文化活动的自由。"但如某一作家的"创作自由"受到了侵犯,受到了简单粗暴的对待,被"无限上纲"了,究竟怎么来保障他的合法权益呢?法律的稳定性,执法的公正性,在法律面前人人平等,诸如此类,都是法治的必要条件,如何具备这些条件,取信于民?

现在明确要改善和加强党对文学事业的领导,以适应发展变化着的新形势,这十分必要。干涉太多,帽子太多,行政命令太多,领导思想明确后,下面可能逐步改进。有的干部不大懂文艺,只要真是好同志,假以时日,也容易成为内行。惟有那些既不懂行,又不接受群众意见,却以保姆或裁判自居,对作家作品专爱信口雌黄的人,最为难办。他手里有权,可以管人、卡人、压人,他的命运并不掌握在群众手里,因此尽可以欺上侮下,起"肠梗阻"的作用。群众怎样才能使这样的人知道应该对他们负责?

因此我想,保证作家创作自由的关键恐怕首先还在于实行政治民主、更高程度上的社会主义民主。例如,对那些一贯用"左"视眼看问题,对创作惯于横加干涉的人,对那些知法犯法、老把自己凌驾于法律之上、压抑作家积极性的人,对那些有恃无恐、根本不把党的正确方针、群众的正确意见放在眼里的人,文艺界的群众应该有权通过民主程序把他们的命运操在群众手里。要求思想僵化的人来贯彻"创作自由"的政策,乃是缘木而求鱼。

确实,并不是具备了客观条件就能保证每一个作者都得以进入创作自由状态。这就是我们所主张的创作自由同过去所讲的创作自由之不同所在。绝对的、不受任何约束的自由是不存在的,也不可能存在。我们所主张的是为人民服务、为社会主义服务,在当前主要是为发展生产力,提高人民物质生活和精神生活水平服务的创作自由,写生活真实而不是瞒和骗的自由。自由不是可以让我们随意违犯社会发展规律,放弃或忽视应该负起的社会责任。为此,具备主观条件确实也是保证创作自由得以实现的题中应有之义。

主观条件主要是这两条:对表现对象的非常熟悉、深刻理解、独特感受和具有个人风格的艺术技巧,有给读者提供若干新东西的能力,此其一;其必要不烦再说。第二,有争取和保卫自己这种自由权利的决心、勇气。

从严厉禁锢到自由开放,这是一个质的飞跃。但不能说这一英明的决策在执行过程中就不会再遇到阻力了。任何重大改革都不会一帆风顺。既然创作自由是自己合法的权利,虽有客观条件的支持,仍需主观努力去争取和保卫。主客观互相配合,才可大大减少"肠梗阻"的力量。要大胆地走自己的路,运用应有的权利。巴金同志最近说得好:"我认为作为作家,首先要自己思想解放,对自己有信心,不要写什么都要人家点头同意才敢写。一部作品出来,必然有各种评论,有人赞同,有人反对,你不用管他,让人民来鉴定。"①作家是对人民负责,对历史负责,不需要看准了谁的脸色才下笔。你不理他的脸色,最多不过暂时被穿点小鞋,受点阻碍罢了,如果连这点胆量、勇气都没有,创作自由全靠别人恩赐,那还能写出什么像样的作品来呢? 不幸的时代所以有时仍能产生出优秀的作品,就因作家在困难环境里,内心还是自由的,大胆的。具备了有利的客观条件,如果由于胆怯,内心并不自由,当然仍不能写出好作品。等着有人来给自己"松绑"不行,要自我"松绑"。

只有主客观合力来确保,创作自由才能在曲折的道路上逐步得到实现。

四

听说有人在问:"既然认为必须改善和加强党对文学事业的领导,为什么又倡导创作必须是自由的?"问者的意思很清楚:两者是矛盾的。倡导创作自由好像就是放松甚至放弃党的领导。在这些人看来,领导就是要多"管"、多"为",加强领导就是要"管"得更紧些,"为"得更多些。他们不便再为"横加干涉"辩护,而说"竖加干涉"又有什么错? "竖加干涉"被说成是上级对下级的领导,难道连这种领导关系都可以不要吗?

不消说,上级对下级的领导关系还是不能不要的,但倡导"创作自由"本身,怎么就不能算是上级对下级的领导? 过去那种严厉禁锢的领导方法根本违反艺术发展的规律,现在拨乱反正,仅仅小试锋芒就已取得创作逐渐繁荣的战果,进一步开放必然更有成效,怎么还不能算是改善和加强了党的领导? 改善与加

---

① 1985 年 1 月 6 日《文汇报》。

强,如果不以是否有利于社会主义文学创作的繁荣、有利于提高作家们的创作积极性和创造力为评判的标准,就谈不到思想已有所解放,谈不到也想有所改革了。什么是头脑僵化?什么是"左"的东西还藏在思想深处?这就是一个例子。

夏衍同志说:"体育所以能进步得这么快,振奋全国人心,就因为它对外开放,对内搞活了。"在文艺界内部,为什么声乐、钢琴、小提琴、芭蕾舞可以在国际上获奖,而电影真正要得到国际上的大奖却很难呢?他认为有些同志的如下解释很值得深思,这就是:"古典音乐、芭蕾舞可以上去,主要因为它们与现实没有关系,与改革也联系不上,唱的是《绣花女》、《茶花女》,跳的是《吉赛尔》。而与现实关系密切的艺术形式就要被管住,管得最厉害的大概是电影和话剧吧。"①我同意这些同志的解释,也认为很值得深思。为什么对与现实有关系的、与改革有密切联系的艺术形式特别热心多管?管到质量不高、经济效益很低、电影工作者的积极性不能充分发挥出来了,为什么还是不肯改一改方针?难道对这类艺术形式的创作也执行对内搞活,对外开放的方针,就会大祸临头?像经济改革这样的头等大事,按价值规律办事之后,事实证明不但并未大祸临头,还已取得了显著的成绩,如果让文艺工作也按艺术规律来进行改革,摒弃了一切违反规律的横加干涉和竖加干涉,肯定也会生机盎然起来的。巴金同志也举了体育、音乐上去了的例子,指出"体育、音乐可以在世界上夺取冠军,我们的文学又有什么理由不应该站在世界文学的前列呢?我深深地相信,这一天一定会到来,这样的伟大作品一定会产生在我们伟大民族的中间"。②他热烈赞赏许多中青年作家能在思想上、艺术上勇于思考,敢于探索,已经成为我国文学界最活跃的因素,实际上这也就是在称赞他们敢于争取和保卫自己"创作自由"权利的宝贵精神。创作自由必将导致创作繁荣。改革的大好形势奔腾向前,虽仍会有逆流出现,却已是不可逆转的了。

1985 年 2 月 7 日

(原载《文艺理论研究》1985 年第 2 期)

---

① 《电影创新为什么步履艰难》,1984 年 12 月 24 日《人民日报》。
② 《中国作家协会第四次会员代表大会开幕词》见《文艺报》1985 年第 2 期。

探讨新方法，
改革旧观念

一、中国文艺理论学会第四届年会讨论综述

庄子说过这样的话："故足之于地也践，虽践，恃其所不蹍而后善搏也。"人走路时实际有用的不过是尺把宽的路面，但如两边是深渊，人就不敢迈步了。快步走路的人需要心理上的一种安全感，觉得快走中摔几跤都没有关系。庄子这几句话可借来说明学术自由对一切研究工作者是多么重要。用它来概括中国文艺理论学会这届年会召开的时代氛围和与会者的普遍心声也是恰切的。勇于探索和争鸣成了灌注讨论会始终的主旋律。

会议开得热烈活跃、富有生气的另一个原因是文艺理论研究正面临令人鼓舞和乐观的前景，正处于一个意义重大的转折点。在文艺领域里不甚受到重视的文艺理论和批评，现已开始占有令人瞩目的位置。已经出版和即将涌现的批评性刊物将多达十几种，这个数量在文艺史上是空前的。加上各类有关的丛书，可说目前我国已掀起了一股"文艺理论热"。这种形势对与会者也形成了一种很大的鼓舞和推动力。长期被禁锢、封闭，常被实用主义地要求从属于政治、从属于阶级斗争，要求为错误政策服务而有了不好名声的文艺理论批评，绝处逢生，有了复苏和更新的可能。

正由于此，会议的三个议题（即如何建设具有中国民族特色的马克思主义文艺理论，如何开创文艺理论研究的新局面和文艺理论研究方法的改革问题）都不同程度地得到了重视和较为深入的探讨。尤其关于文艺理论研究方法的更新和多样化问题，受到普遍关注，成为中心论题。在四次大会发言，两次小组

讨论以及交流的一百多篇论文中,大家提出了不少很有见解、很有新意的观点和主张。

关于建设具有中国民族特色的马克思主义文艺理论问题。对这个命题,大多数同志表示赞同。他们从民族性、时代性、科学性的角度,有的提出现代的、开放的、民族化的三位一体,有的阐述了这一体系的基本内容和主要原则,有的认为这一体系的逻辑起点应是艺术起源问题,是表现与再现的统一。这些观点,有助于将这一问题的讨论引向深入和具体。也有一些同志认为,建立具有中国民族特色的马克思主义文艺理论体系,是一个需要长期努力的较远的目标,并不是近期能够完成的。而且,这里有个统一化与多样化的关系问题。在马克思主义的指导下,文艺理论可以而且应该有各种各样的探索,它们互相补充,各有长短,百家争鸣,从不同的角度,运用不同的方法研究文艺理论问题,这些体系的总和构筑起一个时代的科学文艺理论。他们还认为,强求一统化,只要一个体系,同陈旧的思维方式有关,而多样化则是我们所处时代的思维特征。即使若干年之后也未必需要搞一个全国划一的体系或定于一尊的教材。这并不是不要马克思主义,而正是要从发展中坚持马克思主义的基本原则。这些主张都体现了百家争鸣的精神,对于我们如何理解具有中国特色的马克思主义文艺理论是富有启发和参考价值的。

在关于如何建设的问题上,大家比较一致地认为应该总结、吸取和借鉴三个方面的经验、成果,即中国古代文论、外国文论和对当代文艺创作的研究。但对三个方面的强调各有侧重。有的强调中国特色、民族化,认为社会科学、自然科学(如中医学)都可以有民族特点,本民族特有的精华不要等西方重视后再折射回来才引起我们的称赞。有的强调科学是普遍真理,正确的理论是超越国界的,它应该基于并适用于世界上的一切文学现象,否则便没有多大价值。还有的则强调与当代文学创作实践的联系,认为理论的抽象空洞甚至失误与不被作家重视,关键在于理论脱离实际,不少搞理论工作的人对现实生活和创作实践都非常生疏、隔膜,提出要认真深入了解当前社会生活的变化,探讨中国社会主义文艺的特征和规律。这三种意见分别从民族性、世界性、当代性的不同角度推进了问题探讨的深度。它们的合理融合、统一,可能更接近真理。

关于文艺理论研究的方法论问题。对研究方法的重视和探讨,是当前文艺理论界一股新的潮流,具有变革的意义。如果说,文艺理论研究的深化和创新可以推动并促进文艺创作的繁荣,那么,以改革和发展的精神进行方法论的探讨可算是提高理论研究水平的一个关键。本届年会在讨论到这个问题时大家兴趣特别浓厚,思路活泼,发言踊跃,也有较大的收获。

这次讨论,首先明确了文艺理论研究方法改革和多样化的必要性、重要性。有的同志在发言中指出,理论上的创新不仅是材料、框架和研究课题的改革和变更,更主要的,应该是研究方法和理论本身的更新和拓展。那种把理论上的创新理解为运用固有概念、理论、方法,分析新的文艺现象,以求得不同的观点,难免仍旧是狭隘片面的,可能得出的仍是换汤不换药的东西;把文艺理论研究的方法、理论等同于马克思主义的一般方法和理论,以为现在提出方法的改革和多样化一定就会导致背离马克思主义,更是一种主观推想、未必实事求是、真符合马克思主义精神的偏见。因为,第一,过去那些自命为马克思主义的固有的理论和方法并不完全真是马克思主义的;第二,即使那些真属马克思主义的观点,在新的历史条件下,它本身也需要发展。马克思主义的精神原来就要在不断变化的形势中,在发展中保持它的生命力,而且一般方法也不能代替具体学科自身需要的方法;第三,自然科学的方法原不尽属马克思主义的范围,但事实已证明其中对革新社会科学研究很有用。因此,问题在于把握住马克思主义的革新精神,密切结合客观实际,能够解决文艺创作与评论中提出的新问题,而不在固守一种名义,一个体系,以信仰代替科学真理。这些意见得到大多数同志的赞同。还有的同志进一步提出,很多新方法其实并不与马克思主义对立或相反,而是它对专科学术或深层次研究的某些补充发展的表现。每种方法都有它观察研究的独特角度,能起一定的作用。运用多种方法,从不同角度来观察研究客观事物,通过比较,往往可以互相补充,把客观事物观察得更全面、更深入,从而在不同程度上都有利于提高我们的认识,增强我们的辨别力,同时也有助于我们建立或在更高层次上完善文艺理论研究的方法论系统。

方法论讨论的第二个收获是进一步明确了如何实现方法的改革和多样性。不少同志在这点上表述了比较一致的意见。他们认为,实现方法多样化的一个必要途径是通过"移植"、"交融"和边缘科学的研究,即从社会科学的"左邻右舍"以至自然科学的某些领域引进方法和观念,使文艺理论与多种学科互相渗透、借鉴。决不能再自满自足、固步自封,这种渗透、借鉴具有方法论的意义。有的同志主张,文艺理论不仅应与社会学、心理学、美学、比较文学、哲学等学科融合,不仅应从"三论"即系统论、信息论、控制论中吸取营养,找出相通的因素,借鉴其概念和方法,而且还应该在弄清真相的基础上,大胆吸收改造外国一切文艺理论研究的新方法、新观点，例如弗洛伊德精神分析学、接受美学、结构主义等等的合理因素。在赞成方法多样化的前提下，很多同志各抒己见，阐述了与方法论有关的各种关系和问题。有的同志说，文学观念的更新比新方法更为重要和迫切，因为方法总是依附于观念的；现有的许多观念显得陈旧，大大落后于创作实践。有的认为运用新方法研究和解决文艺的基础理论问题具有迫切性。一些构成理论基石的基本文艺概念、观点，如反映论、形象性、文艺的特征、典型环境和典型性格等等，虽已谈了很久很多，但一直由于禁区太多，其实仍有很多问题没有搞清楚，没有完满解决。有的同志对"三论"尤其是系统论给予很高的重视和评价，指出它沟通了哲学与文艺理论，是新的科学方法论，不仅融入而且还丰富和补充了马克思主义的唯物辩证法。有的同志认为方法与方法论是两个概念，系统论作为方法论有别于研究文艺的各种具体方法，如评点、索隐，它是原科学，是指导和普遍适用于各种具体方法的。还有的同志认为，新方法与固有方法以及传统方法应该一道进行深入的、历史的、互相比较的研究，在探讨新方法的同时，也不可排斥原有的方法，如文艺社会学的方法。最反传统的观点，往往也仍与传统的研究有联系，是适当地吸收了传统的。这些意见，对与会者都有所启发。

方法论问题讨论的第三个也是重要的一个收获是关于它的实际应用。归根到底，方法主要是手段，它的活力和价值有待于实践的验证。会上，不少同志交流了自己运用新的方法研究文艺现象、解决文艺理论具体问题的一些新经验。这是几年来这一方面努力的一次检阅。有的同志依据系统理论，从宏观上提出了关于文学理论系统的设想，即以作品论为中心和原点，构筑起文学心理学的横向（包括创作论、鉴赏论）与文学社会学的纵向（包括发展论、方向论）交叉的座标图式，本质论则是包容全体社会意识形态的大圆圈。有的同志则从微观着手，采用系统方法，通过具体作品分析典型的多种因素、多种层次，研究鲁迅思想转变的模糊性问题。有的同志则从宏观与微观交叉的视点上，对文艺区别于哲学、社会科学的具体内容加以重新阐述，分析了文艺内容的三个系统（客观生活、作家评价、既在客观又在主观的美）及系统内的四个层次（整体的社会生活，活生生的人，人的精神生活，浅层与深层的心理活动）。还有的同志在思维方式和研究方法上，对许多文艺问题的传统解释提出质疑，认为过去对世界观与创作方法、形象大于思想等问题的研究是直线因果链思维模式的反映，对意境的阐述则是一种本体论的分析。这些看法和成果尽管有待进一步的讨论和验证,但对打开我们的思路,活跃思想,加速文艺理论研究新方法的消化以及它与文艺实践的结合方面,无疑都是有益的。

在新方法的实践运用上,不少同志也指出了存在这样一些现象,即有些运用系统论、控制论、信息论分析研究文艺现象和理论问题的文章结合文艺实际不够,显得有点牵强抽象;有的大量搬用可能尚未吃透的新概念新术语,使人读了仍不明白;有的简单地用自然科学中已有的结论加上一点文艺例子,便去证明新方法的正确,融合消化不够;有的用了新方法新理论但并没有得出能够令人信服的新成果。这些同志主张,应该鼓励支持探索新的方法,但要看到,关键是在于结果,即运用于新方法之后,还必须力求得出新的有价值的成果,看是否解决了原有的方法不能解决或尚未解决好的问题。这就需要认真做大量的刻苦的努力,而不能只停留在表层的鼓吹和平面的简单介绍上。但许多同志也都指出,这是新方法引入、消化和实践运用过程中不可避免的现象,现在尚处于新方法引入和运用的准备阶段、初级阶段,它必然会向成熟和发展的阶段迈进。我们可以指出其中的问题和不足,但应该鼓励、欢迎这种新的尝试、新的探索。

我们对过去实践已经证明是真理、是规律的东西应该坚持,不要因为它不是新东西就加以轻视、厌弃。同时我们对一切新东西,即使它还不很完善,或者在运用上还不甚具体妥贴,也不要根本怀疑、反感甚至排斥,而是需要仔细加以了解、分析,千万不要深闭固拒,像过去那样,对我们还不知道、不理解、不习惯的东西轻率地断定为异端邪说,而一律加以抛弃。我们过去的研究方法有很多合理的东西,但有的确实太一般、太笼统、太外部、太雷同、太凝固了,对文学上不同层次、不同侧面的现象,对文学这一学科自身的很多特殊问题,确实还未能解释得了、解决得好,至少,还很不完善。过去很长一段时期,对文学内部的多层次、多侧面的,多样特殊的,针对某些精细微妙现象(灵感、非理性、潜意识)的,独出心裁具有新意的研究,经常受到怀疑甚至攻击、诬陷,往往被说成是以特殊性否定、取消普遍性,不是资产阶级的就是修正主义的东西,是反对马克思主义的东西,甚至还会被扣上政治上反动、反革命的吓人帽子。因此对文艺学与方法论问题的许多具有开拓意义的思考与探讨便成为不但得不到鼓励反而要受到打击的苦事,实际上把它变成了一个禁区。这当然很不幸,既严重影响了理论研究的发展,也给繁荣创作带来了很大的障碍。自从大地重光,实行开放政策,提倡解放思想、创作自由、学术自由之后,有关文艺学与方法论问题的外国材料陆续被介绍进来。很多同志,特别是青年同志,觉得中间有不少新意,确实得到启发,感到能够帮助我们说明、解决一些我们过去研究中未能或未完全能说明和解决的问题,特别是它们触发了我们进行积极思维,进行创造性研究的活力。文艺学与方法论问题最近形成了一种探讨的高潮,无疑,这是一种很自然、很有益的现象。它是物极必反、对过去闭目塞听、自满自足的那种盲目自大状态的合乎规律的反拨,反映出我们许多研究工作者特别是中青年同志们冲破禁区的理论勇气,和要在文艺理论研究上闯出新路来的中华有志之士昂扬、奋进的精神。

我们并不是没有看到在新方法新观念的介绍、探讨和运用中,存在着一些执其一端、见其一隅,照明了某一局部,而还未能足够完善地说明整体的欠缺。或者是对来自自然科学的方法、观点,以至名词、概念、范畴了解得还不甚精确完整,运用得还不够恰当,同文学创作实践、评论实践的结合还没有到达水乳交融的地步,因而便有些同志觉得还未能够解决多少实际问题,甚至感到艰涩、抽象、比较玄空,这种情况确有存在。但我们需要看到这是新事物、新观点、新方法探索、前进中必经的一个过程。目前,与其急于苛责它的不成熟、不系统、不完整,恐怕更应该欢迎它在除旧布新方面的努力,肯定它在这一点那一点上已经取得的成绩,哪怕它们还是不成熟,不完整,不系统的。我们把新的探索过程中存在的弱点和不足之处尽量提出来,目的在于促进、加强、支持这种新的探索,使它更加具体、切实、完善起来,在研究实践中不断前进,对繁荣创作产生越来越大的作用,恢复从事创作同志们对理论研究的信任,进而使他们真的感到学习、关心理论研究的成果,确是一种现实的需要。

在新方法(三论)的介绍、研究、运用中,我们现在确实希望能够再提高一步,总的说,就是希望介绍得更系统些,研究得更细致些,运用得能更切合文学创造和理论研究的实际。把自然科学中的方法运用到文艺学的研究中来,要考虑到文艺学这一学科本身的特点,无论是方法,甚至名词、概念、范畴,都宜于参考、借鉴、渗透,而不宜生搬硬套。有些研究文艺问题和讨论作品的文章写得过于艰涩,名词术语用得太多,令不少读者感到头痛。希望有所改进。是否写得亲切、平易、具体、生动一些就无法把那些道理讲清楚?恐怕不是这样。文艺研究论文就要像文艺研究论文,不要变成纯粹思辨的哲学、排列许多数字公式的自然科学论文那样,也要有可读性,有理有情,使读者得到明确的知识,受到有力的感染,这样才能把有价值有生命力的理论真正交给群众。对某种方法的研究,在一篇论文里当然要有所侧重,而且力求深入,但也应该考虑到各种方法难免都有一定的局限,而且我们的目的是为了说明总体的问题,因此心里要先有一个全局观点。每种方法恐怕都不可能说明、解决总体各个层次、各个侧面、各种不同情况下的一切问题。专、精是一个要求,综合是一个要求,不能偏废,需要力求结合、统一,既能使读者耳目一新,又能使读者觉得真正解决了不少实际问题。

归根到底,我们的国家,我们的文艺事业,我们的文艺学研究,都必须进行改革,不改革就不能有进步,不能有迅速的发展。为此,我们必须勇于探索,勇于创新,大胆吸收古今中外一切对我们发展社会主义文学事业有益的理论研究成果。我们要共同努力来弥补探索中的弱点和不足,使新的探索经得起实践的检验,在理论研究和繁荣创作两方面都产生出来丰硕的成果。让我们共同努力来担负起改革的历史使命。相信我们大家不会辜负党和人民的期望。

年会的第三个议题是如何开创文艺理论研究的新局面。这一问题与上面两个议题密切相关,其实,它的结论已经一定程度地包含在上面两个议题的探讨之中了。从大家的发言中大致可以归纳出这几条:第一,应该坚决贯彻学术自由的方针。创作必须是自由的,文艺批评、文艺理论研究也必须是自由的。在大方向的指领下,应该容许各种观点自由讨论,在充分讨论中明辨是非,认识真理。只有这样,对什么是马克思主义,什么是非马克思主义,什么是反马克思主义的东西才分辨得清楚。第二,必须坚持解放思想,清除"左"的影响,改变教条主义地对待马克思主义的态度,大力革新过去多年以为已是绝对真理的旧观念和旧方法。第三,目前打开文艺理论研究新局面的主要任务是开拓,是提倡多样化。要相信群众有辨别是非、善恶、美丑的能力,正确的会长存下来,错误的会被淘汰。不要再搞"一言堂",再来横加干预,要充分肯定有闯劲、敢革新、能创造、有理论勇气的人,要进一步发扬在真理面前人人平等的社会主义民主精神。

1985 年 4 月

(原载《文艺理论研究》1985 年第 3 期)

二、新方法与旧方法

年来对文学研究新方法的探索,曾不约而同掀起了一个高潮,无疑这是一件好事,也可说是历史的必然。深闭固拒了外面的各种信息这么多年,一旦开放,突然发现原来外面的物质文明已飞跃进展到我们很多同行专家几乎已不大认识的程度,甚至连他们反映最新研究成果的论文也难于把握清楚了。发现而且能老实承认这一事实,我以为正体现了一种科学的求实精神。改革的紧迫感,就是这样迅速产生的。这对我们的追求进步,显然只有益处。

在建设社会主义精神文明方面,其中包括活跃文艺评论、繁荣文艺创作,我们面临的也是同样喜人的形势,而且也同样已经取得了不少成果。对文学研究新方法的探索,正是改革巨浪中一股奔腾向前的浪花。诚然,不少过去被认为天经地义的观念受到了冲击和挑战。新观念的确也还不能肯定全是经得起实践检验的。某些新名词新观念完全可能提出甚至流行一时之后因为拿不出实在的成绩而逐渐销声匿迹。可是不少过去由于得到非科学的力量支持而曾被认为神圣不可侵犯的东西毕竟已不再继续占有那样的位置了。大胆探索,敢于争取,在真理面前人人平等的精神和胆识已逐渐在蔚成风气。"众说纷纭",好不容易才得到了在学术研究中是"正常状态"及"发展标志"的评价。难道能说对新方法的探索,总体来说是白费力、瞎起哄吗?对新事物,抓住一点缺失、毛病、欠妥之处,是非常容易的,但如果坚持老一套,依然抱住"假、大、空"这些货色不放,那么改革又从何谈起,怎能求其实现呢?

有些话,给了人这样一种印象,旧方法都不行了,没用了,新方法才管用,有前途。我不知道谁曾明白说过这种话,但明白表示有这种印象的人确实有。说有这种印象的未必有什么坏意,却值得倡导新方法的同志们注意,不要把话随心说绝;偏激也未必有什么坏意,然而毕竟不是科学的态度。我认为方法不可简单地以新旧定好坏分优劣。我们现在欢迎、鼓励新的探索,就因旧方法中有些确实原就不完善不科学,或者情况改变、要求提高后,已不能适应新的形势,解决新的问题了。不能说过去行之有效、已成规律的方法,只因它是旧的,就全部否定、抛弃。普遍规律性的东西,终古常新,即使它还需要发展,也还是有生命力的。过去有些方法,只能解决某一方面或某一层次的问题,别些方面层次的问题需要另外探索,这是非常必要的。只要这种方法对解决这一方面这一层次的问题仍有效,就仍不能否定、抛弃它。我们应该重视的是科学,是实践的效果,是多样化、集大成、在建设社会主义精神文明大目标下的长远利益,而不是只用新或旧来做选择评价的准绳。

也曾听说,有人认为新方法的探索已在走下坡路了,因为并没有做出什么实际的成绩,使人信服。我看不是这样。稍稍沉静下来,从表面的热闹转入深入的熟悉、思考,从提倡探索转入对文学作品本身的细致钻研,这是在向深层发展,是在走上坡路。第一手资料的介绍工作正在加快,不甚懂而生吞活剥、生搬硬套的东西已显然减少。人们从爱护出发的埋怨和指摘起了不少促进作用,研究工作者的努力学习与努力融会运用已逐渐显出成绩。在这种形势下,早先那种浮光掠影、装满新名词,却并没有明白说出多少实际道理的文章不再吸引读者是很自然的。这种文章少下去,难道可以证明是在走下坡路?还没有做出多大成绩,难道可以证明新的科学方法以后也肯定做不出多而大的成绩?在科学研究上,不能都要求"立竿见影"。方向明,求实效,研究工作者自己下苦功,不脱离研究对象的实际,不作抽象空谈,力求有更深广的视野、更透彻的见解,加上大家对这种探索的积极扶持、鼓励和帮助,我相信新方法的探索就有极为光明的前途,同时行之有效的旧方法仍将发挥出它的巨大活力。

1986 年 3 月 14 日

(原载《文艺理论研究》1986 年第 2 期)

勇当改革闯将，
争攀文艺高峰
——首届"上海文学作品奖"
的总结发言

一

中国作家协会上海分会举办的首届"上海文学作品奖"的评奖工作经过有关各方面同志的共同努力，顺利告一段落。1982—1984 这三年间上海地区作家在全国范围内发表的包括小说（长篇暂缺）、诗歌、报告文学、理论（评论）四类 39 篇获奖作品，现已揭晓。我谨代表评奖委员会，向获奖的作家、理论家同志们致热烈的祝贺，同时，也向密切配合、协助我们进行工作的所有同志，致深切的谢意。

近几年来，上海地区的作家、理论家们，在社会主义文艺事业的建设和发展中，做出了许多可喜的成绩。涌现了一批具有全国影响、深受各方面注目的中青年作家和理论家，可以说新人辈出，佳作如林，全国范围创作繁荣、评论活跃的大好形势，在上海已有了明显的反映。上海地区的老作家、老理论家们也多宝刀未老，志在千里，在不断发表新作，勇于承担各种重任的同时，非常关怀中青年同志的成长，对他们的每一个成功都感到喜悦，满腔热情地对他们寄予最大的希望。上海地区的文艺工作，以其坚决执行党的十一届三中全会以来的正确方针、政策，勇于坚持解放思想，反对"左"的一切表现，抵制资产阶级的腐朽思想及封建主义遗毒，在原则基础上不断扩大和巩固文艺界大团结的实绩，创造了前所未有的大好形势，这种形势我们相信将越来越好。

评奖工作可以说明党和人民对文艺事业的重视。获奖的作家理论家们看到自己的辛勤劳动成果和忠于生活、忠于人民、忠于艺术的高尚理想与美好感情受到社会的尊重和欢迎,当然会觉得欣慰,而更加发挥出他们的创作积极性以及巨大创造力。同时这也向所有文艺工作者指明了努力的方向,说明在今天,任何对人民和社会主义事业真正作出了贡献的人才都再也不会被扼杀或埋没。但评奖工作还另有其重要意义。整个评奖过程实际也是一次群众性的对我们过去几年文艺工作的回顾与展望、检阅与思考,使我们既能看到成绩,充满信心,也能找到差距,发现缺点或薄弱环节,有利于我们今后能把工作做得更切实有效。

通过回顾与展望,检阅与思考,我们觉得,近几年上海文艺工作的主流确实是好的,方向正确而明朗,整个形势欣欣向荣,正在向繁荣、活跃、兴旺的喜人局面稳步发展前进。

这几年上海的文艺创作和理论批评,总体来说充满了一种体现时代要求的开拓、探索、创新与追求的改革精神。长期闭关锁国、自我膨胀的结果,是现代化的各种信息严重阻绝,实际上早已陈旧过时的东西在我们这里仍在奉为绝对的真理。优秀的文艺作品是全人类共有的财富,任何一个国家、民族的作家、理论家,只要他们的作品和理论是经得起广大人民实践的检验、科学的证明的,他们的经验和技巧是行之有效、激动人心的,就都值得我们欢迎、借鉴,上海文艺界同志衷心拥护英明的开放政策,一贯主张解放思想,锐意改革,探索拨乱反正、振兴中华的途径,其中也包括如何迅速形成创作繁荣、评论活跃的生动局面。在各类文艺创作中,围绕"改革"这一总的要求,同志们写出了许多各有特点、具有自己见解、自己风格、自己方法的优秀作品。他们发扬了文学作品应有的批评精神,大胆揭示社会前进中的矛盾和冲突,通过描写各种人物丰富、复杂、微妙的精神世界,反映出了我们这场实质上是一次深刻革命的"改革"的艰巨性与复杂性,当然同时也有它的必然性与不可抗拒性。这些作品以其无私无畏的英勇精神传达了历史前进的要求,喊出了亿万人民的心声。创作是从生活出发,通过刻划人物表达主体对现实社会的感受和评价。理论批评面对的虽是具体的作家作品,但出发点同样是现实生活的真相,不过是以不同的方式表现出他们的思考,是通过对作家作品的商讨来对双方共同关切的问题提出自己的见解,目的是完全一致的。这几年,上海的作家、理论家们,自觉地在新时期的历史洪流中锻炼自己、教育自己,开阔了视野,逐步调整了知识结构,减少了思维方式陈旧单一的缺点,思想境界明显有所提高。特别是,作为一个"灵魂工程师"必须首先具备的正直品格与理论勇气,都大大增长了。作家的尊严,艺术的尊严,同国家利益、人民利益的尊严从来没有像今天这样水乳交融,可以而且必须趋于一致。人们再也不会相信一个心里没有国家和人民利益的人能成为一个真正的作家、理论家。

二

在近几年来上海作家的优秀创作和理论批评著作中,有三个比较显著的变化,也可说是新的成就,值得提出来一说。

第一,从封闭到开放,从单一到多样的审美意识。这从各类优秀作品中都能感觉到这一点。长期以来,文艺思想定于一尊,好像每一个问题都已有了完整、正确的答案,至少够用几十、几百年了。现实生活不断在发生变化,事物越来越丰富、复杂,需要具体分析区别对待;一切当以时间、地点、条件的变化为转移,而不可教条主义地对待问题。马克思主义的这些根本观点在文艺领域里过去没有得到认真贯彻。封闭与单一被视为莫大的优点,稍有异议便是离经叛道,实践不是检验真理的唯一标准。在这种情况下,文艺创作和文艺评论几乎成了清一色的概念化、公式化、空话套话连篇的货色。说它像文艺,其实根本不是文艺;说它像评论,其实不讲真理。现在不同了,"禁区"被冲破,对外得以逐步开放,增进了交流,无论古今中外,只要是合乎科学的道理,能够增强艺术表现力的方法,都可以吸收。这就大大开阔了作家、理论家们的视野,深化了他们对现实社会的认识,增强了艺术感染力,同时对文艺作用的认识也大大扩展了。许多一向认为绝对真理的观念,在实际面前被证明至少并不完整之后,只好悄悄让各种大胆的思索和实践的试验在文艺领域里翱翔驰骋。创作与评论的领域不断得到开拓,各色人物的复杂命运与特定的心灵世界,色彩缤纷、气象万千地出现在作家们的笔下。老题材被挖出许多新意义,旧问题又作出许多新答案。多侧面、多角度、多层次地观察分析、评价现实生活的结果,不仅使作家们得以深化他的表现,而且也可以充分发挥他们的潜力,而读者们则从中得到了多样化的艺术享受,满足了他们不同的欣赏需要。

第二,从单纯的悲愤、倾诉、宣泄到冷静地思考、深沉地探索改革前进道路的历史意识。十年内乱给我们国家、民族、以及千千万万家庭和个人带来的"伤痕"确实也是"史无前例"的,不可能亦不应该忘却,该写而还没有写出来的仍多得很。开始倾诉以至大量宣泄也是一个勇敢的突破,须知"两个凡是"的威胁力当时尚不小。但突破了还要深化,悲愤之后还要找到昂起头来继续前进的道路。可是真正的社会主义道路在哪里?怎样去克服重重的障碍和困难?痛苦的哀歌,率直的急躁,可以理解却都难于解决实际问题。于是我们的作家、理论家都开始了冷静、深沉的探索,已经发展到民族文化心理结构一类比较深层的问题。既注意到了长期封建压迫下小生产者的各种局限性如何有助于极左思潮的推衍与蔓延,更为我们这个伟大民族虽然多灾多难、含辛茹苦,却始终还是不断在顽强地奋斗、兴旺地繁衍、自觉地凝聚和任何艰难困苦都不能使我们甘心屈服、都阻挡不了我们奋发向前的蓬勃朝气和永恒的、巨大的生命力所激励。我们应该坚决揭批一切危害人民、危害社会主义的时弊。既然要改革就不免要遭到各种陈旧势力的反抗,我们有些作家对此已表现出足够的勇气。历史的思考则进一步要求从更为深刻的层次上来探索根治积弊的方法和途径。尽管这种思考还是不全面的,不过,思考本身就说明了这是一种走向成熟、富有使命感的标志。并不是只有在历史题材的创作,或论证历史的理论研究中才须有历史意识,也不是在回溯或联系不同阶段不同时期的社会生活时才需要历史意识,就是在反映当前改革大业现实的作品中,我们同样非常需要深邃的历史意识。通常所说的"历史感",准确点说应该就是要从全人类以及我们民族的整个历史发展长河中来认识过去,把握现在,展望未来,从中看到历史的必然即是中华民族的否极泰来,腾飞九霄。这类作品使我们能在苦痛后依然振作奋起,在遭到严重挫折后依然对我们国家民族、我们的未来充满信心。

第三,从厌恶束缚、仍顾虑受打击到自我松绑、大胆追求的创新意识。我们的各类优秀之作都已在努力追求形成自己的特点,再也不愿为过去那么多的僵化、老化的模式、框套所束缚,当然尤其不愿再盲目听从那种分明脱离实际、有害国计民生的瞎指挥。作家评论家们敢于用自己的眼睛观察,用自己的头脑思考,用最能发挥出自己长处、充分利用自己潜力的独特方法来进行艺术表现。评论也是一种创造,也应该是一种艺术,这原是我国文艺评论的一个优秀传统。只要是写出了社会真相的,精神积极向上、健康乐观的,能给人启发、教育以及正当娱乐的,人民都需要,什么都可以写,作家也都敢写。只要能激动感奋人心,有潜移默化的强大吸引力,本来什么方法都值得采用,随便怎样写都值得欢迎。用不着嘲笑它"四不像",指责它采用了外国什么派的某些手法。作家们果然并没有被这种站不住脚的嘲笑和指责吓退。须知对"经典"著作中的片言只语,过时教科书中的那些陈旧观念,已只有迂腐的书生们才会向之膜拜了。新时期文艺工作者敢于独立思考、行使本当属于自己的创作自由、评论自由的权利,应该肯定这是一种极好的品质,极大的进步。我们已经在很多作家、理论家的作品中看到了把忠于生活、忠于人民、忠于自己、忠于艺术这四个方面竭力统一起来的势头。"千人一面"、"千部一腔"、"千篇一律",我国古代文艺评论早已把这些弊病悬为创作的厉禁。优秀的作家、评论家现已冲破多年造成的禁锢束缚,而且作出了创造性的成绩,这是非常可喜的现象。

三

上海的作家、理论家们这几年都在前进,写出了不少优秀的作品。这是他们刻苦努力、辛勤劳动的结果。但毫无疑问,如果没有党的十一届三中全会以来的路线、方针、政策,包括对文艺方面的决策(中央书记处在作协第四次代表大会上重申的进一步克服"左"的思想影响,保证创作自由,坚持"双百"方针,改善和加强党对文学事业的领导,正是这种决策的明确说明)的指引和支持,要取得这样的结果将十分困难。社会主义民主的进一步扩大,政治局面的稳定与经济形势的发展,这是创作繁荣、评论活跃的客观前提,而作家理论家们社会责任感的大大提高,对生活认识的自觉深化,无比珍惜来之不易的自由创作的权利,也为产生优秀作品提供了必备的主观条件。全国各地优秀作家、理论家们的努力和成果,当然也推动和帮助了上海的同志,使上海同志有了具体的学习榜样、互相促进的亲密伙伴。

上海的作家、理论家虽然这几年做出了不少成绩,但我们清醒地知道,比起我们应该取得的更多更大成绩来说还距离甚远。上海是中国最大的城市,世界著名的大都会之一。现在上海又肩负着对外开放、深入改革,要在发展经济、科技、教育、文化、学术等各方面都起巨大作用的重任。上海的改革是如此光荣而艰巨,上海的生活是如此复杂而丰富,对上海的作家、理论家来说,反映上海、促进上海的改革,无疑是应该首先勇于承担起来的责任。在这块具有光荣革命战斗历史,鲁迅、茅盾两位现代文学大师发挥过巨大作用的土地上,如果我们的工作做得更好一些,大家更努力一些,把老中青三代的文学大军组织起来并把修养、素质更加提高,难道史诗式的伟大作品不可能从这里破土而出吗? 这是完全可能的,我们大家都应该树立这样的雄心大志,对艰苦创业有足够的勇气和信心。

为此,我们就不能不正视在自己身上还存在着的很多弱点和工作中的不少薄弱环节。我们所以还未能产生高瞻远瞩、大气磅礴、非常激动人心的巨大作品,就因我们深入生活、深入各色各样人物的灵魂世界还不够,还因为我们作为改革大业的当事人而不是旁观者去深入生活深入人心不够。只有坚持共产主义的理想和有力量进行细密的观察分析,才能把我们的作品引向前所未有的深广度。作为创作主体,我们的知识结构、思维方式仍嫌狭隘、简单,而且容易凝滞,赶不上时代的迅速变化、知识的频繁渗透和爆炸式增长。无可讳言,我们有些同志对本国优秀的文化遗产以及悠久的发展历史还不够熟悉。有些作品纤巧有余,力度不足,或有些新意,却缺乏深度。同志们已经有了较好的基础,如能在历史的与美学的修养方面借助于古今中外文艺大师们的实践经验进一步加以充实,就一定能写出更为成熟精美的作品,成长发展得更快。兼收并蓄、取精用宏、厚积薄发、由博返约、持之以恒、精进不懈,古人讲的这些积小成大、终能自成一家的道理,是深有启发意义的。

　　这次评奖工作告一段落了。获奖作品并非完美无缺,它们将继续接受群众和时间的检验。希望获奖的同志们更多地从广大读者的思考和评论中吸收营养,不断地提高自己,以便担当更大的责任。让我们上海所有从事文艺工作的同志们,在这伟大的时代面前,共同立下这样一个宏愿:勇当改革闯将,争攀文艺高峰!

1985 年 7 月 20 日

　　(本文摘要曾载于 1985 年 8 月 8 日《解放日报》,这是全文,作者是这次评奖委员会的主任)

关于"寻根"的断想

一、根深则叶茂

近来文艺界掀起了一番"寻根"的热。有的同志为此冥思苦想,有的同志为此跋山涉水,深入荒原不毛之地,有的同志又以为这是在随队起哄,把俯拾即是、随地可得的东西说得玄远难寻,因而似乎必须上天下地去苦苦求索。

若可以树木为例,树叶茂盛喻创作繁荣,那么树叶何以能特别茂盛呢?我没有研究过植物学,不清楚是否有叶茂而根并不深的植物,但"根深叶茂"作为一般原理早为人们公认,似无可疑。根不深而叶尚茂的树可能有,这种东西在某种小小的盆景里便有,那叶子甚至花实确实不一定稀稀拉拉。不过这毕竟是盆景,与蔚为壮观荫及数十亩大地的参天大树到底不能同日而语。盆景里的叶茂,同参天大树上的叶茂,气象、魄力的差距是绝不能相比的。

参天大树的根肯定很深很深,否则大风一来,它早就被刮倒了,哪能有几百、上千年的寿命,哪能矗立得如此又高又大。那么,除了在土壤的深层,它的根又能在什么别的地方呢?要寻它的根,就到大树下面的土壤深层中去寻找好了,生长不易,寻找非难,并不神秘。

我看这个例子用来说明文艺界寻根的问题,未尝不宜。

文艺创作的根是在现实生活之中,也不妨说,亦在直接参加创造性实践的人民群众的心灵之中。无水不能有鱼,无土不能有树,社会生活和群众心灵就是文艺创作的水和土。水大鱼大,土深树高。对社会生活越是有深广的感知,对群众心灵越是有深切的体察,如果有了这样的深根,艺术功底又足以敏锐独

1551

特地抒写自如,参天大树一般的高峰巨著就有可能产生出来。这中间当然同时包括着作家应备的主体条件。

这一道理是对的,因之不必把"寻根"说得玄远难能。但我以为同样也不必把"寻根"看得太易,把"寻根"者说成似在庸人自扰。因为提出"寻根"问题的同志,未必都不明白前一层次的道理。他们可能尚不满足于一般原则的认识,而想从我们悠久的历史背景、深层的民族心理、复杂的文化环境、传统的伦理道德以至审美观念等等中来分析研究我们的生活我们的人民之所以能发展成今天的样子,从历史的积淀中寻出最值得我们吸取教训和发扬光大的东西。这样的探索可能一时不易得出比较一致的结论,或还可能被认为空泛不实,我却以为这是值得探索的,因为这种探索要解决的是另一层次的问题,不是一般原则能够笼统解决的问题。过去理论研究之单调狭隘,文艺创作之易入框套,不是很吃了只是停留在一般原理的重复、一般号召的遵循上的苦头吗? 如果说"寻根"者中有些陷于猎奇,或辨别不清什么才是真正的根,我们民族得以蕃衍发展至今的主心骨究竟何在,这是探索过程中难免会有的现象,可以在讨论中取得解决办法,不足为奇,也不足为虑。只要有利于我们的生存和发展,活跃与繁荣,方向明确,脚踏实地,我以为有志"寻根"者仍可以继续寻下去,决不会因此损失什么的。文艺创作与理论研究岂不都存在着根深才能叶茂的问题?

二、从民间文艺中去寻真正的"根"

近来文艺界的"寻根"热已扩大到思想文化界,都想从我们民族的悠久文化、文艺积累中,从其深层构造中,寻出能为建设新的精神文明继续发挥作用、可以发扬光大、臻于繁荣的根基之所在。我认为这是一种很有意义的探索,反映出许多同志已经不满足于一般的号召,而希望能在历史发展过程的实绩中甚至仍然还可看到的社会风俗习惯中去找到对今天还有意义的东西。

正是因为还在开始探索之中,探索的着眼点又并不尽同,对"根"的认识存在差异,这是并不奇怪的。随着探索的深入,寻找的方法不断改进,尤其是,当我们明白探索的对象原是如此广阔而深沉,决非匆匆一瞥、灵机一动就能把真正的"根"找出来,我想,我们的探索工作将会逐渐建立在一个远比现在坚实的基础上,而且目标也越来越明确。

我们这个民族经历了漫长的复杂的发展过程。我们这个民族的根系深深植在我们每一个人民的心里。比之有形的典籍,尽管它已无比丰富,但千百年来积淀在人民心里、血液里的东西实在比浩瀚的典籍更加具体生动,更加能够感受到它的脉搏和跳动。正如一株参天大树不可能只有一支光溜溜的大根一样,反映在每一个人民心中、血液里的"根",在主根之外还有许多支根和更多更细的须根。对人来讲,这许多支根和须根,当然同植物的主要在于吸收水分和养料有所不同,不过借来说明各人之间的表现,存在着多样的面貌。例如,无须讳言,有些人的头脑里一直到今天还深深地被重男轻女、迷信鬼神、欺善怕恶、狭隘保守、人身依附、精神胜利等等落后、愚昧、甚至野蛮的东西束缚和禁锢着。由于各种复杂的历史原因造成的这些根根须须,即使不到穷山僻壤中去寻找,在热闹城市里确实也还到处可以看到它们的形形色色的表现。问题在:伟大的中华民族是靠了这些才生存、发展、屹立于世界上的吗? 这些根根须须便是我们的主根吗? 我们寻"根"的目标究竟是什么?

根根须须中有落后腐朽的,有封建反动的,需要"寻"。"寻"的目的是为了革除、清理,要求前进。决不应是为了"猎奇",当作"新鲜"的东西来向人们展示,借此增加"门票"效益。这种情况还有存在。难道作家的使命感可以这样来表现的吗?

我觉得,寻"根"主要应寻出我们民族文化、文艺的"主根",体现"中国的脊梁"的伟大精神之所在。书面和口头的民间文艺中存在着体现这种精神的丰富资料。鲁迅早就不止一次指出民间文艺的清新和刚健。他当然并不是专从政治内容来讲的,其中包含着真善美多方面的因素。文人文学中当然也有不少很好的东西,但如只从、或主要从文人文学中去寻"根",就难免要造成许多遗漏了。

从深层的文化结构中来探索民族化的社会主义文明建设的道路,我们的目标是使社会主义的思想文化更能深入人心,更有利于我们的改革大业。离开了这一目标,将是方向不明。而若离开或忽视从民间文艺中来研究、寻找这个问题的回答,恐怕也会事倍而功半。除了对暴君、奸佞、贪官污吏、恶霸流氓等等的痛恨,民间文艺中那么多对正直行为、纯洁友谊、高尚品德、坚贞爱情等等的动人描写,难道不同样是非常可贵的吗? 不但思想感情深刻地影响后人,那使广大读者喜闻乐见的艺术形式有些至今仍具有强大的生命力。在寻"根"问题上,我觉得这一认识问题需要进一步明确,还有很多工作要做。

(此两文分别载于《文艺理论研究》1986 年第 4 期和《民间文艺季刊》1986年第 2 期)

发展马克思主义的
途径无限广阔

一、发展马克思主义的途径无限广阔

马克思主义哲学需要继续发展，也必然会发展，而且发展的途径无限多样、广阔。

比如中国的气功和传统医学，从道理上说我完全不懂，但它们对锻炼身体、防治疾病，就我所亲眼目睹的事例而言，虽然谈不上丰富，却已有很多令人惊讶的奇效，决不都是江湖骗术。又如人体的特异功能，有人说无，我也并未见过，但曾亲耳听到过几位原亦不信其有的真正科学专家谈到他们亲自进行实地严密考察过的情况报告，这种功能在某些人身上确是存在的，虽然未必一辈子在任何情况下都存在。既然已经实践检验其确实存在并颇有效，虽然我们还未深明甚至还未知道其中蕴有的奥妙道理，便不能说它一定不是科学，是荒唐谬悠之谈。人类现在乘卫星可以登上月球，已全部可用科学真理来加以说明，但在过去，有几人能不斥为唯心主义的奇谈怪论呢？

钱学森同志最近在《从中国气功想到新的科学革命》[①]一文中，对这问题提出了他的看法，并把它提到发展马克思主义哲学的高度，视为可能的发展途径之一。我认为很有启发性，也富于现实意义。意义就在人们完全可能从过去很多认为神秘、不可知、主观、唯心的东西中找出科学的根据和道理，只要它确实是存在的，被事实证明是有效的，可被人类利用来改造世界和自己的。不加研

---

① 1986 年 5 月 12 日《光明日报》。

究探索,不理会实践经验,死抱住某些陈旧的教条和观念,对自己不理解、不习惯、无认识的新鲜或不常见的事物听了就摇头,见了仍一味怀疑,而自命是在坚持什么真理,捍卫什么纯洁性,还颇振振有词,如果要谈马克思主义,那么能说这样的人是把马克思主义的生命力放在第一位的吗?

学森同志谈得很好:"我们要研究人类如何认识包括自身在内的客观世界,认识之后,还要研究如何改造包括人类自身在内的客观世界,这确实是一项十分艰巨的任务。要进行这项研究,就要开辟一条新的途径。我相信,气功和我国传统医学(包括中医、蒙医、藏医,还有其他民族医药等)以及人体特异功能这几个方面综合在一起,一旦同现代的科学技术相结合,就一定会变成马克思主义的科学,也就是真正的科学。同时,在结合的过程中它还会改造现代的科学,使现在的科学再提高一步,这也就是我们所要做的一件大事。这件事做好了,必然导致爆发一次科学革命。"这将可以认为是东方的科学革命,"在这个过程当中,马克思主义的哲学也将得到深化和发展。这是由于马克思主义哲学并不是僵化的,我们推动一次科学革命,必然也会使马克思主义哲学本身也得到发展。"

学森同志近年发表了不少具有创新意义的哲学文章,这些文章的特点就在他结合了高度的现代科学技术知识,既没有陷于机械唯物论,也未坠入二元论。他能以辩证唯物主义为指导,力图运用马克思主义哲学来探讨诸如思维、意识一类似乎很普通、实际还存在很多难关的问题。他不唯上,不唯书,不背诵罗列教条,总凭科学态度来进行深入的思考,不断提出崭新的见解,引起了广泛的注意。不愧是一个凭学力而非权力获得人们赞赏的真正的科学家。

物质和精神、客观和主观、大脑和意识之类的问题,长期以来,一是一,二是二,谁先谁后,孰重孰轻,似乎早已弄得清清楚楚,已成天经地义的了。谁要认为这类问题还可分析研究,例如强调一下主体的作用,轻些也很易被认为是离经叛道。人体本身也是客观世界的一部分,主体性难道能同群体性没有关系?人是各种社会关系的总和,意识反映存在,如果没有人的极大积极性和创造力,则各种矿石还会深埋在地层里,变不成各种改造世界、推动科学革命的先进机器的。离开了人,人的努力和创造,人的精神力量、远大目光,建设一个新世界的目标就无法实现。涉及人体本身,这些东西的辩证统一的问题,被学森同志认为"这是最难最难的一个问题"。不知惯于以"马克思主义认为"口气说话的同志,对此将怎样评价。

发展马克思主义哲学的途径,过去多凭思辨、逻辑推理,从概念到概念,抽象虚玄,即使不无道理,也叫大多数人摸不着头脑。大概还极少人想到研究中国气功、传统医学和人体特异功能亦是途径之一罢?古人说过"道不离器",器改进了,创新了,道也得发展嘛。离器谈道,脱离了不断在变化着的实际和因而出现的种种新现象、新经验、新问题来谈道,怎么能谈得好,怎么能帮助人们分析问题解决问题,推动社会进步呢?

"器"是很多很多的。在文艺实践中,典型、形象思维、性格复杂性、主体重要作用、各种心理影响、灵感,等等数不清存在不同见解的问题都也是"器"中应有之义,都可以经过科学研究成为发展马克思主义的途径之一。"条条大路通罗马",大路也是从小径或无路处走出来的。"宽松"不仅指态度,也包括学风、方法,就更有作用了。

(原载《批评家》文中的一节,1986 年第 11 期)

二、马克思主义谁也无法垄断

我有一些深佩其马克思主义修养很好的师友,却常听他们自叹对马克思主义的知识还很少,还很不会好好运用来解决新出现的各种问题。可是也常常读到不少文章,听到不少议论,总声称自己是根据或按照马克思主义的道理来写这篇文章、发这番议论的。有些文章引用了马克思的语句而冠以"马克思主义认为"如何如何,有些文章并没有引用,大概自信已融会贯通,也动辄自称"马克思主义认为",俨然成了马克思的化身、马克思主义的代表。我不想一概否认两种情况中都可能有点马克思主义的东西在内,可也不愿相信敢于这样写下、讲出的东西中一定会有真正马克思主义的东西在内。

如果不顾及时间、地点、条件等因素在内,大量引用马克思主义的语句来说写一番,就能算是一个马克思主义者了,那不但太容易,而且正如马克思自己也曾说过的一样,他自己就不是这样一个马克思主义者。马克思主义同教条主义应该是无缘的。自己对什么问题愿发一番议论,完全可以,却一定要来个"马克思主义认为",好像已得到马克思授权似的,实在自作聪明,大言不惭到了极端荒唐的地步。不但马克思主义需要发展,其基本原理在不同时间、地点、条件下,面对不同问题应如何灵活运用,是否真理,还需经过实践来检验嘛,怎么就可说你这番议论一定便是"马克思主义认为"的了呢?你说的虽或有点道理,还需经实践来充分检验,有待于补充修正,如果你说的竟是一些胡话,人们若相信了时,岂不误了大事。至于那些连好的动机也没有,只想用这样的语言来压倒、吓退持不同意见的对方,陷对方于反马克思主义的罪境,那就愈不成器了。

我认为,马克思主义的基本原理,是在争鸣中被认识,在革命实践中得证明,在不断发展中有丰富,从而产生无限的生命力的。马克思虽已逝世,马克思主义远未终结,马克思主义真理的发现和发展工作,还有着无比广阔的前途,同时还需要做无数艰巨复杂的努力。谁以为已穷尽马克思主义的真理,谁以为他能够垄断马克思主义,不但可以证明他根本不是一个马克思主义者,实在还是一个不自量力,缺乏起码自知之明的人。古人说得好:"学然后知不足。"不学,所以就以抄录些字句为满足,甚至膨胀到自以为已成什么"权威"人士,可以颐指气使别人了。

我相信马克思主义是科学,它的基本原理已为很多革命实践的成功所证明。但任何科学都还在迅速发展,不断有所突破、创新,马克思主义不能例外。理论是实践的总结和升华,马克思不可能深知各国各民族的许多事情和许多实践经验,更不要说他们逝世后出现的无数新情况、新事物、新经验、新问题了。我国古代有大量的抒情诗、政论文、史传、随笔杂记、山水诗文,这都是我们文学作品中的瑰宝,很多确是脍炙人口的千古名篇。但如硬要用马克思对某些作家作品说过的社会本质、典型人物一类字句来界定判断的话,我们这些千古名篇就很难被承认是也反映了现实生活、世道人情,具有艺术特点的文学精品了。责任还在我们自己,为什么总要那样生搬硬套,削我们之足以适他们某些字句之履?他们并不是在写"文学概论",从来没有要我们把这些个别结论引申扩大成普遍的原理。现在对这些问题难道还不可以敞开思想充分讨论吗?如何解释中国古代文学的某些特殊现象、审美习惯和基本价值观念,认真的马克思主义者一定承认还有很多非常需要非常有趣的工作要做。用马克思主义的立场、观点、方法来阐说和发扬我国传统文化的精华,无论在理论上还是在当前的改革实践中,都能够既对我们的社会主义文艺事业、也对人类文化的交流作出重要的贡献。

马克思主义是科学,科学是大公无私的。每一个力图成为马克思主义者的人,都应该抱着大公无私的态度,以别人不来参加探索、共同努力发展真理为莫大遗憾,并认为是自己工作中莫大的缺点,从而真心诚意欢迎、鼓励更多同志一起来平等、友好地研讨。否则,无论怎样自我吹嘘、自我膨胀,对坚持和发展马克思主义,都只能帮倒忙,起反作用。

1986 年 8 月

(原载《文艺理论研究》1982 年第 2 期)

三、闲话自封的马克思列宁的代言人

人们时常能够从报刊上读到这样一种论文,如果它谈的是文学问题,那么作者开口闭口便是"马克思列宁主义的文学理论认为"如何如何,如果它谈的是美学问题,那么作者开口闭口便是"马克思列宁主义的美学认为"如何如何,诸如此类。

不能说,所有用了这样一种口吻写成的论文都是要不得的,缺乏说服力的。但也无可否认,许多用了这样一种口吻写成的论文,不但没有产生较好的影响,相反却在过去几年来形成了一种教条主义的文风,获得的不是人们的感谢,却是人们的厌恶。人们厌恶它绝不是由于厌恶马列主义,否则他们就根本不会一顾这些论文了;当然也绝不是由于对它们的作者怀着什么成见,因为可以说读者绝大多数都并不认识他们。

这种论文的作者胆子真大。你知不知道马克思和列宁的著作共有多少?你已读过多少? 又懂得了多少? 至于说到"马列主义的×学理论或××学"之类,那么就以文学理论或美学来说吧,由于马克思和列宁的精力绝大部分都放到哲学、经济学的研究和实际领导斗争上去了,他们虽然在这些方面也都给我们留下了不少宝贵的教导,但并非已有很完整的系统;后来许多马列主义的研究者在这两门学问里的确已经累积了不少阐述性的成果,但若说目前已经建立起来了马列主义文学理论或美学的异常完备的体系,或者说所有这些整理和阐说都真正可以代表马克思列宁的见解,恐怕都未必恰当。那么,怎么就可以仅凭自己读过的极少一些马列主义作品,以及有关的一些未必完全正确的阐述,就大声宣布自己口里谈着的便是"马列主义的×学理论或××学"呢?

当然不能说,一定要等到把马列主义的著作全部读过并全部懂得之后才可以来谈马列主义。看来,边读边谈边做地不断思考、实践,倒正是要真懂得马列主义的一个必经的过程。人们的正当的怀疑只在于:为什么你竟可以把自己的探索纪录就说成是"马列主义的×学理论(或××学)"? 你怎么竟可以自封为马克思和列宁的代言人？

在自称就是"马列主义的×学理论（或××学）"所"认为"的如何如何中，有时确实存在着若干符合马列主义的东西，但时常也存在着很多未必符合或显然不符合马列主义的东西，而在那些大致符合的东西之中，则有些已从原来十分深刻周密的分析变成了简单抽象的教条。人们自然有理由责备：你以简单抽象的教条充作马列主义，便是使马列主义庸俗化，把它贬低；你以未必符合或显然不符合马列主义的东西说成就是马列主义原来的观点，便是对马列主义的重大歪曲。不消说，无论是贬低或歪曲，即使作者的动机并不坏，客观上对马列主义本身和对广大学习马列主义真理而又缺乏鉴别力的读者来说，都是有害无益的。

其实还并未懂得，或不过懂得了一点，甚至以为单凭寻章摘句就已不妨代马克思和列宁发言了，这至少就是教条主义；而在这种情况下所流露出来的那种"只有我是马列主义"、"我所说的就是马列主义"的横扫千军、简直不容人怀疑讨论的气派，那么至少也就是宗派主义。既然已经肯定自己所说的就是马列主义，那怎么还可以表示怀疑呢？既然只有自己才能代马克思列宁发言，那你们嚷嚷算得个什么呢？老实人自知马列主义本钱不足，看这种论文莫测高深，一下子就给唬住了；胆小者虽或有点怀疑，可是怕冒反马列主义的风险，结果就是对这种论文大家都不说话。如所周知，学术生机和研究兴趣却因此受到了不小的损害。

是什么造成了类此教条主义文风？这就是某些人灵魂深处的唯我独尊、我行你不行、马列主义只有我在行你不在行、或者只有我的马列主义才是"真正的""老牌的"等等思想在作祟。这些人大都是色厉内荏，本钱短缺，又急欲见信于人，别无他法，于是就赶紧挂牌子，想用这个妙法来压阵，封住别人的嘴巴，免得露出马脚来。可是丑媳妇难道一辈子都能躲过公婆面？何况今天又已杀出了"百家争鸣""百花齐放"的程咬金！

事实证明，用教条主义，用高压和拒人于千里之外或敬鬼神而远之等等办法，都不足以宣传和扩大马列主义的影响，因为这些作风办法，都绝不是马列主义的。马列主义也不能自封，应当听由大家来检验、评定。而且马列主义从未停滞过一分钟，根本就不能把经典作品中的个别字句当作永久都可到处套用的法宝。一篇论文尽可以一句话也没有提到马克思和列宁而仍是充分正确深刻的马列主义作品。问题不在于招牌，而在于考察、评价的立场、观点和方法。

把马列主义看得太容易，就会更加难于懂得它。看到它的复杂性，自己承认还很粗浅无知，和大家一道来探索其中的真理，共同携手前进，那么复杂的东西也就会逐渐变得比较单纯起来。"满招损,谦受益",这种于人于己都有好处的古训,对于开口闭口"马克思列宁主义的×学理论或××学认为"的同志们恐怕还是值得作为座右铭吧。

（原载《文汇报》1957 年 5 月 1 日）

发扬艺术民主，促进创作繁荣
—— 读周恩来关于文艺工作的讲话

　　艺术作品的好坏，究竟应该由谁回答，要谁批准，什么人说了才可以算数？这些问题，向来并没有，也不可能有一致的回答。封建贵族老爷和资产阶级大亨，以及他们在文艺方面的代表，当然认为好坏的评判权只能在他们自己手里，群众不过是一些粗人、俗人，哪有插嘴的份。群众也有眼睛，也动脑筋，对他们接触到的艺术作品当然有自己的看法，但由于几乎被剥夺掉了一切广为发表的权利，以致他们的观点很少能为人们知道。到了新社会，是非、好坏，似乎很快就能辨别清楚，然而事实亦不尽然。革命是在旧的基础上进行的，剥削社会的旧思想旧意识旧习惯根深蒂固，积重难返。有时由于缺乏经验，路线上存在问题，许多旧的东西还可能在貌似革命的名义下沉渣泛起，造成混乱。十八年前周总理斩钉截铁地指出的："艺术作品的好坏，要由群众回答，而不是由领导回答"；"艺术是要人民批准的。只要人民爱好，就有价值"，"人民喜闻乐见，你不喜欢，你算老几？"①这都是针对当时文艺界现实存在的弊病而发的，有些同志身子虽已进入社会主义社会，嘴里虽也常念"群众、群众"，可是接触到具体问题，要评判艺术作品的好坏时，头脑里种种旧东西就又冒出来，口口声声的群众观点一下子便不翼而飞了。群众回答的、群众批准的，都不算数，群众喜闻乐见的，他们照样可以不批准。他们似乎很尊重领导，却连周总理那么剀切的告诫都完全不听，把周总理的讲话"打入冷宫"。这些人实际上是在做官当老爷，嘴头所说好像正确的一些话全是假的。后来"四人帮"欣然接过这些假正经，恶性发展到登峰造极，以致一段时期里八亿人民只有八个"样板戏"，竟使人们厌烦

_____

　　① 周恩来《在文艺工作座谈会和故事片创作会议上的讲话》，1961 年 6 月 19 日。

得连收音机都不愿打开。文艺界被糟蹋成这个样子，创作怎么能不萧条、冷落！

周总理这些话都是真理。现在我们要求艺术繁荣，必须坚持这个真理。这些话是实践的结晶，艺术史上成功的经验可以为它作证，失败的教训也不断从反面给它提供证明。当代文学的实践可以继续检验它，古代艺术的实践早已对它进行过长期的检验。尽管在长期封建统治的社会里，不可能在这方面留下很丰富的材料，但即就我们接触的部分材料中，也已能为这个真理提供不少有力的证据。学习研究这些材料，对今天还是很有启发，很有益处的。

一、富有实践经验的群众最有艺术创造力和鉴赏力

从现有材料看，孔丘是在写作上看到集体力量的第一人。《论语》里有这样一段话：

> 子曰："为命，裨谌草创之，世叔讨论之，行人子羽修饰之，东里子产润色之。"①

为完成一个外交文件，有草创的人，参加讨论的人，进行修饰的人，再作润色的人。孔丘有意详述这一过程，一一列举人名，显然表示了肯定和赞许。这些人都是士大夫之流，并非劳动群众，但众人的智慧比单独一个人强，孔丘是看到的。看到了而又对人指点出来，在当时历史条件下，不能不说是一种合理的、很有价值的思想。这种思想显然只能从实践中得来。

曹植是建安文学名家。他写信告诉朋友，"仆少小好为文章，迄至于今，二十有五年矣"，但他并不妄自尊大，目中无人，既说"世人著述，不能无病"，也坦白承认"仆常好人讥弹其文，有不善应时改定"。任何人著述不能完全没有一点毛病，作者无论多么高明，别人还是可能发现他的某种错误或不足之处。而自己虽然已有二十五年写作历史，仍有很多"不善"的地方，承认人们完全可以讥弹自己的文章，觉得这有助于及时改正自己文章中的缺点。他以陈王之贵，而有如此客观的态度，足见在长期写作实践中确曾体会到不少真理，特别难得的他还有这样一种思想："夫街谈巷说，必有可采；击辕之歌，有应风雅。匹夫之

---

① 《论语·宪问》。

思,未易轻弃也。"①如果说能够讥弹其文的大抵还是同他过从亲密的学士文人,那么在这段话里所说未易轻弃的匹夫之思,该包括许多地位低得多,数量大得多的中下层人民的思想了。不要以为像曹植这样身份地位的人就一定不会有某种民主的思想。

东晋画家戴逵(字安道),又善铸佛像和雕刻。他曾造无量寿木像,高丈六,但古制朴拙,不够感动人心。为了改进,他偷偷地隐坐在帷幕之中,秘密听取群众的议论,他对所听到的议论,不论赞赏还是批评,都仔细加以研究。经过三年之久的思考琢磨,他终于雕成了一座理想的佛像②。

唐代画家周昉(字仲朗),德宗时要他为章明寺画壁,画时成千上万的人赶去观看。其中有些懂行的观看时或称赞其巧妙或指斥其谬误。他注意吸取这些意见,随时加以改定。开头意见纷纷,一个多月后,再也没有人批评了,一致赞叹他画得神妙③。

以上著名的例子表明这些作家艺术家有从善如流的雅量,但根本的一点,则是群众具有无可比拟的艺术创造力和鉴赏力。这些作家艺术家不可能一开始就有这种雅量,乃是在创作实践中真正体会到了群众的惊人创造力和鉴赏力往往胜过自己,才会逐渐养成这种雅量。

群众为什么能有无可比拟的艺术创造力、鉴赏力呢? 一句话,因为群众最熟悉生活,而生活正是艺术创造的源泉。群众生活在社会的底层,阶级斗争、生产斗争,各种日常生活,形形色色的人物,他们都直接参加过、亲自经历过,经常在打交道。为了吃饭、谋生,每个人都得劳动,干个营生,总是有所专精。单独的一个人在某些方面已经要比饱食终日的剥削者高明许多,合为千千万万的群众,凭群众的力量,用群众的眼睛、耳朵、脑子来进行创造或鉴赏,当然有无可比拟的力量。群众虽然很少直接进行艺术创造,但文艺史上一切伟大的创造都没有离开过群众的生活经验和思想感情。伟大作家之所以能成为伟大,就因他认识并肯定群众的力量,努力用艺术形象反映了群众的生活和斗争。

---

① 《文选》卷四十二《与杨德祖书》。
② 唐张彦远《历代名画记》卷五。
③ 宋郭若虚《图画见闻志》卷五。

樊迟请学稼。子曰:"吾不如老农。"请学为圃。曰:"吾不如老圃。"①

孔丘轻视农业劳动,自然不足为训,但他没有自命样样精通、无所不晓,多少还有点自知之明。后来韩愈说:

　　昔者齐君行而失道,管子请释老马而随之。樊迟请学稼,孔子使问老农。夫马之智,不贤于夷吾,农之能,不圣于尼父,然且云尔者,圣贤之能多,农马之知专故也。②

韩愈是极口称颂圣贤的,这里就说"圣贤之能多"。但有时他也很赞赏专精。有首诗讲到精卫衔石填海:

　　鸟有偿冤者,终年抱寸诚。口衔山石细,心想海波平。渺渺功难见,区区命已轻。人皆讥造次,我独赏专精。③

小鸟想衔石填海,哪有成功的希望,别人讥笑它愚蠢多事,他独欣赏坚贞不渝、生死以之的专精。韩愈的《师说》其实是好文章,其中好处之一,在指出"古之圣人犹且从师而问焉","是故圣益圣",圣人其实并非天生;好处之二,在指出巫医、乐师百工之人,都"术业有专攻","君子"瞧不起他们,其实"君子"才智远不如他们,他们倒是值得学习的。④"术业有专攻",群众各有其"专精"的所在,所以都有值得艺术家虚心求教的真本领。
　　苏轼记戴嵩牛一事极有意思:

　　蜀中有杜处士,好书画,所宝以百数。有戴嵩牛一轴,尤所爱。锦囊玉轴,常以自随。一日曝书画,有一牧童见之,拊掌大笑,曰:"此画斗牛也,牛斗力在角,尾搐入两股间。今乃掉尾而斗,谬矣!"处士笑而然之。古语云:

----

①　《论语·子路》。
②　《上襄阳于相公书》。
③　《学诸进士作精卫衔石填海》。
④　参看《师说》。

"耕当问奴，织当问婢。"不可改也。①

这件事古书中有很多大同小异的记载，杜处士或作马正惠，戴嵩或作厉归真，也有作张伟良的，内容则都是笑画家画斗牛而牛尾高举的失真②。名画家一旦脱离生活，陷于无知状态，就会失败。牧童、农夫对牛斗情状有真知，当然一眼就能看出牛尾高举的可笑。东坡从这里悟出"耕当问奴、织当问婢"之不可改，《图画见闻志》所谓"虽画者能之妙，不及农夫见之专也，擅艺者所宜博究"③，都有尊重专精的意思。这些文人学士都有轻视奴、婢、农夫的一面，但他们也有主张艺术家应该向这些人的专精学习的一面。"能之妙"，指有熟练的技术，"见之专"，指认识生活的深刻，熟练技术解决不了缺乏生活和认识肤浅这样的根本问题。古代评论家尽管其思想体系总的说来常是唯心的，但对其实践有素的事情，往往能提出符合实际的唯物见解，不能不加分析，笼统抹杀。

必须相信富有实践经验的千千万万人民群众是最有艺术创造力的，同时也是文艺作品最权威的评定者。文艺作品的好坏究应由谁来评定，这是马克思主义文艺理论早就解决了的问题，也是我国古代一些优秀作家、艺术家早已在实践中认识到了的问题。以为某些脱离群众的文艺领导和文艺专门家才是真正的权威，而人民群众则不是，是十分荒谬的。

二、文艺领导、文艺专家必须向群众学习，做群众的代言人

说人民群众最有艺术创造力，是最权威的评定者，并不是，也并不会削弱和否定文艺领导、文艺专门家的权威作用，只要他们不是脱离群众、藐视群众的。

传说宋朝的时候，四川成都每年春天都要"各求优人之善者，技艺于府会"，"自旦至暮，唯杂戏一色"。观众除官府外，还有大量普通男女百姓，官府也让这些普通男女百姓一道参加对所演剧目的评论。记载说："每诨一笑，须筵中哄堂，众座皆噱者，始以青红小旗各插于垫上为记，至晚，较旗多者为胜。有上下

---

① 见《东坡题跋》。
② 参看郭若虚《图画见闻志》卷五、曾敏行《独醒杂志》卷一，齐白石《艺苑谈琐》也有类似记载。
③ 《图画见闻志》卷六"斗牛画"条按语。

不同笑者,不以为数也。"①这些官府可以兼看作文艺领导和文艺专门家,大量普通男女百姓当然是人民群众。评论一个剧目,"须筵中哄堂",是说要领导点头;"众座皆噱",是说要群众也批准;上下同笑了才算数。"较旗多者为胜",老百姓人多,是否老百姓插的青红小旗要比官府多得多呢?若真是这样,则几乎等于群众说的算数了。大概不可能民主到这个地步,但总还是相当民主的,因为允许群众投票,允许把群众投的票也算在总数里面。群众人多,如果群众不笑,只有官府里一些人在笑,即使不点明旗数,恐怕也很难在场上通过罢。想不到宋朝成都地方这些官府,作为文艺领导和文艺专门家来看,倒还比当前某些藐视群众,把群众看成"群氓"的领导和专门家同志开明、因而也高明得多。

人民群众需要专门家,也承认有比个别群众高明的专门家。专门家是很可宝贵的、值得尊重的。但他们之值得宝贵和尊重,决不是因为他们有了那种"脱离群众、脱离实际、毫无内容、毫无生气的空中楼阁",而是因为他们能向群众学习,吸收由群众中来的养料,使自己的知识充实、丰富起来,把自己当作群众的代言人,而不是群众的主人、"下等人"头上的贵族。② 他们的"专门"表现在善于集中群众的意见而加以综合和提高。真正的专门家不能脱离群众智慧的基础,他的专门才能来自群众智慧的集中。群众中的情况也是各色各样的,个别群众的话不一定正确,甚至像《祝福》中柳妈对祥林嫂说的某些话,还实在听不得。走群众路线也不是要求对任何群众说的话句句听,怎么说就怎么办。专门家应该正确反映千千万万人民群众的愿望、要求和根本利益,对个别群众说的话进行思索、判断,"自己做主"③。尊重这样的专门家,同尊重人民群众并不矛盾,实际是一致的。

我觉得,在春秋战国时期广为流传的伯乐,大概就是这样一个专门家。他擅长相马,只要真是千里明足,能够驰骋沙场,即使正处在筋疲力尽牵拉盐车的困境中,他还是能把它识别出来,加以举荐。虽然传说是秦穆公的儿子,而竟长于相马,看来终是一个群众中来的专门家。他的相马本领不可能从"空中楼阁"中来,没有长期丰富的实践功夫,不是集中群众的智慧,是不可能具有的。千里马原是常有的,所谓"世有伯乐,然后有千里马",不过是韩愈的感慨,极言识才

---

① 庄季裕《鸡肋编》卷上。
② 毛泽东《在延安文艺座谈会上的讲话》。
③ 鲁迅《而已集·读者杂谈》。

知贤、知人善任的人物是多么重要,多么难得。① 宋朝画论家韩拙提出过不少好意见,但他说:"骅骝骎骎,天下皆知其为马也,非伯乐一顾,就别冀北之骏而为良?""马之无别,岂分骅骝骎骎之骏? ……识马者,伯乐耳。"他以伯乐为例,认为"贱隶俗人",不会有评定艺术的本领。② 我以为韩拙其实没能真正懂得伯乐,并非伯乐的知音,虽曾竭力称赞过他。

实际就以封建时代最高的官——皇帝来说,虽然都是剥削阶级的统治头子,为了维护其统治,也有稍具远见、比较开明,能知一人之见不必尽善,察纳群言的重要,因而政治搞得较有成绩的。例如唐太宗李世民:

> 太宗皇帝好悦至言……尝谓宰相曰:"自知者为难。如文人巧工,自谓己长,若使达者、大匠诋诃商略,则芜辞拙迹见矣。天下万机,一人听断,虽甚忧劳,不能尽善。今魏征随事谏正,多中朕失,如明鉴照形,美恶毕见。"当是时,有上书益于政者,皆黏寝殿之壁、坐望卧观,虽狂瞽逆意,终不以为忤。故外事必闻,刑戮几措,礼义大行。③

白居易也称赞过李世民类似的说话:

> 臣闻三王之为君也,无常心,以天下心为心;五帝之为君也,无常欲,以百姓欲为欲。顺其心以出令,则不严而理;因其欲以设教,则不劳而成。故风号无文而人从,刑赏不施而人服。三、五所以无为而天下化者,由此道也。后代反是,故不及者远焉。……岂不以己心为心,抑天下以奉一人之心也;以己欲为欲,咈百姓以从一人之欲也! ……臣又闻太宗文皇帝尝曰:"朕虽不及古,然以百姓心为心。"臣以为致贞观之理者,由斯一言始矣。④

李世民当然不可能真"以百姓心为心",但他没有"以己心为心,抑天下以奉一人之心","以己欲为欲,咈百姓以从一人之欲",多少是事实。白居易假借三王五

---

① 韩愈《杂说四》。
② 《山水纯全集·论观画别识》。
③ 《新唐书》卷一百三十二《吴兢传》引吴兢上玄宗疏中语。
④ 《白氏长庆集》卷六十二《策林》七。

帝的名义,实际是主张皇帝"出令"、"设教",都应顺从天下百姓的心愿。白居易自己是文人,所谓"出令"、"设教",当然也包括皇帝对文艺的领导在内。

白居易还从而发出了皇帝必须广开言路,甚至还得接纳工商、士庶谏言的这一段向来非常著名的议论:

> 天子之耳不能自聪,合天下之耳听之而后聪也;天子之目不能自明,合天下之目视之而后明也;天子之心不能自圣,合天下之心思之而后圣也。若天子唯以两耳听之,两目视之,一心思之,则十步之内,不能闻也,百步之外,不能见也,殿庭之外,不能知也,而况四海之大、万枢之繁者乎?圣王知其然,故立谏诤讽议之官,开献替启沃之道,俾乎补察遗阙,辅助聪明。犹惧来未也,于是设敢谏之鼓,建进善之旌,立诽谤之木,工商得以流议,士庶得以传言,然后过日闻,而德日新矣。是以古之圣王,由此涂出焉。臣又闻不弃死马之骨,然后良骥可得也;不弃狂夫之言,然后佳谋可闻也。……①

这段话如果用现在的语言来说,不妨是这样:聪明的领导者,从来都是重视天下百姓的意见,愿意接受天下百姓的谏劝的。他们所说的"天下"、"百姓"范围究有多大?当然不可能大到像我们今天所说的"人民群众",但他举出了"工商"和"士庶",又有"狂夫",显然已不限于亲近大臣和一般士大夫,而是包括了若干在政治上没有多少地位的中下层人物,在当时的历史条件下,应该承认是相当广泛的了。

上面白居易这些话,一方面说明即使是封建皇帝,也有像李世民这样的人,能够知道全凭一个人的主观意志,违背群众意愿来办事是不对的。他出会设教,倒不全出于"长官意志";另一方面,说明领导者只有比较尊重群众,察纳群言,才能变得稍为聪明一些,而且察纳的范围越广,也就越有利。当然,与其说这些话是反映了封建皇帝的贤明,还不如说是反映了绝大多数封建皇帝的太不贤明,而白居易自己则的确相当深刻地看到了主观唯心主义领导的不符合实际情况和不得人心,而从改革弊政出发,具有迫切要求改变这种不合理情况的民主倾向的。

类似白居易的这种议论,后来也是很多的。例如明朝吕坤就有不少精辟

---

① 《白氏长庆集》卷六十七《策林》七十。

思想：

> 圣人尝自视不如人，故天下无有如圣人者。非圣人之过虚也，四海之广，兆民之众，其一方一智，未必皆出圣人下也。以圣人无所不能，岂无一毫之未至，以众人之无所能，岂无一见之独精。以独精补未至，固圣人之所乐取也。

> 愈上则愈聋瞽，其壅蔽者众也；愈下则愈聪明，其见闻者真也。故论见闻，则君之知不如相，相之知不如监司，监司之知不如守令，守令之知不如民。

> 古之人，非曰位居贵要，分为尊长，而遂无可言之人，无可指之过也。非曰卑幼贫贱之人，一无所知识，即有知识，而亦不当言也。①

他认为愈上者愈多壅蔽，如严重脱离群众，其见闻才智必然比不上普通老百姓。并不是地位越高的人越没有毛病，越不该被人议论，也不是地位越低的人越没有知识，越不该议论别人。所谓"以圣人无所不能"，在他实不过一句门面话，"兆民之众"各有其"一见之独精"，足可补所谓"圣人"之未至，联系他后面两段话来看，才是他的真意所在。吕坤这些话的民主性，是非常鲜明、突出的。

在长期封建社会中，我们有专制统治的历史，也有反抗专制、要求民主、争取民主的传统。民主可以被压抑，但不可能被消灭。什么时候政治上比较开明，民主空气稍为浓些，艺术上的民主也就多些，文学艺术便会出现繁荣的景象。政治上毫无民主时，文艺园地必然萧条冷落，一片荒芜。秦王朝在历史上有其贡献，但文艺上成绩最少，与其极端专制有关系。

不管是政治领导、文艺领导、还是文艺专门家，一旦成了"一言堂"，不许众人言，一定要把自己说的一句话，甚至几个字，当作法律，或强迫别人尊重，不喜欢别人讨论、商榷，这就是一种"不好的风气"，至少"民主作风不够"。作为领导者，周总理说得最好："民主作风必须从我们这些人做起，要允许批评，允许发表不同的意见。"②领导的意见符合实际情况，符合群众要求，能够反映客观规律，人们自然会尊重、执行。尊重、执行这种领导的意见，实际上也就是尊重、执行

---

① 《呻吟语》。
② 周恩来《在文艺工作座谈会和故事片创作会议上的讲话》。

人民群众的意见。人民群众始终是文学艺术最权威的评定者，谁也否定不了这条客观规律。《水浒》自问世以来，不知被封建朝廷或地方长官用命令或条约之类来严禁过多少次，可是，始终未能如愿，老百姓还是喜欢看，人民从书中所写革命英雄锄强扶弱、劫富济贫等具体行动吸取教育，受到鼓舞，使封建时代的行政命令与"长官意志"终于只能成为废纸，无人理睬。可以说，这是这条客观规律不容违反的一个极显著的证据。

我们是生活在中国共产党领导下的社会主义时代，而且已经三十年了。唐太宗、白居易、吕坤等人，都有许多局限性，是不必说的。我们今天的文艺领导、文艺专门家，至少总该不低于他们的认识水平，不再依照主观唯心主义的"长官意志"办事才好。

三、发扬艺术民主，为繁荣创作提供必要条件

马克思说："人民历来就是作家'够资格'和'不够资格'的唯一判断者。"[①]毛泽东同志说："我们要同群众一起来学会谨慎地辨别香花和毒草，并且一起来用正确的方法同毒草作斗争。"[②]又说："戏唱得好坏，还是归观众评定的。要改正演员的错误，还是靠看戏的人。观众的高明处就在这个地方。"[③]革命导师讲的这些话，道出了古往今来许多大作家大艺术家的共同体会。这些话讲得很对，因为符合客观实际。

欧洲文艺复兴时代意大利三大艺术家之一里阿那多·达·芬奇这样说过：

　　一个人在画一幅画，一定要倾听任何人的意见，因为我们知道得很清楚，一个人尽管不是一个画家，他对旁人的形状还是可以有正确的看法，可以正确地判断他是否驼背或是有一个肩膀太高或太低，他的嘴或鼻是否太大，或是有没有其他的缺点。[④]

---

① 《马克思恩格斯全集》，第1卷第90页。
② 《关于正确处理人民内部矛盾的问题》。
③ 《毛泽东选集》，第5卷第316页。
④ 《笔记》，译文见《世界文学》1961年8、9月号第208页。

任何一个普通人只要他是富有生活经验而又理智健全的,他就能对艺术家的创作提出这样那样的好意见,至少可以对艺术家提供重要的参考。艺术是反映生活的,生活非常丰富广阔,描写对象复杂多样,而且还在不断变化之中,没有哪个真有自知之明的艺术家敢于夸口他不但洞察一切并能充分表现一切。

法国的大戏剧家莫利哀特别信任剧场里池座的称赞:

> 我相当信任池座的称赞,原因是:他们中间有几位能够按规矩批评一出戏,但是更多的人却照最好的批评方式来批评,也就是,就戏看戏,没有盲目的成见,也没有假意的奉承,也没有好笑的苛求。①

所谓"池座的称赞"也就是普通观众的称赞,因为普通观众都坐在池座里,贵族、上等人才坐得起讲究的包厢。群众的批评从生活实际出发,有什么说什么,合情合理。

德国的大文学家哥德,一方面指出学究式专门家脱离实际脱离群众的批评大抵是片面而不得要领的,这种人虽然知道得不少,但"知识渊博是一回事,判断正确又是另一回事"。如果批评家对所有的作品"都只注意到故事梗概和情节安排","毫不操心去探索一部剧本的作者替我们带来什么样的高尚心灵所应有的美好生活和高度文化教养",那么,这不过是一个低劣的评论员罢了。② 另一方面,他又自述切身体会,深深感到乃是群众的感情、思想、经验哺育、培养了他。他说:

> 在我的漫长的一生中我确实做了很多工作,获得了我可以自豪的成就。但是说句老实话,我有什么真正要归功于我自己的呢?我只不过有一种能力和志愿,去看去听,去区分和选择,用自己的心智灌注生命于所见所闻,然后以适当的技巧把它再现出来,如此而已。我不应把我的作品全归功于自己的智慧,还应归功于我以外向我提供素材的成千成万的事情和人物,我所接触的人之中有蠢人也有聪明人,有胸怀开朗的人也有心地狭隘的人,有儿童,有青年,也有成年人,他们都把他们的情感和思想、生活方式

---

① 《太太学堂的批评》第 5 场。
② 《哥德谈话录》,第 126 页,评史雷格尔。

和工作方式、以及自己所积累的经验告诉了我。我要做的事,不过是伸手去收割旁人替我播种的庄稼而已。①

哥德的意思很明显:伟大人物的卓越成就都不是靠天才而是靠群众。无数事实证明,即使天赋条件较好的人,脱离了群众也必然一事无成。

群众是真正英雄。随着关于实践是检验真理的唯一标准的讨论的深入展开,人们将越来越明白,一切主观世界的东西,包括作为观念形态的文艺作品,都要接受实践的检验,而最富有实践经验的人民群众无疑是文艺作品最权威的评定者。这些年来我们确实有过一种不好的风气,不讲民主,文艺作品一定要领导批准了才算数,领导人说了不容众人再说不同的话,嘴上讲的群众观点成了官样文章,名为社会主义的文艺运动并没有成为人民群众自己的运动,"双百"方针得不到真正贯彻,文艺园地必然百花凋零,造成了群众的不满、文化的衰退。这是一个沉重教训。今天,我们必须认真总结三十年来正反两方面的经验,决心在文艺界造成一种民主风气,真正尊重群众,相信群众,把文艺的批准权基本上由领导转到群众的手里去,并用这个办法来促进领导和提高领导的威信。只要我们能够这样做,社会主义文艺运动就一定会空前地高涨起来。

1979 年 7 月

(原载《新文学论丛》1979 年第 2 期)

---

① 《哥德谈话录》,第 250—251 页。

《讲话》的根本精神

　　《在延安文艺座谈会上的讲话》发表于 1942 年 5 月 23 日,到今天已实足四十年了。毛泽东文艺思想是整个毛泽东思想的一个重要组成部分,而《讲话》则是毛泽东文艺思想的一个主要文献。这一文献,是当时历史条件下的产物。四十年来,它对我们文艺的发展历史起了重大作用,具有广泛的影响。尽管我们的社会现已发展到一个新的阶段,历史条件同当时比起来已有不少变化,但《讲话》的根本精神仍是我们应当坚持的,其正确的内核我们不仅要加以维护,而且还应发扬光大。重新学习《讲话》的根本精神,对推动社会主义文艺今后的健康发展,促进文艺创作的更大繁荣,有现实意义。

一、文化的军队必不可少

　　四十年前,在陕甘宁边区,在华北华中各抗日根据地,中国人民正在和日本帝国主义以及一切人民的敌人作残酷的流血斗争。当时要战胜敌人,自然首先要依靠手里拿枪的军队,但仅仅有这种军队还不够,《讲话》指出:“我们还要有文化的军队,这是团结自己、战胜敌人必不可少的一支军队。”“文化”可以泛指一般知识,这里显然着重讲的是文学和艺术。毛泽东同志看到,“五四”以来,这支文化军队就已在中国形成,帮助了中国革命,使中国的封建文化和买办文化的地盘逐渐缩小,鲁迅就是这支文化军队的英勇旗手。正是他,在为中国人民解放的斗争中,不但在平时看到了文化军队的重要贡献,而且在激烈的战争年代,也坚持了文化军队“必不可少”的观点。文化军队必不可少的观点,对民族解放战争时期只重军事的片面看法固然有教育意义,对今天进行社会主义建设时期只重物质生产而忽视、轻视精神生产的片面看法同样有教育意义。

文化军队之所以必不可少，在当时，因为它能帮助人民同心同德地和敌人作斗争；在今天，人民还有敌人，它自然仍能起这种作用，同时，它还能团结、教育、鼓舞人民向大自然作斗争，向科学进军，为建设社会主义的物质文明和精神文明而充分发挥积极性与创造性。

毛泽东说："我们不赞成把文艺的重要性过分强调到错误的程度，但也不赞成把文艺的重要性估计不足。"认为文艺可以解决一切问题，当然不对，即使很革命的文艺也不可能只凭它的力量就完成革命大业。反过来，如果对革命文艺的重要性估计不足，就会失掉很有作用的助力。这里实际上提出了文艺的社会效果问题，并指出应该对文艺的社会效果有正确的、适当的估计。人民需要革命的、进步的、健康的文艺，因为它对人民的斗争事业是有利的，起推进作用的。正直的有责任感的作家没有任何理由怀疑或反对写作应当重视社会效果，应当力求对人民利益、社会发展产生良好的作用。文艺怎么可以、又怎么可能纯粹是个人的事业呢？它怎么会同社会、政治没有任何关联呢？有些作者主观上可能这样想，客观上却决不会这样。作品虽是你个人写出来的，发表之后却就要影响于人了。你个人的思想感情虽有你自己的特点，但决不会全是你个人的，必然多少代表着跟你生活、境遇相同或很接近的人们。发表了的作品总要产生某种社会效果，只是好坏不同，好坏的程度、方面也有异罢了。说即使很革命的文艺也不可能只凭它的力量就完成革命大业，这并不是忽视、轻视革命文艺的社会效果，仅在表示不要过分强调它的重要性，以免忽视、轻视其他更重要的努力，革命文艺的社会效果当然是好的，值得重视的。说不可把革命文艺的重要性估计不足，不消说更是立足于重视革命文艺的社会效果的。

毛泽东关于既要重视文艺的社会效果而又要对它有正确、适当估计的主张，我以为也可用来解决近年来出现过的一些问题。例如：应如何看待那些存在不同程度错误、缺点的作品？有错误缺点，社会效果就不会好，甚至相当坏，但是否就可以指责这种作品是社会病态的祸根、罪魁呢？不能强调得这个样子。即使是反动的文艺，毕竟也起不了这样大的作用，何况性质属于人民内部的错误缺点。当然应该批评、教育、帮助，但不加分析对它无限上纲，一棍子打死，是不妥当的。另一方面，对这种作品产生的危害，因其性质尚属人民内部，因在思索探讨过程中难免会发生些错误缺点，就听之任之，以为没什么关系，这亦就是估计不足，同样不妥当。对这些作品，既不必张皇过甚，也不可视若无睹。毛泽东同志这一主张,对今天正确开展文艺评论,仍有指导意义。

在战争时期重武轻文,在建设时期重理轻文,重武、重理都应当,忽视、轻视"文化军队"就不对了。毛泽东既重视"文化军队"及其社会效果而又主张正确适当估计它的作用,在正反两种情况下都可以说明问题,的确是科学、正确的。

二、社会生活是文艺唯一的源泉

针对着有些人认为书本上的文艺作品,古代的和外国的文艺作品也是文艺创作的源泉的说法,《讲话》断然提出:"作为观念形态的文艺作品,都是一定的社会生活在人类头脑中的反映的产物。""(社会生活)是一切文学艺术的取之不尽、用之不竭的唯一的源泉。这是唯一的源泉,因为只能有这样的源泉,此外不能有第二个源泉。"正是基于这个观点,毛泽东要求并鼓励中国的革命的文学家艺术家,必须到群众中去,到火热的斗争中去,也就是到唯一的最广大最丰富的源泉中去,观察、体验、研究、分析一切人、一切生动的生活形式和斗争形式,一切文学和艺术的原始材料,认为这样做了才有可能进入创作过程。实践证明,40年来凡创作出了较好作品的作家,都是这样做了的。而某些空头文学家或空头艺术家之所以被贬称为"空头",也就正因为他们并未这样做,以致头脑空空,写不出或不敢写什么真作品。没有生活,依靠向壁虚造;或者虽有一点生活,而浅尝即止,并无较真较深的体会和认识,古人也早知道这样不行。"巧妇难为无米之炊",生活就是米,作家缺乏生活之米,即使懂点手法,又怎能写出好作品来呢? 至于革命文艺,如果既无群众火热斗争的经验,又无革命思想指导下的研究分析,当然就更加不可能产生了。

《讲话》中关于文艺与生活的关系的论述,非常正确,但一直到今天,还并不是所有的作者都承认应该是这样的关系,例如某些认为作品只是作家个人的自我表现的人大概就并未承认。作品当然离不开作家个人的自我表现,作品应该具有作家的创作个性,否则就要成为千篇一律的、概念化的东西。可是在作家个人的自我表现中,却必须反映出——哪怕是很隐蔽地反映出不只属于个人的自我表现的东西,即人民群众的生活和斗争,思想和感情。实际上,纯粹只是作家个人的自我表现的作品,是不存在的,而相信能够存在这种作品,并以为这样的作品才是优秀作品的人,往往就会忽视轻视深入生活的要求,容易走到脱离现实,脱离人民的邪路上去。结果只能是:或者写不出什么作品,或者写出了孤独怪僻,只适合极少数人口味,却不能为人民、为社会主义服务的东西。

文艺作品应该不断有所创新、有新的发展。但创新、发展的正确道路在哪里?有些人想出奇制胜,一鸣惊人,就胡思乱想,胡编乱造,搞出了许多离奇古怪,完全不合情理的东西。这决不是真正的创新,更谈不上新的发展。创新与发展,首先应当着眼于作品内容能够反映新的时代、新的生活、新的人物,并用新的思想认识来进行分析评价。因此正确的道路,就必须提高深入生活的高度自觉,到群众中间去,同他们一道斗争,同他们共患难、共欢乐,化成一片。在这样的基础上就可能真实地反映出当前人民建设新生活的斗争,写出新的生动的生活形式和斗争形式,塑造出各种各样新的人物典型来。创新与发展,离开了生活、离开了对新时代新生活新人物的深入体验和观察研究,不可能达到目的。其实,不仅内容的创新与发展,就是艺术形式的创新与发展,也决不是靠了个人闭门冥思默索所能做到的。你熟悉了新的斗争、新的人物,而斗争的形式和人物的性格及其活动又是极其丰富、多样、复杂的,作家根据实际生活中的见闻,把新的特点写出来,把丰富、多样、复杂的本来面貌写出来,不仅内容新了,同时形式也可以新了。个人创造性的构思努力当然值得赞赏,但应该看到,主要关键还在于必须深入人民群众的生活斗争中去,后者只会使个人的创造性得到更大的发挥,绝不会相反。

坚持作家必须深入生活,同作家必须吸收新知、扩大视野、多方借鉴并不矛盾。即使是西方的"现代派"作品罢,也可以看看,分析研究一下其间是否亦有一点合理的东西。过去那种闭关自守,谈"虎"色变,自相惊扰的态度和做法是应该改变了。并未了解、并未分析研究过,就把不合自己胃口、不同自己一致的东西一律加以排斥抹煞,既不科学,亦无说服力,往往还不利于我们自己的改进与发展。其实,作家只要能深入生活,对人民负责就会对我们的社会、人民群众有确切的理解,而若有了这种理解,同时便能增长对外国各种文艺思潮、流派、作品的识别力。要相信绝大多数作者是爱国的,拥护社会主义道路的,是终于能够识别对我们有害的东西的。三中全会以来坚持解放思想的方针,文艺界在真实反映生活方面已取得了成绩,可证明这一点。

三、必须继承一切优秀的文艺遗产

毛泽东在指出社会生活是一切文学艺术的唯一源泉的同时,又指出"我们必须继承一切优秀的文学艺术遗产,批判地吸收其中一切有益的东西,作为我们从此时此地的人民生活中的文学艺术原料创造作品时候的借鉴。"他说,有这个借鉴和没有这个借鉴很不相同,其间有文野、粗细、高低、快慢之分。他认为无论对古人还是外国人,都决不可拒绝继承和借鉴,哪怕是封建阶级和资产阶级的东西,亦是如此。只是继承和借鉴,决不可以变成替代自己的创造。毛泽东这个观点是很好的。

任何事物的发展,都有其历史过程,文艺亦不例外。社会主义的新文艺不可能从天而降,或由少数人自起炉灶制造出来,它决不能是割断了与过去文艺的联系的产物,而只能是在过去文艺的基础上,从中吸收了一切有益的东西,加以革新改造后的产物。鲁迅的作品,特别是其后来的杂文,从思想感情上来说无疑是一种新的革命的文学,但谁都会看出和感到,鲁迅的创作与过去文艺有着密切的联系。继承有益的东西固然是联系,批判有害的东西也是一种联系。如果不继承,不批判,革命的新文艺、社会主义的新文艺将从何而来? 实践证明,这是不可能的。

毛泽东这里讲的是必须继承一切优秀的文艺遗产,吸收其中一切有益的东西。只要是优秀的、有益的,都该继承、借鉴,不管它是古人的和外国人的,不管它是封建阶级的和资产阶级的,所以他连续讲了两个"一切"。古人和外国人留下的文艺遗产,就其性质说,多半是封建阶级的和资产阶级的。他显然并没有把封建阶级和资产阶级的文艺全都看成应该完全抛弃的糟粕,而看到了其中也有一些优秀的、对我们有益的东西。他说:"无产阶级对于过去时代的文学艺术作品,也必须首先检查它们对待人民的态度如何,在历史上有无进步意义,而分别采取不同态度。"这里实际上是承认了在封建阶级和资产阶级占统治地位时期的文艺作品中,也有对待人民态度较好的、在历史上有进步意义的作品或成分。这是符合实际的。因为这两个阶级都有其在历史上是革命的和进步的时期,而且即使在它们的衰退、没落、甚至日趋反动的时期,由于阶级内还分着若干阶层,还有着一些较有远见、比较正直的人士,他们并没有脱离本阶级却对本阶级的腐败统治深感不满,因此仍有可能产生出一些好的或较好的作家作品。如果说对待人民态度较好,在历史上有进步意义主要是从政治角度上来说的,那么"一切优秀的"和"一切有益的"就范围更广,可以包括凡是真和美或比较真和美的描写以及进行这种描写的艺术本领。所以,毛泽东在这个讲话里对中外文艺遗产中可能继承借鉴的东西是看得很广泛的,"有益"的方面是很多的。林彪、"四人帮"及其一伙文痞,大叫大嚷要"彻底扫荡"中外一切文艺遗产,同《讲话》在这一问题上的根本精神完全背道而驰。文艺领域里极"左"思潮泛滥时期在继承借鉴问题上出笼的种种错误议论,以及对正确意见胡批乱斗的做法,多不符合《讲话》原意。①

现在,在三中全会的政策方针指引下,我们已经把大规模地整理、研究、出版古籍的工作也提到日程上来了。1934年鲁迅曾经预言:"我已经确切的相信:将来的光明,必将证明我们不但是文艺上的遗产的保存者,而且也是开拓者和建设者。"现在这预言开始实现了。这一工作和近年来已翻译出版了外国的很多文艺名著,都可说是以实际行动对文艺领域极左思潮的拨乱反正,对毛泽东《讲话》中提出必须继承一切优秀文艺遗产主张的拥护和贯彻。

四、文艺要能提高人民的斗争热情和胜利信心

毛泽东在《讲话》中多次提到当时文艺要能起团结人民、教育人民、打击敌人、消灭敌人的作用。除此之外,他还提出,文艺应该提高广大人民群众的斗争热情和胜利信心。两个提法的精神完全一致,作用是密切联系在一起的。

整个讲话充满了对人民群众,对人民的劳动和斗争的赞扬。他一再明确地指出,对人民群众及其先锋队,"当然应当赞扬"。他并不是没有看到人民也有缺点,缺点是他们在斗争中的负担。他认为革命的文艺家应该通过作品,耐心地教育他们,帮助他们摆脱背上的包袱,去掉落后的东西,向前奋进。用人民内部的批评与自我批评来克服人民大众的缺点,他认为也是文艺的最重要任务之一。他反对说什么"暴露人民",反对片面地错误地讥笑他们,甚至敌视他们。"对于人民,基本上是一个教育和提高他们的问题。"用什么态度对待人民群众及其先锋队的缺点,是一个极端重要的原则问题。如果不用同志式的教育、帮助、保护的态度,而是采用了对待敌人的所谓"暴露"、讥笑、打倒的态度,那就大错特错了。连敌我都不分,还如何能同心同德、打击敌人?人民内部都团结不好,还怎么能提高大家的斗争热情和胜利信心,而后者对战胜敌人是非常必要、非有不可的。

毛泽东同志这一观点对解决今天我们所面临的类似问题,仍有意义。

十年动乱给我们国家、人民带来了严重的灾难,党的工作有失误,某些领导

---

① 《〈引玉集〉后记》,见《鲁迅全集》,第7卷第679页。

干部曾经犯了很大错误,极少数一度大权在握的人甚至变成人民的公敌、反革命的罪魁祸首。人们在不断的运动折腾中也做过互相伤害同志的事。如何对待同志们的缺点,便又成了一个突出的、需要正确解决的问题。

由于多年来造成了很多的冤假错案,使直接间接遭到伤害的人数甚多,而伤害程度往往又那样的深,他们会有牢骚不满,是可以理解的。他们虽有牢骚不满,在得到平反昭雪之后,在党实事求是地检查分析了自己的失误和表明了要改进领导的决心与办法后,绝大多数依然支持党的领导,要走社会主义道路。但不能不承认,确有一部分人民群众,现在热情和信心不高,还需要文艺作品帮助正确解决这个问题。

为了吸取严重的教训,反映极左思潮泛滥以来若干年令人痛心的历史,作家们有责任描写过去的不幸,分析造成这种不幸的原因,提示怎样才能不再重犯过去那样的错误。就是描写现实生活中还存在的缺点,提出深刻的甚至相当尖锐的批评,如果真是站在人民的立场上,是用保护、帮助的满腔热情来说话的,我以为这也仍可以产生积极的作用。不能说反映生活中阴暗的作品一定只给人阴暗的影响,关键是作者站在什么立场上,如何写。

当然,为了提高人民的斗争热情和胜利信心,应该说,作家们如能写出人民建设新生活的创业精神,描写已经出现在这个历史大转折时期的先进人物的精神面貌和高尚品德,将有重要的意义。多一些,更多一些光辉的榜样、能够克服艰难困厄坚定前进的社会主义建设实干家的形象,文艺作品对人民群众能够发挥的团结、教育、鼓舞作用将更大。

《讲话》发表已经四十年了,它的根本精神今天看来还是很光辉的。上面所谈四点当然远不能包括它所有的根本精神。毛泽东是中国革命的领袖,但他也是一个人,不是神。是人,不管是谁,就不可能"句句都是真理"。即使某些话在当时很对,也不可能在形势已经改变之后继续还是完全正确。马克思主义要继续发展,对《讲话》也要采取科学的分析态度。是者是之,非者非之,当时虽不妨而在今天已有碍者分析说明之。《讲话》中有些提法不确切,甚至有错误,正确部分在执行上有的也未始终贯彻。但《讲话》的基本精神是正确的,过去起了重大作用。取其精,用其宏,相信对鼓励、促进今天的文艺创作,仍具有重要作用。

1982 年 2 月 14 日

(原载《华东师范大学学报》1982 年第 2 期)

总目标、大道理及其他

——读《邓小平论文艺》

一、总目标，大道理

    治国、做人、写文章，都有个总目标、大道理的问题须先正当解决。既名为"总"、为"大"，其下必然还有非总、较小的目标、道理在。总与非总之间、大与较小之间，可能完全融洽无间，也可能有些距离与出入，这是很自然的。各人的情况、各国的情况、各自的具体条件难免有这样那样的差异嘛。但如为"总"、为"大"的确属正当，非总、较小的就该顾全总局、大局。历史在不断发展，"逝者如斯夫，不舍昼夜"，时代性也绝非一成不变。"正当"只是一个过程中的概念。但既在此时此地为科学、合理的"正当"，则如此的总局、大局就宜维护为有益，逆反为有损。

    当今言治国，坚持改革开放，坚持爱国主义，坚持发扬民主，消除各种腐败现象，发展生产，合理分配，建设四化，重视知识文化等，这个总目标是正当的。做个有革命理想，有高尚品德，有积极入世态度，有实际工作本领，力求事事处处能以身作则的人，这个总目标也是正当的。写起文章来，为最广大的人民群众服务，为真正的社会主义事业服务，坚守"百家争鸣、百花齐放"的方针，与同行们互相尊重、互相补充、互相勉励，平等坦诚相处，共同为繁荣创作、活跃评论、发展文艺事业而努力，我看这个总目标同样也是光明磊落，非常正当的。

    总目标相同，大道理就容易一致了。总目标、大道理相同、一致了，安定团结、活泼生动的局面就有了保证。"君子坦荡荡，小人常戚戚"，古人的这种心理感觉当然不宜与今人相提并论，但同愿做个有修养、有品德、有操守的高尚的中国人，还是有许多历史先例在，互相可以辉映的。今贤应当有赶超昔贤的雄心，也有后来居上的实际条件。生命对我们每一个人来说都只有短短的一次，如果说我们在多次可悲的折腾中已损失了不少时间，那么今后就要更加珍惜，也当个"实事求是派"，不以走极端、说过头话为快，尽力来促进国家，促进自己，促进文艺事业了。

我们怎能"全盘西化"呢？三十年代胡适主编的《独立评论》上就有不少人这样提倡过。那是比较大规模的一次。在我的记忆中，也曾感到其中有些"小道理"在，即强调科学、民主、学者专门家的作用、教育体制的改善等等，这些"小道理"也不是当时周知的专制者所乐闻的。即使是"小骂大帮忙"罢，当时并未"全盘西化"成。年来"全盘西化"论又出来了，而且更变本加厉，"全盘"到竟要否定所有的传统文化，连屈原、李白、杜甫等都非打倒不可，骂整个中国人都丑陋不堪，整个中国民族这个种族都得彻底改造，甚至以当中国人为可耻，简直"西化"到无以复加了。似乎"痛不欲生"，但却没有拿出，肯定也拿不出切实可行的办法，这类论者大概还都自得自喜地活着在罢。激于时弊的心理是可以理解的。只是我敢肯定，"全盘西化"过去、现在、将来都走不通。汉、唐盛世我国都接受过许多外来影响，没有"全盘西化"。"五四"以来思想大变化，我国又接受过许多新的外来影响，西方、东方的都有。曾有过"全盘苏化""一边倒"的论者，一时不能算倡导无力，但我国现在"全盘苏化"了没有？并没有。至于将来，我不是预言家，认为只可能共向现代化，而仍难亦无须摆脱中华民族的某些优良传统及特点。历史俱在，实践证明已多，用不着赘说了。什么"西化"、"苏化"！它们自己也在不断调整、变化，哪有个什么固定的模式在供我们去全盘照化？在我看来，"全盘×化"云云，全是形而上学，以别人为主的一套废话，根据各自条件共向"现代化"去努力，才是正途。不是要反对"神"化，提倡科学管理吗？不是要求多样统一吗？古人说的"百虑一致"、"殊途同归"，不是仍值得参考、借鉴、颇有启发吗？

邓小平同志说："总之，一个目标，就是要有一个安定的政治环境，没有安定的政治环境，那就一切都谈不上。治理国家，这是一个大道理，要管许多小道理。那些小道理或许有道理，但是没有这个大道理就不行。"（《邓小平论文艺》，第 27 页）我看这段话是对的。所谓"安定"，我体会不是指停滞不前、故步自封，主要是指不要搞得天下大乱、四分五裂，那样最受苦的还是老百姓。在安定中求前进，在前进中求更安定。水到渠成，共登现代化的通途。

用这段话来谈文艺问题,同样有用。"二为""双百"便是总目标、大道理。脱离人民,自甘"孤独","玩世不恭"悲叹"失落",或有可以理解处,毕竟太消极。可能并不是想等待别人为自己建设好了才来高兴、庆丰收,但这样下去,自己想发挥的主体价值又在哪里体现出来?同"先天下之忧而忧,后天下之乐而乐"、"天下兴亡,匹夫有责"这些封建时代文人还能讲出的"中国的脊梁"的话比一比看!外国的这个派那个派,这个论那个论,这个主义那个主义中,"那些小道理或许有道理",有则择取吸收,无则存供比较思考,当前还得由大道理管着。再没有人要听闭关锁国、"兴无灭资"这一套了。古人论文,常言"唯其宜""唯其当",颇有至理,值得深味,三思。

二、反对资产阶级自由化,不是要"兴无灭资"

反对资产阶级自由化,支持改革开放政策,支持稳定,这确是绝大多数中国人民的共识,因为中国人民在多次乱"搞运动"中吃到的苦头,受到的损害太多太重了,以致一直到现在还在付出沉重的代价,需要治疗众多的后遗症。反对资产阶级自由化的实质就是反对在政治上搞反党反社会主义的活动。这无疑是一个严格的政治概念,如果无边地扩大化了,就会与另外必须坚持的如改革开放、"双百"方针等相悖。认为反对资产阶级自由化,就是又要"兴无灭资",又想把这个林彪"四人帮"非法倒行逆施时抬到天上的老口号"请"出来供奉为据,是非常错误危险的,这种极端论乃在为这一场严肃斗争帮倒忙,只能损害四个现代化建设大业,不利于安定民心。

"这个老口号不够全面,也不很准确"(《邓小平论文艺》,第77页),至少还太笼统,极易出偏差。"兴无"如何兴法?还要不要"古为今用""洋为中用",批判吸收古今中外遗产中对建设社会主义有益、有用的成份?难道要从茹毛饮血时代从头兴起?"灭资"如何灭法?统统烧掉、彻底扫荡?"资"是资本主义制度、资产阶级思想以及资产阶级社会中出现存在过的一切?可以完全一锅煮,把历史都割断?那么,列宁在论青年团的任务时所讲那段众所周知的确论也可以全盘否定了?风云可以突变,历史实践俱在,真理总是日月常新的。偏激片面之谈,一时哗众取宠不难,想正当解决问题无异缘木而求鱼。"有些同志因为没有充分地调查和分析,把我们现行的一些有利于发展生产、发展社会主义事业的改革,也当作资本主义去批判,这就不对了"(同上书,第77页),对资本主义、资产阶级思想、资产阶级社会中出现、存在过的一切事物,如不"采取科学的态度",不作具体分析,区别对待,那就难"防重犯过去的错误"(同上书,第78页)。

在小平同志这部著作里,多次分明讲到过去我们的落后就因闭关自守、不改没有出路,"故步自封是愚蠢的"(第84页),正常的文化交流不但应保持,还须加多加快。问题在于必须用马克思主义对进来的东西加以分析、鉴别和批判,去除盲目性,对其腐蚀性影响进行坚决的抵制和斗争。他也分明指出,下面这些东西是值得学习、引进、借鉴的:

> 学习和引进外国先进技术发展我国社会主义经济建设。(第42页)
>
> 继续坚持同对我们友好的西方国家交往,继续坚持学习资本主义国家一切对我们有用的东西。(第78页)
>
> 我们要向资本主义发达国家学习先进的科学、技术、经营管理方法以及其他一切对我们有益的知识和文化。(第84页)
>
> 西方如今仍然有不少正直进步的学者、作家、艺术家在进行各种严肃的有价值的著作和创作,他们的作品我们当然要着重介绍。(同上)
>
> 所有文艺工作者,都应当认真钻研、吸收、融化和发展古今中外艺术技巧中一切好的东西,创造出具有民族风格和时代特色的完美的艺术形式。(第8页)

诸如此类的全面性议论,小平同志还说过不少。事实上,改革开放以来,我国也是这样做的。当然做得两方面都还不够,有缺点错误。但方针是对的、准确的,绝非极左时期的"兴无灭资"那一套。"没有改革开放,怎么会有今天?"(第33页)"我们原来制定的基本路线、方针、政策,照样干下去,坚定不移地干下去。"(第35页)

资产阶级自由化要反对,"两为"、"双百"、"改革开放"要坚持。重新搬出"兴无灭资"这种口号,或虽未明提这种口号而仍抱着这样的想法说话行事的,应该考虑一下小平同志指出的要采取"科学的态度"问题了。科学态度总是不以爱走极端为负责的。

三、责任重大,要做促进派

文艺工作者的力量过去往往被过分地夸大了,如谓文章乃"经国之大业,不朽之盛事",或文章可以"亡党亡国亡头"之类,以致有的人忘乎所以,有的人惨受迫害。都是没有根据,不合实际的。过分小看的亦有,如"百无一用是书生",书生中即多文人,或目文章为雕虫小技,壮夫不为,同属此类。过分夸大与过分小看,均不实事求是,狂傲自恃与自惭形秽,均难有好结果。

文艺的力量有一定限度,也有一定重量,是事实。哪种工作都不能包打天下,哪种力量都对天下之兴之衰产生一定的影响,也是事实。有份重量,就有份责任,不管主观上如何想,客观上这种责任总是存在的。问题只在尽了怎样的责任,对国家社会、人民的命运和利益起了促进还是促退的作用。毫无疑问,文艺工作者应该承担社会责任,应该做促进派。"天生我材必有用",无所作为、吃喝玩乐一世,只能算是虚度。尽力而为,即使成绩渺小如沧海之一粟,仍可许为没有白活。"泰山不让土壤,故能成其大,河海不择细流,故能就其深"(李斯《谏逐客书》)。如果没有数千百万年来无数人力物力的发明创造、积累经营,后人能过得越来越文明吗?更不要谈自由、平等、科学、民主等等思想,艺术、文学、戏剧、电影等等文化享受了。

脱离人民、脱离实际、玩世不恭、游戏人生、耽于逸乐,甚至自甘颓废,极端只顾个人而还觉得众人皆醉我独醒,耻言促进功用以自高,凡此种种,实在不值得互相鼓吹、仿效。不管有点怀才不遇,有点不满现状,有点无可奈何,有点自我设计,即有那么一点小小的可以理解的东西,成为这样一种人总不是上计,于群体于自己都不利。至少,你每天的吃喝问题还是最现实的,还得靠别人来供养嘛。不老不病,不痴不呆,与其只成别人的负担,无补于现实世界之寸进,真真不如奋发起来,做个勇于建设、勇于负责的强者。土壤也好,细流也好,泰山、河海就是这样积聚成就起来的。

真是这样的人自然极少。希望能更少,直到没有。

而对积极的入世者、改革开放的闯将、勇于探索创新的健儿,对社会、广大人民负责的既平凡又伟大的建设者,则当然希望越多越好。文艺工作者自不例外。

我赞同我们大家都要做"解放思想的促进派,安定团结的促进派,维护祖国统一的促进派,实现四个现代化的促进派"(《邓小平论文艺》,第5页)。一句话,要促进,不要促退。当然要的是真进步,不断地向前,赶快实现四个现代化。这大概是所有饱尝辛苦、历经坎坷、有些年纪的中国知识分子心里都想要说的一大愿望,被笑为迂阔或疑为随风,均在所不计的。极端个人主义、自私自利、一切向钱看、向动物性看齐、半点社会责任感都没有,这种人在封建阶级中有,在资产阶级中也有,不管来自何方,都是应该反对的,这是对人类及其应该更美好的未来负责。人类社会自有其一些共同的准则、公认崇高的理想与道德。艺术本领对文艺工作来说当然不可缺少,但首先不可缺少的是一个大写的人应有的品格、胸襟。改革开放是一种社会革命,提高、充实、净化自己的灵魂,也是一种革命——自我心态的革命。"革命人"为鲁迅所特别重视,乃现代的进一步提法,在我国文学史上,其渊源则已很久很久了,实际早已成为一条争取事业成功者不能不遵循的规律,特别明显地表现在争取文化工作的成就上。"特殊材料"不应特殊在有很高的门第、很大的财富、很美的外表、很花俏的手段等等上面,只应特殊在品格、理想、视野、实干本领的高强、高明、高超上。文艺工作者任重而道远,"俯首甘为孺子牛"就可无愧、无憾了。

1989.12.7

(原载《文艺理论研究》1990 年第 1 期)

谈文艺的群众化

谈文艺的群众化,早已不是新题目了,但却不是所有涉及的问题在理论上都已正确解决,更不是在实践上都已正确解决。实际上,涉及的问题在理论上不断经历着反复,而且还在提出一些新的问题。

什么是文艺的群众化?

为群众欢迎、得群众爱好、符合群众要求,能够做到这样的文艺应该可以说已"群众化"了罢? 不一定。如果可以这样说,那么一切票房价值暂时还颇高、发行量暂时还颇大的东西都可说已"群众化"了。认为"群众化"的"铁硬"标志就在这里的人是不少的,既在经济上有"实惠",又有"群众化"的美名,真是何乐而不为。但一下子发行了几百万册的《七侠五义》之类毕竟不能承认它已是"群众化"的作品;充满了庸俗、低级、无聊,甚至黄色趣味的某些演出,也一样。那些下流、淫秽的书刊、相片,如果不依法严行禁止,在今天仍有其不小的市场。大家知道,这实在是坑害青年、毒化群众、非常有害的东西。不要说极少数人,就是有相当多的人,他们的欢迎、爱好、要求,也并不总是或都是可取的。对群众,似乎至少要分析一下:是占极少数、比较少数还是大多数的? 其欢迎、爱好、要求,是正当的、健康的、合乎群众长远利益的还是相反? 如果存在什么问题,那么即使群众中少数人的问题也值得注意研究、适当解决;如果是某种无害的兴趣,那么即使少数人的兴趣也应该适当予以照顾,无需干预。但若他们的欢迎、爱好、要求是属于传播封建思想、散布资产阶级腐朽、没落甚至很反动的思想,那就不能听之任之,更不必说要迎合和鼓励了。尽管他们也是群众,人数不一定很少。迎合他们的这些思想,反而会损害他们的长远利益。不能为广大人民服务、为社会主义服务的文艺,即使暂时还会得到一部分群众的欢迎,也决不能要,决不能把这样的东西看成已经群众化了。

那么,有了为人民服务、为社会主义服务的思想,是否就能保证作品一定达到群众化? 也还不够。有这种思想,同没有这种思想,当然大不一样。但光有良好的愿望,对文艺来说,如果写出来演出来的东西干巴巴、没有吸引力、不能给人一些娱乐享受,太概念化了,以致人们看不下去、不愿看,连群众都没有,还怎能达到群众化。古人早就看到"言之无文,行而不远"的事实,因而主张"情欲信,辞欲巧"。古人也是尽量想扩大他们作品的影响的,当然他们不可能想到,也无法做到使广大人民都接受影响。因为他们之中即使对人民的态度较好的,由于种种局限,对人民群众的爱憎、心理、欣赏习惯等等,不可能很清楚,知道一些亦无法一致,而有着一套自命"高雅"的办法。所以他们虽看到了这种事实,也采取了一些办法,扩大了若干影响,可是"群众化"仍说不上的。在今天条件下,只要我们文艺工作者肯努力、有决心,则不但已有可能,而且是应该承担的职责了。

既符合大多数人的长远利益,又是他们所喜闻乐见的,从内容到形式都适应群众的需要。大多数人从这种文艺作品中得到娱乐,得到欣赏上的满足,又在娱乐欣赏中得到有益的教育。只有做到这样,才能说已经达到群众化了。

怎样才能做到群众化?

以上是就作品来说的。作品是作者写出演出来的,作者要能创作出群众化的作品,并不是懂得了一点书面上的道理就能做到,虽然这一点亦重要。群众化的本领,必须在文艺工作者的生活实践和创作实践中去养成。

要表现群众就得熟悉、理解群众,为此就得尽可能深入广大群众的生活,包括火热斗争与日常生活。火热斗争与日常生活分不开,写火热斗争仍要熟悉理解他们的整个生活,需要从生活整体来看他们的局部生活,可以有所侧重,但应顾及主要角色的全人。以为自己已经属于工人阶级就等于熟悉理解工人阶级,能够创造出什么典型人物来;以为已够深入,不再存在深入生活的问题,这是把问题看得太容易、太简单了。你可能操作得颇熟练,对所在小组、车间的情况已有所了解,但你熟悉的这些怎么就可等同于已经熟悉了整个工人阶级呢? 一个角落绝不能代表全局,不理解全局,也就很难透彻认清一个小角落发生的各种事情。何况事物不断在发生变化,新的情况正在出现。更何况在工人阶级之外我们还有更多的农民以及别的一些人,写工人阶级也不能孤立地来写。苏轼《题西林壁》诗:"横看成岭侧成峰,远近高低各不同。不识庐山真面目,只缘身在此山中。"要识庐山真面目,不在庐山当然不行,只在庐山之中的某个地方,也不行。所以要真正了解群众,决不能以熟悉某个行业、某个阶层为满足,而是要面向整个社会,去观察、体验、研究、分析一切人、一切阶级、一切群众。光熟悉一些现象不行,还要认识本质,正确评价。

群众的审美趣味、欣赏习惯,他们究竟喜闻乐见些什么?群众也不会永远停留在一个固定的点上,对老一套的东西同样厌倦,而要求新鲜活泼,要求提高、突破。他们究竟有些什么新的要求、愿望?不到群众中去调查研究,不在创作实践中广泛听取群众的意见,连这样的认识都没有,怎么能做到使群众喜闻乐见?闭目塞听,孤芳自赏,以"自我表现"为乐,不过"自我陶醉"罢了。作品中应该体现出作者"我"的创作个性;但成功的作品却从来不只表现"小我",而且通过"小我"表现了"大我"的思想感情,反映了社会生活,增进了人们对生活的认识,鼓舞人们向上、前进。艺术形式的发展,同样离不开深入大多数人的实际生活。

文艺的群众化,绝不只是一个形式问题。没有群众观点,缺乏对群众长远利益的负责精神,脱离了群众的生活,不是自己先化入群众洪流,同群众血肉相连、休戚与共,要想达到作品的群众化,是缘木求鱼。鱼只能生活在水里,文艺工作者只能在群众的哺育、帮助下成长。我们再也不能把那些仅仅思想还不错但没有吸引力,以及虽能使多数人暂时还喜欢但没有益处的作品,看成群众化的文艺作品了。

(原载《解放日报》1984 年 2 月 28 日)

"要真正坚持实事求是，就必须继续解放思想"

　　学习《邓小平文选》，一个最深刻的感觉便是小平同志谋国、谋党的一派真挚、深刻的耿耿忠忱。9月初我作为一个被聘任的顾问，到南昌望城岗陆军学校去参加该校新建立的大学班的开学典礼，在一所房子里用餐，这所房子的楼上，就是小平同志在"史无前例"期间被迫去南昌一个什么工厂劳动时住过大约两年的地方。来自各地的我们这几个人，每天进出这所房子五六次，都会抬头向楼上那间屋子凝望几下，想象每天进出（每次都有人名为"保护"跟住）以及蛰居在这里时他是怎样在忧虑、思考和坚毅不屈地生活的。现在学习他的这本《文选》，由于有着这一偶然的经历，感到特别亲切。"真金不怕火炼"，挫折经常能使一个原本充满着智慧、力量、勇气的人发出更强的光和热。

　　《文选》涉及政治、经济、军事、科技、教育、文化、文艺等各方面的方针、政策。对其他情况，我知识极少极浅，但即使只从自己参加的教育、文化、文艺等一隅工作的角度来看，我也能感到《文选》的论述、阐发异常精辟、深刻。

　　在这里，我只打算就《文选》中涉及文艺工作的部分，略谈一些体会。

一

　　粉碎"四人帮"以后，文艺工作者做了很多工作，当然有成绩，也有缺点、弱点，究竟哪一方面是主要的呢？

　　1979年10月30日小平同志在文代会的《祝词》中明确肯定："回顾三年来的工作，我认为，文艺界是很有成绩的部门之一。文艺工作者理应受到党和人民的信赖、爱护和尊敬。斗争风雨的严峻考验证明，从总体来看，我们的文艺队伍是好的。"好就好在出现了许多优秀的文艺作品,这些作品清算林彪、"四人帮"的罪行和谬论,打破他们设置的精神枷锁,肃清他们的流毒和影响,对于解放思想、振奋精神、鼓舞人民同心同德向四个现代化进军,起了积极的作用。①1980年12月25日,小平同志再次对思想战线上各方面的工作,其中包括文艺工作,作了充分的肯定,说:"总的说来……,成绩是主要的。"②

　　这些话,对广大文艺工作者都起了很大的鼓励作用。"金无足赤,人无完人",要求文艺工作没有一些缺点、弱点甚至失误,要求一个文艺作品得到所有人的赞赏,事实上是不可能的。但的确有个时候,有些人对文艺工作主要是指责,对《人到中年》、《天云山传奇》、《牧马人》等等绝大多数人认为优秀的作品,几乎总想加以否定,而理由差不多还是过去习见的"左"的一套,这哪里有实事求是的精神,又怎么能发挥文艺工作者的革命积极性呢?"对实现四个现代化是有利还是有害,应当成为衡量一切工作的最根本的是非标准。"③小平同志正是从这个标准来衡量这几年来的文艺工作并做出了科学估价的。

　　文艺工作中当然也有缺点、弱点,甚至失误,这一点小平同志也严肃地指出来了。有时候,他是正面指出的:"当前更需要注意的问题,我认为是存在着涣散软弱的状态,对错误倾向不敢批评,而一批评有人就说是打棍子。"④更多的时候,他是高瞻远瞩、语重心长地用对文艺工作者的期望,用指出文艺工作者应有的社会责任感来提出的:他希望文艺工作者"在意识形态领域中,同各种妨害四个现代化的思想习惯进行长期的、有效的斗争。要批判剥削阶级思想和小生产守旧狭隘心理的影响,批判无政府主义、极端个人主义,克服官僚主义"⑤。"对于来自'左'的和右的,总想用各种形式搞动乱,破坏安定团结局面,违背绝大多数人利益和意愿的错误倾向,要保持清醒的头脑;要运用文艺创作,同意识形态领域的其他工作紧密配合,造成全社会范围的强大舆论,引导人民提高觉悟,认识这些倾向的危害性,团结起来,抵制、谴责和反对这些错误倾向。"⑥在"批判和反对崇拜资本主义、主张资产阶级自由化的倾向,批判和反对资产阶级

---

　　① 《邓小平文选》,第180页。
　　② 同上,第323页。
　　③ 同上,第181页。
　　④ 同上,第344页。
　　⑤ 同上,第181页。
　　⑥ 同上,第183页。

损人利己、唯利是图、一切向钱看的腐朽思想，批判和反对无政府主义、极端个人主义"①方面，我们的文艺工作中的确还做得不够，小平同志严肃地提出这个问题来，是及时、重要、正确的。有贡献、有成绩，就大力肯定我们，有缺点、有不足，就及时提醒我们，这都是为了鼓励和爱护，都是为了振兴中华民族、建设社会主义精神文明，把社会主义制度的优越性真正表现出来。

由于"四人帮"的严重破坏，也由于还残留着不少封建主义的东西，加上资产阶级腐朽思想的影响，当前我们的社会风气还有待继续大力求得进步。这中间有复杂的社会历史原因。作为老革命家和党的主要领导人，小平同志多次对党的领导干部提出了严格要求："如果党的领导干部自己不严格要求自己，不遵守党纪国法，违反党的原则，闹派性，搞特殊化，走后门，铺张浪费，损公肥私，不与群众同甘苦，不实行吃苦在先、享受在后，不服从组织决定，不接受群众监督，甚至对批评自己的人实行打击报复，怎么能指望他们改造社会风气呢？"②"现在有些共产党员不同了，他们入党是为了享受在先，吃苦在后。我们反对特殊化，其实就是反对一部分共产党员、一部分党员干部特殊化。"③"我们有些老党员长时期很合格，现在也不能成为群众的模范，不那么合格了。"④"党员尤其是党的高级负责干部，就愈要高度重视、愈要身体力行共产主义思想和共产主义道德。否则，我们自己在精神上解除了武装，还怎么能教育青年，还怎么能领导国家和人民建设社会主义！"⑤谁都应该承认，没有共产党的领导、流血牺牲，就没有今天的新中国。谁也都应该认清，决不是所有党员和党的干部都不严格要求自己了。事实是，其中确有一部分的人是不那么合格，甚至完全不像样了。好的榜样能起好作用，坏的榜样自然也能起坏作用，这种人起的坏作用绝不可以低估，真是亲痛敌快。文艺工作毫无疑问应该考虑作品的社会影响，考虑人民的、国家的、党的利益，提高人民和青年的社会主义觉悟，鼓舞四化建设的信心，那种认为只要注意表现自我，别的一概可以不管的想法诚然是谬误的。反映生活真实、揭示现实矛盾、努力拨乱反正，的确是革命文学应尽的责任，也是它的生命力所在。歌颂应该歌颂的事物，批评应该批评的事物，美刺从来都是

---

① 《邓小平文选》，第 328 页。
② 同上，第 164 页
③ 同上，第 233 页。
④ 同上，第 232 页。
⑤ 同上，第 326 页。

联系的、统一的。"四人帮"一伙文痞的拿手戏便是搞瞒和骗,搞假、大、空,他们只能是促退派,而我们革命的文艺工作者却一定要响应小平同志的号召:"都要做解放思想的促进派,安定团结的促进派,维护祖国统一的促进派,实现四个现代化的促进派。"①

二

对解放思想,《文选》在很多文章中作出了令人信服的论述,可以澄清至今还存在于一些人头脑里的糊涂想法。早已有人认为三中全会以来解放思想已经过头了,意思是,至少应该停一停、歇一歇了。小平同志则这样说:"解放思想,就是使思想和实际相符合,使主观和客观相符合,就是实事求是。今后,在一切工作中要真正坚持实事求是,就必须继续解放思想。认为解放思想已经到头了,甚至过头了,显然是不对的。"②

解放思想怎么会已经到头,甚至过头了呢?客观形势不断在向前发展,主观认识经常容易落在它的后面。主观经过努力学习同客观符合过一段时期之后,很容易又会落后,一旦陷于停滞或僵化,于是又必须赶快解放思想。事物永远要发展,主观认识永远需要与客观相符合,解放思想的任务也就永远不会到头、过头、终结。

"党的三中全会要求全党解放思想,开动脑筋,实事求是,团结一致向前看,研究新情况,解决新问题。"③几年来,我们在各方面包括文艺工作方面的显著成绩,就是在党的这种思想指导之下取得的。而小平同志在《文选》里再三强调阐明的,亦在这一点。

有人以为强调"解放思想",就是不要马列主义、毛泽东思想的基本原理了。大家知道,小平同志是反对"两个凡是"的。但也正是他,力主坚持毛泽东思想的正确原理。他反复阐明,什么叫解放思想?那是"指在马克思主义指导下打破习惯势力和主观偏见的束缚"④,"运用马列主义、毛泽东思想的基本原理,研

---

① 《邓小平文选》,第 181 页。
② 同上,第 323 页。
③ 同上,第 316 页。
④ 同上,第 243 页。

究新情况,解决新问题"①。用"不要"或"反对"毛泽东思想为理由来怀疑甚至反对解放思想是完全站不住脚的。在文艺工作中,现在的提法不再是"文艺从属于政治",而是"为人民服务,为社会主义服务",因为原来这个口号"容易成为对文艺横加干涉的理论根据,长期的实践证明它对文艺的发展利少害多"②。这就是解放思想的重大成果之一,是经过文艺界同志反复讨论后绝大多数都表示同意的。但文艺决不可能脱离政治,因为革命的、科学的政治,反映了广大人民群众的根本利益,我们的文艺家只有关心政治,不断提高政治觉悟,才能更好地为人民服务,为社会主义服务。

解放思想当然不等于可以胡思乱想,好像应该什么方向、什么限制都没有、都取消,才算真是解放。这是另一极端。

小平同志有句非常重要的话:"社会主义制度并不等于建设社会主义的具体做法。"③某些具体做法不完善、甚至做错了,不能因此就对社会主义制度发生根本怀疑,甚至说什么社会主义不如资本主义。青年同志们都可以向你们的父母辈、祖父母辈去问一问,究竟是社会主义制度好还是资本主义制度好? 一个长期被称为"东亚病夫"的民族,今天人民的平均寿命已经提高到将近 70 岁了,这在过去的社会制度下能做到吗? 由于各种复杂的原因,"左"的干扰和工作失误,社会主义制度的优越性在我们这里表现得还很不够,社会生产力的发展速度不快,人民不断增长的物质文化生活需要满足不多,主要原因即在具体做法上尚存在不少问题。今天我们要求解放思想,重要内容之一,就是要实事求是,把过去不完善的做法完善起来,把实践证明错了的办法纠正过来,打破一切束缚生产力发展的老框框。"我们一定要,也一定能拿今后的大量事实来证明,社会主义制度优于资本主义制度。"④怎么可以因噎废食,遇难即退,借"解放思想"之名,行开倒车之实呢?

是的,"要真正坚持实事求是,就必须继续解放思想。"这是今后一切工作取得更大成绩、更快发展的重要保证。对资产阶级的严重腐朽思想我们应该进行有力的批判,同时,我们还是应该坚持继续解放思想,开动脑筋,把各项工作真

① 《邓小平文选》,第 165 页。
② 同上,第 220 页。
③ 同上,第 214 页。
④ 同上,第 215 页。

正搞上去,用过得硬的事实取得人民的信任。

<h1 style="text-align:center">三</h1>

"要坚持党的领导,必须改善党的领导,改进党的作风。"①既要坚持,又必须改善和改进。小平同志完全说出了广大人民的心里话。没有共产党的领导,谁能来领导我们这个"一穷二白"的十亿人口大国走向繁荣富强的道路?现在没有这种本事和力量。"四人帮"如此凶恶猖獗,似乎不可一世,到头来还是靠人民和党自己领导广大人民把他们抛到可耻的垃圾堆中去了。党的领导正不断在改善,党的作风正不断在改进,大见成效自然有个过程。

在文艺工作方面,情况也一样。一是自然需要党对文艺工作的领导,二是必须改善党对文艺工作的领导。

在第四次文代大会的祝辞中,小平同志对党怎样领导文艺作了完整、精警的指导。联系《文选》内有关论述,是否大致可以归纳为下列各点:

(一)要根据文艺的特征和发展规律办事。不是发号施令,不是要求文艺从属于临时的、具体的、直接的政治任务。文艺创作和批评领域里的行政命令必须废止,衙门作风必须抛弃。只要坚持四项原则,写什么和怎样写,不要横加干涉。②

(二)领导者同文艺工作者平等相待,平等地交换意见,不要居高临下,盛气凌人。"禁区太多,关心和支持太少",就表明"领导方法不对"。③ 要帮助文艺工作者获得条件来创作出好作品,保证文艺工作者充分发挥自己的聪明才智。④ "必须同群众打成一片,绝对不能同群众相对立。"⑤

(三)要坚持党的双百方针,防止"某些简单化和粗暴的倾向"。⑥ "我们现在不同意见的争论、讨论不是太多了,而是太少了。讨论当中可能会出来一些

---

① 《邓小平文选》,第 317 页。
② 同上,第 185 页。
③ 同上,第 167 页。
④ 同上,第 185 页。
⑤ 同上,第 327 页。
⑥ 同上,第 344 页。

错误的意见,也不可怕。我们要坚持百家争鸣的方针,允许争论。"①"对于学术上的不同意见,必须坚持百家争鸣的方针,展开自由的讨论。"应该"认真听取专家的意见,充分发挥专家的作用"②。"对于思想问题,无论如何不能用压服的办法,要真正实行'双百'方针。一听到群众有一点议论,尤其是尖锐一点的议论,就要追查所谓'政治背最',所谓'政治谣言',就要立案,进行打击压制,这种恶劣作风必须坚决制止。"③"我们要创造民主的条件,要重申'三不主义':不抓辫子,不扣帽子,不打棍子。"④对此"不允许有丝毫动摇"⑤。

（四）要坚持实事求是这个马克思主义的根本观点、根本方法。"有的人还认为谁要是坚持实事求是,从实际出发,理论和实践相结合,谁就是犯了弥天大罪。"⑥这是完全错误的。你不了解实际,那就"必须下定决心,急起直追,一定要深入专业,深入实际,调查研究,知彼知己,力戒空谈"⑦。

（五）明确理解"同党中央保持政治上的一致"的含意。党员应该同党中央保持政治上的一致,拥护党的理想和事业的群众也是乐意这样做的。但"同党中央保持政治上的一致",据我理解,小平同志并不要求人们在学术观点上也非同个别负有领导责任者的学术观点一致不可。这个界线似乎难于划清,但决不是不能划清,也是必须划分清楚的。混淆不分,往往就成为领导失误的原因。

（六）要懂得从多方面汲取营养的必要,不能故步自封,应鼓励开动脑筋,敢于创新。"我国古代的和外国的文艺作品、表演艺术中一切进步的优秀的东西,都应当借鉴和学习。"⑧"所有文艺工作者,都应当认真钻研、吸收、融化和发展古今中外艺术技巧中一切好的东西,创造出具有民族风格和时代特色的完美的艺术形式。"⑨我们需要汲取的当然应该是"进步的"、"优秀的"、"好的"东西,既要警惕资本主义、封建主义腐朽思想的污染,同时也要经过仔细的研究、辨析,多听听专门家的意见,否则很容易失之交臂,玉石俱弃。这种工作需要学

---

① 《邓小平文选》,第54页。
② 同上,第95页。
③ 同上,第135页。
④ 同上,第134页。
⑤ 同上,第169页。
⑥ 同上,第109页。
⑦ 同上,第167页。
⑧ 同上,第182页。
⑨ 同上,第184页。

习、思考、探索，需要创新，也需要勇气。所以小平同志郑重指出："我们希望各级党委和每个党支部，都来鼓励、支持党员和群众勇于思考、勇于探索、勇于创新，都来做促进群众解放思想、开动脑筋的工作。"①既不学习，又谨小慎微、畏首畏尾、只想持禄保位的人，是做不好这一工作的。

最后，再谈谈学习《文选》后对文艺批评方法问题的几点体会。

四

前面已经谈到了，小平同志对于不敢批评错误倾向的涣散软弱状态是不满意的。对于"一批评就说是打棍子"，实际上是自命"老子天下第一"，拒绝批评的不正确态度也是深以为非的。在文艺批评领域里的行政命令诚然必须废止，但批评却无论如何不能废止。尽管多年来"左"的倾向，简单粗暴、无限上纲、甚至不惜置人于死地的所谓"批评"，已把批评的名声败坏到了使人"痛心疾首""不屑一顾"的不堪地步，但毕竟不能因此抹煞正当批评的作用，因为只有通过文艺批评，我们才能不断扩大马克思主义的思想阵地，保证党对文艺在政治思想上的领导。

（一）"作品的思想成就和艺术成就，应当由人民来评定。"这是根本，文人相轻或者互相吹捧都不行。但"虚心倾听各方面的批评，接受有益的意见，常常是艺术家不断进步、不断提高的动力"。"同志式的、友好的讨论"，总是有益的。②

（二）批评要"提倡摆事实，讲道理"③，"防止片面性"④。不摆事实，容易似是而非，使被批评者有"哑子吃黄连"之苦，到底不能使人心服。不讲道理当然不行，说理还应力求"完满"、"周到"⑤，才能真正使人心悦诚服。什么道理也不想听、多么正确的道理也拒绝接受的"独夫"，毕竟是极个别的。

（三）批评要讲究些方法，要分寸适当，不能感情用事，以感情代政策。"不能因为批评的方法不够好，就说批评错了"⑥，这是一方面；"批评的方法要讲究，分

---

① 《邓小平文选》，第133页。
② 同上，第184页。
③ 同上，第184页。
④ 同上，第337页。
⑤ 同上，第346页。
⑥ 同上，第346页。

1596

寸要适当,不要搞围攻、搞运动"①,这是另一方面。"批评的武器一定不能丢"②,"我们在思想文化的指导工作中还存在着'左'的倾向,这也必须坚决纠正和防止"③。实践是检验真理的唯一标准,运用在文艺批评上,就是既要批评,又要批评得使对方信服,使人心悦诚服,真正取得正确批评的效果。如果用对敌人的办法来施之于人民内部,就不合适了。"纠正'左'的倾向和右的倾向,都不要随意上'纲',不要人人过关,不要搞运动。"④我体会就包含有这种意思。

（四）允许批评,允许反批评。⑤ 不但都要"允许",也都非常需要。"左"的倾向严重时期,只能你"批"我"服",怎样的胡说八道、断章取义、无中生有,都可以堂而皇之地出现,而且不必有任何顾虑,因为被批评者完全不能解释、分辩、反驳,被剥夺了一切应有的发言权。这只能纵容简单、粗暴的批评作风,降低批评的质量,败坏批评的声誉,人为地制造批评者与被批评者之间的矛盾与对立,而根本不可能互相帮助,互助促进,形成良好的研究风气。反批评当然也要靠"摆事实,讲道理",自以为是,对别人的正确意见采取概不认账、无理拒绝的态度,也是十分错误的。

对小平同志着眼全局的许多深刻思想,我没有能力来加以概括。一隅之见,谨就正于高明。

1983 年 10 月 13 日

（原载《文艺争鸣》1986 年第 1 期）

---

① 《邓小平文选》,第 345 页。
② 同上,第 345 页。
③ 同上,第 347 页。
④ 同上,第 336 页。
⑤ 同上,第 184 页。

真正贯彻"百家争鸣"，才能实现"百花齐放"

"双百"方针一直是并提的，并提也可以。我另有一想，也可以把"百花齐放"当作创作繁荣、评论活跃、学术研究充分发展的结果来看。那么它的前提、方法，便是"百家争鸣"。没有"百家争鸣"，没有创作和评论的自由，"百花齐放"的光辉灿烂局面怎能实现呢？

过去曾提出、倡导过"百家争鸣"，结果是昙花一现，客观上变成了"引蛇出洞"，谁稍稍争鸣几句，话还没说完，棍子、帽子就一齐来了。据说"百家"实际只是两家，即马克思主义一家与资产阶级思想一家。资产阶级思想早已定为"反动"的东西，出现在资本主义社会里的思想又全被定为资产阶级思想，而另外那些自称为马克思主义思想的又早已封定为百分之百的马克思主义革命思想，在这种情况下，试问，还能来进行什么"百家争鸣"？岂不就是要人公然自动用"反动"的东西来同"绝对正确"的东西争鸣？结论早已有了，还有什么能争鸣的？当然也有些真诚的"傻瓜"敢于出来说了几句不同的话，但马上就被打得头破血流的模样明摆在大家眼前，讲得好听的"百家争鸣"，自然只能寿终正寝，再也不能取信于人了。有时文字上还在不得不装点这句话，实际上可以说等于不曾有过这回事，连"胎死腹中"都说不上。痛定思痛，真是一种大不幸，一个根本不应发生却居然发生了的大悲剧。

"百家"之说，原来是不错的。当然不过取成数而言，实际何止百家。百家只指资产阶级思想而言？资产阶级思想果然百家蜂起，家派林立，其间有各种程度的差别。这是事实，扩大到资本主义社会中存在的思想，当然更加复杂，也更是事实。然则马克思主义思想就只有一家？事实上也早已不只一家。同样主张生产资料公有，同样主张从社会主义发展到共产主义，同样主张为广大人

1598

民的利益服务,有共同的哲学基础,但如何实现这一崇高的理想,在不同时间、地点、条件下该走什么道路,采取什么措施,看法做法不仅在不同国家,就在同一国家内部,也一向有很多不同的意见。究竟哪种意见是真的或假的马克思主义、相对真的或绝对真的马克思主义?除却实践的检验,还有待时间来证明。同样支持生产资料私有的资产阶级思想可以承认其有百家,为什么同样支持生产资料公有的马克思主义就不能承认也有百家?事实上是否真只有一家,该只有一家?凝固于一家?符合不符合马克思主义事物不断发展变化,具体事物具体分析区别对待的原则?既然事实早已不止一家,凝固于一家无论对马克思主义的发展以及各国人民自己决定其最适宜的进步道路都没有益处,为什么要说马克思主义只有一家呢?在肯定生产资料基本公有,应为广大人民服务,为实现共产主义理想而奋斗的前提下,承认马克思主义也有百家,本身也大有争鸣的余地与必要,这有什么害处?真理愈辩愈明,马克思主义思想要战胜资产阶级思想,在议论纷纷的马克思主义本身的不同见解中进行争鸣,找出真正有利于各国共产主义事业发展的规律,应该承认,争鸣总是有益的。其有益,就在于,只有这样之后,"百花齐放"的局面才能出现。花中也会有一些不香、不美,甚至有些害处的花吧!但"万紫千红总是春",决不会因此反而变成冬天的。前提相同而因考虑问题的侧面、角度、层次不同,主体感受不同,了解情况偏全深浅之不同,而有了不同的见解与结论,如果能够适当综合,互相扩充调整,百家何害于更完整更高一层的统一?这样的很自然的择善、融合而成的统一,比起人为、封定的统于一尊,岂不好得多吗?

"百家争鸣"好,众说纷纭、聚讼不一则不好——过去有不少当局者其实是这样认为的。究其实,前面一句为虚语,后面一句为实话。因此虚的这一句便只好落空。有了"最高指示",当然用不着"百家争鸣",一争鸣,便难乎其为"最高"、为"指示",必然要碍手碍脚的了。

"众说纷纭"究竟好不好?我以为很好。好就好在这是符合事物发展的规律的。面对这大千世界。有志之士必然都要探索其奥妙,解决所遇到的各种疑难问题。事物如此复杂、如此多变,彼此知识有深浅,感受有区别,经历兴趣都不一样,说出话来自然也决不会完全一样,甚至距离不近。主客观双方必然都存在这一情况,除非封住众口不许说话,来个"指鹿为马",否则,"众说纷纭",倒是非常正常的。"众说纷纭"对理解事物和解决疑难是否一定不利?我看,它远比"鸦雀无声"或"众口一辞"有利得多。照理,真正主张或真有群众观点的人,应该欢迎并引导大家来"议论纷纭",只要大目标大方向相同,不只"百家"争鸣无妨,即使"千家万家",又有何妨?争鸣之家越多,"兼听"之益越大,对事理就越易明白,解决疑难的办法和道路也越易明确。可惜这种人还太少,而口口声声"群众观点"、"群众路线"是"好箭,好箭",当逆耳忠言纷纷出来之后,便面色一变,沉下脸来拍桌大骂的人还不少。当这种人手里握有大权时,后果之糟,我们都有经验,便不必再谈了。其实,"众说纷纭"怎么一定会与寻求某种一致的努力对立?古人早已有殊途同归、百虑一致的体会,虽少详细的解说,却无疑是蕴藏有辩证精义的见识。纷纭的众说中难免有谬误、片面的东西,更多的是可供互相补充、启发的资料,如能高瞻远瞩、统筹大局,加以综合运用,"一致"或近于一致的东西反而可以被发现出来。这样得出的一致或近于一致,比起孤家寡人从灵机一动或偏听偏信中得出的"一尊"之见,难道不是要高明、合理得多吗?独断专行闯下了大祸,造成了严重灾难,动辄满足于说"缺乏经验",说"总要付些学费",实在太轻描淡写,文过饰非了。国法党纪姑且不说,难道不更应从思想观点、方法、作风上去深刻查查原因、毛病吗?"双百方针"、"群众路线"、"实践出真知",说得遍数再多,写的字句再多,终究抵不过事实的证明。说的是一套,做的是另一套,从来没有一个人能逃过历史的检查,幸免于人民的斥责,即使这种人曾显赫一时,毫不顶用。

早已有同志指出过了,鸦雀无声、一锤定音,这种情况最可怕。每到这个时候,其实便象征着"山雨欲来"了,这不过是祸乱爆发前一刹那的预兆,绝不是政治清明、号令严肃的象征。

毫无疑问,以我们文艺界而论,今天确实已进入了一个新的时代,即解放以来从所未有的新人辈出、成果累累的百花可放的时代。余悸正在减少,闯将正在增多,这是非常可喜的现象。原因何在?就在虽还有过波折,毕竟总的形势是大为好转了。国门已大开,言路也已在不断扫除障碍,作家、评论家们已开始呼吸到新的空气,感受到这一英明决策的温暖了。对包括作家、评论家在内的中国知识分子来说,落实政策的最为关键的一条,就是要让他们充分发挥聪明才智或一得之见,来报效于自己的祖国。"价廉物美"并不是对中国知识分子的贬辞,因为他们苦惯了,也知道国家还穷,没有人对物质上提过高的要求,而精神自由上的高要求却是理所当然的。与其说这是权利,还不如说这是义务与社会责任,更切合他们的一片拳拳赤子心。

手头带有一本刚收到的《江海学刊》。带它是因为看到目录中第一篇便是追载 1959 年 7 月 21 日张闻天同志《在庐山会议上的发言》。庐山会议是"十年内乱"前的一件大事。被称为"反党集团""副帅"的张闻天同志究竟当时讲了些什么,因一无所知,对整个庐山会议的情况,至今也不清楚,所知仅是所谓"反党集团"已经彻底平反,真正犯错误的并不是他们罢了。想象一定能从这篇迟发的重要文章里知道不少信息,所以就把它带上了。在从上海到沈阳的近两小时飞机旅程中,我一口气读完了这篇近两万字的文章,引起了许多思索。

文章还是有局限的,例如他再三说"大跃进"有成绩,"《会议》草稿列举的成绩都是事实",大跃进中缺点和成绩的关系"有人提二八开或三七开,我认为是一比九的关系"之类。在那种情况下,不先讲些好话,恐怕连说话的机会也不能有,这都可以谅解。明眼人完全可以看出,他要说的根本不在这里,而是要对当时已经严重存在的时弊进行大胆的批评。文章很多地方表现出闻天同志在这一期间的确具有非凡睿智的革命者的品格和思想。

我只想略举与"双百"方针有关的两个例子来说明。

其一,是关于讲缺点的问题。他主张要讲成绩,也要讲缺点;缺点不但要讲,而且必须讲透。所谓讲透,即既不要缩小掩盖,更不能强调客观,应深刻分析产生缺点的原因。他说:"有人以为讲缺点会泄气,会打击积极性,我以为不会。对不怀好意把我们说成漆黑一团的人可以同他们辩论斗争,这也不是泄气不泄气的问题。相反地光讲成绩,不讲缺点,是否会保证积极性呢? 我看也不会,因为人家不服。我们对农民检讨几句,他就高兴,积极性就会提高。马克思主义者鼓励积极性靠真理。做了蠢事不要怕讲,不要怕泄气。合乎马列主义的气要鼓,不合乎马列主义的气,就是要泄。虚气泄掉,实气才会上升。"他指出"全民炼钢"问题不单是赔了五十亿元,最大的问题还在于七千万至九千万人上山,抽去了农村中的主要劳动力,打乱了工农业劳动力之间正常比例关系,使农副业生产遭受很大损失。他说:"总结经验时,满足于缺乏经验是不行的,应该着重从思想方法、思想作风方面寻找原因,研究哪些缺点难以避免,哪些又可以避免。都讲客观原因,就总结不出经验,接受不了教训。缺点要经常讲,印象才会深刻。""说缺点正在改正或者已经改正,就可以不必讲了,这不对。""缺点讲透很必要。"

以上全是摘的文章原话。多么精彩! 想想他是在那样一个压抑的环境中大声疾呼的,又多么大胆、勇敢!

我所以不惮烦地称引闻天同志这些话,就因"百家争鸣"过去所以实现不

1601

了，主要就因有人怕"争鸣"争出缺点来，会使人泄气，打击积极性，影响领导威信。缺点只能谈到当局允许谈的那个程度，那个范围，那种调子。既然成绩已定调为"九个指头"，那还有什么可争，争得出什么名堂，起得了什么作用呢？闻天同志正确明快地回答了这些问题，因此他竟成了"反党集团"的"副帅"。尽管他也唯恐被误解，一再申明了"今天我对缺点讲得多些，目的是为了总路线，为了更好地跃进；我并非怀疑派"，可是又谁会来听他的说理呢？真正富于马克思主义精神的发言，从此竟被取消了"争鸣"的资格！再也不能让这种悲剧重演了。

其二，是他指出民主风气很重要。认为要造成一种生龙活虎、心情舒畅的局面，才会有战斗力。"过去一个时期就不是这样，几句话讲的不对，就被扣上帽子，当成怀疑派、观潮派，还被拔'白旗'，有些虚夸的反而受奖励，被树为红旗。为什么这样呢？为什么不能听听反面意见呢？"的确，"真正坚持实事求是、坚持群众路线的人，一定能够听、也一定会听的。听反面意见，是坚持群众路线、坚持实事求是的一个重要条件。"这些话也是说得多么中肯。要开展"百家争鸣"，一方面固然要有人敢于提不同意见，更重要的"是要领导上造成一种空气、环境，使得下面敢于发表不同意见，形成生动活泼、能够自由交换意见的局面"。没有社会主义民主，"百家争鸣"只能是一句空话。

尽管今天的局面已大非昔比，社会主义民主的程度已有所扩大，文艺界同志的心情舒畅得多了，但历史的惨痛教训还是值得深深记取的。"左"的潜力，从"左"尝到甜头的人都还不少，切莫轻看，以为再也掀不起什么风浪了。闻天同志苦口婆心，小心翼翼，当时还身居要职，而仍不免一棍子下来便被打倒在地。这种深印在人们脑中的印象也只有被民主的事实反复证明了才能逐步冲淡、消除。

"百花齐放"的前提是"百家争鸣"，"百家争鸣"的前提是真要有社会主义民主，并且还得不断扩大。我们现在已经有了一个很好的开头，形势是非常喜人的，但愿能坚持下去，更发展开来，文艺界会充满生机与希望！

（原载《文艺争鸣》1986年第1期）

迟到的"人民大众开心之日"

　　最近,中央为胡风进一步全面平反,不仅在政治上宣布他是爱国的、进步的,绝不是什么"反革命集团的头目",而且在文艺思想上也肯定他有相当独到的见解、不可抹煞的成绩和贡献。由于胡风案件在当时批判声势之猛,首当其冲者受害之惨,在人民大众中造成阴影之深,对后来"反右"、"反右倾",直至登峰造极的"文革"所起的先声作用之大,所以,今天为"胡风反革命集团"这个文艺界空前的冤假错案彻底平反,绝不可能只是文艺界、文化界、学术界的广大同志会感到高兴,而是又一个真正的"人民大众开心之日"。虽然这个日子未免迟到了些,但毕竟还是来到了。"假的就是假的,伪装应当剥去",进步文艺理论家胡风的真面目应该得到恢复。有人确实并"不懂得客观世界的规律,他们用以想事的方法是主观主义的和形而上学的方法,因此他们的估计总是错误的","他们犯了并且不可能不犯思想和行动的错误"。在胡风问题上、反右问题上、"文革"问题上,一个接一个,越搞越凶狠,越搞越把国家、民族可悲地推入泥坑,"光荣的过去"变得几乎失尽人心,以致直到今天还要大家费尽心血去弥补偿还笔笔都是无比巨额的负债。这种深刻的历史教训可以忘记么? 在庆幸"人民大众开心之日"终于还是来到的时刻,我认为仍有许多应该让我们的子孙万代必须深刻记住的惨痛教训有待于加快"透明"出来。清算过去,乃是为了改革现在和发展将来,再也不要发生这样"史无前例"的悲剧了。继续捂着必然有碍我们今天的革新大业。

　　"胡风这个案件乃是解放后第一个严重的文字狱",这是八年前我在南京师范大学参加现实主义研讨会期间亲耳在一个小型座谈会上听到周扬同志这样讲的。那时社会上只不过已经有了些胡风可能在政治上得到一点平反的传说。

1603

周扬明确指出胡风的问题至多也不过是一个学术问题。这些话出于周扬之口，我当时感到特别震动。不管还有什么别的许多复杂原因，文艺界几次伤害了很多人的运动的"大文章"多是用位居文艺界领导的周扬的名字发表的。十年"文革"中他自己终也未能幸免，吃足了苦头。历尽劫波之后的他多次表示"再也不愿说违心话"，我深信他做到了这一点。一向有人说他同胡风是"死对头"，可我最早听到如此无保留地为胡风讲出这句公道话来的恰正是他。

对胡风先生长期来我深感内疚，因为当时我也写过几篇"批判"他的短文。我和他本来不相识，三十年代末向《七月》投稿竟蒙连续发表了两篇论文。他从武汉到达重庆后，我才从报纸上知道他一家所住的小旅馆的名字，便特意去拜访了他，并见到了他的夫人梅志。住宿非常差，旅馆里的大老鼠会连孩子也要咬。他给了我一个非常质朴、睿智而执着的印象。我认为他是紧紧追随鲁迅的一位革命文学理论家。《七月》培植新人的成绩是有口皆碑的。当时我负责中央大学的文学会，曾特别邀请他到中大做次讲演，中大文科学风一向比较侧重传统，胡风先生到校讲演，确实起了转变文科学风的作用。我至今还记得他讲演后在同学中引起的热烈的反响。当时我还曾写过几次信向他请教一些文学问题。但从 1939 年我离渝赴滇在研究院改治古代文论后，由于僻处一隅，加之兴趣改变，就未再通信，直到胜利回沪后，有次才又同骆宾基一道去拜访过他。改治古代文论后，我没有再在他主持的刊物上写过文章，也不认识同他相熟的别人。这些情况在"反胡风"运动刚起、号召揭发批判时我都如实"交代"了。得到的指点是："既然你曾认识过他，就应站稳立场，写文批判。"由于自己的天真、幼稚、软弱，和对个人迷信缺乏辨别力，我"遵命"为当时的《文汇报》写了几篇"批判"短文。我实在看不出胡风的文艺思想有多少问题，但看了那些摘于私信的"材料"，加上那些杀气腾腾而又听说大有来历的"按语"，为"站稳立场"不得不做点空文章。虽然"思想改造"运动时期那套逼人揭发、划清界线等不合情理的做法引起过我的怀疑，但解放后几年一度有过的新气象又迷惑了我，而这新气象竟成了后来越发"神"化、实行专制的资本。我虽侥幸未被打成"胡风分子"，但不过一年多后便在"邀请帮助整风"的"盛情"中被打成了"右派"，而且直到"文革"初期被关押在学生宿舍的一个月中，不断"提审"的主要问题之一还是："你同胡风究竟还有什么关系？你为什么要向《七月》投稿？为什么要胡风到中央大学去讲演？你同胡风通了多少信，信里写些什么？"专案组的人明白警告我："你和胡风的关系，我们已经全掌握，要看你的态度了。坦白从宽，抗拒从严!"现在的青年同志知道我们这些人在历次害人不浅的政治运动中,曾如何经受过种种被侮辱、被损害、被折磨、被扭曲的历史么?当我现在仔细读着梅志的《胡风传》时,知道了胡风竟被残酷迫害到那样不堪的地步,我的内疚就更加深重了。

实践是检验真理的唯一标准。《实践论》原是说得一本正经的,但实践的结果,时间的考验,充分证明"反胡风"运动从"估计"、"指导"到"政策"全是错误的。明明是进步的文化人,却诬蔑是什么处心积虑反党反革命的小集团、工农兵的死敌;明明至多是学术上的不同意见论争,却无限上纲为阴险毒辣、狡猾无比的反动纲领,是为帝国主义、反动统治服务的。反正被钦定了是黑的便不可能再是白的。而所谓"说服",也已先肯定自己说的必然绝对正确,别人的不同意见必然完全谬误为前提,"说服"的过程是我说你服,目的在于必须服从于我。科学的真理受到了严重的践踏。一切唯我独尊,目无人民大众。"公仆"其名,公"主"是实;"阳谋"其名,阴谋、权术是实。好像懂得应该"取信于民",其实往往视民如草芥。"文革"十年,难道不是专制的登峰造极?

"压制学术界的自由讨论,是犯罪的行为",这话不错。但胡风的文学观点与《讲话》不全一致,为什么就算不得是"学术界的自由讨论"了?即因一上来未经民主讨论便主观唯心地把他从人民内部推了出去。这好像真是"一抓就灵"的办法,而且十分方便、省力。有段"按语"这样写道:"胡风集团坚决反对中国共产党所确定的文艺方向,极端仇恨毛泽东同志《在延安文艺座谈会上的讲话》。因为党和毛泽东同志号召文艺工作者要歌颂工农兵,要暴露工农兵的敌人,而胡风集团恰是工农兵的死敌",他们"凭着他的反革命的敏感,却深深地了解这个讲话在全国解放以后会在更广大的范围内掌握群众,并对各种反动的文艺思想起摧毁性的作用,所以他们就急于想阻止和破坏这个讲话的影响的扩大"。科学地说,《讲话》的历史作用应予肯定,但那是战争环境下的产物,粗线条、欠细密也是难免的。但时间、地点、条件既已有所变化,胡风提些不同意见,以供讨论有何不可?如果不自以为朕即法律,稍有点"人民民主"、"人民自由"的思想和风度,那就不该连珠炮似的把胡风上书和私人通信中的片言只字无限上纲为"坚决反对"、"极端仇恨"等等。《讲话》再好,毕竟不是"宪法",何况"宪法"也可以修改,人民尽可对它提出不同的意见。不靠科学的力量而靠权势的力量来维护自己主张的权威性,再好的主张也会引起人们的反感。世界上本来没有一个人能够在见识品格上完美无缺,即所谓"金无足赤,人无完人"。领导

1605

者不能在事不关己时倒还比较客观,稍稍涉及就成"老虎屁股摸不得"了。马克思、恩格斯都告诫别人不要把他们的话当作教条,这就是他们极大的明智处。用一种思想、一种声音来治理国家,对国家、民族、革命事业只会酿成大悲剧!

但"要想使'舆论一律',是不可能的,也是不应该的"。胡风先生这些话本来很对。然而,因为先给他戴上个反革命分子帽子,就什么不同意见都反动,都不准你说了。尽管,领导者曾一再说:"在人民内部,是允许舆论不一律的,这就是批评的自由,发表各种不同意见的自由。"可那种年代真有过什么批评的自由? 一批评,就把你推到了人民外部去,人民外部便不许有这种自由,至于为什么一下子便成了人民外部的罪人,法律根据何在,如何判定的,那就谁也别想问,像梁漱溟那样被臭骂一顿还算幸运,其他人等则便要变成"顽抗到底"、"死不悔改"的"狗屎堆"了。"兴师动众"讨论得似乎极郑重的《宪法》,运动一来立刻成为废纸。宣传上吹"形势大好,越来越好","不是小好,也不是中好,而是大好特好",老百姓的心里却完全相反,简直是"越来越糟"。瞒、骗、压,一时似可奏效,换来的只能是信仰危机和逆反心理。能说这是老百姓的过错? 老百姓不是真心实意、充满感激之心欢呼过解放头几年的"清明盛世"么? 千百万革命烈士流血牺牲打下江山,今天如果只能以清明节向他们墓上放几个花圈,或写点文章来纪念,而并不以大力改革、强盛祖国来告慰英灵,我想他们会在天国里痛哭。

"胡风反革命集团"得以全部彻底平反,的确是件大好事。胡风先生虽已不幸被折磨离世,他的在天之灵当会因看到了改革大业的希望而会稍稍安息罢,我们只能以此来告慰于逝者并以此来自勉了。我想只要沿着今天这条坚决改革的大路一步一步走下去,把过去那一套包办、强制、缺自由、少民主的办法彻底抛掉,首先是站在负责地位上的同志以身作则,真正为人民大众、为社会主义办些实事,即使会有许多困难,我深信还是大有希望的。

(原载《书林》1988 年第 10 期)

"否定"不等于要"砸烂"

几十年来,由于形而上学、主观唯心论、"左"的思潮长期泛滥,尽管唯物辩证法、历史唯物主义在书面和口头上颇受尊重,在实际社会生活中却没有真正产生多大导向作用。大家都反对旧事物,渴求新事物,但究竟什么是旧事物,什么是新事物,两者间有没有某种联系,怎样的联系,好像大家都已很清楚,不烦赘说了,其实并未真正搞清楚。几乎只知道些什么经典、文件上反对的就是旧事物,赞赏的便是新事物。对旧事物应彻底否定,对新事物应完全肯定。"否定"等于"抛弃"和"消灭","彻底否定"等于要"砸烂狗头再踏上一只脚",不论是人是事,都"永远不得翻身"。而若被"肯定"了呢,便完全不同,"一俊遮百丑"了,种种好听的、夸奖的话可以全归名下。肯定了就不能否定,否定了就不能肯定。非此即彼,不须具体分析,没有互相依存、不会有所转化。

"否定"的本体认识如果真是这样的话,"否定之否定"难道能够成为唯物辩证法的基本规律之一?难道能成为自然界、社会和思维发展的普遍规律?人类社会的历史从来就是曲折的、螺旋式、波浪式地前进、上升,而绝不是直线地割断了历史得以飞跃的。新事物总是由旧事物在一定的条件下转化而来。顺应社会、历史发展潮流,有助于增进人类幸福的"新"才是真正的"新",并不是谁自我标榜为"新"的就真是新事物。我们强调了多年的"实践"和"效果",遇事却总先要纠缠在姓"资"姓"社"上,迷信"阶级斗争一抓就灵",真可谓舍本逐末,蹉跎了多少好时光!

几十年来形而上学的对"否定"的错误阐释,简单地否定一个人或一件事物。事物本身往往是矛盾的,在其发展过程中既有可以肯定的即保持其存在的方面,也有应予否定的即可促使其发展转化的方面。在斗争冲突中一旦否定方面取得了支配地位,旧事物就转化成新事物。早在这种方法介绍进来的本世纪二、三十年代,"否定"已被揭示为"扬弃",即对旧事物并非简单的一味抛弃,仍要吸收它所有合理的尚有生命的因素。为什么这种符合实际的科学阐释多年来会被很多人抛得一干二净了呢? 任何事物都存在着这两个方面。即使在否定方面取得了支配地位后,旧事物被吸收下来的某些特征、特性就仍会重复出现,这并不奇怪,绝非"复旧""回潮""走回头路",实质是在新的发展基础上的重复,从低级向高级的进一步的发展。例如孔孟之道中当然有不少早已过时了的东西,但显然也存在至今仍富有价值的合理认识。承认这一点难道就算得上"孔孟的徒子徒孙"或"卫道士"? 就可说是儒家? 其实后世引用过孔、孟言语的人都已不全在重复孔孟,有的基本反孔、孟体系的也会引用他们的一些言语。只据形式而不看实质,永难辨明真相。为什么多次彻底批孔都并未能把他批倒批臭? 就因为太笼统,想把他的合理、尚有生命的因素也要抛弃掉,硬说全部都是糟粕。对在历史上起过重大作用、产生过深远影响的文化现象,思想大转折时期为了反对旧事物而言辞过激可以理解,毕竟矫枉仍不应过正,至于仅仅为了趋奉讨好,以售其奸,则又另当别论。

否定的本体认识应当是扬弃。任何一个真在历史上起过作用的学派、思想体系,都不同程度是扬弃的结果。同时,它们也必然会被别个学派、别种思想体系和后来更有时代色彩的人们扬弃。再伟大的人物也不可能穷尽真理,包办真理。实际上每一个大学问家为了发展进步都是尽其力在兼收并蓄而因时代、重点、角度之不同而成为一家之言的。真正成家的学问家,却使客观证明他往往还是不免钻进了某一牛角尖,还是有点以偏概全,但在偏得深刻之中,却可富有某种启发,能用来纠正别样的偏见,而成为别人兼收并蓄的资料。中国传统文化乃是儒、释、道及其下各种流派长期交会、融合的产物,今天则更在世界现代文化大背景下不断融会成新的文化,既非"中体西用",也非"西体中用"的中国现代新文化,当然还没有来得及具体成形。否定,实际即在批判继承。文化要发展、要创新,就永远需要对旧事物、旧文化进行这一意义的不息的否定。没有否定就没有革命。真正的革命从来没有亦不可能割断历史,简单地抛弃消灭过去的一切。

孔子有"三人行,必有我师"的精神和雅量,故被孟子称为能"集大成"的"圣之时者",而成其在古代来说确极博大的学问家。降及后世,如宋代的苏轼,他才识圆通,即因很懂得博采众长,有虚怀若谷的态度。他说:"孔、老异门,儒释分宫,又于其间,阐律交攻。我见大海,有此南东,江河虽殊,其至则同。"(《祭龙井辩才文》)"知者创物,能者述焉,非一人而成也。君子之于学,百工之于技,自三代历汉至唐而备矣。"(《书吴道子画后》)真理愈辩愈明,殊途可以融会同归,创造之功,不应只归个人,更不应只归自己,苏轼有此体验,所以才有这种襟怀、气度、识见、良心。后于苏轼近八百年的德国大文学家歌德更详细地表达了类似的意思:"事实上我们全都是些集体性的人物,不管我们愿意把自己摆在什么地位。严格地说,可以看成我们自己所特有的东西是微乎其微的,就像我们个人是微乎其微的一样。我们全都要从前辈和同辈学习到一些东西。就连最大的天才,如果想单凭他所特有的内在自我去对付一切,他也决不会有多大成就。可是有许多本来很高明的人却不懂得这个道理。"苏轼和歌德都是东西方极有代表性的大文学家,并不以哲理思辨闻名,得出的却是与大哲学家揭示的"否定之否定"规律几乎一致的认识。

　　这使我想到,认真搞清楚"否定"的本体认识,其作用决不只是搞清楚一个过去长期被错误传播的哲学概念,而确实是一个会涉及哲学、美学、文艺学等多种学科的改造与建设的重要问题,是对建设社会主义精神文明,对形而上学、主观唯心论、"左"的思潮等进行拨乱反正的可贵努力。

1993 年 2 月 10 日

(原载《群言》1993 年第 6 期)

真实的才得永恒

一、现实精神、现实品格

新时期文学的现实主义问题很值得探讨。从实践出发结合改革大业的需要而不是天马行空般地来探讨更好。有次上海讨论文学理论问题,一位著名的老演员说她"演戏拍电影几十年,对很多文学理论书却总看不进去,不感兴趣,越看越糊涂,把我认为很简单明了的问题说得玄妙莫测,复杂不堪,甚至搞不清楚它究要解决什么问题。"这当然只是她个人的感受和意见,不能证明文学理论全无用处。但她的话很值得我们深思,是否也有点咎属应得。确实有很多作者或写出了一些好作品的作家并不爱读理论书文,他们是凭丰富的生活经验、读了大量古今名作,又有智慧勇气和坚毅的意志,才写出了他们的佳作的。理论书文中的种种定义、议论,对他们实际极少作用。理论书文中烦琐的空谈、脱离实际的议论、不知创作甘苦而又自我感觉太好的东西,难道不是并非绝无仅有吗?这个主义,那个主义,多得数不清,好像泾渭分明,高低也极显著。但哪个好作品里不是直接间接兼有写实和想象、已有的和应有的成分?作品的高低,难道能据采用的创作方法来判定吗?浪漫主义作品不反映现实?现实主义作品不存在想象甚至幻想?只要同公认的好文学作品稍作比较,就会觉得许多死扣定义、总想做出一种大家都会接受的界定的努力未免劳而无功,尽管有些论者对此倒觉得津津有味,乐而不疲。

我只谈自己现在最爱读哪样的作品。我认为当前的文学作品应是"殊途而同归"的。殊途,指各种不同的道路,包括各种越来越多的创作方法、表现技巧;

随便怎样写都可以，都可能行，不要搞"指令性"的规定，只许走一条路，用一种方法。同归，不是说在思想观念、题材主题、风格流派上定于一尊，而只指同有一个远大、高尚、发展、前进的目标。新时期的文学应该做到对人民群众有利，促使社会、人心积极向上，健康进步，勇于革新，否则就不能算有价值。大框框不能没有，小框框当完全放开，创作自由。这样的大框框是需要的，对发展艺术生产有利，对出现好作品有利，可惜现在这样的好作品还太少，倒是让挑逗情欲、刺激官能、宣扬凶杀之类"劝百惩一"的低劣东西充斥了街头市场。所谓"纯文学"中的平庸、卖弄、争奇斗异的无聊之作亦着实不少。这些东西发行量越大，对已经下降的民族素质之继续"滑坡"低落，必将造成加深加速、极为可虑的严重恶果。

写真实的作品是好样的。写真实，既包括外部的也包括内心的。靠虚假、粉饰、贩卖洋腔洋调，成不了艺术品。在真实的基础上，当然还希望能看到深刻地而不是肤浅地描写一些表面现象的作品。有充沛的精力、不坏的艺术本领，为什么不去写人民群众最关心、对他们的生死祸福关系最密切的问题？难道这样的问题还少，还一定要长途跋涉、上天下地去寻找？为什么有些同志宁愿在"三寸金莲"之类的东西上不惜气力，而对人民群众的痛苦、烦恼却视若不见，听若不闻，极少注意呢？不是不可能把"三寸金莲"这样的材料写得有其相当的意义，但如开掘不深，徒事展览，至少可说趣味不高。有人喜欢这样写也可以，不耐看的花毕竟也还是花的一种嘛，胡乱吹捧就不对了。主体性、人的价值、个人尊严，都应该讲，过去多年只欢迎大家去做俯伏在地的驯服工具，不要你动脑筋，惟恐别人心里有个人格独立的自己，十分可悲。但笼统这样提仍不够，价值标准各人可以有很大距离。价值应该同对祖国、人民的负责态度和使命感密切结合起来，在创作实践中有所体现，体现得越有成绩越好。没有这种感情、态度、理想、精神的人我认为没有什么价值，难于得人尊敬。自信、自尊是需要的，但到底还得人民来公认。只顾自己，不管人民死活，能这样做吗？怎么写都可以，就是不应淡化生活、远离现实，除自己鼻子底下的小小利益外什么都漠不关心，而还认为自己已经"超越"、"解放"、"高明"得很了。尽管宣传中"喜讯"很多，需要什么就会马上有什么，但人们的实际感受、目见耳闻往往大为不同，远不是已经到了莺歌燕舞这种喜人境界。隐忧甚多，搞不好的话，十分可虑。十年来确有进步，应该肯定，可是不正之风、腐败现象亦在有增无减。一方面讲究豪华、奢侈成风，另方面依旧缺吃少穿。教育、文化事业，正在出现从所未见的严重危机。人民群众的痛苦、创伤，还多得很。可以耗费数十亿美元去购进豪华轿车，却听由教育、文化事业奄奄一息下去。不重视科学知识，不真正选贤任能，四化大业果能实现？这就是文学家们首应面对说话的现实。在这样的现实面前以玩世不恭自乐，以无能为力自慰，实在太消极，平常呼喊的主体价值、人的尊严，又到哪里去了？千家驹同志这次在政协大会上的发言，为什么许多人听了奔走相告，觉得极好？因为他说了许多人还不敢这样公开说，人民群众却都要说的大实话。这些话并非他的独见，而是大家早已共见的了。他的可贵处是在敢于在那种场合大声讲出来。有些"代表""委员"出于感恩戴德，心满意足，就甘愿只是拍拍手，举举手，画画圈，他却不，这决不是容易做到的，但正在这里看到了他的一片赤忱、忧国伤时、恨铁不成钢的高尚品格。文学家们要追求的也当是这样的品格、价值。我们已经有过类似讲话三十分钟被鼓了三十一次热烈掌声这样的作品吗？得到这样强烈欢迎的作品可说还未产生，却正是应该产生的。某些自命"精英"的互捧"精英"之作，不妨同他的发言精神来比较一下，我看很有必要。厌谈责任，蔑视使命，搞精神贵族的小摆设、语言游戏，决成不了大器。不是说形式不重要，这方面的探索还是需要的，可不能舍本逐末、轻重倒置，置社会进步、人民幸福、青少年教育责任于不顾。偏激一点不要紧，我不赞成把偏激一点的东西就看作洪水猛兽，大逆不道，硬说成政治问题，实践会检验出真理，时间会作出判断。需要早一点作出正当的选择，于人于己都可少走弯路，少受损失。是否还记得自己应是老百姓？要与老百姓同甘苦，为老百姓说话，说老百姓心里的真话实话，这才是我们为人、作文的根本问题。

我一向主张改革、开放。多么应该放眼世界，扩大视野，吸收一切对我们有益的养料，包括传统的和国外四面八方的。兼收并蓄以集大成，符合普遍规律又自具特色。现代主义、现代派，庞大而复杂，很难笼统评判。也还是有用的，改造后可用的便拿来，果然腐朽的就弃掉。既不要因噎废食，也不可全都视为宝物，抢收抢卖，膜拜在地。这是在他们土壤、文化历史背景条件下的产物。可能有些东西现在我们也有点萌芽了，多数则还没有，甚至不可能有。读到了他们的一些作品，就仿造起来，因为没有根，即使小圈子里有人欣赏，终会遭到冷遇，并不奇怪，毋宁说是当然的命运。吸收过程中出点偏差，没有关系，研究后引导、改善就是。选择的标准就是符合本乡本土广大人民的需要，能提高我们民族的思想审美情操。我们讲负责，既不是要对哪个"救世主"、"神"负责，也不是要对过去那种"左"的专制所造成的种种祸害负责，而是对目前这样困难重重的烂摊子尽一介"匹夫"应有的责任。纵然我们每一个人的力量极小,合起来便大了,这点精神总该有。对表现出这种精神来的作品,尽管存在其他方面的这样那样缺点、弱点,我还是爱读的,这样的作品至少不会把读者引到邪道上去。

任何一种创作方法都不能是孤立的,与其他创作方法毫无联系的。有些理论书文可以把各种创作方法的特征分得很清楚,但一对照许多作品就会发现并不是这么一回事。很多分析是研究了作品凭自己的感受和认识作出来的,但各人的感受和认识并不相同,所以"界定"也是各色各样的,实际上是"界"而不能"定",也未必能够或需要"定"。不同的作家有不同的性格、不同的着眼点、不同的感受力和识力,理论研究可供他参考,却无法约束他,横加干预可收效于一时,终究压不服真正的艺术家。没有创作的自由就不会有好的作品。真正艺术家不会跟着某些理论的指挥棒转,他的第一义是追求忠于生活的真实、忠于人民的根本利益与美好愿望。理论研究老跟在作品后面跑会永远跟不上时代,第一义同样应当是熟悉生活和人民。这样反而对双方都好,可以成为飞鸟的双翼。任何一种主义都说明不了评判不了一个优秀的作品,因为方法毕竟只是方法,而方法本身不但是多变的,也经常互补。看其精神、品格或原则,却能起到说明、评判的作用。我爱读的便是具有现实精神、现实品格,踏踏实实为人民群众服务的作品。

1988. 5. 10

(原载《文艺理论研究》1988 年第 4 期)

二、从实际出发看问题

无需繁证博引,文艺当然是不能脱离政治的。文艺工作者当然也应该坚持正确的方向,必须使他的工作对人民有利,对建设社会主义事业有利,否则他的工作就没有价值,他的存在就没有意义。但"不能脱离政治",与"为政治服务"、甚至"从属于政治"显然是两回事,以"不能脱离政治"作为必须"为政治服务"、甚至必须"从属于政治"的理由或根据,在道理上是说不通的。

"不能脱离政治"这句话中所说的"政治",是指非常广泛意义的政治。国家兴衰、民族安危、人民的命运与社会发展的前途,文艺工作者能完全脱离这些而创作出有价值的作品来么?文艺工作者只有对这些问题抱着极大关心,有积极贡献的热情与愿望,他的作品才有生命。这种意义的"不能脱离政治",实际是指文艺工作者不能不有一种先进的、革命的思想,作为自己行动的指导。历史上有许多具有在当时来说是进步思想的作家,写出了千古传诵的诗文,却都不是"为政治服务"、"从属于政治"的结果。恰恰相反,正由于他们当时并未"为政治服务"、并未"从属于政治",所以才写出了好作品。我们能说杜甫、白居易的那些深刻地反映了生民疾苦、统治集团腐败的诗歌是"为政治服务"、"从属于政治"的产物? 那时候,如果一定要他们"为政治服务","从属于政治",就等于一定要他们写瞒和骗的东西。

不先规定是怎样的政治,而笼统、一律把"为政治服务"、"从属于政治"作为文艺工作的总口号,作为文艺的唯一任务,要求一切文艺作品都要反映一定的政治斗争,都要配合一定的政治任务,理论上显然不合适,实践证明也非常有害。且不说文艺需要反映政治以外的经济、军事、文化以及日常生活的种种领域,文艺也完全有责任和可能反作用于包括政治在内的种种领域,更为重要的是,即使规定了只应该服务和从属于无产阶级政治,那也还要根据实践的结果来看,牌子与内容是否相符。不要说林彪、"四人帮"口口声声的"无产阶级专政"实际是封建法西斯政治,就是在此以前的不少政治措施,由于对中国社会实际情况估计错误,也很难说都是无产阶级政治。要求文艺完全服务、从属于真正无产阶级政治,尚有其不尽符合科学,不合艺术规律,妨碍文艺积极、充分发挥它的社会作用之弊,如果不论哪些人在掌权当政,不论他们执行的是一条什么路线,只要他们口中念念有词,高叫革命口号,文艺工作就得跟着他们的指挥棒转,为他们的胡作非为效劳,这难道是合理的么? 又难道是做得通的么?

从实际出发看问题,相当长时期以来就提出的"文艺为政治服务","文艺从属于政治"的口号,只在政治还确实是进步的,革命的政治的时期,在一些方面起过积极作用,而在另一些方面弊病还不突出。所以在革命战争时期的确仍产生过一些优秀的文艺作品。而在解放以后,特别在 1957 年以后,由于政治上"左"的东西越来越多,而且层出不穷,最后发展到了特定时期的封建法西斯统治,实行文化专制,这个口号的弊病就完全暴露在人们的眼前了。很多老作家的好作品都是在解放前写出的,为什么解放后反而写不出了? 为什么解放后的好作品那样少? 为什么长期来文艺内容、题材的单一化和艺术表现上的概念化、公式化一直成为公认的一个解决不了的问题? 十年浩劫时期,这个口号提得更响亮了,要文艺工作为现实阶级斗争服务,那就是为"四人帮"篡党夺权的阴谋服务,那时的有些所谓"文艺",成了什么样子？封建法西斯东西！专门造谣、诬蔑、残害人民的反革命东西！

从实际出发看问题,粉碎"四人帮"以来,文艺界贯彻党的十一届三中全会方针,解放思想,拨乱反正,不提这个口号了,"长官意志"横加干涉少一些了,文艺界的情况显然不断在改进,创作在逐渐繁荣起来,反映生活的广度和深度都在发展。事实证明,文艺为人民服务、为社会主义服务的内容是多方面的,道路是非常广阔的。只要有正确的方向,有为人民服务、为社会主义服务的愿望,有坚实的生活底子,又懂得艺术规律,那就无论写什么、怎样写,都能写出有益的作品来。

文艺既是一种社会意识形态,又有其相对独立的"性格",而且它同时也是有其特殊规律的一门科学。应当把它从过去被孤立,简单地规定为"服务"、"从属"于政治的不恰当地位中解放出来。现在我们把文艺工作总的口号改为"文艺为人民服务,为社会主义服务",我认为是符合科学和文艺规律的。

（原载《文艺理论研究》1980 年第 3 期）

三、报告文学的生命力来自何方？

正当每被视为也常自命高雅的"纯文学"、"美文学"在发行上迅速滑坡的时候,很多不纯也并不那么漂亮的报告文学却紧紧抓住了大量读者的心,较好的报告作品已成为挣扎在生死存亡线上期刊报纸的抢夺对象。阳春白雪与下里巴人似乎翻了个身,实际却未阴差阳错到这步田地。即使真要说翻了个身,看来也是势所必至,理有固然的。

报告文学最好也能写得更有吸引力些、美些,但无论如何它总难免是"杂文学"。"杂"就"杂"它的罢,作品好坏岂是看其"纯"还是"杂"的？虽然"杂",如果很"真",不但提供了读者早想知道却一直还无从知道的信息,而且中间也有作者的议论与分析,焦灼与愤慨,热望与叹息,读者就会感到满意。因为在他看来,这便已比那些看也看不懂,啃也啃不动的东西强多了。何况他们连硬看硬啃的时间亦少有。

"真"就是好的报告文学之主要生命力。实在因为虚假的东西太多了:假道学、假仁义、假案子、假报导、假统计,一直到假烟、假酒、假药,到处有假,指不胜屈。既然这些作品里有"真",即使不完全、不彻底、不太动人,人们也就不再计较苛求了。这类作品涵盖面广,各种大事情都有,总能引起人们的兴趣,增广种种见识,特别可贵的是它们常能直面社会,写出各色人等的心态,而又基本上站在平头百姓立场上看问题,发点或大或小的议论。未必很美,却通俗;未必很深,却近情近理。改革对每个人,每个家庭,每个行当、角落都带来了许多新问题,得手了欢天喜地也好,失利后牢骚满腹也好,面对旋转得使人头晕目眩的社会,没有几个人是平静而不在思考、盘算的。人们逐渐懂得,小事都牵连着大事,大问题解决不好,小问题亦解决不了。今后将怎样生活下去?我们这个国家、这个民族,将怎样在周围的飞速发展中存在下去?可行而又有效的前路在哪里?不要认为只有自己才最清醒并且洒脱,而别些人则都浑浑噩噩。果然如此的话,他们就不会抛开你那种"纯"而又"美",玄之又玄的"雅"文学,迅速转到这样的报告文学上来了。阳春白雪与下里巴人再也不是泾渭分明,一望便能判定谁高谁低的了。自我感觉太好,别人却可以完全不理睬你。须知这也是一种应有的观念改革。

应该提出这样一个问题,如果由于作者们只会愤世嫉俗、玩世不恭、跟人民不关痛痒,因而他们的作品越来越少人问津,为什么还能称它是"纯"而又"美"的文学?当然这样的作品也有存在权利,小摆设仍可以给人添些情趣嘛,过誉之辞就不加亦罢了。我们这里还远没有到达庸众均可悠哉游哉的程度。锅里碗里的问题仍在天天使人心烦,人们毕竟只能最先关心他们一要生存二要温饱三要安得下心来工作的切身大难题。好的报告文学多少给了他们有关这类难题的信息和引导,有助于他们自己去思考和寻找有价值的人生道路,所以就有了顽强的生命力。

当然并不是只有报告文学才能具有这样的生命力。但它确实指出了只有这样的文学才能具有顽强的生命力。争奇斗异,舞文弄墨,花花草草都不济的。

1988 年 12 月 9 日

（原载《文艺理论研究》1989 年第 1 期）

四、纪实文学的最大优势在"纪实"

这几年来,在各种类型的文学作品里,无疑是纪实文学(以报告文学为主,以传记文学、纪实小说为次)最受广大读者欢迎,占有最大的优势。我觉得这是很自然的,也非常可喜,它还有着十分广阔、深远的发展前途。当然纪实文学的成就也不可能一律而无多少、高低之别。真实的程度,视野的广狭,识见的深浅,对工作责任感的执着还是随波逐流或游戏人生,都会造成种种的差别。但大体而言,凡记下了一定的真实的作品,而又是用比较可读的雅俗共赏的形式写成的,它总能拥有比一般"纯"文学、"雅"文学、"超前"文学更多的读者。特别优秀的纪实文学确实产生了并且还能继续产生甚至更多更大的"轰动效应"(我不认为某些认为当代严肃意义的文学已不可能或不必有"轰动效应"的说法是能够成立的)。决不是现实生活里已没有或很少可能产生这种效应的写作材料、重要问题,以及人们迫切需要知道、理解、学会来分析、评价、感受的东西。十年来茁壮成长的大量创作队伍中也已有很多同志能够写出更多更好的这类作品,可惜有些同志却志不在此,而仅注意到不甚涉及人民命运、利益、血泪相关的方面去,开掘得也浅,有的甚至懒得去挖取什么。

过去真正纪实的作品太少,是可信性高得多的纪实文学现在深受欢迎的主要原因。倡导了许多年现实主义创作方法的我们这里,却是假、大、空、瞒和骗的货色特多,真是一个尖锐的讽刺。本来应该我们自己最清楚的事实,由于最清楚的人自己不说,比较清楚的人不让写或不敢写,还有即使写了一些也没法公诸于众的情况,反而变成使人民最摸不着头脑。人民有权清楚这些事实却得不到这种保证,他们即使想积极负责建议改革又从何谈起? 现在公开化一些了,透明度增加了一些了,若干大家非常关心却非常不明真相的东西已在优秀的纪实文学作品中逐渐透露出一些来了。迷雾正在逐渐驱散,聪明的作者就在这摆事实、揭弊病的过程中启发了读者,让读者自己明辨是非,发出内心的愤慨与叹息,并在慨叹中提高了他们的认识,痛切地感到过去那样的历史早该重写,过去那样的时代再也不能让它鬼魂重返了。闭关锁国,舆论一律,已使人们对国事、民情、国际社会和各种科学的发展,几乎变得一无真知,麻痹大意到了极点,却还居然夜郎自大,心安理得。我们的落后,腐败,极少有所作为,难道不是因此造成的吗? 没有创作自由就无法纪实。

没有真实就没有文学。虽然真实还应该接受人类公德、社会进步的制约,虽然对文学作品来说它还应具有审美的品格。但审美品格的具体表现也应该是多样化的,而且对任何作品,特别是对勇闯作品原都不宜刻意求全。在今天这个伟大转折的时代,那些优秀的纪实作品帮助人们撕裂了受蒙蔽的黑布,改变了许多错误陈旧的观念,大大扩展了他们对许多事物的视野,使他们得以开始得到一点心灵的自由,这对我们的国家、我们的时代,都是极有益处、极其需要的。人民感谢它们。它们为科学和民主带来了新的力量。

要为纪实文学分析论证它的繁荣昌盛,有许多话可说,最简单地列举一下,即如它的节奏快,综合性强,宏观效果好,能启发读者去反思过去、进行积极思考、关心国家大事,有利于鼓舞人民对社会、对未来世界、对个人价值与尊严的负责精神。做惯了驯服工具,或被迫成了谨小慎微、只想先保全自己一身一家的人,如果缺乏这种改变,还是甘于糊涂,我看即使千呼万喊:"主体性万岁"仍难济事。

纪实文学的繁荣昌盛为我们指明了一条创作大路,任何类型的作品读者都需要,但只有最关心人民,为人民着想,越真实越能吸引、说服或启发开拓他们积极向上的作品才是他们最需要,最富有生命力的。

(原载《解放日报》1989 年 1 月 24 日)

五、深入生活,贴近群众,大胆创新

当前我们国家的中心工作是集中精力,发展经济,把经济建设搞上去。精神文明建设不能不同物质文明建设密切配合。文艺事业是精神文明建设中一个非常重要的部分。人民需要优秀的、"有劲"的文艺,作为他们的精神食粮;国家也需要通过文艺作品的广泛影响,鼓舞、激励全体人民的工作积极性,增强他们为振兴中华、努力改革,作出更多更大贡献的责任感和信心。国家的中心工作显然已向我们文艺工作者指出了今后一个阶段奋斗的目标和方向:繁荣文艺,向广大人民提供反映时代精神,真实生动、积极向上、健康有益,为人民群众喜闻乐见的精神产品。这样的精神产品一旦深入人心,无疑就能成为一种巨大的物质力量,成为发展经济的一个重要动力。

无疑,凡是能为人民服务,为社会主义服务的文艺都应促其繁荣。只要对我们的现代化建设有益,无论写什么题材,称什么艺术流派,属什么艺术风格,写什么和怎样写,都值得鼓励、支持。深入生活,投身四化建设的热潮,这当然是一个普遍性的要求,也应该提出这一要求,否则就会脱离现实,反映不出当前的时代精神了。但我认为这一要求对选择题材并不是一种限制,对艺术流派与风格也不构成限制。我认为主旋律主要是指一种精神,即为人民服务、为社会主义服务,坚持改革、开放的精神,而非实指某种题材、某种流派或风格,含义是很广泛的,如果规定太狭,则能写主旋律的人会很少,说得上是写主旋律的优秀作品就更少了。这样就难免重蹈"题材决定论"的覆辙,对繁荣创作,调动作家创作的积极性不利。简言之,只要是有利于改革建设、增强了人民的向心力与凝聚力,得到广大人民欢迎的作品,就能认为是写出了主旋律的作品。主旋律与多样化原不矛盾,可以完全统一。对作家来说,如果具备了这种精神,有了这种自觉要求,又有充分的生活准备、艺术修养,就不必对主旋律这个概念多费心思,对自己写出的作品是否符合"主旋律"要求多存顾虑了。大方向对,大胆去创新就是,党和人民都是这样期望于文艺工作者的。

繁荣文艺,不仅要求多出作品,更要求多出好作品。而深入生活、贴近群众,就是产生优秀作品的坚实基础。怎样才算深入?人们都在生活中,例如一辈子当了工人、农民、医生、教师,等等,但长期有生活未必可说已深入了生活。应该还要能理解、分析、正确评价这种生活,熟悉并掌握其发展、变化、演进的规律。这些便是这种生活的本质方面。正因有了生活经验而还能做到这样的很少,所以深入生活才显得必要和可贵,所以不但须有意努力,还得坚持不懈。当然,认识不到这样做的必要性,更不行。

既要深入生活,又要贴近群众。这群众,当然指广大的普通老百姓。并不是别的人不需要熟悉理解,只是普通群众毕竟占多数,又生活在基层,直接参加各种生产,他们对周围的情况最清楚,他们的意见、看法能够反映大多数人的思想、感情。因此,也可以说,贴近群众本身就是深入生活的一个重要内容。深入生活的主要目的之一即要了解群众的心,否则你如何能同他们休戚相关、血肉与共,成为他们的代言人?作家不会没有也不能没有自己的个性,但若只顾自己的私利,不管周围大多数人的死活,就大错了。不是错在有个性,是错在个性中卑鄙、低下的极端个人主义。古人早主张文学作品中必须有"我",这才成为艺术,才不是毫无创造性的平庸俗滥之作,不过,这是指与许多别人即群众思想感情血肉相通的"我"。以自己的"小我",反映、表现群众的"大我"。无"小我"不成艺术,无"大我"不可能写出优秀作品。这"大我"也不是临时去找来的,而需要在平时就化了进去。到此境界,写出来的作品自然便是主客统一,不见人我之迹的好作品了。对这境界古人有不少精彩的论述和描写,远比现在某些烦琐而实玄虚的议论切实、明白得多。只有贴近群众,成为群众中的一员、群众中的先锋,写出作品来,才不会有贵族气,得意时狂妄自大,自命不凡,失意时牢骚满腹,怨天恨地,一味悲叹失落了。

　　总之,只要能真实地深入地写出了群众心目中的生活,写出了群众对这种生活的想法、看法,写出了群众对改善现实生活的愿望和要求,就是有价值、甚至很优秀的作品。我们目前太少这样的力作。广大读者正殷切期待文艺工作者多多写出这种力作。

（原载《上海文化年鉴》1991 年）

六、真实的才得永恒

　　我在五四新文化运动前的 1915 年就出生了,但这个运动给我的最初影响也许只是得以进入了家乡新办的初级国民小学,改读到从"人、手、足、刀、尺"开始的语文课本。在此之前,我已在一家私塾里读了两个月。不过教我识字的老师还是镇上那位清末的"秀才"先生,不仅同文学革命无缘,连当时最响亮的"科学"与"民主"也未听说过。

　　我是江阴人,江南一带即属乡镇也算比较开通的,但直到我初中毕业,我还可说没有接触到"五四"后的新文学。读小学时不读,读初中仍在背诵《古文观止》、《古文辞类纂》中的文章,《唐诗三百首》中的诗歌。只在课外偶得读到些林琴南听人讲了译出的一部分小说,觉得很新鲜。鲁迅、郭沫若、茅盾、创造社、文学研究会、新青年、新月……这些人名、社团、刊物以至新文学书名,都还是到无锡去进了高中后才逐渐知道一些,这和语文教师的思想爱好分不开,因为在此之前的都是不同程度的老夫子,而高中时期遇到的第一位便是自己也已出版过白话小说的马仲殊先生。不少新书刊这时才得自由地在图书馆里阅览到。借到什么就看什么,为人生的,为革命的,为艺术而艺术的,也搞不大清楚其间多大区别,喜欢的就细看下去,不喜欢或不甚喜欢的便还掉另借。对鲁迅的《呐喊》、《彷徨》有的很明白,有的还看不大懂。郭沫若、郁达夫的好懂,订阅了一份《现代》,感觉有些写得新鲜。至于争论的问题,那时并无兴趣,一般都翻过不看的。直到发生了九一八事变,东北沦陷,参加了赴南京的"请愿"等抗日活动,加上所订《生活周刊》的影响,思想才有点开窍,为人生,求进步,要抗日,才开始在脑子里扎下了一点根。1934 年进入大学中文系学习之后,青岛直接处于日本侵略军控制之下，随时都有被找岔子派兵登陆凌压的可能，自己政府又那么不争气，便自然地在自己所学的文学这一行当内，逐渐形成了稍为清楚些的看法。

我觉得，文学必须是为人生，并为改善人生的。作品应该有感悟读者的艺术力量，光有革命的标语口号不行，但脱离了人民群众的痛苦生活而专去博取"高人雅士"、"贵族妇人"的欣赏，实在也太萎弱无聊。文学不能脱离时代，不能不对国家、民族、人民负责。如果连这一点都做不到，要文学、文学家何用？我倒也不是要求文学一定得写某种题材、某一种人物，而是认为文学总该起促进社会发展、人类进步的作用，这种作用能够在或大或小许多方面都显示出来。

我喜爱具有现实主义精神的文学，即站在人民群众的方面，真实地描写出社会生活的本相的文学。我说的是要具有这样的精神，而非指某种比较固定一致的写法。具有这种精神的作家完全可以不断变换他的写法而取得多方面的经验和成功。在此特定意义上讲作家用一种主义来束缚自己，批评家用一种主义来议论作家，或者形式地看见提出的主义愈多便显得研究更深入、更活跃了，我认为这样即使不是存心自缚手足或想缚人手足，总不是切实、明智、有益的办法。关键在是否非常艺术地写出了社会生活的真实，没有隐瞒和欺骗。并非存心的隐瞒和欺骗，也不足取。

从这一角度来回顾抗日战争以前的文学，就我并不全面的感受而言，具有这种精神，关切人民命运而写的作品是有历史功绩的。反封建、反军阀、反侵略、反压迫、反专制的主题很鲜明，起了唤醒人民的作用。反映革命要求的作品开拓了人们的视野，表达了一种新的远大的理想，但由于缺乏必要的生活体验，这类作品一般显得内容单薄，一批东北作家的作品因有国破家亡、亲历战斗的切身之痛，起了较多的作用。关键即在其中的真实、热血丹心，与人民的思想感情密切相通，写出了时代精神。那个时候，目标很明确，日本侵略军和专制的统治者，作家就是站在它们的对立面，只要有可能便尽力揭露出它们的罪恶和卑鄙嘴脸。作家这样做是内外统一的，并从中得到了教育和锻炼。现代文学中大家公认的代表作大都出现在这一时期决非偶然。人民欢迎这些作品，大家都支持这些作品。真实的作品才能具有雄厚的潜力。

在八年抗战中，大后方文学的主流还是揭发国统区的种种病态，少量得以传布的解放区文艺作品引起了大后方读者浓厚的兴趣，看为一种新的希望。某些新的文学理论观点也使人耳目一新，同时能够使人理解，在战争环境中首先得把日本帝国主义打出去，过高的艺术要求和问题探索以后有的是时间。那时期我还辗转在西南一带,亲身体验到痛苦中对国家民族、文学事业充满新希望的喜悦:现实主义精神终将得到最大的发扬!中国人民果然迎来了解放战争的伟大的胜利,建立了新的人民共和国!谁没有多少联想到杜甫的《闻官军收河南河北》诗:"剑外忽传收蓟北,初闻涕泪满衣裳。……"而总觉得杜甫的喜悦之情还远不能表达我们所感深切远大之十一?开头几年那种真正"道不拾遗,夜不闭户",朗朗乾坤的开国气象,上年纪的谁不至今记忆犹新?那是一个多么好的开始,多么难得的一个大发展、大凝聚的时机呵!

可惜,如所周知,没有多久,就接连不断,越来越令人不幸地痛心地遭到了或属难免而多半则由于人为失误所造成的挫折与灾难。在艰难环境中摸索出来行之有效的办法似乎都被束之高阁了:调查研究啦、实事求是啦、反对主观主义、教条主义、唯心主义与形而上学啦等等,可在实际生活中到处充斥着相反的表现。群众观点、群众路线难道就是运动群众?新的官僚主义在根深蒂固的封建意识土壤上又滋长严重,只是人们看到新官僚无恙,而揭示者却遭殃。满怀忠诚老实、知无不言,真以为诤友会受欢迎,不料引来的却是阵阵狂风暴雨,棍棒与帽子铺天盖地压下来的结果,一下子便成了飞沙走石万马齐喑人人噤若寒蝉的悲局。那是一个对即使完全做错了也还非要欢呼"就是好,就是好"不可的年代。作家们当然首当其冲,于是,刚者折骨,媚者折腰,智者搁笔,一小撮时髦小生顿成驰骋一时的宠物——笔杆子,在他们"轻薄"的笔底下,横扫掉了多少文坛人物,几乎包括了现代文学史上所有建立了现实主义精神功勋而后来便再也写不出大作品来的人物。作家们的满腔热望,其实不过是希望能按艺术创作的规律来为新社会尽点力量罢了,绝未料到写出真实竟会成为一种罪状,胆敢越出雷池一步会遭灭顶之灾。很多"作品"成了推行"极左"的虚假宣传品,自然也就失掉了文学本性与人民的信任。回顾一下,在这不短的时期里除了几部描写过去斗争的作品还有一定的价值外,还留下了或留得下什么东西?为什么对这段令人痛心的文学历史一直还不能有令人信服的总结,从中吸取深刻的教训呢?

没有真实就不能有文学。虚伪是不能持久的,作家只能服从生活的真理,作家应该有高尚的理想,还因为有高尚的理想和奉献精神他们才不能在种种腐败、口是心非的现象前面闭住眼睛,始终保持沉默。如果把恨铁不成钢的苦口良药也作为十恶不赦的毒物来打击,那就只能说明习惯于虚伪的时间实在太久了。是的,人民是文学的母亲,而真实的社会生活则是文学之力量与生命之基础。

　　"文化大革命"时期的八个"革命样板"戏为"真实"与"本质"作出了规定,制就了"高大全"的模式。真实能够允许被人随心所欲作出规定和模式? 如果可以,那么它们应该万寿无疆,永远健康了,然而丑类们在聒噪一时后终于还得落花流水春去也了。真实原是只能让人民来判断,让时间来检验的。实践是检验真理的唯一标准。

　　作为一个在本世纪已生活了七十六年而且还有可能看到本世纪最后几年情况的我来说,我知道自己为什么跟许多同志一样,如此喜爱具有现实主义精神的文学。与其说这是我们自己的兴趣,毋宁说这是历史的必然。因为这个世纪我们国家民族人民受到的灾难、变化特多、特大。人民受苦受难,英烈前赴后继,真是鲜血遍地,涕泪满怀呵! 后死者显然还未曾给他们以起码应有的报答。大悲剧、大喜欢、大辛酸都有,应该、能够、而且非常需要写出大力量的文学作品,为什么还未曾产生出来? 现实主义这里讲得最多,落实了多少? 狭隘的、跛脚的、一时有效的东西被当成了永远不可改变的普遍真理。不少条条框框仍在限制,而不是鼓励。不是没有成绩和进步,但躺在这一点东西上面自满却只能落后。不是要面向现代、面向世界、面向未来吗? 那就真正努力来做,而不要一味在口上纸上用功夫吧。在可以预见的将来,我只期望在坚持改革开放扩大社会主义民主的积累中有所前进。对将来我抱乐观,形势比人强,"路漫漫其修远兮,吾将上下而求索",屈原这种现实主义精神值得学习。

　　真实的才得永恒! 让我们一同思考,一同求索,一同前进。

1991.7.29

(原载《文艺争鸣》1992 年第 5 期)